신화시학 ②

나남
nanam

한국연구재단 학술명저번역총서
서양편 377

신화시학 ②

2016년 12월 15일 발행
2016년 12월 15일 1쇄

지은이_ 엘레아자르 모이세예비치 멜레틴스키
옮긴이_ 박종소 · 최행규 · 차지원
발행자_ 趙相浩
발행처_ (주)나남
주소_ 10881 경기도 파주시 회동길 193
전화_ (031) 955-4601 (代)
FAX_ (031) 955-4555
등록_ 제 1-71호 (1979.5.12)
홈페이지_ http://www.nanam.net
전자우편_ post@nanam.net
인쇄인_ 유성근 (삼화인쇄주식회사)

ISBN 978-89-300-8813-8
ISBN 978-89-300-8215-0 (세트)
책값은 뒤표지에 있습니다.

'한국연구재단 학술명저번역총서'는 우리 시대 기초학문의 부흥을 위해
한국연구재단과 (주)나남이 공동으로 펼치는 서양명저 번역간행사업입니다.

신화시학 ②

엘레아자르 모이세예비치 멜레틴스키 지음
박종소 · 최행규 · 차지원 옮김

나남
nanam

Poetika Mifa (*Поэтика мифа*)

1. 이 책은 원칙적으로 러시아어 원전을 번역하였고 영문판 번역서 *The Poetics of Myth*〔Guy Lanoue and Alexandre Sadetsky (trans.), New York, 2000〕를 참고하였다.

2. 본문에서 용어나 인명에 있어 원어나 영어는 되도록 병기하지 않았으나 학술적으로 어려운 용어는 이해를 돕기 위해 영어를 병기하였다.

3. 옮긴이가 붙인 각주는 [역주]라고 표시하되, 원저자의 각주는 따로 표시하지 않았다.

4. 본문에서 논문은 " ", 작품명은 〈 〉, 단행본은 《 》로 표기하였다.

5. 원저자는 러시아어 원문에서 타 저작이나 저자로부터 인용한 학술적 용어와 개념, 문학적 용어 등에 대부분의 경우 " "를 붙여 표기하였다. 그러나 대부분의 용어가 이미 학술적으로는 공유된 것이므로 표기하지 않고 특별한 개념어에 해당하는 소수의 경우에만 표기하였다.

6. 러시아어 인명과 용어는 국립국어원 외래어 표기법에 따라 실제로 경음으로 발음되더라도 격음으로 표기하였다.

7. 특별히 러시아에서만 쓰이는 것이 아니라 일반적으로 통용되는 용어는 서구식 발음과 표기를 따랐다.

8. 원문 문장이 예시, 열거, 비교 등으로 인하여 한 면의 반 이상을 차지하는 등 지나치게 긴 경우 가독성을 높이고 우리말의 호흡을 살리기 위해 여러 문장으로 나누어 번역하였다.

9. 본문에서 '신화시학', '신화화 시학', '신화주의 시학'이란 사실상 동일한 의미로 사용되나 맥락에 따라 미묘한 차이가 있을 수 있어 되도록 원저자가 사용한 용어를 살려 옮겼다. 대체적으로 원리에 중점을 둔 경우 '신화주의 시학'을, 작품의 구체적 소재에 대한 원리의 적용을 의미하는 경우 '신화화 시학' 그리고 신화 개념이 일반적이며 보다 보편적으로 사용된 경우 '신화시학'을 선택하는 원저자의 용어 사용을 존중하여 되도록 그대로 옮겼으나 가독성과 이해를 위해 옮긴이가 바꾸어 옮긴 경우도 있다.

신화시학 ②

차 례

제 2부

서사적 민담에서
고전 형태의 신화 반영

제6장

고대 창조신화

앞의 논의에서 데미우르고스 조상들, 문화영웅들의 패러다임적
이고 창조적인 활동의 성격은 분명해졌다. 태고의 창조는 어떤 존
재나 물건을 다른 것으로 변형시킨 결과일 수 있고 다른 콘텍스트
에서 신화적 주인공들에 의해 착수된 행위들이 낳은 예상치 않았던
부수적 결과일 수도 있다. 다시 말해 발달된 신화에서 그것은 의식
적일 수 있고 심지어는 프로메테우스적 파토스를 갖는 목적지향적
창조 행위의 성격을 지닐 수 있다.

고대 사고 체계와 원시 경제를 가진 사회에서 보통 태초의 기원은
자연발생적 변화와 공간적 위치변동 혹은 후견인으로부터 다양한 물
건들을 훔친 결과라는 개념과 연관되었다. 예를 들어, 오스트레일리
아 아보리진의 토템 조상들은 그들의 여정을 마치면 '소진'되었다고
느끼고 구릉, 바위, 나무, 동물 등으로 즉시 변화된다. 신성한 바위
더미가 그들이 머물렀던 흔적으로 남을 뿐이다. 다른 신화들에서 박
해의 희생물의 경우 때로는 박해자 자신이 구릉과 개울로 변화되거나
혹은 그들이 하늘로 날아가 별이 된다. 몇 가지 변화는 표면적인 유
사성과 관련된다. 때로는 코코넛이 사람의 머리에서 생겨났다고 말
하고 어떤 신화에서는 사람이 코코넛 나무에서 발생했고 태양은 불에

11

서 나왔거나 혹은 그 반대의 과정으로 되었다고 말한다.

회색 캥거루의 몸에서 불의 기원을 찾는 오스트레일리아의 신화는 화어(火魚)의 배로부터 불이 기원하였다고 설명하는 카렐리아 핀족의 고전시가 루나에 비유할 만하다. 이것은 일반적인 모티프라 할 수 있다. 언급했듯이 그 자체가 불과 연관된 태양과 달은, 예를 들어 한 인디언 신화에서는 물고기의 배로부터 온다고 설명되기 때문이다. 북동 환태평양 지역에서 인디언과 시베리아인은 라벤이 창공을 열어젖힘으로 혹은 태양과 달을 가로막던 천을 찢어냄으로 낮과 별을 얻었다고 말한다.

불 혹은 태양의 훔침에 관한 주제는 매우 광범위하게 확산되었다. 마찬가지로 연장, 경작 식물, 값진 어류종 등과 같은 것도 첫 번째 보유자들로부터 도난당한다. 간략하게 말하면 인과 관계의 신화는 사냥과 수확의 모델에 따라 만들어진다. 나무, 흙, 철로 연장과 그릇을 만드는 것은 인류의 기원에 관한 플롯의 모델이 된다. 마찬가지로, 나무, 진흙, 금속에서 연장이나 그릇을 만들어내는 것은 나무로 사람을 깎아 내거나 진흙으로 사람을 빚어내는 것, 대장장이가 해와 달을 담금질해내는 것 등과 같은 플롯의 범례가 된다. 때로는 희생 제물로 죽은 신화적 조상들의 몸에서 존재들과 물건들이 만들어지는 이야기를 신화에서 만날 수 있다. 이것은 고대 농업 문화에서 더욱 많다. 예를 들어, 파푸아 인은 얌이 데마의 죽음에서 비롯되었다고 믿는다(하이누벨레의 신화소). 1)

데미우르고스 문화영웅은 근본적으로 조상이기 때문에, 자연적 대상은 때로는 다른 자연적 대상을 의인화한 '조상' 혹은 '주인'의 생물학적 재생산의 결과라고 이야기된다. 예를 들어, 태양과 달 혹은

---

1) [역주] A. E. Jensen, *Hainuwele*, New York, 1939; A. E. Jensen, *Mythos und Kult*, Wiesbaden, 1951.

불과 물은 토템의 조상, 신성, 첫 번째 인류 쌍의 자녀라는 신화는 폴리네시아, 아프리카, 북아메리카에 널리 퍼졌다.

이러한 다양한 창조는 동일한 것으로 보인다. 왜냐하면 신화적 사유는 자연과 문화를 거의 구분하지 않고 메타포적으로 뒤엉키게 만들기 때문이다. 그런 원인으로 인해 동일한 하나의 방법으로 또는 동일한 하나의 인물에 의해 자연의 물건과 문화적 복지, 문화적 대상과 산업적, 종교적 비밀들이 획득되거나 창조될 수 있다.

창조신화, 이것은 세계를 구성하는 모든 대상의 출현에 관한 신화이다. 앞서 보았듯 발생 혹은 창조의 행위는 여러 변이체로 나타날 수 있다. 그러나 신화론적 관점에서 이러한 '이산적' 변이체들은 비단절적인 연속체가 잠시 상호침투하고 경계이월하여 제한적으로 분리된 단편들이다. 심지어 신들이 대상에 이름을 부여함으로써 그들을 창조하는 것은 고대신화들에서는 그다지 특징적이지 않은 것이다. 이것은 다름 아닌 순수한 무(無)로부터의 창조가 아니라, 오히려 대상과 이름을 신화적으로 동일시하는 것에 토대하는 신성의 어떤 영적 방사물이다. 그러므로 이러한 창조 유형(유형 I)은 신성에 의한 존재들과 대상들의 물리적 출생과 매우 유사하다(유형 II). 두 번째 범주의 특별한 경우(유형 II A)는 아버지가 자녀들을 생물학적으로 낳는 것과 동일한 방법으로 대상들을 창조하는 것이다. 언어, 마술적 창조와 정상적인 생물학적 창조 사이의 중간적 형태가 두 가지의 주된 변이체들보다 훨씬 일반적이다. 신이 다른 신과 인간의 원형적 조상들을 낳을 뿐 아니라 매우 다양한 대상들을, 그것도 자주 일상적이지 않은 방법으로 자신의 신체 부분들(머리, 넓적다리, 겨드랑이) 혹은 그의 분비물(정자, 타액, 오줌 등)을 만드는 것은 우연이 아니다.

가장 일반적인 신성한 창조 모티프는 자신에게서 여러 대상을 꺼내는 일종의 '추출'이다(유형 Ⅲ). 때로 신 혹은 문화영웅은 자신 자신으로부터가 아니라 땅, 물고기, 짐승 혹은 다른 신들과 악마적 존재들로부터 대상들을 꺼내기도 한다. 예를 들어, 불은 물고기의 배에서 발견하고 담수(淡水)는 거대한 개구리로부터 꺼내며 별들은 상자에서 꺼낸다. 악마적 존재는 근원이 되는 대상들을 비밀스럽게 자신 안에 보관하는 것이 아니라 상자, 바위 혹은 다른 장소에 보관한다. 이 경우 '추출'의 창조 행위는 첫째, 예를 들어 개구리가 이전에 어떻게 물을 모두 마셔버렸는지, 누가 태양과 달을 상자 속에 감추었는지에 관한 이야기들로 보충되고 둘째, 이 행위는 신화적 문화영웅이 자연적, 문화적 대상들을 어떤 먼 장소, 다른 세계로부터 획득하는 성격을 띠게 된다. 여러 장애물을 극복할 것을 요구하는 그러한 획득은 조건적으로 특별한, 게다가 가장 중요한 창조 플롯의 유형 Ⅳ로 분리할 수 있다.

계속해서 우리가 아는 대로 세계 원소들의 고대 창조는 데미우르고스가 대장간에서 흙으로 사람을 빚고 별들을 구워내는 등 노동의 결과이며(유형 Ⅴ) 또한 기존 대상들과 존재들의 자연스러운 혹은 마법적인 변환의 결과일 수 있다(유형 Ⅵ). 마지막 범주는 대상들의 한 장소(세계)에서 다른 장소(세계)로의 이동 배치이다(유형 Ⅶ). 전반적으로 넓은 의미에서 모든 창조 행위는 결국 전환과 이동 배치로 귀결된다('추출'은 내적인 것의 외적인 것으로의 이동 배치와 변환이 합해진 것이다. 예를 들어, 신의 타액이 담수나 신성한 꿀 등으로 변환되고 획득은 '추출'과 '이동 배치'가 합해 이루어진다). 신화적 사유에서 공간 좌표가 '질적인' 것으로 지각된다면 이동 배치는 변형의 한 유형으로 볼 수도 있을 것이다.

신화적 창조는 적어도 세 '역할'의 존재, 즉 창조되는 객체, 원천 혹은 재료, 창조하는 주체를 전제하는 일종의 플롯이다. 그러므로

14

창조의 유형(Ⅰ~Ⅶ)과 객체, 재료, 창조자(신, 데미우르고스, 문화영웅)를 가리키는 매우 단순화된 도표가 모든 주요한 창조신화를 포섭할 수 있다. 시간의 범주(태초와 최후의 시간, 연장 혹은 반복되는 시간 밖의 행위) 그리고 공간 범주(지구적 혹은 지역적)가 추가적으로 도입됨으로써 고유한 창조신화들이 종말론적 신화와 전설 신화 등으로부터 분리될 수 있을 것이다.

예를 들어, 만약 물의 기원(지구의 자연력으로서 담수나 치료수와 같은 유용한 물, 범람이나 홍수 같은 파괴적인 물 또한 지역의 구체적 물의 저장소인 바다, 호수, 강, 개울 등)에 관한 신화들을 조사한다면 도표에는 다음과 같은 '원천 혹은 재료'가 놓이게 될 것이다. 여기에는 땅, 산, 돌, 나무딸기, 조롱박, 속이 빈 통나무, 썩게 만드는 뱀들, 개구리 혹은 고래의 배 또 포도주, 피, 타액, 오줌, 눈물, 신, 성인, 괴물, 최초의 여자가 태어날 때의 양수 등이며 추적을 피해 강으로 변한 몇몇 신화영웅이다. 재료에 관한 플롯의 변이체들이 구체화된 범주의 도표에서 앞에서 언급한 일곱 가지 유형을 발견할 수 있을 것이다.

유형 Ⅰ. 창조수 신, 신성한 쌍둥이 혹은 다른 존재들이 물을 창조한다.
유형 Ⅱ. 해신의 딸인 강들과 땅과 하늘의 아들인 대양.
유형 Ⅲ. 신의 혈액과 타액으로부터 흘러나와 만들어진 물.
유형 Ⅳ. 영웅은 괴물의 배를 갈라 열고 물을 얻거나 혹은 물의 괴물로부터 물을 훔친다.
유형 Ⅵ. 신은 산딸기로부터 물을 만든다.
유형 Ⅶ. 여자가 연못 등으로 변한다.

유형 Ⅴ는 존재하지 않는다는 것을 유의하라. 창조자의 유형이 되는 세 번째 범주에는 신, 데미우르고스, 문화영웅의 이름이 열거

될 수 있을 것이다.

앞서 언급하였듯이 신화적 창조 상황은 객체, 재료 그리고 주체 세 가지의 주요한 '역할'을 포함한다. 그러나 많은 경우에 재료 혹은 원천은 두 번째 주체(물 혹은 하늘의 별을 가진 악마)의 수중에 있고 이것은 흔히 객체 혹은 그 재료에 도달하기 전에 무찌르고 정복해야만 하는 반주인공, 적수의 특징을 띤다. 이러한 네 번째 '역할'의 도입은 두 신화적 주인공들이 싸우는 토대를 제공하고 그럼으로써 플롯 전개를 위한 전제 조건을 제공한다. 이러한 '역할들'의 수적 확장과 플롯의 전개는 제한적으로 '획득'이라고 칭하는 플롯 변이체들의 틀 속에서 발생한다. 문화영웅은 다른 세계로 떠나고 자연적 혹은 문화적 대상을 소유한 이를 물리치거나 속일 수 있는 방법을 발견하고 대상들을 빼내거나 훔쳐서 사람들에게 가져다준다. 그러므로 문화영웅의 '획득'에 관한 이야기들이 동화와 영웅서사시의 향후 플롯의 전개에서 핵심이 된 것은 우연이 아니다.

서사 전개를 위한 다른(이후의) 방식은 동일한 신화적 주인공이 여러 목적물을 얻게 하거나(예를 들어, 담수, 불, 무기 등) 같은 목적물이라도 여러 유형을 만들어내는 방식(예를 들어, 카렐리아 핀족의 왕좌의 경우 한 일화에서 바이네모이넨이 로키로부터 삼포나 천체를 빼앗는데 다른 일화에서는 일마리넨이 대장간에서 삼포와 천체를 빚어낸다. 즉, 이것은 유형 IV + 유형 V이다)으로 일화를 복잡하게 만드는 것이다.

그 외에도 신화적 주인공의 목적물 획득에 악마적 존재가 처음으로 이 대상을 얻어낸 이야기가 덧붙여진다(물을 삼켜버린 개구리의 예). 이러한 획득은 형식상으로 볼 때 상실된 것의 회복이다. 마침내 '획득'은 특별한 노력이나 마술적 지식, 제의적 대상의 소유 등, 나아가 적수와의 싸움에서의 승리를 필요로 할 수 있다. '획득'에 앞서 제의 유형상 성인식 의례의 "시험" 일화가 도입된다. "획득과 시험"이라는 복합체는 신화가 이후 설화나 서사시로 발전하는 기반이 될 수 있다.

최초 조상 데미우르고스 혹은 문화영웅에 관한 고대신화는 전반적인 우주기원에 관해 이야기하지 않는다. 오스트레일리아 원시신화에서 우주는 가족 혈연 집단과 이웃 집단들의 생활 영역이라는 소우주로 귀결된다. 여기서 우주신화는 드물며 대신 토템의 발생이나 성인식, 결혼 계급, 불, 땅 파는 막대기, 창 등에 관한 신화가 다수를 점유한다.

여기서 아란다족에게서 나타나는 흥미로운 신화는 예외라 할 만하다. 이 신화는 손발이 없고 눈과 귀, 입이 만들어지지 않은 소인들로부터 사람이 생겨났다고 이야기한다. "영원히 사는 이들"은 염수로부터 올라온, 마른 땅 곳곳에서 마치 배아와 같은 개념으로 이해되는 소인들을 찾아 이들을 마저 완성하여 현재 모습의 사람을 만든다. 여기서 처음에 불완전하고 약하게 생겨난 인간 존재를 완성한다는 널리 확산된 모티브가 재현된다(예를 들어, 스칸디나비아 신화에는 신족 아시르가 두 개의 나무 조각으로 되었던 인간에게 숨을 불어넣고 피부색과 움직임을 주었다고 이야기한다). 또한 여기서 육지가 바다로부터 나왔다는 플롯이 특별한 변이체로 나타남을 추정할 수 있다.

멜라네시아와 북아메리카, 시베리아, 아프리카의 지역권에서 최초 조상 혹은 문화영웅에 관한 고대신화들은 동물의 다양한 속성의 발생 혹은 동물 자체와 문화적 식물, 인간(인간발생신화), 천체, 불, 노동의 도구, 제의적 대상, 의례 자체, 혼인 규범, 밀물과 썰물, 계절 발생에 관한 이야기들로 구성된다. 더불어 아주 드물지만 우주 전체의 발생 이야기도 있다.

괴물과 악마를 절멸시키고 인간을 만들어 수공과 기술을 가르치고 풍습을 정립하며 강과 바다의 흐름을 정하고 기후를 성립시키는 등의 일들이 문화영웅의 주요 기능으로 편입된다. 이렇게 해당 신화는 첫째, 이전에 없었던 일 혹은 인간이 이루지 못했던 일의 발생에 대해 이야기하며 둘째, 자연의 영역(밤과 낮, 밀물과 썰물, 여름과 겨울 등의 질서화)과 사회의 영역(이중적 외혼과 혼인 규범 등)에서 질서의 도입에 각별한 관심을 기울인다. 더불어 이러한 질서 정립을 항구적으로 지탱할 의례의 도입 역시 관심의 대상이 된다.

　여기서 이러한 질서는 특별히 문화영웅의 행위와 관련된다. 달리 말해 문화영웅의 특징은 문화적 복리의 획득으로만 귀착되지 않는다. 문화는 자연적 환경과 균형을 이루는 정상적 삶을 위해 필수적인 일반적 질서를 포함하는 것이다.

제7장

사회의 기원

사회는 조화의 성취를 다루는 신화들에서 가장 중요한 측면이다. 조화를 이루는 가장 중요한 수단은 직접 교환의 이중 시스템인 이족(異族) 간 혼인 제도를 도입한 것과 여기에서 비롯된 '씨족' 혹은 일족 내 혼인의 금지이다. 이족 간 혼인 제도 도입의 이면이 근친상간의 금지이다. 현대 사회에서 근친상간의 정의에는 고대 사회들에서 광범위하게 금지되었던 사회적 범주가 포함되지 않는다. '어머니'라는 용어 혹은 그에 해당하는 말은 자연적인 어머니뿐만 아니라 어머니의 누이 그리고/혹은 아버지 형제들의 아내들을 언급한다. '누이들'은 부계 혹은 모계의 세대의 여자 사촌들을 포함한다. 그러므로 '혈족 관계'라는 전문용어는 생물학적인 친척이 아니라 '진짜' 친척, '획득된' 친척, 인척들을 포함하는 사회적 유형 체계를 언급한다. 이러한 유형 체제에서 근친상간은 이족 간 혼인 제도의 규범을 깨는 것이고 그래서 형제와 누이 그리고 어머니와 아들 간의 근친상간의 관계를(오이디푸스 신화와 같이) 특별히 다루는 많은 이야기가 존재하는 것은 결코 우연이 아니다.

물론 신화에서 사회적 요소는 계속해서 중재되고 혈연과 생물학적인 지각으로 '데워진다'. 이 두 원칙은 서로 대립되지 않는다. 하나는 다른 하나를 수용하고 포함한다. 그러므로 오이디푸스 콤플렉스가 유아의 성징 발달의 병리적 잔재라고 인정하더라도 프로이트의 《토템과 터부》에서 사회와 그 규범의 기원을 순수하게 생물학적으로 설명하는 것은 만족스럽지 못하다. 살해된 '아버지'(토템)에 대한 '아들'의 죄책감이 아니라 이족 간 혼인 규범의 제정으로 시작된 두 일족 간의 여자와 물자의 호혜적 교환 가능성이 사회 출현의 전제 조건이다.

전형적인 사회발생신화로 널리 확산된 코리약과 이텔멘의 까마귀 (라벤)의 아들딸 혼인 이야기를 지적할 수 있다. 대부분의 이설은 두 가지의 연속적 결혼에 대해 이야기하는데 첫 번째는 실패한 혼인, 대부분 근친상간적 혼인 이야기이고 둘째는 성공적 혼인 이야기이다. 에멤쿠트는 처음에 누이 지니아나우트와 결혼한다. 그러나 이후 첫 혼인에서 비롯된 부끄러움으로 출신을 알 수 없는 낯선 사람과 누이 아내를 교환한다. 낯선 이의 형은 또한 에멤쿠트의 누이와 혼인을 하고 혹은 에멤쿠트는 낯선 이의 누이를 동생의 아내로 취한다. 누이의 혼인과 에멤쿠트의 혼인의 대조가 사촌 킬리야와 지니아나우트의 킬리야의 형 일라와의 혼인과의 대조로 나타나는 본도 있다. 고종/이종 사촌의 결혼은 상호 교환의 고전적 형태이다. 그러나 코리약 사이에서 고종/이종 사촌 간의 특별한 결합 이야기는 사람들이 너무 가까운 인척과 혼인했을 때 벌어지는 불행으로 이야기된다. 사촌 간 혼인은 금지되고 아내는 다른 부족으로부터 온 '합당한' 아내들로 교체되어야만 한다.

최초 조상은 많은 기원신화에서 형제와 누이로 나타난다. 이는 인류가 동일 계보에서 비롯되었다는 것을 인정하는 개념이다. 고대 신화의 자연과 문화의 메타포적 혼합을 고려할 때 까마귀의 자녀들이 날씨와 고기잡이를 의인화하고 관장하는 존재들, '구름의 사람들'과 용케 혼인하는 것은 놀라운 것이 아니다.

이와 같이 사회의 정체성을 정의하는 이러한 기원 이야기는 자연력의 사회화와 일치한다. 동북시베리아인에게 신화적 형태로만 남은 이러한 이야기 속에는 희미한 토테미즘의 속삭임이 있다. 그들의 이야기들은 획득과 (터부를 깬 결과로서의) 상실 그리고 주인공이 여러 시험을 통과한 뒤 남편에게 귀한 물건(배우자가 해마 여인이면 바다 동물, 그녀가 벌 여인이면 꿀 등)을 제공하는 토템 배우자를 재획득하는 주제를 포함한다. 동물과의 혼인, 다른 말로 하면 '낯선' 토템 종과의 혼인은 이러한 사회들에서의 이족 결혼의 규범을 표현하는 모티프이다.

한편, 신화에서 근친상간, 즉 이족 간 혼인의 위반은 사회적, 자연적 주요 관계의 위반으로 정상적으로 연결된 자연적 종 사이에 현존하는 유대의 해체로 귀결된다. 다양한 신화적 코드는 자연과 메타포적으로 상응하여 이족 간 혼인 규범의 파괴(혹은 반대로 동족 간 혼인 규범의 파괴, 다시 말해 너무 먼 결혼의 금지)는 흔히 신화들에서 규범의 위반, 일식과 월식 등과 상응하거나 여타 위반과 재앙으로 귀결된다. 구비문학에 많은 예가 있다. 레비스트로스가 든 남아메리카 인디언들의 구비문학, 윌리엄 레사의 미크로네시아 구비문학, 스태너의 오스트레일리아 아보리진 신화가 그것이다. 무린바타 신화는 매우 분명한 예를 보여준다. 이 신화에서 '오스트레일리아의 오이디푸스'인 무지개뱀의 아들은 누이를 범하고 아버지에게 치명상을 입힌다. 1)

레비스트로스의 설명은 매우 설득력 있다. 가족과 혈족의 관계들

---

1) [역주] 오스트레일리아 아보리진의 사회조직에 대한 개괄적 설명은 다음을 보라: D. H. Turner, *Australian Aboriginal Social Organization*, Atlantic Highlands, NJ, 1981; D. H. Turner, *Return to Eden*, Toronto/New York, 1989.

은 흔히 신화구조의 일종의 갑옷 역할을 하고 근친상간이나 혼인 제도와 같은 '친척 관계'의 상호 의무의 위반(다시 말해, 혈족들을 부족으로 결합시켜주는 토대가 되는 그러한 '교환 관계'의 위반)은 갈등의 출발점이라는 것이다. 한편 문화영웅은 자주 이러한 위반, 무엇보다 근친상간적 위반을 범한다(특히, 문화영웅의 희극적 짝은 사기꾼이다). 지적한 바대로, 이는 행위를 신화적 시간으로 이전시킴으로써 부분적으로 정당화된다. 근친상간 및 여타의 사회적 위반〔예를 들어, 까마귀의 욕심은 수확의 배분 및 성별 분업 노동의 규범 위반, 성(性) 전환을 야기한다〕은 이미 이룩된 사회적, 자연적 질서를 파괴하도록 위협하는 혼란의 원인이 된다.

이와 같이 이족 간 혼인의 도입은 카오스를 코스모스로 전환시키는 파토스를 암시적으로 보여준다.[2] 그러나 코스모스의 파토스가 명시적 형태로 표현되기 위해서는 원인신화와 함께 충분히 발달한 우주발생론적 신화가 있어야 한다. 이러한 사회적 모티프들은 보다 발달된 신화론, 즉 우주의 기원 설명에 집중하는 신화에서 일어난다.

---

2) [역주] C. Lévy-Strauss, *The Elementary Structures of Kinship*, Boston, 1969.

제8장

카오스와 코스모스

우주의 기원

우주의 발생은 자주 난생(卵生), 신에게 살해당한 인간 형상의 존재의 변형, 다양한 자연물을 모델화하는 신의 연쇄적 탄생, 창조신의 창조 행위로 표상된다.

난생 발생은 물새가 가져간 바다의 진흙이 점점 쌓여 육지가 만들어졌다는 잠수새의 모티브와 연결되기도 한다. 토템신화에서 씨족 선조로서 인간 새 역시 이러한 모티브가 발전되었으리라고 추정된다. 더 오래된 고대신화에서는 알에서 새 토템, 섬, 천체, 특히 태양(오스트레일리아 신화와 아프리카 신화) 등이 발생하고 일부 신이 출현하며 나아가 대지가 생겨나 우주의 중심부가 된다. 이원적 외혼 또는 이원론의 관념에 대응하도록 두 개의 알이나 때로는 두 반쪽으로 된 알이 등장하는 경우가 있다. 반쪽들은 서로 색이 다르거나 다양한 적대적 존재(예를 들어, 도곤족 신화에서 나오는 하얀 여우의 유루기, 그와 지구의 반대편에 사는 이아지기)로서 서로 연결된다.

일련의 고대신화(오세아니아, 인도네시아, 아메리카-인디언, 일부 인도 신화와 일부 중국 신화)에서는 알에서 최초의 인간, 즉 시조가 출현한다. 보다 발달된 신화에서는 데미우르고스 자체가, 예를 들어 이집트의 태양신 라나 푸다파, 바빌로니아의 비둘기 모습의 이

슈타르, 인도의 창조자 비슈바카르만, 프라드자파티, 브라마 등이
나 그리스의 오르페우스 교의의 에로스, 중국의 판쿠 등이 출현한
다(동일형태소의 이형으로, 특히 이집트 신화와 인도 신화에서 신이 연
꽃에서 출현하는 경우가 있다). 신들은 알로 우주의 여러 부분을 창
조한다. 일반적으로 알의 아래 반쪽으로 대지를 만들고 반쪽 위로
하늘을 만든다. 알에서 이루어진 세계 창조에 관한 선명한 시적 풍
경이 〈칼레발라〉의[1] 칼레바 핀란드 가요에서 노래된다. 인도 신화
에서 데미우르고스에 의한 세계 창조 과정이나 세계와 신의 자기
창조 과정에서 큰 의미를 갖는 것이 온기, 특히 알을 품는 온기 '타
파스', 의욕과 자의식의 시초로서 데미우르고스의 욕망 '카마'이다.
카마가 우주기원적인 기능에서 에로스와 대비되는 것은 자연스러운
일이다. 우주의 알로부터 세계가 발생하였다는 관념은 폴리네시아,
아프리카, 핀 우그리아, 시베리아, 고대 지중해, 인도, 극동의 신
화에 유포됐다.

  (대부분 인간 형상을 한) 어떤 존재가 살해당하고 그 몸에서 세계
가 창조된다는 주제는 제물봉헌식이 그 원형이다. 고대신화에서 살
해당한 선조의 몸을 바탕으로 동식물과 천체 등 자연물이 창조된다
는 이야기가 나온다. 여기서 하이누벨레 신화소가 주목된다. 이것
은 제물봉헌 의식을 설명하는 것으로, 파푸아의 고대 농경 사회 특
유의 것으로 제물이 된 처녀(최초로 죽은 자)가 곡초로 변해서 식물
등에 생명을 가져다준다는 내용이다.

  하이누벨레 신화소는 죽음과 부활(재래)의 개념으로 발전하며 보
다 발달된 신화에서 인간 형상의 원초 존재를 소재로 한 세계 창조의

---

1) [역주] 핀란드 민족서사시. 이교시대(異教時代)부터 그리스도교 시대에 걸쳐
   핀란드 각지에 전승되는 전설, 구전, 가요 등을 집대성하여 이를 한 편의 서사
   시로 만든 것으로 50개의 장, 22,795행으로 되어있다.

개념으로도 발전한다. 아카드 신화에서는 엔릴 혹은 마르두크가 여신 티아마트를 죽여서 그 몸을 두 개로 나눈다. 상반신으로 천궁을 만들어 그곳을 천체의 형태로서 '위대한 신들의 집'으로 배분하고 하반신으로 대지를 만들고 이어 식물과 동물을 창조한다. 또 엔릴 혹은 마르두크는 압수가 죽은 후 티아마트가 결혼한 킹구를 물리치고 그 피로 에아의 협력을 받아 사람을 창조한다. 아카드의 우주기원신화는 어떤 의미로는 보다 고대의 수메르 소원신화와 대립한다.

고대 인도 신화(베다신화)에서는 신들이 거인 푸루샤를 희생시키는데 아카드 신화와는 달리 신들은 푸루샤에게 전혀 적의를 품지 않았다. 인도 신화의 발전에 따라 푸루샤는 창조자 데미우르고스 그 자체와 일치되어가기 때문에 우주발생론적 개념과 알에서 세계가 탄생한다는 신화 사이에 경계가 없어져 간다(푸루샤는 알에서 나와서 스스로 희생자가 된다!).

스칸디나비아 신화의 신들은 그들이 죽인 거인 이미르의 몸으로 세계를 창조한다. 이미르의 육체는 대지가 되고 머리는 하늘, 뼈는 산, 피는 바다가 된다. 이미르라는 이름은 고대 인도의 야마, 고대 이란의 이마와가 어원적으로 일치한다. 이것은 시조 관념과의 연관을 시사하며 서리의 거인들이 신들보다 먼저 출현하는 스칸디나비아 신화에서 이미르는 사실상 시조에 해당한다("이것은 이미르가 살아있던 옛날 시대의 일이었다"라고 〈에다〉의 "무녀의 예언"에 쓰여 있다). [2]

중국 신화의 여러 이본에서 판쿠는 시조이자 데미우르고스 그리고 세계 창조의 재료가 된 인간 형상 존재이다. 판쿠가 죽은 후 그의 몸에서 땅이, 뼈에서 돌과 금이, 체모에서 식물이, 두발에서 별

---

2) [역주] 〈에다〉의 뵐루스파(*Voluspá*) 3연에서. 영어본에서는 "In earliest times did Ymir live"라 이야기된다. 다음을 보라: L. M. Hollander, *The Poetic Edda* (2nd ed.), In "Voluspá", Austin, 1962, p. 2.

이, 땀에서 비와 이슬이, 눈물에서 강이, 혈관에서 길이, 눈동자에
서 태양과 달이, 숨결에서 바람이, 목소리에서 천둥이, 몸에 있던
기생충에서 인간이 태어난다. 때때로 인간을 판쿠의 아이들이라고
부르기도 한다. 일본 신화에서는 여신 이자나미의 몸에서 다른 신
들이 생긴다.

고대 아메리카(아즈텍 신화)의 신들은 대지의 여신을 둘로 나누어
반쪽으로 대지의 표면을, 다른 반쪽으로 천궁을 만든다. 여신의 두
발에서 수목과 꽃, 풀이 자라나고 입과 눈에서 강과 동굴이, 어깨
와 코에서 산과 계곡이 만들어진다. 우주발생의 과정은 사제적인
형이상학적 명상이 느껴지는 발달한 신화체계에서 신통계보로서 제
시되기도 한다. 신통계보에서 자연물을 모델화한 일부 신들이 때로
는 범상치 않은 방식으로(초자연적 존재의 표시) 다른 구체적 자연을
모델화하는 신들이나 추상적 관념을 모델화하는 신들을 탄생시킨
다. 가장 고대적이고 세계적으로 보편화된 선조 신의 쌍이 하늘인
아버지와 대지인 어머니이다. 한편 이들의 형상에서는 씨족 동맹의
선조인 '최초 인간들'의 우주화를 볼 수도 있으며 다른 한편으로는
부부와 가족 관계의 자연물화를 볼 수도 있다.

폴리네시아 신화의 마오리족 이본에서 하늘과 땅(랑기와 파파)은
우주발생의 과정의 발단으로 여겨지나 그들도 포(밤)와 아오(빛)라
는 신들에게서 태어났다고 되어있다. 포와 아오도 코레(無), 체(소
리), 쿠네(발전), 와오 누크(거대한 삼림), 베아(식물), 아카(氣根)
와 함께 베우(작은 뿌리)에서 태어났으며 베우는 푸(뿌리)에서 태어
났다고 한다. 3) 다른 폴리네시아의 우주신통계보 기원론에서 남성

---

3) [역주] 종종 표준으로 생각되는 목록은 베스트와 베크가 작성한 것이다. Te Po
   (미지(未知), 기원), Te Weu(공기의 뿌리), Te Pu(뿌리, 근원), Te Aka(덩
   굴 식물), 이 요소들은 모두 세계수(世界樹)의 이미지를 상기시킨다. E. Best,

시조는 아테아(공간) 또는 테툼(샘)이고 탄가로아를 최고신으로 모시는 지역에서는 탄가로아가 시조로 되어있다. 폴리네시아 신화에서는 진짜 판테온이 존재하는데 신들은 이들 최초 신들의 후예에 해당한다. 폴리네시아의 여러 섬 전체의 판테온에는 탄가로아, 타네, 롱고, 투(또한 이들은 일련의 음운론적인 변이체 이름을 가진다) 등이들어가 있고 이 밖의 다른 신들은 각각 지역적 의미를 가진다.

다호메 혹은 폰의 우주신통계보 기원론에는 수 세대의 양성구유신(兩性具有神)이 등장한다. 최초의 신 나나불루쿠가 쌍둥이 마부와 리자(달과 태양)를 낳고 마부와 리자가 대지, 바다, 번개 등을 모델화하는 다른 신들을 낳았다. 지상의 판테온에서 중심은 마부와 리자의 첫 아이들인 쌍둥이 다 조디이고 이어서 번개 신의 우두머리인 소(헤비오조)가 태어나고 그의 아이들이 하늘, 천둥, 비 등의 여러 형상을 체현한다. 그 바다의 신인 아그베, 수렵과 사냥의 신 아게, 철과 전쟁의 신 구, 공기와 호흡의 신 디오가 태어나고 마지막으로 트릭스터 레그바가 태어난다.

폴리네시아 신화와 매우 유사한 이집트 신화의 헤리오폴리스 이본도 자연물과 우주기원을 역시 연쇄적인 신들의 탄생으로 표현한다. 그에 따르면 라 아툼이 자가 수정에 의해서 대기(남성 원리)와 습기(여성 원리)를 의인화하는 슈와 테프누트를 낳는다. 슈와 테프누트는 대지 게부(남신)와 하늘 누트(여신)의 부모가 된다. 게부와 누트가 직접 낳은 자식이 중앙이집트 신화의 주인공인 오시리스, 이스트, 세토, 테르피스 등으로 이들은 우주기원 성격보다는 세시적 성격을 띤다.

수메르 신화체계의 신통계보 과정에는 엔릴이 참여한다. 그는 달의

Some Aspects of Maori Myth and Religion, Wellington, NZ, 1954; P. H. Buck, *The Coming of the Maori*, Wellington, 1952.

신 난나의 아버지이며 대기의 여신 닌릴이 낳은 지하계의 주인 네르갈과 그 형제의 아버지이고 닌후르그가 낳은 닌마의 아버지, 닌마가 낳은 닌크를라의 아버지, 닌크를라가 낳은 여신 우츠의 아버지이다(모두 근친상간). 그중 가장 중요한 역할은 거의 모든 것을 개개의 주인신들에게 할당하는 데미우르고스 문화영웅으로서의 활동이다.

아카드 신화, 페니키아 신화, 히타이트 후루리 신화, 그리스 신화에 있어서 우주신통계보 기원의 과정은 신들의 세대교체 및 세대 간 충돌과 밀접하게 연관된다.

발달된 신화체계에는 사고와 언어의 힘에 의해서 개개의 자연물뿐 아니라 세계 전체가 창조되는 일련의 예가 있다. 예를 들어, 이집트 신화의 라 아툼은 신들로 의인화된 우주적 자연물을 물리적으로(비록 자가 수정이라는 방식이지만) 낳는데 프타는 '마음과 언어'만으로, 즉 사물의 명명만으로 세계를 창조한다. 성서의 창조신도 동일한 방식으로 행동하는데 성서의 창조신은 이집트 신들과는 반대로 자연물로부터 완전히 분리된다. 이러한 중간 단계의 좋은 예가 수메르 아카드 신화로, 여기서 신들은 자연물이나 자연현상과 연결되기는 하지만 완전히 일치되지는 않는다.

발달된 신화체계의 우주기원신화에서는 신들의 질서화 활동이 카오스, 즉 무질서로부터 조직적인 코스모스로의 변화보다 명확하고 충분하게 의식된다. 이것이 고대신화를 포함한 모든 신화의 기본적이며 가장 중요한 내적 의미이다.

잘 알려졌듯이 무질서의 엔트로피는 정보에 의해 극복되는데 구조화에 관한 이야기, 즉 카오스의 원초상태에서 질서의 세계가 형성되는 이야기로서의 우주기원론은 월등한 신화적 정보이다. 카오스의 형상 그 자체가 폴리네시아, 일본, 중국, 고대 아메리카(콜럼버스 이전), 이집트, 바빌로니아, 그리스, 스칸디나비아, 유대 등의 여러 신화에 나온다.

카오스는 대부분 어둠 또는 밤, 무(無) 또는 입을 벌린 심연, 물혹은 물과 불의 무질서한 상호작용, 알(卵) 내부의 무정형으로 혹은 뱀이나 용, 고대의 거인, 이전 세대 신들이라고 하는 개별적 지하계의 존재로서 구상화된다. 카오스에서 코스모스로의 변모란, 즉 '어둠'에서 '빛'으로, '물'에서 '육지'로, '무'에서 '물질'로, '무형'에서 '정형'으로, '파괴'에서 '창조'로 이행함을 말한다. 예를 들어, 어둠(밤)은 폴리네시아 신화(서폴리네시아 이외), 일부 아프리카 부족신화, 푸에블로 인디언 신화에서 볼 수 있으며 부분적으로는 인도 신화(《리그베다》,《마하바라타》), 그리스 신화(헤시오도스, 오르페우스교의)에서도 볼 수 있다.

중국 신화, 뉴질랜드의 마오리 신화, 그리스 신화의 오르페우스이야기에서 밤은 하늘과 땅의 어머니로 나온다. 폴리네시아 신화에서는 어둠과 명계(포)가 우주기원 과정의 발단으로서 무(코라)와 경쟁한다. 입을 벌린 심연은 그리스 신화(헤시오도스와 오르페우스교)와 스칸디나비아 신화(《에다》)에 나오는 것으로 타르타로스, 긴눙가가프라고 불린다.

고대 이집트 신화에서 카오스의 개념은 어원상 어둠(헤프)과 연결되었다. 그러나 무엇보다 먼저 고려되는 것은 원초의 대양(눈)의 형태로서의 물의 카오스 또는 (헤르모폴리스 이설에서) 대양의 여러 양상을 나타내는 다섯 쌍의 신들로 구현되는 물의 카오스이다. 물의 카오스에는 수중에서 모습을 나타내는 최초의 흙덩어리 혹은 작은 언덕이 대립하는데 그것과 함께 헤리오폴리스에서는 아툼(라 아툼)이 연상되고 멤페스에서는 프타가 연상된다.

수메르 신화에서는 원초 바다의 심연 형상인 아브추가 나오는데 그 심연 위에 가장 행동적인 신 엔키가 거처를 짓고 대지, 담수, 유약을 칠한 땅에서의 농작을 표상한다고 한다. 인도 신화에서는 어둠의 표상과 심연의 표상(지하의 무서운 심연으로서의 '아사트')이 있으나 동시에 밤 또는 카오스에서 생긴 원초 수계(水界)의 표상이 나온다.

바다라는 자연의 시원이 있고 그 핵으로부터 대지가 출현하거나 창조된다는, 즉 바다가 시초라고 하는 관념은 실은 보편적으로 오스트레일리아 신화로부터 거의 모든 신화에서 볼 수 있다. 이보다 빈도가 낮은 것이(스칸디나비아 신화와 이란 신화가 전형적인 예) 두 개의 자연현상, 즉 물 또는 얼음과 불의 상호작용으로 세계가 발생한다는 모티브이다. 원래 불의 우주기원론적 의미는 이중적인 것으로, 불은 자연과 문화의 경계에 존재한다고 생각된다.

아메리카 인디언 신화와 시베리아 신화에서 최초 대양으로부터 파도를 헤치고 흙덩어리를 가져오는 것이 잠수새이다. 폴리네시아에서는 마우이가 물고기 섬을 낚아 올린다. 스칸디나비아 신화에서는 아스족이 대지를 끌어올리거나 또는 번개 신 토르가 혼자의 힘으로 해저에서 '중앙 대지의 뱀'을 낚아 올린다. 이집트 신화에서 대지는 끌어올려지는 것이 아니라 수면으로 얼굴을 내밀어 언덕이 되고(이 특수한 모티브는 나일 강 범람의 광경에 대응한다), 이 최초의 언덕이 신격화되어 태양신 라 아툼과 동일시되기도 한다. 프라프마나 신화에서는 파라쟈파티가 멧돼지가 되어 대지를 물에서 끌어올린다. 인도 신화에 나오는 연꽃이나 용 셰샤의 등을 타고 최초의 물 위를 떠다니는 창조신의 형상 프라프마나 비슈누도 특징적이다. 성서에서 역시 신은 물 위를 이동하였다.

대양의 시원성에 관한 우주발생론적 관념에는 육지가 세계 대양에 둘러싸였다고 하는 우주모델이 대응한다. 이 경우 때때로 하늘도 위에 있지만 바다나 다름없는 무엇으로 생각된다. 물의 카오스라는 이미지는 시초에 발생한 세계 홍수라는 유명한 모티브의 기반이 되기도 하였다.

  무형의 물로부터 육지로의 이행은 신화의 카오스에서 코스모스로의 변화에서 불가결한 가장 중요한 행위로서 등장한다. 같은 맥락에서 더 나아간 것이 대지에서 하늘이 분리되는 것이다. 하늘과 세계 대양이 시원적으로 동일하다는 생각을 고려해 보면, 이 분리는 사실상 최초 행위와 같은 것은 아니라고 보일지도 모른다. 그러나 이 행위를 처음에는 아래쪽에, 다음에는 위쪽에 반복함으로 해서 '지상', '하늘', '지하'의 3영역이 구분되고(이중 분할에서 삼중 분할로의 이행) 중간 영역의 가운데 대지가 아래쪽의 물의 세계와 위쪽의 천계와 대립하게 된다. 이렇게 해서 대지와 하늘 간의 분리 불가분한 공간을 포함한(많은 경우 이 공간은 세계수의 형상에 의해서 나타난다) 일종의 '정상적인' 삼중 분할 우주 구조의 도식을 얻을 수 있다. 하늘과 땅은 대부분의 경우 남성 원리와 여성 원리로서, 즉 신통계보의 과정 또는 우주신통계보의 기원 과정의 발단에 위치하는 부부로서 해석된다. 그것은 폴리네시아 신화의 마오리 이본의 만기와 파파이고 이집트 신화(헤리오폴리스 이전)의 게브와 누트, 그리스 신화(헤시오도스에 의한 전승)의 우라노스와 가이아, 고대 인도 신화의 디아우스와 프리트히비 등이다.

  천지 분할의 위업에 관해 폴리네시아 신화에서는 칸갈로아 투 또는 타네 또는 반신(半神)인 루나 모노피티 혹은 문화영웅 마우이의 공적이라고 한다. 이집트 신화에서는 대기를 체현하는 신 슈, 수메르 신화에서는 엔릴의 공적이다(엔릴은 문화영웅이며 동시에 바람의 신이다). 인도 신화에서는 하늘과 땅의 자식인 인드라의, 중국 신화에서는 데미우르고스인 판쿠의 공으로 되어있다. 인드라와 판쿠는 스스로의 성장에 맞춰서 대지의 분리를 확대시킨다. 여기서 물로부터의 대지의 출현, 세계 홍수나 지하수의 억제는 일반적으로 우주적 질서화의 요인으로 볼 수 있지만 어머니 대지 자신이 카오스의 힘과 계속 연결된 경우도 종종 있다는 점을 잊어서는 안 된다. 즉, 대지의 표면이 질서 잡힌 문화의 영역이 되었다 하더라도 대지의 내부에 명계가 있고 그곳에 여러 마물(魔物)이 살기 때문이다. 그래서 여성 원리는 물이라고 하는 시원(始原)이나 카오스와 함께 연상되며 일반적으로 '문화'가 아닌 '자연'으로 이해되는 것이다. 특히, 가부장주의 이데올로기가 강해지면 이러한 경향도 두드러진다.

중국의 카오스의 형상에서는 최초 인간의 모티브를 '완성되지 않은' 태아적 존재로 보편화한다. 카오스는 때때로 인간의 형상을 하는데 눈, 귀, 코, 입 등의 '구멍'이 없는 생물로 표상되거나 눈이 보이지 않고 귀가 들리지 않으며 내장도 없는 곰과 비슷한 개로 표상되기도 한다. 그 카오스는 도덕적인 국면을 가져서 선량한 자에게는 짖고 악한 자에게는 아첨한다.

이미 논했듯이 카오스 세력은 다양한 마물적 형상으로 출현하고 그들에 대한 승리는 우주발생 과정으로서 또는 적어도 우주 질서 유지의 수단으로서 의의가 부여된다.

카오스에서 코스모스로의 변화는 아직 고대성을 보존한 신화에서 시조나 문화영웅과 형상적으로 변별이 불완전한 신화적 용사들이 지하계의 괴물과 싸우는 이야기 속에서 나타난다. 마우이, 까마귀, 에크바 피리쉬 등의 전형적인 트릭스터 문화영웅은 제외하더라도 아메리카 인디언의 구전전승에서 괴물과 싸우는 쌍둥이 영웅들을 보자. 그들도 문화영웅임에는 틀림없지만 다른 유형이다. 선조의 평온을 방해하는 지하계의 괴물을 퇴치한다는 사명을 띤 용사들인 것이다. 여기서는 영웅 이야기의 성격이 보인다. 신화와 서사문학의 경계에는 그리스 신화의 헤라클레스, 테세우스 등 괴물과 싸우는 용사들이 있다. 프로메테우스, 에피메테우스, 헤파이스토스, 헤르메스, 헤라클레스는 매우 오래된 전통에서 나오는 문화영웅의 유형적 변종의 조합을 모두 제시한다.

영원히 티탄족을 무찌르고 중간계의 뱀과 싸우는 스칸디나비아 번개의 신 토르와 중국 신화의 사수 이는 용사 유형의 신화 인물에 가깝다. 토르와 이는 우주기원적 양상을 명확히 보인다. 왜냐하면 중간계의 뱀도, 이가 활을 쏴 떨어뜨리는 태양도 우주기원 체계의 일부이면서 동시에 이를 파괴하는 카오스의 힘이기 때문이다. 스칸디나비아 신화에서는 토르와 오딘 그리고 다른 신들이 지하의 세력인 요르문간드(세계뱀), 교활한 로키가 여자 거인에게 잉태시킨 늑대 펜리르와 죽음의 헬이라고 하는 괴물의 모습을 한 영원한 카오스의 원천을 억누르려고 한다. 늑대는 쇠사슬에 묶이고 뱀은 바다에 가라앉혀지고 헬은 명계로 쫓겨난다. 그러나 이들은 여전히 코스모스에 대한 잠재적 위험을 가졌다. 신화에서 적과의 싸움이나 결투는 거의 대부분 우주론적 의미를 가지며 카오스에 대한 코스모스의 승리를 입증해준다.

어둠에서 빛으로의 이동은 태양을 삼켜버린 우주괴물을 쓰러뜨린 결과이거나 천체를 소유하는 주인에 대한 승리의 결과로 표상되는 경우가 있다. 그러나 물의 카오스의 평정과 관련된 뱀(용)과의 우주기원론적 투쟁이 보다 일반적이다. 대부분 신화체계에서 뱀(용)은 물과 연관되고 때때로 그 약탈자로 나타나며 홍수나 가뭄으로, 즉 절제의 파괴, 물의 '균형'을 파괴함으로써 위협적 존재로 나타난다(아메리카 인디언 신화에서 개구리나 새의 역할도 참고해 보라). 코스모스는 질서, 절제와 동일시되기 때문에 당연히 카오스는 절제의 파괴로 생각된다. 천체의 부족/과잉('잉여의' 태양의 제거라는 모티브는 중국뿐 아니라 시베리아, 북아메리카 등에도 있다) 처럼 홍수/가뭄도 문제가 된다.

라 아툼은 지하계의 뱀 아포프와 싸우고 인드라는 뱀의 모습을 한 브리트라와 엔키, 니누르타 또는 이난나는 명계의 주인인 쿠르와 이란의 티슈트리아(시리우스)는 사악한 정령의 아파오샤와 싸운다. 아포프, 비르트라, 쿠르, 아포쉬(아포프와 같음)는 모두 우주의 물을 지배한다. 엔릴 또는 마르두크는 압수(수메르의 아브추를 참고)의 아내이며 카오스의 어둠의 물을 의인화한 용의 몸을 한 태모(胎母) 티아마트를 쓰러뜨린다. 성서에는 용 혹은 물의 카오스를 나타내는 신비스러운 물고기(라합, 테홈, 레비아탄)와 신과의 싸움을 시사하는 곳이 있다. 유이(우)의 우주 홍수와 영웅적 싸움은 간교한 물의 주인공 군군(홍공)과 그의 '측근자'인 머리가 아홉 개 달린 시안류(상유)를 죽이고 나서 끝난다.

인드라와 브리트라 간의 싸움이 가지는 우주발생론적 의미는 트바슈타르의 목이 세 개 달린 자식으로 세계를 삼키려는 비슈바루파 살해의 모티브로 인해 배가된다. 앞서 논했듯이 카오스 세력과의 싸움은 많은 경우, 특히 지중해 지역의 신화에서 신들의 세대 간 투쟁의 형태로 나타난다. 그것은 신격화된 왕의 제의적 살해와 관련된 풍속이 반영되었다고 볼 수 있다. 신들의 세대 간 권력투쟁은 히타이트 후루리 신화, 아가리트 신화의 일부에도 묘사되는데 이 투쟁을 카오스에서 코스모스로의 변화로 보는 해석은 바빌로니아(아카드) 신화와 그리스 신화에서 훨씬 명확하게 나타난다.

마르두크와 티아마트의 싸움은 바빌로니아 신화에서는(저명한 텍스트 "에누마 엘리쉬") 구세대에 대항하는 신세대 신들의 싸움으로 취급된다. 에아가 주술적인 방법을 써서 살해된 곳에 해가 미치지 못하도록 한 뒤 그곳에 집을 지어 에아의 아내가 마르두크를 낳도록 한다. 다음에 마르두크가 젊은 신들을 이끌고 티아마트와 무서운 킹구가 이끄는 괴물 군대(뱀, 용, 전갈 등)를 물리친다.

헤시오도스의 《신통기》에 의하면 하늘과 땅을 의인화하는 우라노스와 가이아의 자식들은 손이 백 개인 거인들, 외눈의 키클롭스들, 티탄 등이다. 일정한 형태가 없는 손이 백 개인 거인들과 키클롭스들에게 두려움을 느낀 우라노스는 그들을 대지의 내부에 가두어 버렸다(타르타로스에 던져버렸다). 여기서는 지하 괴물에 관하여, 카오스와, 즉 물의 카오스가 아니라 지하의 카오스와의 근접성을 이야기한다. 출산에 지친 가이아가 이에 불만을 품고 자식들을 부추겨 아버지에게 복수하도록 한다. 크로노스가 우라노스를 거세하고 그의 자리를 차지한다. 우라노스가 흘린 피에서 복수의 여신들과 양심의 여신들이 태어나고 우라노스의 정액의 거품에서 여신 아프로디테가 탄생한다. 즉, 아프로디테는 고전적 미와 균형에도 불구하고 역시 농경과 다산의 여신으로 대지와 연결되고 물의 카오스와 연결되기도 한다.

황금시대를 지배했다는 크로노스와 레아(그 유형적으로 볼 때 가이아의 분신) 사이에서 올림포스의 신들이 탄생한다. 크로노스는 자식들에게 권력을 빼앗길까 두려워 자식들을 삼켜버리지만 어머니의 도움으로 살아난 제우스가 크로노스와 티탄들을 물리친다.

젊은 세대의 신들과 티탄들의 싸움은 가이아와 타르타로스의 자식으로 머리가 백 개인 괴물 티폰에 대한 제우스의 승리로 끝을 맺는다. 티폰도 반신뱀인 에키도나와의 사이에서 태어난 머리가 두 개인 개 오르토루스, 지옥의 개 케르베로스, 레르네의 히드라, 키메라라고 하는 전형적인 지하 괴물들의 아버지가 된다(스칸디나비아 신화의 로키의 후손들과 비교함과 동시에 티탄들을 스칸디나비아 서리의 거인들과도 비교해 보라). 헬레니즘 시대의 자료(클라우디아누스와 아폴로도로스)에서는 올림포스의 신들과 가이아가 낳은 하반신 뱀인 거인들과의 싸움에 관해서 이야기한다.[4] 신들은 헤라클레스의 도움을 통해 최종적으로 승리한다〔거인의 전투(기간토마키아)〕. 그리스 신화에서 카오스 극복의 과정의 특징은 아직은 완전히 자각되지 않은 상태로 나타나는 미적 규범이다. 여기서 이상(理想)은 부분 간의 균형과 신체적 조화이다.

우주발생론의 양상은 의심할 여지없이 이원론적 이란 신화의 아후라 마즈다와 안라만유의 싸움, 이란 신화의 최초의 왕들과 용의 싸움, 즉 프레톤과 아지다하카, 쿠르사스파와 스루바르의 싸움, 불의 아타르와 어둠의 용과의 싸움 그리고 미트라와 무시무시한 소와의 싸움 등에서 보인다. 카오스를 코스모스로 바꾸는 우주발생론적 행위는 아니라 하더라도, 적어도 위협이 되는 카오스의 세력에서 코스모스를 지키는 행위로 여겨지는 것이 신화영웅과 그리고 이에 이어서 서사문학의 영웅들의 괴물, 마물 등과의 싸움에 관한 다른 일화들이다.

예를 들어서 이집트 신화에서는 호루스가 세토와(세토가 북방, 사막, 가뭄 등을 상징하는 후대의 이설에서), 엔릴, 우가르반다, 길가메시가 새인 주와, 길가메시와 엔키두가 맹우(猛牛)나 괴물 후바바 훔바바 등과(수메르 아카드 신화, 서사문학에서) 테슈브가 거인 울리쿠미 또는 용과(히타이트 후루리 신화) 바알이 사막에서 모토 및 반인반우(半人半牛)의 괴물과(페니키아 신화) 아폴론이 피폰, 티튜오스(티튜오스에 대한 승리와 델포이 신전 건립은 명백히 지하의 카오스 세력의 진압으로 해석된다)와 헤라클레스, 페르세우스, 테세우스가 여러 괴물, 즉 크레타 섬의 미노타우로스, 메두사-고르곤 등과 시

4) [역주] 클라우디아누스(Claudinus, ?370 ~ A. D. 404) : 로마의 시인. 황제 호노리우스의 궁정시인. 고트 전쟁을 묘사한 것으로 유명하다. 아폴로도로스 (Apollodorus, ?180 B. C. ~ ?) : BC 2세기 경 고대 그리스의 문법학자. 다음을 보라 : M. Simpson, *Gods and Heroes of the Greeks*, Amherst, 1986.

바와 그의 자식 스칸다도, 더 나아가 크리슈나와 라마(비슈누의 아바타 "화신")가 마물과 싸운다.

괴물과의 싸움은 신화 서술의 본류를 계승하는 고대 서사의 중심 테마이다(예를 들어 시베리아와 카프카스의 민족들에게 있어서 또는 티베트, 몽골의 게세르를 둘러싼 서사시에서). [5] 반복하지만 우주발생론적 차원이 세시적, 종말론적, 역사적 차원 뒤로 물러난 후에도 신화서사문학에서 이러한 싸움의 해석은 계속해서 카오스에 대한 코스모스의 옹호로 의미화된다.

이 경우 카오스 세력의 패배는 코스모스적인 질서 유지를 위해서 신들이나 영웅들에 의해서 몇 번이나 반복된다.

카오스를 체현하는 신화적 존재는 싸움에 져서 사슬에 묶이고 나락에 던져지지만 때때로 우주의 끝, 대양의 해변, '아래'의 지하계, 천상의 한 변방 등에서, 즉 신화공간적 세계모델에 상응하는 장소에서 계속해서 존재한다. 예를 들어, 스칸디나비아 신화에서 서리의 거인족은 시간적으로는 아스족보다 먼저 출현하였지만(부분적으로 구세대 신들의 역할을 한다) 공간적으로는 대지의 끝 대양에 가까운 한랭지, 특히 동쪽을 그 거주지로 하고 토르가 그곳으로 원정을 간다.

카오스에서 코스모스로의 변모는 지금까지 논했듯이 자연과의 대립에서 문화가 분리해나간 과정이라 할 수 있다. 문화영웅의 예외적인 역할에 관해서는 이미 앞에서 논했다. 그러나 자연과 문화의 명확하고 의식적인 대립은 보다 발달된 신화의 영역에 속한다. 예를 들어, 고대 서사 작품을 보면 이러한 대립은 〈오디세이〉의 키클롭스의 형상에서도, 길가메시와 엔키두라는 두 형상의 대조에서도, 따라서 도시 국가 우르크와 원시 사회의 용사 엔키두가 동물들과

---

5) [역주] R. A. Stein, *Recherches sur l'épopée et le barde au Tibet*, Paris, 1959; R. Paul, *The Tibetan Symbolic World*, Chicago, 1982.

사는 미개지의 대조에서도 볼 수 있다(토인의 작은 집에 사는 소년과
관목 속에서 나온 소년이라는 아메리카 인디언 신화의 쌍둥이 형상에서
문화와 자연의 대립의 맹아가 보인다). 커크가 대표 저서 《신화: 고전
과 그 문화에 있어서의 의미와 기능》에서 자연과 문화의 대립은 원
시성의 특징이며 〈오디세이〉와 〈길가메시〉에서 자연과 문화의 대
립이 약해진다고 말하는 것에는 찬성하기 어렵다. 6)

6) G. S. Kirk, *Myth, its Meaning and Functions in Ancient and Other Cultures*,
   Berkeley/Los Angeles, 1970.

제9장

우주모델

발달한 신화체계에서 우주 생성론 신화에는 공간에서 전개되는 구조적으로 명확한 우주모델이 상응한다. 그러나 이 모델은 오직 우주 생성론 신화로부터 도출되는 것이 아니라 제의의 분석이나 언어의미론 등에서 추출되는 "내재적 신화"의 이용으로 부분적으로 재구축될 수 있다. 이미 보았듯이 일련의 우주 생성론에서는 세계를 우주적 인체로 보는 생각이 지배적이다. 그리하여 우주의 여러 부분이 인체 부분과 대응하고 대우주와 소우주가 통일된다.

그러나 인간 형상의 모델과 함께 동물형 모델, 특히 짐승형 모델의 흔적도 남아있는데 짐승형 모델의 경우 대부분 우주 전체가 아닌 대지를 대상으로 한다. 즉, 대지는 거대한 사슴(엘크)이거나 거북의 등 또는 뱀의 머리로 되었고 뱀, 물고기, 코끼리, 고래 등에 의해 받쳐진 형태를 띤다. 이러한 신화는 북아메리카 인디언이나 인도, 시베리아, 아르메니아와 이란, 스칸디나비아 등의 신화에서 찾아볼 수 있다. 가장 확실한 예가 스칸디나비아의 "중간계의 뱀" (중간계 = 대지) 요르문간드이다. [1]

---

1) [역주] 북구 신화에 나오는 뱀, 세계 뱀 요르문간드에 관해서는 다음과 같이 이

수생(水生) 혹은 반수생 짐승형 형상이 많은 것은 아마 대지가 세계해(世界海)에서 출현했다는 생각 또는 대지 밑과 그 주위로 물의 카오스가 둘러싸고 있다는 생각과 연관되었을 것이다(자신의 어깨로 대지를 받치는 인간 형상과 비교해 보라). 가장 보편화된 우주모델인 인간형상 모델(푸루샤-이미르 타입)과 경쟁하거나 동일시되는 것이 식물모델이다. 식물모델은 거대한 세계수의 형태를 하는데 때로는 거꾸로 뿌리가 위로 간 경우도 있다. 일부 인디언 신화에서 세계수는 식물로부터 기원한다(세계수는 때로는 운명의 나무이기도 하다. 예로 이르쿠츠크 신화에서는 세계수에서 출산과 성공의 여신이 나오고 스칸디나비아 신화에서는 그 뿌리 밑에 운명의 여신들 노른이 산다). 실제로는 이 모든 모델이 혼합되었는데 동물의 형상은 지하계로 밀려나고 세계수는 유인원 형태의 원초 존재가 창조한 세계를 구조화하기 때문이다.

세계수와 인간 형상의 신격이 혼합되는 경우가 많음이 주목된다. 예를 들어, 이집트인은 여신 누트를 나무의 형상으로 묘사하였고 제우스는 신성한 떡갈나무와 밀접하게 연관되었다. 마야 신화에서 세계수는 도끼로 무장한 비의 신의 거처이기도 하고 때로는 불의 신의 거처이기도 하다. 슬라브와 일부 스칸디나비아 신화에서도 세

야기된다. 북구 신화의 트릭스터 로키가 아스가르드(신들의 나라)에 있는 조강지처 시긴을 두고 요툰헤임(거인국)으로 가서 거인족 여인 앙그르보다와 살을 섞어 파멸의 자식 셋을 낳는데 그중 하나가 요르문간드이다. 운명의 여신 노른의 예언(로키의 세 자식이 앞장서서 라그나뢰크를 이끌 것이라는 예언)으로 인해, 오딘은 요르문간드가 어렸을 때 바다에 버렸다. 하지만 거대한 뱀으로 성장한 후 세계의 바다를 뒤덮는 듯 표현되는 세계 뱀 요르문간드는 나름대로 상당히 매력적이다. 낚시하던 천둥신 토르한테 해머로 한 대 맞고 바다로 도망쳤던 일화도 존재한다. 훗날 요르문간드는 라그나뢰크 때에 가서는 지상에 해일을 일으키고 토르와의 싸움에서 죽임을 당한다.

계수는 번개의 신과 연관되었다. 실제로 스칸디나비아 신화에서 세계수와 밀접하게 연관된 것은 토르보다는 헤임달(세계수의 파수꾼)과 최고신인 오딘이다. 오딘은 스스로를 세계수에 못 박아 매달려 있다(샤머니즘의 나무와 십자가 나무와 비교해 보라). 세계수에 있는 인간 형상을 띤 신격의 형상이 푸루샤나 이미르의 개념으로서 인간 형상화된 우주의 모습을 어느 정도까지 반영하는지 말하기 어렵다. 물푸레나무인 이그드라실이라는 세계수에 매달린 오딘의 시련이 샤머니즘 의식의 성격을 띤 것은 결코 우연의 일치가 아니다. 시베리아 샤머니즘에서는 세계수와 샤먼의 연관성이 매우 밀접하고 다양한데 이것은 무엇보다도 샤먼이 세계수의 도움으로 인해 중개자 혹은 매개자로 기능하면서 인간과 신, 하늘과 땅 사이의 연결을 유지할 수 있기 때문이다.

이와 같은 결합의 초기 형태는 오스트레일리아를 포함한 다른 고대신화권에서도 볼 수 있다. 세계수(물푸레나무, 떡갈나무, 낙엽송 등)는 보통 다양한 동물 존재, 특히 우주의 수직 위계에 따라 여러 단계를 표시하는 동물 존재와도 연관되었다. 최상부에 새가, 대부분 독수리가 있고[이는 인도유럽어족 신화의 경우로 이집트 신화의 불사조(피닉스)와 비교해 보라], 뿌리에는 뱀이 있으며(예를 들어, 스칸디나비아 신화체계의 니드호그는 요르문간드 뱀의 분신이라 할 수 있다) 중간 단계에는 초식 동물이(이그드라실 줄기를 씹어 먹는 산양과 사슴), 때로는 다람쥐가 나무기둥을 돌며 '상', '하' 간의 매개자 역할을 한다.

토포로프는 수직 위계의 동적 과정의 이상적 모델이자 수평적 안정 구조의 이상적 모델이기도 한 세계수를 인류가 가진 세계관의 전 역사에 걸쳐서 다른 여타 요소를 조직화하는 중요한 우주적 표상으로 고찰한다.[2]

세계수는 무엇보다도 수직적 우주모델의 중심 형상으로, 원칙적으로는 하늘과 대지("중간계"), 지하계의 삼분할(三分割)과 연관되었다. 삼분할은 기초를 구성하고 또 1, 3, 4, 5, 7, 9, 10층과 그 이상의 층으로 성립되는 천상계와 2, 3, 7 층으로 성립되는 하층계가 존재하는 보다 복잡한 계단식 모델을 구성한다. 이러한 삼분할은 '상', '하'의 이원대립과 아래 세계를 사자와 지하계적 악마의 장소로, 상부 세계를 먼저 신들의 거처로 하고 이어 '선택된' 자들의 사후 거처로 지정하여 이루어진다. 이러한 의미에서 스칸디나비아의 우주모델에서 죽은 자의 지하 거처인 헬과 오딘이 전투에서 죽은 영웅적인 병사들과 연회를 즐기는 하늘의 발할라가3) 대립한다.

고대 지중해, 북아메리카 인디언, 시베리아의 여러 민족 등의 신화에서는 하부 세계의 죽은 자가 고통을 받으나 선택된 죽은 자들은 왕국에서 안락을 누린다는 막연한 이미지가 존재하는데 유대그리스도교 전통에서는 지옥과 천국의 대립이 보다 명확해진다.4) '위의' 세계와 '아래' 세계의 중간에 놓인 인간의 거처로서의 지상은 주로 '중간 세계', '중간계'로서 표시된다(예를 들어, 스칸디나비아 신화와 시베리아 민족의 신화에서).

천상에 관한 신화체계가 발달하고 하늘이 신들의 거처가 된 결과, 오스트레일리아의 꿈의 시대 유형의 신화시대가 그러하듯 천상

---

2) V. N. Toporov, "L'albero universalle: Saggio d'interpretazione semiotica", Yu. M. Lotman and B. A. Uspensky (Eds.), *Ricerche semiotiche: nuove tendenze delle scienze umane nell'URSS*, pp. 148~209. Turin, 1973; B. Oguibenine, "Cosmic Tree in Vedic and Tamil Mythology: Contrastive Analysis", 1984.

3) [역주] 발할라(Vahöll)는 게르만 - 스칸디나비아 신화에서 전투에서 죽은 전사들을 위한 천상의 궁전, 천국이다. 이 신화에서 주신 오딘이 아스가르드에 가졌다는 저택의 이름. "전사자의 저택"이라는 뜻이다.

4) [역주] C. Segre, *Fuori del mondo: I modelli nella follia e nelle immagini dell'aldilà*, Torino, 1990.

의 '사건'과 천상의 지형이 패러다임적 성격을 띠게 된다.

불사신들의 판테온이 등장하는 발달된 신화체계에서 인간은 영웅이라 할지라도 하늘과 불사(不死)에 도달하는 것이 용납되지 않는다. 이 불사의 모티브는 메소포타미아의 아카드 왕국의 아다파, 에타나, 길가메시에 관한 이야기에서 특히 많이 사용된다. 그들은 그리스의 프로메테우스 혹은 그와 비슷하게 신들에 의해서 산에 묶인 카프카스의 영웅들인 아미라니, 아브르스킬, 아르타바즈드, 므게르처럼 일정한 반신적 특징을 띤다. 보다 고대의 신화체계, 예를 들어 시베리아 일부의 민족과 북아메리카의 신화체계 등에서는 모든 세계들 간의 중개자 역할을 한 신화적 영웅이나 샤먼 일부만이 특별히 지상에서 하늘로 올라갔다가 지상으로 되돌아올 수 있다. 반대로 아프리카 일부와 인도, 시베리아 신화체계에서는 신들 혹은 신들의 사신, 문화영웅, 용사들이 문화 전수, 마물 퇴치, 종교 의례 도입이라는 사명을 띠고 하늘에서 지상으로 내려오는 경우도 있다. 이렇게 해서 천지 분할이라는 우주 탄생 행위에 의해서 수직방향으로 우주공간을 질적, 변별적으로 특징짓기 위한 필요불가결한 전제가 만들어지는 것이다.

고대신화에서는 과거에 하나였던 하늘과 땅 사이로 길이 열리게 되는데 그 길은 위로 자라나는 나무와 기둥, 산, 하나의 끝이 다른 것의 꼬리를 찌르듯 놓인 화살의 사슬, 무지개다리, 빛, 계단 등을 따라 열린다. 흥미롭게도 우주모델에 있어서 세계의 기둥이나 높은 산은(의인적 원초 존재는 말할 것도 없고) 세계수와 같은 기능을 한다. 그들은 하늘과 땅을 연결할 뿐 아니라 하늘이 떨어지지 않게 받쳐주기도 한다.

폴리네시아, 시베리아, 아메리카, 아프리카, 이집트, 인도 등의 신화체계의 수평적 우주모델에서는 중심과 연관된 네 개(때로 여덟 개)의 탑, 기둥 또는 나무는 일반적으로 네 개의 모서리를 따라, 즉 4방위를 따라 나온다. 스칸디나비아 신화에서는 천공이 동서남북이라는 이름의 네 명의 난쟁이에 의해서 받쳐지는데 이 난쟁이들은 세계수와 그 파수꾼인 헤임달의 형태로 중심과 조건적으로 연관된다. 그러나 많은 경우 인간 형상 또는 동물형의 신들 또는 다른 신화적 존재가 파수꾼 역할로 4방위, 즉 사각형 수평모델의 네 모퉁이를 상징한다.

알곤킨5) (오지브와족) 신화에서는 파수꾼으로 네 마리 새가 등장하고, 인디언 프에블로(나바호족) 신화에서는 곰, 다람쥐, 호저가 네 마리씩 나온다. 콜럼버스 이전의 문화에서도 동물과 신들이 방위의 파수꾼으로서 등장하고 그 방위는 각각 다른 색으로 표시된다. 예로 마야족에는 중심의 세계수와 상관관계가 있는 네 그루의 나무가 그 꼭대기에 새를 둔 형태로 4방위에 서 있다. 4방위는 하늘을 받치는 바카브, 바람의 신 파바츠투니, 비의 신 차크와 연상되는데 동쪽은 빨간 색의 바카브와 파바츠투니, 차크와 연상되고, 북쪽은 하얀색의 신들과 연상되는 식이다. 비의 신의 형상은 올메카의6) 재규어 신에서 발전된 것 같다. 아즈텍 신화에서 4방위를 지키는 신들은 여러 색깔의 테즈카틀리포카이다.

하늘을 받치고 서 있는 신들이 존재하는 이러한 사부구성(四部構成) 시스템은 이집트에도 있고 각 방위와 일정한 수호신과의 연결은 바빌로니아에도 있는데 중국과 인도의 신화 그리고 여러 나라에 있는 불교신화는 이러한 고전적 수평모델을 보여준다. 고대 중국 신화에서는 중앙의 최고 통치자인 후안티(황제, 黃帝)에 대해서 동쪽의

---

5) [역주] 알곤킨와카시(Algonkin-Wakasi) 대(大)어족: 아메리칸 인디언 어족의 하나로 캐나다, 미국의 넓은 지역에 분포한다.
6) [역주] 올메카는 '고무나무의 땅에서 나온 사람들'이라는 뜻이다.

통치자인 푸쉬(伏羲), 서쪽의 샤오하오(少昊), 북쪽의 추안슈(顓頊), 남쪽의 양티(炎帝)와 추준(祝融)이 대립한다.

고대 인도 신화에서는 방위의 파수꾼(아사팔라, 로카팔라)의 개념이 널리 퍼졌다. 초기의 브라마나[7] 우주론에서 이 역할을 하던 것이 아그니(동), 바르나(서), 야마(남), 소마(북)인데 이후 신들의 이름은 완전히 변형된다. 탄트라에서[8] 중앙과 4방위를 상징하는 다섯 명의 디아니붓다(五方勝佛)의 교설이 발생한다. 방위의 수호자인 네 명의 신은 인도불교에서 라마교로 전해졌다. 이에 상응하는 우주론이미지를 시각적으로 구상화한 것이, 융이 큰 관심을 가졌던 티베트와 몽골의 만다라이다.

사각형의 수평 우주모델은 카시러에 의한 방위 판정에 그 기원을 두는데 이것은 세계해(물의 카오스)에서 나와서 사방이 바다로 둘러싸인 대지라는 우주기원신화의 이미지와 겹쳐진다.

이 밖에도 4방위에 따른 수평 방향의 정위(定位)는 북쪽(때로는 동쪽도)이 '아래'와 동일시되고 남쪽이 '위'와 동일시되는 방식으로 일정한 형태를 갖고 수직 방향의 모델과 일치한다. 그렇기 때문에 사악한 영혼, 거인을 비롯하여 이들과 비슷한 카오스의 잔재를 갖는 존재의 위치는 지하계나 땅의 동쪽, 심지어 하늘의 동쪽 한 편

---

7) [역주] 〈브라마나〉들은 주로 제사의식의 경(經)들과 제사의식과 관련된 사제들의 종교에 관한 설명과 논의가 모아졌다. '브라마나'란 단어는 브라만(Brahman)에서 나왔고 그 의미는 베다(브라흐마)와 관련된다는 것으로 베다 찬가(Mantra)를 제사의식의 관점에서 설명한 것이다. 다시 말하면 "브라마나"라는 단어의 뜻은 학문이 깊은 사제가 제사학이나 제사의식에 관련된 어떤 사실에 대해 밝힌 분명한 설명이나 해설이다. 후에 이런 종류의 설명이나 해설이 모아져 〈브라마나〉가 되었다. 〈브라마나〉도 하나의 모음집이다.

8) [역주] 탄트라(tantra)는 힌두교, 불교, 자이나교의 여러 종파에서 행해지는 밀의적 수행법을 다루는 다양한 종류의 경전이다.

일 수도 있다. 9)

만약 하늘과 지하계가 사람의 거주 장소로서 관련되면서 중간계라는 수직적 표상을 낳았다면 수평면에서는 우주의 중심과 문화가 결여된 야만스러운 주변부라는 대립이 발생한다(바다에서 떠오른 첫번째 언덕, 중앙 사원, 도시-국가 등이 일치하는 "대지의 배꼽"이라는 표상, 인도와 중국이 스스로를 "중앙 왕국"으로 부르는 것과 비교해 보라).

많은 신화에서 경제생활과 종교생활이 집중하는 대하(大河)를 따라 우주의 방위가 설정된다. 즉, 고대 이집트에서는 나일 강이 범람하는 토지와 사막 간의 코스모스와 카오스를 구분하여 생과 사를 구분하는 경계선이 그어진다. 이집트 신화의 2대 영웅, 태양신 라와 오시리스는 나일 강이 의인화된 것이다. 나일에게는 천상의 나일이라는 천상의 상응물이 있으며, 그에 따라 태양이 매일의 여정을 완수한다. 나일의 흐름에 따라 방위가 설정되기 때문에 이집트인은 남쪽을 위, 북쪽을 아래, 서쪽을 오른쪽, 동쪽을 왼쪽으로 이해한다.

유역에 여러 부족의 부락을 둔 시베리아의 대하(예니세이 강, 레나 강 등)도 우주적 성격을 부여받았다. 시베리아 민족의 샤먼 신화에서 위와 아래, 하늘과 땅을 연결하는 샤먼의 강(기능적으로는 세계수, 샤먼의 나무에 가까운)이란 개념이 있다. 강의 원천이 위의 세계와 일치하는 것에 대해 하구 쪽은 아래 세계와 일치하고 아래 세

---

9) [역주] 지하계의 위치에 대한 북아메리카 인디언 개념을 조사한 문헌으로는 다음을 보라: G. Lanoue, "Orpheus in the Netherworld in the Plateau of Western North America: The Voyage of Peni", A. Masaracchia (Ed.), *Orfeo e l'orfismo*: *Atti del seminario nazionale, Roma-Perugia, 1985-1991*, Roma, 1993. 켈틱인의 견해로는 다음을 보라: C. Loffler, *The Voyage to the Otherworld Island in Early Irish Literature*, Salzburg, 1983. 남아메리카에 대해서는 다음을 보라: P. Loe, *Pano Huesta Nete*: *The Armadillo as Scaly Discoverer of the Lower World in Shipibo (Peru) and Comparative Lowland South American Perspective*, 1991.

계에는 악마적 이미지가 부여된다. 따라서 대부분은 하구가 지하계의 방향(대부분은 북쪽)과 동일시된다.

우주론적 공간모델의 창조는 신화의 시공간적 관념들의 통일(물의 카오스 가운데의 대지, 시공간 속의 신들과 거인들의 대립 등)과 기원에 관한 이야기를 이용하여 묘사한다는 신화의 기본 원칙을 뒷받침한다. 그러나 동시에 천상과 지하의 신화체계가 만들어지고 시원적 과거에 살았던 선조들의 형상을 대치하는, 세계를 통치하는 하늘의 신들의 형상이 형성되자 공간적 우주 구조에 관한 관심으로 인해 신화시대의 사건 서술이 일부분 상실되는 결과를 야기한다. 즉, 발달된 신화에서 더욱 정확한 우주의 공간적 모델은 덜 정확한 신화 시간의 경계에 관한 이미지와 관련된다. 여기에 일종의 '불명확성의 상호관계'가 생기는데 이것은 공간적 양상과 시간적 양상이라고 하는 상호 연관적이고 상호 반영적인 두 양상이 보완적 관계에 있다는 그런 의미에서이다.

제10장

세시신화

우주기원신화와 나란히 자연 주기를 상징적으로 재현하는 세시신화(歲時神話)는 발달한 농경신화에서 중요한 위치를 차지한다.

원인신화(原因神話)와 그와 유사한 신화, 그뿐 아니라 진정한 우주기원론이 존재한 곳이라면 어디든 최초 시대는 우주기원의 시대로 해석됐다. 그렇기 때문에 대관식과 신년제를 포함한 모든 종류의 제의적 성인식에서 우주기원신화를 낭독하거나 세계 창조 행위를 상징적으로 표현하였다(오세아니아, 아프리카, 이집트, 인도의 왕권의 축성이나 바빌론의 신년제). 여기서는 카오스로의 회귀와 그에 뒤따른 코스모스로의 변화가 쇄신보다 선행했다. 그러나 반복된 것은 진정한 창세 행위가 아니라 제의 자체였다. 이와는 다른 문제가 고대 문명에 널리 유포된 낮과 밤, 년, 월, 태양이라고 하는 자연적, 생산적 주기를 직접 상징하는 신화들이다. 비록 태양과 달의 움직임에 관한 은유적 관념이 널리 유포되었기는 하지만〔밤에 태양이 지하를 여행한다거나 밤새 문을 닫거나 혹은 동굴에 숨는다는 예, 사냥꾼이 암사슴 모습을 한 태양을 뒤쫓아 가서 다음날 새끼 사슴을 잡을 생각으로 그 암사슴을 몰아놓는다는 예, 일식은 괴물이 태양을 삼켜버렸기 때문이라는 예, 달의 영휴(盈虧)는 허기의 결과라는 예 등〕, 고대신화에서 그러한 신화는 좀처럼 찾아보기 힘들고 설사 있다 해도 아주 미미한 의미를 가질 뿐이다.

세시신화들은 발달한 농경신화 체계에서, 특히 지중해 지역의 신화체계에서 특별히 중요한 의미를 가진다. 밤낮의 주기를 상징하는 신화를 보여주는 가장 확실한 예는 이집트의 신 라가 밤마다 태양의 배를 타고 지하 카오스의 물을 따라 여행하고 뱀 아포프와 우주기원론적 싸움을 한다는 여행의 플롯이다. 라의 여행에서 매일 반복되는 이 싸움은 분명히 우주론적 암시를 가진다. 가장 널리 알려진 고대 지중해 지역의 신화는 아마도 매년 반복되는 식물의 재생과 작물의 수확을 상징하는 신화일 것이다.

이러한 고대의 신화는 앞서 언급한 북오스트레일리아의 쿠나피피 제사이고 살해당했다가 야채밭에서 수확물로 다시 환생한다는 파푸아의 하이누벨레 신화소이다. 고대의 수렵 문화에서 "죽었다 부활하는 짐승"(보고라즈의 용어)이라는 신화소도 기억해야 한다.[1] 그러나 쿠나피피 제사와 와우왈룩 자매신화에서는 죽었다 부활하는 것이 신화의 영웅이 아니라 두 자매 중 하나의 아이이다. 여기서는 부활이 소년의 성인식을 상징하는 것으로, 단지 세시 제사를 연상시킬 뿐이다.

오스트레일리아의 바바야가도 이와 동일하다. 무팅가 노파는 부모가 없는 틈을 타 아이들을 먹어버리고 살해되는데, 무팅가 자신은 되살아나지 않고 그녀의 배에서 꺼낸 아이들만이 되살아난다. 그들은 신화의 영웅이 아니라 단지 성인식의 대상자이다. 매년 허물을 벗는 뱀에게 불사의 이미지가 있긴 하지만, 무지개뱀 드장가울도 죽고 나서 소생하지 않는다. 살해당한 하이누벨레는 완전히

---

1) [역주] 이 용어는 보고라즈로부터 나온 것이다. 다음을 보라: W. Bogoraz, *Elements of the Culture of the Circumpolar Zone*, Washington, 1929.

변형된 형태로 되살아나기 때문에 오히려 제물로 바쳐진 대지의 여신 티아마트나 푸루샤와 견주어진다.

　지중해 문화의 농경신화들에는 순환적인 자연현상 그리고 내세에 대한 보다 발전된 생각이 나타난다. 이 중 가장 오래된 것은 사라졌다가 이후 다시 되돌아오는 신에 관한 이야기이다. 이것은 매우 단편적으로 전해지는 수메르 신화의 주제로, 지하계의 주인 쿠르에 의해서 유괴된 여신 엘레슈기갈에 관한 이야기이다. 풍작의 신 텔레피누스, 태양신, 여신 이나라 등의 신들이 일시적으로 모습을 감추는 히타이트 신화에서도[2] (텔레피누스가 곡물의 씨를 갖고 사라졌기 때문에 신들의 부재중에는 샘이 마르고 가축도 인간도 번식하지 못한다) 이러한 주제가 표면에 드러난다. 또한 엘레우시스의 밀교제의에서 제우스와 데메테르 사이에 태어난 딸 코레 혹은 페르세포네가 하데스에 의해서 유괴된다는 플롯도 그러한 신화의 예가 된다. 딸의 실종에 대한 슬픔과 분노로 데메테르가 올림포스를 떠나 헤매고 다니는 동안 흉작과 기근이 몰아닥쳤으나 페르세포네가 명계에서 돌아오고 데메테르가 올림포스로 돌아오자 대지는 다시 열매를 맺는다. 페르세포네는 명계의 여주인으로서의 기능과 주기적으로 지상에 나타났다가 다시 일시적으로 모습을 감추는 풍작의 여신으로

---

2) 히타이트 신화는 메소포타미아 신화에 크게 영향을 받아서 히타이트와 루위(루비)의 종교는 인도유럽어족의 요소를 포함한다. 예를 들면, 테슈브는 천둥과 태풍의 신이며 그와 뱀 일루얀카와 다툼이 있다. 타르훈트는 아들 텔레피누스와 딸 이나라가 있으며 이나라는 푸룰리 샘 축제와 관련된다. 그녀는 보호신(람마)이다. 이샤라는 맹세의 여신이다. 쿠마르비는 타르훈트의 아버지이며 쿠마르비의 노래에서 그의 역할은 크로노스를 생각나게 하는 것이다. 울리쿠미는 쿠마르비에 의해 태어난 돌 괴물로 티폰과 흡사하다. 기후와 번개의 루위 신은 피하사사로 그리스 페가수스의 근원일 수 있다. 복합 동물의 묘사는 시기의 아나톨리아 예술의 전형이다. 태양의 여신은 아린나(크산토스)였다.

서의 기능을 결합한다.

신화 속에서 데메테르와 페르세포네는 사람들에게 농경을 가르쳐 주는 일종의 문화영웅으로 묘사되는데 이 모티브는 복합적 농경의 식의 복합 앞에서는 한걸음 뒤로 물러난다. 풍작의 여신의 자식 또는 형제이자 남편인 젊은 농경신의 살해와 그에 뒤따른 부활(배경에는 자연의 주기적 재생이 있기 때문에 '소생'이나 '재생' 또는 '귀환'이라 말하는 것이 더 적절할지도 모른다)을 묘사한 비의적 플롯은 더 극적이다. 이러한 신화소, 보다 정확하게 말해 의례 구성소의 변종으로는 풍작의 여신과의 성혼을 포함하거나 더 나아가 풍작과 종족의 안녕을 책임지는 사제왕의 신성한 대관과 주기적인 살해를 연상시키는 것도 있다. 동양 전제왕권의 고대 단계로서 이들의 연상관계는 오스트레일리아의 쿠나피피 제사에 보이는 풍작과 성인식의 상관관계와 같다.

고전적인 이집트 신화 중 이런 종류로 오시리스에 관한 신화가 있다. 신화 속의 오시리스는 사람들에게 농경과 재배를 가르친 태고의 왕, 즉 왕통의 시조이자 문화영웅이다. 신화의 핵은 농경을 책임진 사제왕인 파라오에게 바치는 제사라고 할 수 있겠다. 동생 세트는 왕위 쟁탈을 위한 야심 때문에 오시리스를 살해하는데 종교의식적 왕 살해라는 고대의 유물이라 할 수 있다. 세트가 오시리스의 신체를 토막 내는 것은 아마 농경주술의 잔재일 것이다. 오시리스의 여동생이자 부인인 이시스는 마법으로 죽은 남편의 아이를 잉태하는데 복수자 호루스가 신들의 전투와 법정 논쟁에서 세트를 이기고 오시리스를 환생시킨다. 그러나 오시리스는 명계의 주인, 보다 정확하게 말해서 명계의 재판관의 자리에 머무른다(인도의 야마 및 최초의 사자의 관념을 참조해 보라). 이렇게 해서 오시리스의 지하계적 기능이 신화의 원인론적 결말이다. 농경적 종교비의의 대부분의 기본 요소는 플롯 자체 안에서는 아주 미미하게 반영되었지만(이 신화는 주로 종교극의 형태를 띠고 있었다) 오시리스가 최고왕(호루스가 후계자)이자 이미 타계한 파라오이고 명계의 재판관이며 나일 강의 화신 그리고 곡물의 의인화라는 것도 반드시 고려되어야만 한다.

오시리스의 죽음과 부활은 역법의 변동, 나일 강의 수위 상승, 곡물의 발아를 상징하고 오시리스의 죽음과 호루스의 등장은 왕위 세습제의 의한 파라오의 교체를 상징한다. 비록 라와 아포프가 싸우는 순수한 태양신화의 몇몇 변형본에서는 세트를 태양신의 충실한 전사로 보여주지만 이 신화의 우주적 양상과 태양 주기로의 접근으로 인해 세트는 아시아의 태풍의 신, 아시아의 적대적 유목민족, 심지어는 뱀 아포프와 연관된다.

이시스와 오시리스 사이에서 태어난 아들 호루스와 오시리스를 살해한 세트와의 싸움, 라의 장자 호루스와 상(上)이집트의 신 세트와의 싸움(북이집트와 남이집트의 경쟁과 통일을 반영), 아포프를 포함하여 호루스와 태양신의 배를 협박하는 바다 괴물과의 싸움 등 후세에 여러 플롯이 뒤섞이게 되는데 그 뒤섞인 플롯 안에서 최초의 혼합성을 분리해내는 것은 매우 어렵다.

이집트 신화의 특징은 동일한 구조에 따라 구축되는 세 개의 기본적 신화 주기, 즉 우주기원신화와 태양일주야 신화 그리고 세시지하계 신화가 매우 유사하다는 것이다(때로는 일치된다). 이 모든 주기는 결국 단일한 하나의 신화적 투쟁의 개념에 대한 세 개의 이형(異形), 세 개의 투영(投映)으로 지각된다. 한편에서는 빛, 나일, 생명, 풍요, 태양, 파라오, 즉 코스모스가, 다른 한편에서는 어둠, 가뭄, 죽음, 파라오의 경쟁자나 폭도, 지하수 세계의 괴물, 아시아 유목민이 이 투쟁을 구성한다. 두 명의 호루스가 하나로 합쳐지고 라와 오시리스가 하나로 결합되는데 그 결합의 기반은 파라오의 완전한 신격화에 있다.

메소포타미아에서는 이시타르와 탐무르(이난나와 두무지)가 세시(歲時)의 쌍이다. 그러나 수메르 텍스트에서, 특히 이난나가 명계로 내려가는 서사시에서는 두무지의 부활에 관해서 이야기되지 않을뿐더러 두무지는 농경신이 아니라 목축신이다. 바빌론의 신년제에서는 지하계에 잡혀있는 마르두크를 찾는 이슈타르의 탐험이 각색되어 복수하는 아들이 등장하며(이집트의 호루스와 비교) 왕의 격하와 새로운 대관 그리고 왕과 이슈타르 여신 무녀의 성스러운 결혼식이 나오게 된다. 그러나 이 모든 결합은 순전히 의례적인 것으로, 오시리스 이야기에서와 같은 신화 그 자체는 포함되지 않았다.

우가리트에서 이러한 세시신화는 바알과 아나트와 연관되었다. 죽음의 신 모트가 알리안바알을 죽이고 왕위에 오르자 초목이 마르고 가뭄이 들었다. 아나트가 남편을 찾고 모트를 응징한다. 모트는 다시 살아나지만 또다시 패배하고 바알이 부활하자 자연이 꽃피기 시작한다. 아도니스 신화는 페니키아로부터 기원하였고 그에 바치는 제사가 기원전 5세기에 그리스로 전해졌다. 아도니스는 사냥 중 멧돼지의 습격을 받아 부상으로 죽는다. 히타이트로부터 기원한, 모신(母神) 큐베레의 욕망의 대상이 된 아티스의 자기거세와 소생에 관한 소아시아의 신화도 빼놓아서는 안 된다.

전형적인 죽음과 부활의 식물신이자 농경과 포도 재배의 신인 디오니소스 자그레우스는 디오니소스 비의와 오르페우스 교의의 중심적 인물이다. 오르페우스 교의의 신봉자들은 페르세포네를 자그레우스의 어머니로 본다. 티탄족에게 잡아먹힌 자그레우스가 디오니소스로 부활한다는 개념은 오르페우스 교의의 재래 사상과 연관되었다. 이로 인해 세시신화와 제의가 영혼불멸을 기원하는 일종의 종말론으로 바뀐다. 디오니소스에 관한 신화는 신의 승리의 행진과

주신축제의 전파에 관해 이야기한다. 디오니소스 신화와 제사가 그리스에서 특징적인 것이라 할지라도(비극과 희극의 발생을 상기하는 것으로 충분할 것이다) 지하계 사상, 토템의 잔재, 샤머니즘적 요소를 갖춘 디오니소스 숭배는 오히려 그리스 신화와 동양 세계를 통합하는 것들이다. 이에 반해 아폴로니즘은 동양적 기원에도 불구하고 어떤 의미에서는 올림포스 신화의 특수한 초점이 된다.

제11장

우주적 주기와 종말신화

발달된 고대신화에서는 그 모든 신화체계에 있어 출발점이 되는 신화시대라고 하는 관념이 불명료하다. 이것은 관심의 초점이 자세한 공간조형적 우주모델로, 제사에 기원을 둔 주기(週期)적 자연 과정을 모델화한 세시신화로 옮겨갔기 때문이다. 그러나 엄밀히 말해 제의가 아닌 신화 자체가 말하는 주기적 시간관은 인류 역사에 관한 주기에 대한 관념의 출현을 근거로 한다.

물론 이 논의는 역사에 대한 의식적인 신화화에 관한 것으로, 설령 이것이 준(準)역사적이다 할지라도 결국 역사적 문제를 향하기 때문에 이로 인해 순수한 신화론적 시간관의 기반은 붕괴된다. 역설적이지만 주기적 시간관은 발달한 신화에서나 볼 수 있는, 각각의 신화시대의 변별적 특징 요소들에 의해 준비된다.

이미 보았듯이 오스트레일리아 신화에서는 카오스의 특징이 충분히 자각할 만큼 나타나 있지 않았고 게다가 황금시대에 관한 이야기도 (비록 꿈의 시대는 비교적 풍부한 사냥의 획득물로 하여 구별되기는 하지만) 실낙원에 관한 이야기도 없었다. 또한 과거와 현재에 관해 도덕적 대비가 아직 없었기 때문에 비소화(卑小化)된 인간에 대립하는 영웅시대조차도 없었다. 규범은 신화적 조상들의 일상생활의 결과로 이제 막 창출되었기 때문에 그들 스스로는 규범에 따라 행동하지 않았다.

황금시대의 형상은 인도, 이란, 바빌로니아, 유대, 그리스, 아즈텍, 스칸디나비아 등의 신화에서 존재한다. 때때로 황금신화는 카오스 이후 바로 오는데 이어서 금기를 위반한 벌 또는 어떤 다른 이유로 인한 쇠퇴가 시작되고 여기에 자연재해(홍수, 가뭄), 극에 달한 퇴폐, 소탕전이라는 형식으로 카오스의 재래(在來)가 동반된다.

황금시대 신화와 내적으로 매우 근접한 것이 실낙원 신화이다. 실낙원에서는 시간적 양상이 공간적 양상에 의해서 명확하게 보충된다 (수메르 신화의 행복한 나라 딜문, 성서의 최초 인간의 낙원으로부터의 추방, 인도, 이란, 고대 아메리카 신화도 참조해 보라). 사실상 황금시대나 실낙원의 신화소는 카오스에서 코스모스로의 발전뿐 아니라 코스모스에서 카오스로 향하는 발전도 허용한다. 이러한 전개는 오스트레일리아 유형의 고전적 신화시간관과 본질적으로 다른 것이다.

카오스의 재래에 관한 모티브 중에서 세계 홍수는 가장 널리 분포되었다. 홍수의 극복은 때때로 카오스에 대한 코스모스의 승리로 나타나는데 특히 중국 신화와 유대 신화에서 그러하다. 독특한 형태의 홍수신화로 이에 필적하는 것이 이집트의 가뭄신화이다. 여기에는 인간의 반란에 대항해(아마 늙은 사제왕 살해라는 신화소의 잔재일 것이다) 라가 인간절멸을 위해 한 눈을 떼어 여신 하토르의 모습을 만들어냈다는 이야기가 전해진다. 스칸디나비아 신화에서는 황금시대 이후 서약의 파괴와 최초의 전쟁이 이어진다.

그리스 신화 및 여러 민족의 서사문학에서 초기 시대는 어떤 신화 부족(카프카스의 나루토의 유형)과 혹은 실제 있었지만 이미 역사의 무대에서 사라진 부족(아카이아인과 트로이인, 쿠르족과 판차라족, 고트족과 훈족)과 함께 연상되는 영웅들의 시대로 간주될 수 있다.

황금시대에서 영웅시대로 그리고 철의 시대로의 점차적 퇴행, 헤시오도스의 인류사의 다섯 시대 구분의 도식, 신들의 세대교체에 대한 개념 또는 카오스가 재래해서 코스모스의 질서 옹호를 위한 싸움이 재개될 것이라는 생각 등은 일회적인 창세의 최초 시대라는 선명한 경계선을 흐리게 한다. 그리스 신화에서는 황금시대로의 회귀에 관한 암시가 있으나 이는 동시에 주기적 시대 교체에 관한 암시이기도 하다. 힌두신화의 우주관은 우주를 생성하는 세계와 소멸하는 세계의 연쇄, 브라마의 밤과 브라마의 낮의 연쇄, 우주적 시대구분의 연쇄 등으로 묘사한다. 이란의 조로아스터교 역시 일련의 우주적 시대에 관한 관념을 받아들였다. 조로아스터교에게 역사란 아후라 마즈다와 안라 만유가 번갈아 승리와 패배를 반복하는 전투의 장이다.

주기성의 관념은 콜럼버스 이전의 신화에서도 보인다. 모든 주기가 각각의 신격에 의해 지배되며 세계의 파국으로 끝을 맺는다. 주기적 시간 해석의 발전에 대해 이러한 현상은 제의 안에서 수차례 반복되는 창세신화의 재현보다 훨씬 더 많이 기여한다. 물론 여기서 제의적 반복성과 신화론적 시간주기의 내적 연관도 일정한 의미를 가지기도 한다.

우주적 주기화에는 진정한 역사주의로의 본질적 접근은 그 어떤 것도 보이지 않는다. 플라톤적 신화구조가 완전히 유지됐기 때문이다. 신들의 창조 행위는 오스트레일리아 신화에서처럼 패러다임적이긴 하지만 세계 혹은 시대가 교체될 때 반복된다.

종말이 끝나고 쇄신이 뒤따르던 아니던 세계의 끝에 대한 종말신화도 신화 특유의 과거 지향성을 일정 정도 수정한다. 쇄신이 뒤따르지 않는 경우 황금시대는 더 미래의 일이 된다. 종말신화는 구조와 플롯을 볼 때 우주신화에서 유래하는데, 단 이는 역방향으로 전개된다. 종말신화는 과거에도 일어났을 법한 자연발생적인 카오스 세력의 해방이나 우주 구조의 약화(세계 홍수 등) 등의 가능성을 실현한다.

고대 사회의 종말신화는 산발적으로, 주로 아메리카 인디언에서 보일 뿐이다. 고전적인 예가 메소아메리카의 구전, 인도 구전(둘 다 주기설과 연관되었다), 이란 구전, 스칸디나비아 구전, 유대그리스도교 구전에 있다. 유대그리스도교 종말론의 특징은, 특히 직선적이고 불가역적인 시간관, 즉 역사적 종말론에 있다. 이러한 종말론적 성격은 유대교에서는 낙원부흥의 관념에서 그리스도교에서는 반그리스도의 시대와 이에 뒤따르는 그리스도 재림에 대한 관념에서 보인다. 유대그리스도교의 종말론은 현저하게 역사 전승의 성격을 띠게 된 성서신화의 역사 지향적 성격에 의해서 준비된 것이다. 만약 오스트레일리아, 파푸아를 비롯하여 이와 유사한 신화영웅들(신들)의 활동이 창세 시대의 것들이고 고대 동양의 신들이 불사의 존재로 자연현상의 의인화, 자연현상의 주인으로서 인간생활에 계속해서 개입한다면, 여호와는 자연현상으로부터 완전히 해방되어 무엇보다도 유대민족의 이주와 정복에 대한 비호자 역할을 하게 된다. 신화의 고전적 범례의 범주에서 보자면 성서신화는 탈신화 과정의 시작을 나타내는 것이다.

신화적 사건이면서 동시에 유일무이한 역사적 사건인 것이 신약에 나타난 그리스도의 삶과 죽음 그리고 부활이다. 비록 이와 유형론적으로 유사한 현상은 죽었다 다시 부활하는 신들에 관한 고대 동양의 신화체계는 물론이고 원초시간에 대한 고대신화(파푸아인의 데마 봉헌을 포함하여) 등에서도 많이 나타나지만 말이다.

이들 신화와 달리 그리스도의 신화는 반복하는 자연현상이 아니라 인간의 역사와 관련된다. 그리스도의 탄생, 죽음, 부활은 유일무이한 역사적 사건으로 해석된다. 이와 동시에 복음서에 적힌 사건들은 이후 등장하는 역사적 경험과의 관계에 있어 시초의 것이고 특별히 성스러운 것으로 간주되며 도덕규범과 제사형식을 규정하는 패러다임의 힘, 즉 신화의 기반 구조를 완전하게 보유한다.

제12장

영웅신화와 통과의례

신화는 원칙적으로 우주적이고 우주모델은 신화적 세계모델의 핵심을 구성한 것이 명백해졌다. 이것은 그 우주모델 속에, 세계의 형상과 세계 속에서의 인간의 위치나 이해의 일반적인 상호 연관성 속에, 인간 형상적 요소들이 존재한다는 점에 전혀 모순되지 않는다. 물론 이러한 세계와 인간의 상호관계는 주로 사회적 성격을 띤다. 자연과 사회 간의 상호 침투와 부분적 동일시를 통해 신화는 카오스로부터의 자연적 우주와 사회적 우주의 창조를 이야기하고 고전적 영웅들은 씨족, 부족 또는 인류 전체를 의인화해서 그 자체로서 자연 우주와 상호관계를 맺는다. 세계 창조뿐 아니라 종말신화같이 차후의 운명에 대해서 이야기하는 경우에도 이 운명은 특히나 우주적이며 집단적이다. 이런 의미에서 신화는 반심리적이며 개인의 운명에는 조금도 관심이 없다는 것을 알 수 있다. 이것은 그 사회가 심리적으로나 사회적으로 동족일 경우 지극히 당연한 일이다. 그러한 사회에서는 실생활에서나 의식에 있어서나 개인적 원리보다도 씨족의 원리가 결정적으로 유리하기 때문에 집단이 모든 개인적 주장을 비교적 용이하게 억제한다.

여기서 원시 사회를 추하고 몰개성적이며 인격을 강제로 억압하고 개인을 '가면'과 '역할'로 일축하는 사회로 보는 현대적 해석은 용납되지 않는다. 원시 집단이 강제로 억압하는 것은 미발달한 인격의 독자성이 아니라 씨족에게 파괴적으로 작용할 우려가 있는 자연의 에고이즘과 생물적 본능인 것이다.

정신생물학적 카오스에서 사회적 코스모스로의 전환, 개인감정의 사회적 억제와 조정은 인간의 전 생애에 걸쳐 무엇보다도 의례라는 수단을 통해 일어난다. 이러한 면에서 대단히 큰 역할을 하는 것이 전이기 제의(통과의례, 반 게네프의 용어)이다. 이것은 탄생, 명명, 특히 소년 그룹에서 성인 남자 그룹으로의 이행(성인식), (타 씨족과의 연결로서의) 결혼, 남성 단체에서 높은 사회적 지위로의 봉헌, 샤먼으로, 수장으로 그리고 마지막으로 죽음으로의 봉헌 등을 공동체와 우주에 연결하는 기능을 한다. 통과의례의 원칙적 구성 요소는 사회 구조로부터의 일시적인 상징적 분리, 여러 시련, 공동체 밖에서 악마적 힘들과의 접촉, 의례적 정화와 공동체 또는 공동체의 다른 부분으로의 복귀 등이다. 터너가 적절히 지적하듯이 일시적으로 사회 계층 밖으로 나가는 것으로 인해 의례 대상자들에게 일종의 이반자 집단의 일시적인 반(反)구조적 상태가 생기기도 한다.[1]

가장 중요하고 전형적인 통과의례는 성인식이다. 이것은 성적으로 성숙한 젊은이를 어머니와 누이, 여성과 아이들로부터 분리하여 성인 남자의 사냥 그룹으로 옮기고 이어 결혼의 권리를 부여하는 내용이다. 이 의례에는 인내력을 시험하는 육체적 시련, 고통을 동반하는 가입시술, 의례 대상자들 앞에서 실연되는 신화형식에 의한 부족의 기본 지혜의 전수가 포함되었다. 성인식은 일시적인 상징적

---

1) V. Turner, *The Ritual Process*, Chicago, 1969(예, V. Turner, *The Forest of Symbols*, Ithaca, NY, 1967). 터너 이전에 유사한 생각에 관해서는 다음을 보라: L. Gernet, "Dolon le loup", *Anthropologie de la Grèce antique*, 1968.

죽음도 포함하며 소생이라기보다는 새로운 자격으로 새롭게 탄생하는 방도를 가르쳐주는 영과의 접촉도 포함된다. 일시적인 죽음의 상징으로는 자주 보이는 예가 괴물이 잡아먹었다가 나중에 토해내는 모티브나, 명계나 영(靈)의 나라에 가서 영과 싸우고 그곳에서 의례도구와 종교적 비밀을 획득한다는 모티브가 있다. 성인식과 상황의 변화는 이렇게 오래된 상황의 정리와 새로운 시작과 죽음, 정확히 부활이라고 부르기는 어렵지만 신생이라는 면에서 일치한다. 여기에서도 역시 시작의 패러다임이 성인식의 가장 중요한 원칙이 된다.

성인식은 자주 역법의 변화와 이에 따른 제의와 일치되는데, 특히 쿠나피피 유형이나 지중해 지역의 죽었다 부활하는 신들 유형의 제의적 주기에서 이러한 예를 볼 수 있다. 이렇듯 제의라는 수단에 의해서 개인의 운명은 부족 활동과 자연 활동 전체의 리듬과 연결되는데 신화 또한 여기서 일정한 역할을 한다. 왜냐하면 신화는 서사적 패러다임을 통해서 사회적, 도덕적 제재를 부여하기 때문이다. 문화영웅신화는 부족 공동체나 인간 사회를 모델화하기 때문에 사회 발생과 우주기원을 설명해야만 한다.

순례는 인생의 방랑이 되거나 아니면 적어도 인생에서 가장 중요한 시련이 된다. 오스트레일리아의 토템 선조들의 순례는 완전히 지형학적으로 표현되는데 그것은 탄생으로부터 죽음으로까지의 여행을 통해 그려진다. 이는 선조가 인생 최후의 순간에 지나간 경로로 집약되는데 그 이유는 모든 사건이 기본적으로 우주의 신성한 지점을 설명하기 때문이다. 그러나 점차 문화영웅의 전기는 여러 통과의례와 연관되는 인생의 결정적 사건의 연쇄로서 패러다임적 성격을 획득하게 되고 여기서 성인식은 자주 다른 여타 의례의 존재감을 약화시킨다.

이러한 신화는 자주 봉헌 의례와 동일한 모델에 따라 만들어진다. 신화와 달리 주인공 개인의 운명에 직접 초점을 맞출 수 있는 마법 이야기가 훨씬 더 이러한 구축 방법에 적합하다는 것을 미리 지적해둔다.

그렇기 때문에 프로프, 스태너, 캠벨 등이 각자 완전히 독립적으로 영웅신화와 마법 이야기 안에서 성인식의 제의적 도식을 발견해 낸 것은 그리 신기한 일은 아닌 것이다.[2]

이 경우 플롯의 주요부분은 주인공의 시련이다. 주인공은 명계나 천상계(태양신의 거처, 아메리카 인디언의 경우에는 때때로 주인공의 아버지의 거처), 때로는 사악한 괴물 등이 머무르는 다른 나라에서 시련에 부딪힌다. 주인공이 괴물에게 잡아 먹혔다가 배 속으로부터 풀려난다는 모티브나 소년이 숲의 마녀인 노파에게 잡힌다는 모티브에는 봉헌 의례가 직접 반영되었다.

이러한 성인식의 상징은 무지개뱀이 두 자매 중 하나의 아들을 잡아먹었다가 다시 뱉어낸다는 북오스트레일리아의 와우왈룩 자매 신화나 잡아먹힌 어린이들을 빼내기 위해 배를 갈라낸 노파 무팅가 신화에 이미 명확한 형태로 나타나 있다. 뱀이나 숲의 노파에게 잡힌다는 이야기는 크와크왈라족을 비롯한 수많은 고대 사회에서 성인식에서 사용되는 설명신화가 된다. 그래도 실제로 이들 신화에는 아직 주인공이 존재한다고 말할 수 없고 의례의 주체 또는 만약 이러한 표현도 가능하다면, 의례의 객체만이 존재할 뿐이다. 신화와 고대 민간전설 전반에서 주인공이 될 수 있는 것은 오직 신화 인물 뿐이다. 그 자격은 때때로 신기한 출생, 태중에서 말을 하는 능력,

---

2) В. Я. Пропп, *Исторические корни волшебной сказки*, Л., 1946; J. Campbell, *The Hero with a Thousand Faces*, New York, 1948; W. E. H. Stanner, *On Aboriginal Religion*, Sidney, 1966.

주술적인 능력 등에 의해서 표시된다.

　그러나 이러한 모티브가 문화영웅신화에 자주 등장하고 문화영웅 신화에 존재하는 것 자체가 성인식 제의가 플롯에서 하나의 모델로 사용됨을 가리킨다. 괴물의 몸속에서의 체류 또는 숲의 악마와의 접촉 등에 의해서 주인공은 자신의 불굴을 증명하고 영혼의 보조 자, 주술력(샤먼의 능력), 자연을 다스리는 힘을 획득할 뿐만이 아 니라 인간에게 자주 필요한 우주적 사물, 문화적 혜택을 갖다 주고 인간의 평화로운 삶을 위협하는 괴물을 퇴치한다. 주인공에게서 때 때로 강간이나 근친상간이라고 하는 탈구조적인 성격을 띠기도 하 는 성욕의 상승(주인공의 힘이나 성숙의 표시)에 대한 일반적인 묘사 에서도 성인식과의 일정한 연관 관계가 보인다. 근친상간 행위로 인해 주인공은 공동체로부터 일시적으로 추방되거나 아버지가 부여 한 어려운 과제(완수하지 못하면 죽음으로 귀결된다)를 풀어야만 한 다. 주인공의 시련이 성인식의 성격을 띠는 것은 박해자 역할이 빈 번하게 낳아주신 아버지(태양신 등의 신으로 나타나는)라는 사실에도 나타난다. 아버지는 자식에게 힘든 시련을 부여해서 아들을 괴롭히 는 매정한 존재로 그려지기도 하지만 결국에는 아들과 화해하거나 아들에게 패배한다. 문화영웅의 죽음을 그린 신화에서는 때때로 영 웅의 죽음이 일시적인 것으로 생각되기 때문에 명계로부터의 생환 또는 미래의 소생이라는 기대의 여지가 남는다. 문화영웅 등의 고 대신화의 등장인물이 겪는 시련은 주인공이 자신과 인류를 위해 힘 과 지식을 획득하기 위해서 치러야 하는 일종의 비의적 수난이나 고난으로 해석되기도 한다.

　대체로 행복이 필요악이라는 대가를 치르고서야 비로소 얻어지는 것이라는 생각은 오스트레일리아 신화에서도 볼 수 있다. 노파 무팅 가의 죽음은 아이들의 구출을 위해서 불가결하지만 무팅가가 아이들을 삼켜버리는 것 또한 제의적으로 불가결한 것이었다. 또한 무지개 뱀 쿤망구루는 선한 노인이지만 고통을 못 참고 불을 전부 꺼버리려고 했기 때문에 그의 죽음만이 문제를 해결할 수 있었다는 식이다.

스태너에 의하면 오스트레일리아의 아보리진은 (소박하고 비록 잠재적이지만) 악이 선을 낳고 선이 악과 통하며 죽음과 고통이 분리 불가능한 연쇄이며 결코 고갈되지 않는 삶의 흐름이 지속됨을 이야기하는 철학을 가졌다.[3] 스태너는 성인식에서 제물봉헌식과의 내적 유사성을 찾는다. 이러한 관념이 신화영웅의 인격 차원으로 이전된 것은 이미 그리 고대적이지 않은 민족의 특징이다.

문화영웅의 기본 업적은 한편으로 바보스러운 행동들과 근친상간을 포함한 사회규범을 파괴하는 행동들을 배제하지 않으며 다른 한편으로는 가혹한 시련을 겪고 얻어진 인간에게 선을 행하는 그의 특별한 능력과 가능성을 포함한다. 여기서의 시련에 관해 고뇌라는 단어는 적절하지가 않다. 왜냐하면 신화와 민속에서는 공통적으로 비심리학적인 묘사 방법이 쓰이기 때문이다.

보로로족 등 남아메리카 인디언의 새 둥지 파괴자(bird-nestor)에 관한 유명한 신화는 레비스트로스가 상당히 면밀하게 연구하였다. 주인공은 근친상간을 범하고 그 때문에 아버지로부터 심한 벌을 받는데[4] 그 시련이 너무 가혹해서 주인공은 거의 기적적으로 죽음을 면하게 된다. 그러나 아버지는 스스로 내린 벌로 인해 인척 대우에 관한 규범(모계조직에서 아들은 인척에 해당하고 아버지 대신 부인의 아버지도 인척이다)을 어긴 대가로 죽게 되고 반대로 죄를 저지르고

---

3) W. E. H. Stanner, *Aboriginal Religion*, Sydney, 1966.
4) [역주] 남북 아메리카의 인디언 사이에 있는 이 신화에 대해서는 다음을 보라: C. Lévi-Strauss, *Le cru et le cuit*, Paris, 1964; C. Lévi-Strauss, *Mythologiques*: *L'homme nu*, Paris, 1971.

수난을 겪은 주인공은 문화영웅이 되며 부족의 은인이 된다. 이러한 설정이 극대화된 것이 산에 묶여서 독수리에게 갈기갈기 찢기는 프로메테우스, 특히 수난자와 반란자의 특징을 부여받은 번안본에 나오는 프로메테우스이다.

신비한 '열정'은 죽었다가 부활하는 신들에 관한 숭배신화에서 더 확실하게 드러난다. 여기서 신들은 죄가 없음에도 불구하고 어쩔 수 없이 희생하게 되는데 온몸이 찢겨지는 오시리스나 아도니스 등이 그 예이다. 자발적으로 고통과 죽음을 받아들이고 '아버지'에게 순종한 구세주 예수 그리스도는 그 정점에 있다.

신화에서 문화영웅들, 수난을 겪는 신들, 구원자들(부처나 그리스도 같은), 종교적 예언자들 등의 행로는 후세에게 패러다임적 의미를 지닌다. 이들의 위대함은 무엇보다도 초인격적인 차원에서 인류 보편적 가치의 상징화와 관련되어 있기 때문이지 일개 인격의 심리적 견지에 있지 않다. 이 점은 개인 심리를 대상으로 하는 신신화주의의 개념을 검토할 때 반드시 염두에 두어야 한다.

우주기원신화와 항상 의례화되는 개인 삶의 전환기에 관한 신화 사이에는 깊은 유사성이 존재한다. 왜냐하면 모든 전환이란 쇄신을 뜻하며 쇄신이란 항상 죽음과 재생, 즉 개인 차원에서 신화적 시초 (원칙적으로는 우주기원 신화적 시작)의 재현으로 이해되고 제의화되기 때문이다. 영웅이나 신들을 언급할 때 이러한 우주기원론은 단순히 은유의 영역에 머무르지 않는다. 신화의 기반을 이루는 것은 영웅신화가 아니라 우주기원신화이다. 다시 말해 탐구가 아니라 창조이다.

제13장

신화 플롯 및 체계의 의미

살펴본 바와 같이 일련의 주제와 모티브 모두가 세계의 다양한 민족의 신화에서 반복된다는 사실이 발견된다. 알이나 살해된 지하계의 신으로부터 창조되는 세계, 원시 대양(大洋)으로부터 끌어올려지거나 솟아오르는 땅, 홍수, 하늘과 땅의 분리, 우주적인 세계수(世界樹), 불완전한 인간 존재의 완성, 불의 탈취, 용과의 싸움, 혈족을 창시한 조상의 근친상간 등이 그것이다. 이러한 다수의 우주론적 모티브는 우주생성론적 영역에 관계된 것으로 신화 전체에서 우주생성론의 근본적 의미를 뒷받침한다. 그러나 엄격히 말해 이 모티브들의 보편성은 절대적이지 않다. 고대 문명의 틀 안에서 발달된 신화들을 비교해 보면 하나의 형태가 눈에 들어온다. 또한 이 모티브들과 주제들은 우주모델을 망라하지 못한다. 모델화 기호체계로서의 신화적 세계모델이라는 보다 넓은 개념에 대해서는 이미 말할 필요도 없다. [1]

잘 알려진 어떤 모티브들의 모음이 동화의 특징을 결정하듯이 모

---

1) [역주] 멜레틴스키는 모델화(modeling)라는 용어를 사용함으로써 타르투 학파, 특히 유리 로트만과의 친화성을 보여준다.

티브들의 모음이 신화의 뼈대를 상당 정도 결정함에도 불구하고 원칙적으로 모티브들은 동화의 구조에 대해서나 신화체계에 대해서나 핵심적 열쇠는 될 수 없다.

신화적 상징의 분류에 있어 첫 단계는 모티브들이 아니라 기초적인 의미 대립들이다. 이러한 대립들은 우선 가장 단순한 공간적, 감각적 지향에 상응하는 것들이며('위/아래', '왼/오른', '가까운/먼', '안/밖', '큰/작은', '따뜻한/차가운', '건조한/젖은', '조용한/시끄러운', '밝은/어두운' 그리고 색채의 쌍 등) 이후 우주의 시공적 지속체 속에서('하늘/땅', '땅/지하', '땅/바다', '남/북', '동/서', '낮/밤', '겨울/여름', '해/달') 그리고 사회적 개념 속에서('자신의/남의', '남자의/여자의', '형의/동생의', '낮은/높은') 혹은 사회와 우주, 자연과 문화의 경계에서('물/불', '태양의 불/화덕의 불', '날것의/익힌', '집/숲', '마을/평원') 그리고 보다 추상적인 수적 대립('서수/기수', '삼(三)/사(四)' 등)과 '삶/죽음', '행복/불행'과 같은 기본적 대립항과 더불어 '성스러움/세속성' 등의 주변적인 신화적 대립쌍에 이르기까지 가장 단순한 상호관계에 의해 객관화되고 보충된다.

이러한 이원대조(*binary contrast*)의 논리는(다른 더 복잡한 범주들은 대부분 쉽게 이중적, 이원적인 것으로 수렴될 수 있다) 세계의 연속성(*continuity*)을 이산적으로 분해하며 세계를 지각한다. 여러 지각 대상은 감각적 자질의 대립을 통해 명백히 감각되며 이렇게 가장 단순한 분석에 의해 분류된다. 어떤 대상들은 대립되는 속성들의 보유체로서 구체성을 잃지 않고서 다른 대상의 기호나 상징적 분류의 요소가 된다. 이러한 대립쌍들은 자연어에서 그리고 원시 문화의 종합주의를 초점으로 하는 신화에서, 양자 모두에서 나타나는 모종의 보편의미의 기반이다.

우리는 이미 신화 고유의 영역에 들어와 있다. 이때 우리는 가장 단순한 공간적 지향과 대립 감각의 지각을 표현하는 의미 대립으로부터 우주생성론적 사유로, 여러 감각 기관 혹은 인간의 몸과 사회, 자연 세계, 대/중/소 우주의 부분들의 용어로 표현된 대립항들 간의 대칭 관계의 정립으로, 나아가 이들의 가치론화(價値論化), 즉 일정한 가치 서열상의 배열로 옮겨간다는 것을 의미한다. 예를 들어, 높은 곳과 낮은 곳이라는 가장 단순한 대립은 인간의 몸에서 상부와 하부, 하늘과 땅, 가족이나 사회의 위계에서 상층과 하층의 대립을 통해 구체화된다. 여기서 높은 곳은 대부분 신성시된다.

레비스트로스는 신화분석에서 처음으로 의미 대립을 널리 사용하였다. 그는 신화화의 도구로서 이원적 논리 자체에, 진행적 매개 (progressive mediation)에 의한 기초적 대립들에서 극(極)들의 존재와 그것들의 해소에 관심을 두었다. 특히, 이바노프나 토포로프 등과 같은 작가들은 사용 빈도가 매우 높은 대립이 충분히 제한적이라는 점 그리고 이러한 대립극들에 대한 긍정적 유표화와 부정적 유표화에서(제의 언어에서 긍정적인 것은 성스러운 것을 의미한다) 그리고 '삶 -죽음' 혹은 '운-불운'과 같은 무조건적인 양화(陽畵)/음화(陰畵)의 대립과 이 대립극들이 수반하는 연상 속에서 일정한 항상성이 나타난다는 점을 지적한다.

'높은', '옳은/오른편의', '남자의', '형의', '가까운', '자신의', '밝은', '건조한', '보이는', '희거나 붉은 낮', '봄', '하늘'(땅에 대해서), '땅'(지하에 대해서), '불'(습기에 대해서), '집', '동쪽'(서쪽에 대해서), '남'(북쪽에 대해서), '태양' 등은 대부분 긍정적으로 유표화되고 '낮은', '왼편의', '여자의', '동생의', '먼', '낯선', '어두운', '습한', '보이지 않는', '검은', '밤', '땅'(하늘에 대해서), '지하', '습기'(불에 대해서), '숲', '서쪽', '북쪽', '달' 등은 부정적으로 유표화된다. 비록 다양한 지역 신화체계에서 이러한 유표화 구도로부터의 이탈이나(특히,

해/달의 관계에서) 한 체계 내에서 일부 제의와 층위에서 특별한 예외가 있기도 하다('왼쪽의', '여자의', '보이지 않는', '습한' 등의 경우). 이와 같은 대립의 기반 위에서 다수의 이중적 신화들이 구성되며 이들 중 일련은 비대칭적인 이중적 외혼과 연관되기도 한다.

분화된 위계적 상징체계는 동물이나 식물, 사회 집단의 혈연에 대한 토템적 개념들을 기반으로 둔 이원논리(*binary logic*)에 의해 만들어진다. 토템적 분류가 가능한 것은 메타시(*metapoesis*)적 사고가 가진 비유, 즉 사회적 범주나 관계들을 주변 자연환경으로부터 가져온 형상들을 통해 기술하고 반대로 자연적 관계들을 사회적인 것들로 해독하는 능력 덕택이다. 스태너는 오스트레일리아 신화에서 인간 세계의 요소가 자연 세계의 요소와 짝을 이룬다는 사실을 강조하였다. 예를 들어, 새로 태어난 생명들은 나뭇잎이나 깨끗한 물 혹은 동물 세계를 연상시킨다. 이들은 영혼들의 기호가 된다. 이러한 자연과 사회의 상호적 비유화는 토테미즘의 흔적이 미약하게 남은 고대 사회에서도 의미가 있다.

인간 몸이나 우주의 각 부분상의 유사(類似)에 기초한 분류 도식은 대우주와 소우주의 근접성 덕택으로, 나중에는 땅, 물, 불, 공기, 날씨, 하늘 혹은 태양 등 여러 개의 자연현상의 형태로 나타나는 원시 원소들의 조합을 생각함으로 인해 널리 퍼졌다.

그러나 엄격히 말해 우리가 보는 것은 비유가 아니라 기호이며 신화적 상징이다. 진짜 비교와 비유는 신화가 아닌 시(詩)의 고유 영역이다. 이들은 발생적으로나 유형적으로 깊이 연관됨에도 불구하고 반드시 구별해야 한다. 신화적 상징의 기반에는 형상적 비교가 아니라 완전하지는 않지만 동일화가 있다. 이 문제는 정확히 짚고 가야 한다. 신화적 상징들을 조건적이고 시적인 형상성으로 몰고 가거나 혹은 레비브륄이 말한 참여(*participation*)가 서로 간에 발

생할 수 있는 여러 대상이나 존재를 절대적으로 동일화해서는 안
되기 때문이다.

이러한 한계들에서 나오는 어려움은 대상들이 상징이 되면서 동
시에 여전히 그 자체로 남고 자신의 구체성을 잃지 않으며 분류상
의 접근이 일정한 감정적 공간과 행동적 지향을 가진다는 사실과
일부 연관되었다. 한 층위에서의 동일성이 반드시 다른 층위에서
대조를 수반하는 것이 아니라는 점을 고려해야 한다. 신화적 대상
들이나 존재들은 다양한 특징이 모인 독특한 뭉치로 나타나는데 어
느 특징들에 의해서 그들은 동일화되기도 하고 다른 특징들에 의해
서는 대조되기도 한다.

이러한 동일화와 대조의 결합은 분류, 체계 그리고 플롯 구성의
층위에서 신화적 구조화의 필수적인 도구이다.

이원논리에 의한 분류는 세계가 위계질서상의 다양한 층위로 분
화됨으로써 확장된다. 무엇보다 서열상의 분화를 가리키는 층위 개
념에 가까운 것은 표현 수단, 기술 언어로서 코드 개념이다. 사실
상 많은 경우에 이 용어들은 서로 대치가능하다.

이중체계(*dual system*)에서 이원대립(*binary oppositions*)의 통합은
의미쌍들 간의 등가성을 정립시킨다. 예를 들어 '여자의', '왼편의'
그리고 '달' 등을 하나의 집합으로, '남자의', '오른편의', '해'를 또
다른 집합으로 합침으로써 '남자의'와 '여자의'는 어떤 조건에서는
'오른편의'와 '왼편'의 혹은 '해'와 '달'의 관계를 통해서, 즉 이미 다
른 층위나 다른 코드에서, 말하자면 사회적 코드가 아니라 천문적
코드 속에서 전달될 수 있다.

여러 문화의 우주 생성론적 도식들에서는 동서남북, 신과 동물
들, 계절, 자연현상들, 몸의 기관들, 색채들, 때로는 기하학적 형
태들, 어떤 지리학적 영역들, 사회적 신분들, 특정한 자질들이 명

백하게 상호 연관되었다. 예를 들어, 중국의 도식에서 '동'에 대응하는 것은 '푸른 색', '봄', '용', '나무', '도끼', '비장' 이며 '남'에는 '붉은 색', '여름', '새', '불', '저울', '삼지창', '가벼운' 등이 '서'에는 '흰색', '가을', '호랑이', '금속', '창', '간'(肝) 등 그리고 '북'에는 '검은 색', '겨울', '거북이', '물', '방패', '창자' 등이 대응된다. 그러므로 가까운 개념들은 지리학적이거나 역법적이거나, 동물학적이거나, 색채적이거나, 해부학적인 코드 안에서 전달될 수 있다.

우주론과 제의 속에서 분명히 표현되는 것이 서사 민담에서는 그렇지 못하다. 레비스트로스는 서로 상응하는 일련의 상징들, 신화적 플롯들 속의 코드들의 위계질서 그리고 숨겨진 신화적 체계 등을 기호학적 분석을 이용하여 내보여주기 위해 많은 노력을 기울였다. 물론 여기서는 불가피하게 억측, 논쟁의 여지가 있는 추측, 해석 등이 생겨날 수밖에 없었다.

앞서 남아메리카 원주민에게서 죽음의 근원에 관한 신화가 어떻게 전달되는지 증명한 레비스트로스의 예를 들었다. 즉, 그는 동일한 전언이 오감에 해당하는 다섯 개의 코드를 통해 어떻게 전달되는지에 대한 다른 예로써, 동일한 신화적 전언이 가족 및 혼인 규범의 위반에 대한 이야기에 의해 또는 제의적 정적(靜寂)의 파괴에 대한 이야기에 의해 또는 일식에 대한 이야기에 의해 또는 익히지 않았거나 상한 음식의 음용에 관한 이야기 등 여러 이야기에 의해 전해질 때, 서로 다른 코드들과 층위들 사이에서 어떻게 등가성이 발생하는지를 증명한다.

코드나 층위가 전환될 때 플롯은 변형되고 하나의 플롯은 다른 것의 메타포[드물게는 메토니미(환유)]라 할 수 있다. 물론 이러한 메타포화를 시적 비유를 예술적 표현기법으로 사용하는 것으로 이해해서는 안 된다. 그러나 넓은 의미에서 이해되는 신화의 메타포성은 우리 앞에 알레고리가 아니라 상징이 있기에 없앨 수 없다. 하나의 코드에서 다른 코드로의 이동은 본질적으로 완결된, 무한한 과정이다. 하나의 메타포적 언어를 다른 언어로 옮기면 보다 이해가 쉬워진다.

그러나 코드와 층위는 완전히 동등하지 않으며 따라서 완전히 등가적이지 않다. 그것은 첫째, 현실계가 기호화된 이후에도 구체성을 보호하며 이로부터 나오는 다양한 관련과 연상을 보존하기 때문이고 둘째, 층위 자체 간에 복잡한 상호 의존성과 상호 조건성이 있기 때문이다. 예를 들어, 레비스트로스는 혈연관계에 관한 규범을 단지 층위의 하나가 아니라 코드 교환 시에도 불변하는 어떤 기초 구조를 만들어내는 골조로서 보는 경향이 있다.

다양한 코드를 수단으로 하여 의미상 가까운 전언들을 전달하는 것은 신화적 정보의 잉여성을 만들어낸다. 이러한 잉여성은 신화적 정보를 노인에서 젊은이로, 세대에서 세대로 전달하는 메커니즘의 견고성을 뒷받침한다. 동시에 잉여성은 코드와 층위로 분화됨으로써 체계 내에서 제거된다. 그런데 이 과정에 다른 측면이 있다. 하나의 신화적 주제가 수 개의 대칭적 변이체를 가지는데 이것들은 다양한 코드로 제시될 뿐 아니라 공시적으로 혼종적이다. 예를 들어, 최초 보유자로부터 삼포를 탈취한다거나 문화영웅 바이네모이넨이 천체들을 빼앗는 이야기, 대장장이 데미우르고스인 일마리넨이 천체들을 만들어낸다는 이야기들 간의 차이점은 물론 단계적인 것이다. 동일한 주제의 변이체들이 단계적 차이를 가지면서 서로 다른 행위자를 결부시킴으로 인해 공존한다. 플롯은 모티브들과 통합체적 '진행'들의 증식 덕택으로 발전한다. 스칸디나비아 신화의 한 플롯에서 성스러운 꿀의 근원에 대한 여러 이설이 합쳐질 때의 상황이 그러하다.

위와 동일한 스칸디나비아 신화에서는 인간의 모습을 한 존재들의 발생이라는 매우 보편적인 주제하에서 일련의 대칭적 플롯들이 제시된다. 그러나 잉여성은 이러한 플롯들이 다양한 범주의 신화적 존재들과(신들, 거인들, 난쟁이들, 인간들) 결부됨으로써 극복된다.

코드와 층위로의 분화는 신화적 정보의 잉여성을 뒷받침하기도 하고 동시에 제거하기도 하는데 이러한 분화는 신화적 플롯과 주제들의 발전 과정에 있어서 본질적 의미가 있다.

이러한 발전 자체는 조화롭게 전개되어 최초의 신화적 핵 하나가 다양한 층위상의 독특한 관현악 편성처럼 조직되었다. 이는 원래 혼종적인 모티브들을 어떤 층위에서는 동일시하고 다른 층위에서는 대립시키는 방법에 의한 제2의 질서화라고 생각할 수 있다. 두 과정 모두 현실적으로 보충 관계에서 생겨나며 상호 간에 존재한다. 따라서 연구 방법은 기존의 통일성을 재건하거나 혹은 근원이나 과거 상태와 상관없이 텍스트들의 등시(isochronism)적 그룹 안에 존재하는 체계적 관계들을 확정하는 것이 될 것이다.

이렇게 이원논리 그리고 층위와 코드로의 위계질서적 분화는 신화적 구조화를 위해 역동적 분류망과 도구를 만들어낸다. 여기서 신화적 형상들은 차별적인 특징의 뭉치로서 그리고 여러 층위에서 다른 상징과 다양하게 상호 연관된 다중적 상징으로서 이루어진다. 앞서 레비스트로스의 《신화적인 것들》에서 제시된 여러 예를 언급한 바 있다. 이 형상들 모두 주위 세계의 모델화 기능을 수행한다. 하지만 신화가 지닌 상징성의 힘으로 모델화되는 단편은 동물, 식물 그리고 그 조합의 형태로 나타나는 현실의 원형들보다 비교할 수 없이 넓다. 부차적이고 위계질서적으로 종속적인 일련의 다른 형상들과의 얽힘 속에서 전체 세계를 모델화하는 능력을 가진 형상들도 있다. 토포로프가 "보편 상징 복합체"(universal sign complex)에

포함시킨 세계수가 그러하다. 2)

이원적 분류 논리에 상응하는 분류소들의 기능에 비해 신화시 형식의 창작, 즉 상대적으로 고정적인 신화적 형상들과 플롯들의 창작 과정 자체는 아직까지도 연구된 바가 적다. 원시 시대와 고전 사회에서 우주모델은 세계적인 보편 상징모델의 기반이다. 여기서 이러한 전 세계적인 상징모델은 신성화되고 정형화된 사회적 행위 형식인 제의 속에서, 시가(媤家)와 부족 마을, 사원과 도시의 조직에서, 가족과 결혼 관계에서, 의복에서, 요리에서, 생산 활동에서, 집단의 사고와 행위 영역에 있어서 다양한 차원에서 실현된다. 이러한 모든 층위에서 동일한 상징들과 구조적 배치가 재현된다. 이것이 보다 후대의 역사 단계와 구별되는 원시 문화의 특징이다. 후대의 역사 단계들에서는 이념적 분화성, 다양한 이념 형식과 개념의 경쟁 등이 특징이다. 여기서 의사신화적인 상징 분류는 불가피하게 파편적이고 주관적일 수밖에 없으며 총체적 의미를 가지지 못하여 널리 퍼지지 못했다.

여기서 세 가지 경우를 구체적으로 살펴보자. 두 가지는 원초신화의 플롯 연구의 영역에 있는 것이고(이는 오스트레일리아와 고대 아시아의 자료에 기초한 것이다. 레비스트로스에 의해 연구된 아메리카 원주민의 신화는 일부러 제쳐둔다) 한 가지는 완결된 신화체계의 영역의 것이다(스칸디나비아 신화에서).

오스트레일리아 신화의 예들은 주로 무린바타 신화에 대한 스태너의 연구에서 인용했으나 여기서는 이들을 다른 관점에서 다르게 해석하였다. 오스트레일리아 신화의 자료는 원시성, 특히 신화와 의식의 통일성이 보존되었기 때문에 가치가 있다. 스태너가 보여주

---

2) [역주] V. N. Toporov, *L'albero universale, ricerche semiotiche*, Torino, 1973, pp. 148~209.

었듯이 이러한 통일성은 발생적이라기보다는 구조적이다. 더구나 신화들과 그에 상응하는 의식들의 상동 관계는 상징들의 통합체적 구분, 심층의 의미 구조, 기능 등을 훨씬 객관적으로 보여주기 위해 이용될 수 있다.

물론 신화는 어느 정도까지는 메타포화되었다(신화는 꿈의 시대에 일어난 사건들을 수단으로 하여 가치 체계를 포함하는 우주론을 기술한다). 그런데 제의는 신화적 사건을 부분, 현상, 기호로 제시하기 때문에 오히려 환유적이다. 그 외에도 의례에서는 부족이나 통과의례 참여자에게 내려지는 위한 복(福)을 얻기 위해서는 가혹한 규율, 고통, 때로는 강압과 폭력을 대가로 치러야 한다. 그러나 반대로 신화에서는 은폐된 악이 선의 모습으로 나타난다. 성인식 신참자들의 소집은 비밀스러운 폭력적 납치처럼 보이며 파수꾼들은 겉으로 무섭게 행동한다. 노파 무팅가는 아이들만이 아는 곳에 숨어 그들을 보호한 것처럼 보이지만 실상 그들을 집어삼키려 한다. 쿤망구르의 딸들은 기꺼이 아버지의 진영을 떠나고 그들을 쫓는 오라비는 그들에게 친절히 사냥의 수확을 나누어주겠다고 제안하지만 사실 그는 완전히 돌변하여 누이들을 강간하려 한다. 그는 교활하게 축제 동안 아버지를 죽인다.

이러한 기호들의 대립성은 신화의 공간적 재배치가 사회로부터의 제의적 고립의 운동에 엄격하게 상응한다는 점과 양립한다. 이것은 신화 텍스트를 서사통합체로 분명하게 분할하도록 돕는다.

주인공에 관한 평가, 그의 행위의 동기들은 제의뿐 아니라 신화에도 통합체 구조를 구성하는 행위들보다 부차적이다. 평가를 받는 것은 주인공이 아니라 그의 행위이다. 그러므로 가치와 윤리의 차원에서 인물들의 역할은 서사의 진행에 따라 확실한 동기가 부족한 것처럼 동시대의 관점에서 언제나 재분배된다. 신화적 서사의 특징

80

들은 제의와 신화를 비교하는 것에서 나아가 다양한 신화를 비교해 본 결과 분명해진다. 무지개뱀 신화의 주요 이설들을 비교해 보자.

무린바타의 이설에서는 쿤망구르의 근친상간과 친부 살해(혹은 숙부 살해) 행위가 아들(혹은 조카) 트쥐미닌에게 이전된다. 와고만의 이설에서는 다구트와 트쥐미닌이라 불리는, '높고' "낮은" 두 마리의 무지개뱀이 있다. 트쥐미닌은 (다구트의 아내 형제들과 같은 소부족에 속하는) 자신의 아내들을 탈취해갔다는 이유로 다구트를 창으로 죽인다. 그 후 살해된 자는 진짜 뱀으로 변하고 살인자는 하늘로 떠난다. 마찬가지로 마리티엘의 이설에서 무지개뱀 레윈은 아만갈(나는 여우)의 아내를 납치한 죄로 그에게 살해당한다. 난지오메리 이설에서 무지개뱀 안가뭉기는 연적이라는 이유로 아디르민민(처남들 부족 출신)에게 살해당하는데 여기서는 여자들 스스로 미리 아디르민민에게 앙갚음한다(무린바타 이설에서 쿤망구르의 딸들이 자신의 남자 형제 트쥐미닌에게 했듯이). 이르칼라 이설에서 무지개뱀은 자신의 누이들과 끊임없이 근친상간을 범한다. 거의 대부분의 이설에서 경쟁자들이 처남이나 매형이 나온 여러 소부족에 속한다는 점을 고려해 볼 때, 주인공의 연애 및 결혼 행위는 언제나 외혼을 위반하며 근친상간에 접근한다. 그러나 주요 불변 요소는 아내의 탈취나 근친상간 관계에 대한 복수가 아니라, 한편으로는 근친상간이고 다른 한편으로 무지개뱀의 살해이다.

무린바타 이설에서 무지개뱀의 살해는 동기화되지 않았으나(무팅가가 아이들을 집어삼키는 경우와 마찬가지로) 무지개뱀이 남의 아내를 빼앗거나 근친상간을 행하는 다른 이설에서는 동기화되었다. 때로 무지개뱀이 사람을 삼키는 것은 동기화된다. 그를 끌어당기는 것은 아이의 울음소리나 아이 어머니의 월경혈 냄새이다. 그러나 이러한 동기화는 주인공의 성격 혹은 그의 행위에 대한 도덕적 평가를 의미한다. 어떻게 동기화되었나에 상관없이 삼킴의 행위는 불가피하다. 삼킴은 자궁으로부터의 해방과 재탄생을 의미하므로 통과의례에서는 어머니의 배와 자궁이 거의 같은 것으로 취급된다. 이러한 우주론 전체가 플롯에 우선한다. 우주론은 윤리적 주제를 포함하지만 선한 인물들과 악한 인물들의 대립의 차원에서 실현되지 않는다. 여기서는 오직 사건들의 대조에 관해서만 이야기된다.

누이들을 강간하는 일화에서 트쥐미닌은 혐오스럽게 보인다. 그러나 다음 일화에서 누이들은 속임수를 써가면서까지 인정사정없이 그에게 복수하므로 우리는 자신의 찢긴 몸을(그는 절벽에서 몸을 던졌다) 마술로 어렵게 되살리는 트쥐미닌을 동정하게 된다. 우리는 그가 축제 동안 아버지의 살해를 준비할 때 다시금 그의 교활함과 악의에 당황한다. 그러나 악행을 마친 그는 다른 형태로 계속 존재하기 위해 '변신한다'. 즉, 죽는다. 이로써 트쥐미닌에 대한 부정적 인식은 희석된다. 쿤망구르가 치명상을 입고 피난처를 찾아 헤맬 때 그의 고통은 동정을 불러일으키지 않을 수 없다. 그러나 그가 불을 물에 던지려 할 때, 우리는 인간에게 필요한 불을 지키려는 자에게 공감하게 된다.

중앙 오스트레일리아 부족들의 가장 오래된 원시신화와 달리 무린바타와 북오스트레일리아의 신화들에서 불변항으로 추출되는 통합체적 구조에서 눈에 띄는 것은 예의 극적 성격이다.

스태너가 강조하듯이 상실과 획득의 리듬은 나선형적 특징을 가지며 획득은 결국 상실을 만회할 뿐 아니라 질서와 공동체의 절대적 풍요화로 귀결된다. 제의에서도 마찬가지로 새로운 상태를 획득하기에 앞서 옛 상태가 제거되고 일시적인 무(無)구조의 상태가 나타난다. 이 신화들에서는 획득에 선행하여 사회적 혼돈의 현상으로 표현되는 상실이 나타난다.

여기서 동일한 인물들이 때로는 긍정적이고 때로는 부정적인 행동을 한다. 무지개뱀 신화에서 이러한 모순은 그의 양가성과 무지개뱀이 삶과 죽음, 위와 아래, 물의 상부와 하부 혹은 불과 물(뱀 형상이 무지개 모양이라는 점을 고려한다면), 나아가 여성적인 것과 남성적인 것(때로 무지개뱀은 성적 상징을 잃지 않으면서 양성적 존재로 제시된다) 사이의 매개자로 제시된다는 사실 등 충분히 상응한다. 제의에서 무지개뱀과 결부되는 노파 또한 양가적이어서 어떤 플롯들에서는 무지개뱀과 거의 합쳐지며 무지개뱀의 여성적 역할이 되고 또 다른 플롯들에서는 무지개뱀의 제물인 와우왈룩 자매와 합쳐진다. 무지개뱀은 자매들과 자매의 아이들 가운데 하나를 같이 삼킨다.

무지개뱀의 신화에서 종종 노인과 젊은이, 신분 높은 자와 천한 자로 나타나는 두 경쟁자는 무지개뱀으로 생각되고 따라서 갈등은 마치 자연현상의 틀 안에 있는 것처럼 보인다. 쿤망구르에 관한 무린바타 신화에서 트쥐미닌은 무지개뱀의 아들이나 손자로 성인식에서 중요한 역할을 수행한다. 그는 성인식을 방금 통과했지만 누이들을 피하고 부족의 여자들을 멀리하라는 금기를 반드시 지키려고는 하지 않는 젊은이로 제시된다.

이와 함께 무지개뱀의 매개 기능은 의미 대립과 매개가 필요한 몇 가지 기초적 적대관계(antinomy)들을 의미화한다. 무지개뱀은 일련의 이러한 대립들 전체에서 극(極)들 간의 매개자로 나오기 때문이다. 우리는 여기서 분명히 의미적 계열체의 모음에 상응하는 코드 서열이 존재한다고 말할 수 있다.

다시 신화적 의미의 계열체적 요소들의 정밀화를 위해 쿤망구르의 역사로 돌아가 보자. 쿤망구르는 최초 선조로 하나의 반쪽(씨족 동맹) 카르트진의 할아버지이며 다른 반쪽 티웅구의 외할아버지이다. 이러한 반쪽들은 수리나 매에 상응하여 연상되며 원주민은 이들을 발생적으로 다른 혈연이며 적대 관계로 간주한다. 각각의 절반은 삶에 필수적인 원소, 즉 물과 불을 다룬다. 이렇게 반쪽들은 두 맹금 사이에서뿐 아니라 자연현상으로서의 불과 물 사이에서 대립한다. 무지개뱀인 쿤망구르는 물, 즉 땅의 물과 하늘의 물(비)과 관련되었다. 무지개의 형상은 분명히 하늘과 땅, 물과 불 사이의 매개를 가리킨다.

트쥐미닌은 보통 티웅구의 반쪽에 연결되며 티웅구와 불의 관련을 암시한다. 실제로 트쥐미닌은 근친상간으로 누이들을 박해하는 이야기에서 근친상간 결혼의 표시로 모닥불을 피우는 불의 주인으로 형상화된다. 누이들은 물을 다스리며 따라서 밀물이 트쥐미닌을 덮치게 한다. 쿤망구르가 치명상을 입고 방랑하는 이야기에 반복 모티브가 있다. 그의 아내와 아이들은 그의 상처를 치료하기 위해 돌을 불에 달구려 하지만 불에 물이 끼얹어진다. 여기서 쿤망구르와 그의 딸들이 가진 물의 성질이 나타난다(스태너의 증거에 따르면 원주민은 트쥐미닌과 쿤망구르가 불과 물에 관련된 서로 다른 '반쪽'들의 대표자라고 하였다). 쿤망구르는 완전한 '변신'을 위해 물로 들어감으로써 불 전체를 삼키려 하며 따라서 황조롱이 인간 필리린은 다시 신에 저항하여 불을 얻어야 한다. 이렇게 물/불이라는 자연현상의 대립은 플롯 전체를 따라 진행되며 이들 간의 매개는 결말에서 이루어진다.

트쥐미닌과 누이들의 대립은 단지 씨족 공동체와 관련되는 자연현상의 코드에서만 진행되는 것은 아니다. 가정생활 차원에서, 생산(트쥐미닌은 창을 들고 사냥을 가며 누이들은 막대기와 괭이를 들고 채취와 원시 경작과 어로 활동을 한다)과 요리(오라비와 누이들은 어떤 음식을 할지, 고기 요리를 할지, 야채요리를 할지, 공동 식탁을 쓸지 등을 논쟁한다)의 코드를 통해 계속되는 성(性)의 대립은 매우 날카롭게 강조된다. 신화서사의 마지막 부분에서 쿤망구르는 맛있는 고기 요리로 위로를 찾으려는 계획을 세우지만 항상 병으로 인해 계획을 이루지 못한다.

쿤망구르와 트쥐미닌에 관한 서사가 의미적 계열체와 어떻게 연결되는지를 보자. 주요 갈등이 가족-결혼 규범의 위반(외혼의 위반으로부터 근친상간까지)이라는 사회적 층위에서 전개된다는 점은 아주 분명하다. 트쥐미닌이 저지른 근친상간은 이중의 위반을 의미하는데 이는 누이들 중 가장 어린 누이는 아직 성적으로 성숙하지 못했고 이로써 맏누이에 대립되기 때문이다. 이러한 위반은 트쥐미닌이 방금 성인식을 통과했으며 아직 여자를 가까이할 수 없으며 어떤 경우에도 어머니와 누이들로부터 분리되어야 한다는 사실에 의해 가중된다. 근친상간으로 향하는 에로티시즘은 주인공의 성년을 상징하고 그의 예외성을 강조하는 동시에 극단적인 질서 위반을 표현한다. 트쥐미닌이 몰고 온 사회적, 생물학적 혼란은 누이들의 가옥에 모아 놓은 건초를 흩어 어지럽히면서 한층 더 강조된다.

범죄적인 것이 된 성적 접근은 다양한 형태의 가정생활(성별에 따른 노동의 구분)과 음식(육식과 채식) 간의 평형을 깨뜨리며 다른 코드로 확장된다. 근친상간과 친부 살해는 외혼상 사회적 반쪽들을 상징하는 자연현상인 물과 불 간의 평행을 깨뜨린다. 사회적 위반은 우주적 위반을 초래한다. 평형은 엄청난 노력에 의해서만 되찾아진다.[3]

남아메리카 원주민의 새 둥지 파괴자 신화를 상기해 보자. 레비 스트로스는 《신화적인 것들》에서 이 신화를 연구 전체의 출발점으

---

3) **[역주]** 케이프 요크 반도의 라딜인에게 있는 무지개뱀 신화를 흥미롭게 분석한 연구로는 다음을 보라: D. McKnight, Myth and Country in Aboriginal Australia, *Igitur*, 6(2)-7(1), 1994~1995. 라딜인들 사이에서 무지개뱀 이야기들은 사회질서뿐 아니라 행위 규범을 정립하기 위해 동일한 주인공을 등장시킨다.

로 삼았다. 근친상간(어머니와의)과 부자의 불화가 있고 물과 불의 자연현상, 육식과 채식이 충돌한다. 가족 결혼 규범의 위반은 우주 현상의 결렬을 가져온다. 이 신화에서 물과 불을 매개하는 것은 젊은 주인공이지만 무린바타 신화에서는 물과 불에 상호 연관된 두 반쪽 모두의 선조인 쿤망구르이다.

오스트레일리아와 남아메리카 신화에서 금기의 위반은 우주의 혼란을 초래하고 이러한 위반은 매번 어떤 식으로든 징벌을 받는다. 하지만 중요한 것은 징벌이 아니라 혼돈에 대항하여 조화를 유지하는 것이다. 이것이 가장 중요한 기능이다.

무린바타 신화의 플롯들은 개별 플롯들 사이에서 보충적 배분과 변형 관계들을 만들어내면서 체계를 구성한다. 예를 들어, 쿤망구르에 관한 플롯은 규범적 통과의례에 해당하는 무트징가 플롯을 부정적으로 변형한 것이라 볼 수 있다. 이러한 플롯들을 대비시킬 수 있는 근거는 누이들에 대한 트쥐미닌의 폭력 이야기와 부모들이 믿고 맡긴 아이들을 집어 삼키는 무트징가 이야기가 유사하다는 점이다. 이야기들의 내적 구조와 양식은 완전히 같다. 아이들과 부모들은 먹을 것을 구하기 위해 헤어지고 아이들은 가짜 보호자, 사실상 해치려는 자의 손아귀에 들어간다.

아이들에 대한 삼킴과 성적 폭력의 상징은 오스트레일리아 신화에서 서로 비슷하다. 예를 들어, 무지개뱀 드장가울은 와우왈룩 자매의 이야기에서 월경혈 냄새에 이끌려온다. 베른트의 해석에 따르면 뱀의 모습과 자세는 성적 상징이지만 무지개뱀은 두 자매와 자매의 어린아이 중 하나를 먹어 삼킨다. [4]

무린바타의 한 신화에서 나타나는 누이들에 대한 오라비의 근친상

---

4) R. M. Berndt, *Djanggawul*, London, 1952.

간적 폭력은 통합체적 배분과 플롯적 환경, 상징 등의 측면에서 무트징가가 자신에게 맡겨진 아이들을 먹어치우는 다른 신화에 상응한다. 여기서 음식을 구하기 위해 부모가 떠나는 것은 누이들이 역시 같은 목적을 위해 떠나는 것에, 소년들에 대한 식인의 위협은 젊은 처녀들에 대한 성적 박해에 상응한다(유럽 동화에서 바바야가가 아이들을 붙들고 있는 이야기, 아버지나 오라비가 양녀를 성적으로 박해하는 이야기, 뱀이 왕녀를 납치하는 이야기 등이 유사한 관계에 있다). 당해 마땅한 살해를 당하는 노파 이야기에 상응하는 것은 이유 없는 노인 살해이다(친부나 모계의 숙부).

상처로 고통받는 무지개뱀 쿤망구르의 방랑 이야기는 무린바타의 세 번째 신화에서 등장하는 암컷 뱀 쿡피의 방랑 이야기에 대해 대칭적이며 보충적이다. 쿡피는 쿤망구르와 반대되는 여성 존재로 간주되지만 더불어 어떤 측면에서 이 뱀은 양성적이며 물과 연관되고 샘을 만들어내고 아이의 영혼을 낳고 조용한 장소를 찾는다. 이 뱀은 티웅구의 부족과 관련이 있으므로 쿤망구르의 아내가 될 가능성이 있는 여자들의 계급에 속한다. 쿤망구르는 아들에 의해 치명상을 입고 구호를 기다리며 쿡피는 다른 이들을 죽일 기회를 찾는다. 쿤망구르는 사람들에게 안녕을 가져다주는 한편 그들에게 필요한 불을 가져가 버리지만 쿡피는 사람을 죽이며 계속 그들에게 성스러운 악기 디제리두를 내어준다. 동시에 분명히 쿡피는 트쥐미닌처럼 캥거루를 죽여 고기를 굽기 위해 불을 피우는 남자, 사냥꾼들에게 대립된다. 즉, 성(性)의 대립은 성에 따른 노동 분담에 의해 강화된다.

쿡피가 쿤망구르의 딸들처럼 막대기나 괭이를 손에서 놓지 않는 것도 특징적이다. 쿤망구르의 딸들이 트쥐미닌에게 한 것처럼 쿡피도 남자들을 낭떠러지에 떨어져 죽게 하여 처치한다. 앞서 이들은 트쥐미닌이 누이들에게 한 것처럼 남자들이 마음을 놓게 하여 그들을 유인하고 무트징가는 어린 소년들을 꾀어낸다. 단 한 명의 남자만이 그녀의 노래와 성스러운 디제리두의 비밀을 알아낸다.

앞서 언급한 사실과 푼즈 성인식에서 디제리두의 역할과 이 의식에 무트징가 신화를 덧붙인 것을 고려해 보면, 무트징가 신화와 쿡피 신화를 접근시킬 수 있다. 서로 다른 플롯적 메타포를 선택함으로 인해 이들 간의 차이가 일부 생겨난다. 무트징가는 소년들을 먹어치우지만 이 아이들은 그녀의 배를 가르고 살아 나온다. 쿡피는 세 명의 성인 남자들을 죽이지만 가장 현명한 네 번째 남자는 그녀의 비밀을 알아내지 못해 이들을 구하지 못한다. 무트징가 신화를 성인식에 바로 접목시켜 보면 이러한 차이가 일부 설명된다. 그러므로 성인식에서 소년들과 봉헌(奉獻)적 삼킴이 등장한다. 이렇게 무린바타의 세 개의 주요 신화는 관련된 일정한 계열체적 관계들이 되며 한데 모여 완결된 체계를 보여준다.

고대 아시아 민담으로 까마귀신화군은 가장 원시적 핵을 구성하며 코리약과 이텔멘에게서 두드러지게 나타난다. 앞서 이미 까마귀의 아이들이 외혼을 거부하고 어부들의 안전을 좌지우지하는 여러 자연력을 표상하는 비혈연 집단들과의 교환혼을 택함으로써 사회가 발생하였다는 이야기를 담은 고대 아시아의 사회발생신화를 언급한 바 있다. 여기서는 이와 유사한 신화들의 심층적 의미와 코드와 층위로의 신화의 분해 그리고 서사통합체적 분류에 대한 연관성을 살펴보자.

까마귀 자식들의 결혼 모험에 대한 신화나 신화동화는 (특히, 큰아들 에멤쿠트와 큰딸 지니아나우트 혹은 시나네우트에 관한) 구성상 이중 구조를 가진다. 이들은 두 개의 코드들로 구성되며 이 코드들은 까마귀 자식들 중 하나의 순차적인 두 개의 결혼에 대해서(혹은 서로 다른 자식들의 두 결혼에 대해서) 또는 하나의 결혼과 이후 다른 배우자와의 결혼에 대한 위협에 관해서 또는 아내가 바꿔치기 당하거나 혹은 남편이 아래 마을(지하계)로 떠남으로써 인해 잠시 중단된 결혼에 대해 이야기한다.

이러한 통합체적(구성적) 이중성에 상응하는 것이 내혼과 외혼, 우주의 주요 부분으로서 하늘과 땅 혹은 땅과 지하계(우주론적 코드), 자연물로서 쓸데없고 해로운 것과 유용하며 식량의 주된 출처와 성공적인 경작 활동의 조건을 제어하는 것 등이 이루는 이원대립의 형태로 나타나는 의미적 계열체이다. 순수하게 사회적인 층위에서 실패한 결혼은 이후 고종 사촌과의 성공적 결혼에 대립하는 근친상간이다. 실패한 결혼은 형제와 누이의 결혼이며 성공적인 것은 타인과의 교환혼이다. 우주론적 층위에서는 지하의 악령들과의 결혼이 실패한 결혼으로서 천인들과의 복된 결혼에 대립된다(어떤 경우에는 두 번째 결혼이 지하의 영들과 이루어지는데 이때 이 영들은 더 이상 사람을 해치거나 땅에 질병과 죽음을 가져오지 않는다). 하늘의 가족이나 지하의 가족과 혈연을 맺음으로써 까마귀 가족은 우주의 양극과 접촉한다.

경제적 층위에서 부정적으로 평가되는 결혼 상대자는 경작 활동이나 식량의 출처, 유리한 기후 조건과 연관되지 않는 배우자이다. 여우 여자는 물고기를 먹여야 하며 도마뱀 여자는 에멤쿠트로부터 식량을 얻으려 한다. 지니아나우트의 남편이 광대버섯 처녀들에게 떠나가면 굶주림을,[5] 카마키는 질병을 가져오고 누이와의 근친혼적 관계는 화살의 파손과 사냥의 실패를 야기한다. 바람직한(긍정적인/성공적인) 결혼은 수산업과 관련되고 고기잡이, 약초와 나무 열매 채취, 수산업에 매우 필수적인 날씨의 요소들과 부분적으로도

---

5) [역주] 이 지역 사람들은 환각 성분이 있는 야생 버섯을 모아 소마에서 추출되는 것과 유사한 효과를 내는 액을 만들어낸다.

연관된다. 지니아나우트에게 바람직한 남편감은 가족의 안녕과 날씨, 수산업과 고기잡이를 관장할 수 있는 천상 지배자의 후손들, 구름 위에 사는 사람들이다. 에멤쿠트에게 바람직한 아내는 자연이 봄에 되살아나는 것을 상징하는 풀(혹은 파) 여자, 남편의 작살 아래로 자신의 씨족원을 몰아넣는 흰 고래 여자(혹은 조개 여자), 구름 위에 사는 여자 혹은 날씨의 여주인이다. 신화에서 이러한 행복한 결혼 뒤에는 종종 성공적인 사냥과 죽임당한 고래의 회생과 복귀 그리고 사냥을 위한 새로운 고래의 도래를 제의에서 얻어내려 하는 고래축일에 대한 묘사가 뒤따른다. 고래 축일 제의의 목적은 성공적 사냥, 죽임과 복귀, 도래이다.

코리약과 이텔멘의 신화들에서는 오스트레일리아와 아메리카 신화들에서와 마찬가지로 올바른 사회적 관계가 우주적 평형과 경제적 안녕, 전반적 질서를 수반한다. 따라서 코드들 사이에는 등가성과 서열 관계가 동시에 의미를 가진다.

코리약과 이텔멘의 신화에서는 기상학적 코드가 우선적인데 그것은 수산업이 절대적으로 날씨에 의존하기 때문이다. 까마귀가 하늘의 주인이나 비의 여주인이 두드리는 북을 데우는 모티브, 결혼의 시련으로서의 폭풍을 달래기 위해 동쪽으로 난 구멍을 막는 모티브, 구름이 흩어지는 모티브, 날씨의 여주인의 머리카락을 자르는 모티브, 바람 인간의 썰매를 매어놓는 모티브, 까마귀 딸들이 바람과 혹은 까마귀 아들이 날씨의 여주인과 결혼하는 모티브 등이 이를 증명한다. 이런 부류의 모티브들은 하나의 신화적 체계를 구성하는데 여기서 잉여성은 날씨 주인의 성(性)이나 그를 진압하는 방법의 변주에 의해 극복된다.

한 흥미로운 코리약 신화의 통일성은 완전히 기상학적 코드에 달려있다. 이 신화는 일견 우연한 일화로 넘쳐난다. 까마귀는 농병아리(또는 울음소리가 날씨의 변화와 봄의 도래를 상징하는 오리) 인간인 샤먼에게 폭풍을 어떻게 멈출 수 있을지 묻고 그의 충고에 따라 에멤쿠트를 심해에서 온 여자(날씨의 여주인)와 결혼시킨다. 이후 당연히 성공적인 고래 사냥과 고래 축일이 뒤따른다. 까마귀의 둘째 딸 카이나나우트는 농병아리 울음을 흉내 내며 그를 욕하고 샤먼은 그녀의 심장을 끄집어내 복수하지만 이후 그녀를 살려내 자신의 아내로 삼는다. 까마귀의 큰 딸 지니아나우트은 안개 인간에게 시집간다. 날씨의 여주인과 에멤쿠트의 결혼 이야기와(날씨의 변화와 봄의 회생을 유표화하는) 농병아리 인간과 카이나나우트의 결혼 이야기는 기상학적 코드로 실현된 동일 주제의 이중화이다. 여기에는 뒤로 가려진 역법/계절 코드가 있다.

다른 신화들에서는 역법의 양상이 덜 가려지기도 하다. 여기서 역법과 계절의 양상은 거위의 형상과 물에서 헤엄치는 새들의 계절적 이동과 연관된다. 코리약의 한 신화에서 아버지에게 모욕을 당한 지니아나우트은 거위 날개로 하늘로 날아가 거기서 구름 위 인간에게 시집을 간다. 이러한 결혼 뒤에는 보통 산업적 획득물에 대한 실제적 권력이 수반되지만 여기서도 이것이 부정적으로 그려진다. 그녀는 가죽 부대에 동물과 식물을 모으지만, 아버지와 화해하기 전까지 땅으로 그것을 보내지 않아 기근을 불러온다. 지상에서 일어나는 일시적 식량결핍은 숨겨진 역법적 양상을 의미하는데 이것은 일련의 이텔멘의 신화에 분명하게 나타난다.

이 신화들에서 시나네우트(이텔멘 신화에서 지니아나우트의 변이체)는 남편에게 멸시를 받자 가을에 모든 짐승들을 모아 하늘로 데려가 기근을 초래하거나,[6] 아버지에게 모욕당하고서 스스로 나무로

---

6) [역주] 캐나다와 시베리아의 북부 수렵 문화권에서 여름은 사냥을 중단하고 보통 낚시로 소일하며 보낸다. 가을은 중단되었던 사냥이 다시 시작됨을 알리는

만든 고래를 타고 바다로 나가 짐승의 고기와 가죽을 얻거나 혹은 아무 데도 가지 않지만 거위들이 모두 날아가 버린 겨울에 거위를 먹여 날개가 자라게 해주고 결국 거위가 부모와 함께 날아가 큰 오빠와 결혼해서 여름에 다시 돌아오도록 한다. 식량도 없이 남편에게 버림받은 여주인공이 거위와 결혼하는 이야기도 있다. 여기서 거위는 겨울을 나러 떠나지만 봄에 돌아오고 수렵의 대상이 된다.

일정한 체계를 구성하는 이 플롯들 모두에는 네 개의 주된 통합체가 있다. 첫 번째 통합체 이야기는 아버지나 남편이 여주인공에게 가하는 모욕에 관한 것이다. 두 번째 통합체에서는 하늘이나 바다 혹은 땅에서(만약 주인공이 하늘에서 왔다면) 주인공이나 여주인공의 구출이 이야기된다. 세 번째 통합체에 수렵 대상이 될 짐승들의 일시적 결핍과 같은 겨울의 식량 부족이 이야기되고 네 번째 통합체에서는 앞의 세 개의 상황이 전환되거나 해결된다. 즉, 아버지나 남편과의 화해, 가족과의 재결합, 봄에 사냥감의 회복 등이 그것이다.

행위는 가족(사회) 층위와 역법 층위의 두 가지 차원에서 일어난다. 여기서 부모나 남편과의 이별은 조화를 이루는 극(極)들의 대립 그리고 여주인공이나 그녀 없이 조화의 다른 극으로 가버리는 사냥의 포획물들의 계절적 상실을 가져온다. 포획물의 복귀와 씨족원들의 재결합은 극들 간의 매개를 통해 일어난다. 여기서 다시 사회적 층위의 근본적 역할이 보인다.

앞서 언급한 플롯들은 완결된 고리를 이루고 여기서 거위 날개 모티브의 완전한 뒤집기가 일어난다(까마귀의 큰 딸은 혈족들로부터 떠나기 위해 거위 날개를 가지거나 반대로 거위가 혈족들을 만나기 위해 날아가도록 거위에게 빗자루로 날개를 만들어준다).

계절이다.

까마귀 자식들의 결혼 모험에 관한 신화들은 까마귀 자신에 대한 신화적 일화들에 대해 보충적이다. 이 일화들에서 자신의 아내 미티를 배반하고 새로운 결혼관계를 맺으려는 까마귀의 시도는 사회적으로 파괴적이고 식량 찾기에 결부되었으며 이는 신화적 트릭스터, 문화영웅의 희극적 반대 짝이 벌이는 속임수에서 보이는 것들이다.

지적했듯이 까마귀는 최초 조상이며 동시에 문화영웅이며 또한 사기꾼 트릭스터(trickster)이다. 그는 '삶/죽음', '하늘/땅', '육지/바다', '마름/젖음', '짠물/민물', '겨울/여름', '남자/여자' 등의 대립에 대해 보편적 매개자의 기능을 수행한다(오스트레일리아의 무지개뱀과 비교해 보라). 까마귀의 광대적 속임수들은 때로 고유의 창조적이고 샤면적인 활동을 패러디하고, 기생(寄生)적(어느 정도 카니발적인) 행동 방식 그리고 어떤 대가를 치르고라도 굶주림을 해결하고 아내 미티를 배반하려는 그의 교활한 속임수는 자식들의 정상적인 가정 생활과 결혼 행동에 분명하게 대립된다.

이러한 이야기들은 보통 기근과 식량을 구하기 위한 가족의 이산으로 시작한다. 아들들은 야생 오리를 사냥하러 떠나고 까마귀는 이때 식량을 얻으려고(때로는 먹을 수 없는 재료들로부터) 혹은 식량의 중개자나 제공자를 찾으려고 애쓴다. 까마귀의 기만적인 속임수는 자주 변형되지만 결국 성공치 못하며 그가 식량이 필요할 때 가족은 다시 합쳐지고 까마귀 아들들의 성공적인 사냥으로 인해 굶주림은 풍요로 바뀐다.

까마귀의 식량 구하기는 공동체의 경제적 안녕과 안전에 대한 침해로 묘사된다. 여기서는 두 개의 다른 경우에 대한 환유적 대체가 이루어진다. 한편으로는 인위적 조력자들인 식량 취득의 중개자들, 개나 사람, 다른 한편으로는 식량의 제공자인 아내와 인척들이 식량을 획득한다. 이것은 불가피하게 결혼적 교환의 참여자들의 관계를 뒤집는다(식량의 코드에서 가족-혈연의 코드, 즉 사회적 코드로). 비록 까마귀의 식량 구하기와 새 아내 구하기 사이에는 이미 알려진 바의 대칭 관계가 있음에도 불구하고 환유적 대체에 의해 성적(性的) 양상은 굶주림/풍요, 먹을 것/먹지 못하는 것 등의 용어를 통해 식량의 코드에 완전히 종속된다.

까마귀의 속임수는 오직 타인〔악한 영(靈)들이나 어부로 일하는 까마귀 편 사람들에 대립되는 사슴 사육자들〕에게 향할 때만 성공적이며 자기 사람들에게 향할 때(부유한 사슴 사육자와 관계를 맺기 위해 아내를 배반하거나 공동의 취득물을 숨기려 할 때)나 물리적 규범을 위반〔성적(性的) 변신〕하거나 사회적 규범을 위반(노동과 수확물의 배분이라는 규칙을 위반)할 때는 실패한다. 먹지 못하는 것을 이용하려 하는 것은 까마귀의 실패한 속임수가 가진 카니발적 본질을 강조한다.

도입된 예들은 신화가 보편적 기호체계로서 기능하면서 어떻게 다양한 플롯들 속에서 그것들의 내적 통일성과 일정 체계로의 그룹화를 촉진하면서 실현되는지를 보여준다.

이제 스칸디나비아 신화의 예를 살펴보자. 여기서 우리는 원시신화로부터 보다 발전된 신화에까지 거슬러 올라가 볼 수 있을 뿐 아니라 플롯의 생산으로부터 신화 고유의 체계 생산으로 향하여 가 볼 수 있다. 이러한 관점에서 〈구(舊)에다〉(고대 시 텍스트)와 〈신(新)에다〉(스노리 스투르루슨의 산문 편집판) 그리고 몇 가지 다른 자료 덕택에 잘 알려지게 된 스칸디나비아 신화는 편리하고 매우 전형적인 예가 된다. 스칸디나비아 에다신화는 네 개의 하부체계, (수평과 수직의) 두 공간적 하부체계와 (우주생성론과 종말론의) 두 시간적 하부체계로 구성된다. 여기서 하부체계들은 한편으로는 단일한 근원이 조화롭게 발전되고 다른 차원들은 상호 반영된 산물로 또 다른 한편으로 그 이후의 상호 적응, 2차적 질서화의 결과물로 보인다.

수평 체계는 인간중심주의적이며 사람이 사는 중간계(미드가르드)를 그 울타리 외부의 적대적이며 문화적 미개발 영역에 있는 지대(우트가르드)에 대립시킴으로서 구성된다. 또한 이러한 대립은 '자기/남', '가까운/먼', '내부/외부', '중심/주변'의 의미적 대립을 실현한다. 수평모델에서 하늘과 땅은 대립되지 않으므로 미드가르드와 신들의 거주지 아스가르드는 통합체적 배분상 근접하며 위상적으로 분리 불가능하다. '중심/주변', '자기/남' 등의 대립에 '육지/물'의 대립을 덧붙인다면, 땅을 둘러싼 세계 대양(미드가르드)의 뱀 요르문간드가 사는 곳과 미드가르드의 대립을 의미한다. 그리고 '남/북'의 대립을 덧붙인다면 미드가르드나 아스가르드와 지하왕국 헬의 상호관계가 그려진다. 또한 '동/서'의 대립의 도입에 의해 미드가르드는 사실상 우트가르드에 일치하는 거인의 나라 요툰헤임과 대립 관계에 놓인다.

수평 우주모델을 공간적 배경으로 신과 영웅의 모험 이야기들이 많이 만들어졌다. 거인 신(투르스, 요툰) 축에 따라 그리고 부분적으로만 난쟁이 신(드베로그, 검은 난쟁이) 축에 따라 발전한다. 거인과의 싸움은 여신을 얻기 위해 또는 능숙한 난쟁이 장인들이 만든 보물들을 얻기 위해 행해진다. 거인과의 싸움은 무엇보다 토르의 원정에 의해 실현되며 보물의 순환은 수평 우주모델의 틀 안에서 샤먼적 매개 역할을 하는 신화적 트릭스터 로키의 행위에 의해 실현된다.

수직모델의 기초를 구성하는 것은 우주적 세계수 이그드라실로 이것은 상부와 하부의 이원대립을 통해 우주를 삼분법에 따라 수직 구분한다. 이 나무는 여러 층위에 나누어진 일련의 동물 모양들로 나타난다. 독수리는 위에, 뱀은 밑에, 사슴은 중간에, 동물 모양의 매개자로서 다람쥐는 위와 아래 사이에 위치한다. 세계수와 특별히 연관되는 것은 세계수를 지키는 일부 인간의 모습을 한 헤임달과 아홉 날을 나무에 매달려 전형적인 샤먼의 통과의례를 통과하는 오딘이다. 유사한 시베리아 신화들은 샤먼뿐 아니라 인간의 그 기원 역시 세계수와 유기적으로 연관된다고 설명한다(여기서 인간의 조상이 나무로부터 온 것으로 보거나 물푸레나무와 버들에서 인간의 맹아가 시작되었다고 한다). 〔샤먼 나무의 여성 영(靈)들을 상기시키는〕 노른 역시 산파들, 개인 운명의 부여자라는(불운/운의 대립) 특별한 기능을 통해 세계수와 연관된다. 세계수는 전체적으로 전 세계와 신들의 운명과 연관된다. 싸움을 하는 동안 운명은 오딘과 발키리 사이에서 가름된다.

수직 우주모델에 특징적으로 나타나는 것을 천상 왕국과 사자의 지하 왕국, 즉 각각 발키리와 노른이 거하는 두 왕국의 대립과 분화이다. 이렇게 '삶/죽음'의 대립 외에, 거친 두 죽음의 대립과 삶과 죽음 간의 독특한 매개의 가능성, 즉 전쟁과 죽음을 거친 재생이 나온다(병사의 통과의례에 있는 일시적 죽음의 개념을 비교해 보라). 오딘 신화에서 전쟁은 삶과 죽음 양자의 매개자이다. 사실상 거인들은 수직모델에 나오지 않는다. 단지 물푸레나무의 세 뿌리 아래에 인간, 거인, 헬이 있다는 사실이 상기될 뿐이다.

수직모델은 본질상 변형이라고 할 수 있는 일련의 동일화 과정을 통해 수평모델과 상호 연관된다. 두 모델을 접합하는 이음새는 북 혹은 동과 낮은 곳(사자들과 악마적인 지하계 힘들의 소재지)의 동일화이다. 수평모델에서 물의 자연력(바다)은 주로 부정적 표지로 등장하지만 수직모델에서는 근원과 원천을 함의하므로 긍정적이다. 바다뱀 요르문간드는 세계수의 뿌리를 갉아먹는 뱀 니드호그에 대해 일부 등가성을 가진다. 수직모델에서 샤먼적 기능을 하는 것은 로키가 아니라 오딘이다. 신과 거인의 수평 대립에 상응하는 것은 땅 아래의 사자(死者)들의 왕국과 지하계 힘들에 대한 신과 발할라(사자들의 행복한 천상 왕국)의 대립이다.

시적 영감과 지혜를 주는 신성한 꿀을 얻는 오딘의 이야기는 수평모델에서 수직모델로 이행하는 플롯 변형을 보여준다. 〈신(新) 에다〉(〈산문 에다〉)에서 이 이야기는 신들과 영웅들의 영원한 싸움이라는 틀을 수평적으로 투사하여 전개한다. 다만 한 가지 계기만이 불분명한 형식 속에서 수직적 세계 구조를 나타낸다. 오딘은 뱀 모습을 하고 절벽으로 들어가 독수리 모습으로 돌아온다(독수리와 뱀은 세계수의 상부와 하부를 유표화한다). 절벽(산)은 세계수의 이형이고 군뢰흐는 절벽과 거기 숨겨진 꿀의 여주인으로 신성한 샘에 사는 노른의 먼 혈족이며 그녀의 아버지 수툰구르는 꿀이 솟아나는 샘의 주인인 미미르나 헤임달과 유사하다.

수평모델에서 수직모델로의 이동에서 절벽만이 세계수로 변화하는 것이 아니라, 오딘 역시 원래 주인에게서 꿀을 빼앗는 문화영웅으로부터 제의적 시련을 통과하는 최초의 샤먼으로 변화한다. 이후 그는 그에 대한 보상으로 꿀과 룬(rune) 문자를 얻는다. 거인의 딸과의 사랑 대신 등장하는 것은 거인과의 명예로운 모계 혈족 관계이고 거인 자신이 이미 수툰구르처럼 동화적인 둔한 악마의 모습이 아니라 봉헌 후 손자에게 꿀뿐 아니라 룬 문자를 전해주는 고대 지혜의 수호자의 모습을 가진다.

우주생성론적 하부체계와 종말론적 하부체계 간에도 일종의 비대칭이 관찰된다. 이 때문에 스칸디나비아 신화는 전체적으로 종말론적 파토스로 침윤되었다. 최초로 인간 형상을 한 존재가 발생하는 주제는 다음 세 부분으로 나뉜다. 이들은 얼음으로부터 생겨난 첫 거인 이미르, 암소 아우둠라(토템적 모티브)가 핥아낸 돌로부터 태어나서 신들의 선조가 되는 부리 그리고 신들이 살려낸 나무 가지로부터 생겨난 최초의 인간들이다. 체계적 질서는 자연 물질들(얼음-돌-나무)의 도식을 통해서 뿐 아니라 자연발생으로부터 창조주의 능동적 역할로의 움직임 속에서 나타난다. 보르의 아들들은 이미르를 제물로 바치고 그의 몸으로부터 세계를 만들어낸다. 이러한 창조 행위를 중심으로 이에 종말론 신화와 암시적으로 연관된 우주 발생 단계가 덧붙여진다. 이것은 거인 여자 앙그르보다가 로키로부터 낳은 지하 괴물들인 죽음의 여주인 헬, 세계의 뱀 요르문간드, 늑대 펜리르들에게 재갈을 물리는 이야기이다. 황금시대와 인간의 창조, 운명의 여신들인 노른의 도래, (아시르와 바니르의) 최초의 전쟁, (발드르의) 최초의 죽음 등에 관해 이야기하는 에다신화들은 다가올 세계의 종말을 위한 기반을 미리 준비한다. 부분적으로 종말론 신화는 우주생성론 신화의 거울 반영이다. 지하 괴물에게 재갈을 물리는 이야기는 괴물이 어떻게 풀려나게 되었는지에 관한 이야기와 대립하며 신과 괴물의 마지막 싸움에서는 신화적 과거에서 등장했던 그 결투들이 되풀이된다. 일찍이 바다에서 융기한 육지가 다시 바다 속으로 잠기며 상호작용하여 세계를 발상시킨 얼음과 불은 세계를 파괴한다. 그러나 다른 한편 불일치의 원리도 있다. 오딘과 로키는 일련의 신화에서 함께 행동하며 대부분의 경우 서로가 서로를 복제하지만 종말론에서는 날카롭게 대립한다(오딘은 발드르를 포함한 신들의 아버지이지만 로키는 지하 괴물의 아버지로 발드르를 죽인다. 오딘은 발할라의 주인이지만 로키는 사자들이 탄 배의 타수이다). 오딘과 토르는 우주생성론 체계에서는 보통 서로가 서로에게 대안이 되지만 종말론에서는 함께 행위한다. 아시르와 바니르는 우주생성론에서는 대립적이지만 또한 종말론에서는 합류한다.

시간모델과 공간모델은 전체적으로 상호 대립 관계에 있다. 대양으로부터 땅이 솟아올랐다는 우주생성론적 개념의 흔적("보르의 아들들이 지반을 들어 올렸고" 토르가 중간계의 뱀을 "낚아 올렸다")과 육지가 물속으로 잠긴다는 종말론적 생각에 부합하는 것은 사면이 바다로 둘러싸인 육지의 형상이다. 아시르와 거인들의 대립은 시간과

(아시르 신들의 출현에 앞서 얼음 거인들이 나타나고 신들은 이미르를 죽인다) 공간에서 모두 나타난다(아스가르드와 요툰헤임, 아시르와 거인들의 영원한 싸움).

시간과 공간으로 확산되는 이러한 의미 대립은 신화적 사고에서 특징적이다. 그러나 스칸디나비아 우주모델 속에서 이러한 확산은 시간의 움직임이 최소한으로 감지되고 플롯들이 주기의 원리를 따라 구축되는 수평 투사의 틀 안에서 실현된다. 플롯들은 가치들이 원형으로 순환되는 과정을 기술한다. 예를 들어, 신성한 꿀은 신들로부터 난쟁이들에게, 난쟁이들로부터 거인들에게, 이후 다시 신들에게로 옮겨간다. 수직모델은 되돌릴 수 없는 선형적 과정을 가져온다. 세계의 운명은 운명의 나무인 세계수에 집중된다. 종말론적 장면에서는 세계수가 중심이고 우주생성론에서는 자신의 몸에서 세계를 낳은 이미르의 형상이 전면에 부각된다. 즉, 식물모델과 인간모델은 종말론과 우주생성론 사이에서 배분되어 나타나며 우주의 보편적 개념들의 잉여성이 극복된다.

스칸디나비아의 신전은 우주모델과의 상호관계에서 형성된다. 여기서 모델화 기능은 다양한 신화 사이에서, 어떤 차원들에서는 대립에 의해, 다른 차원들에서는 접근에 의해 배분된다. 이외에 신전은 전체적으로 부동적인 위계질서 층위들로 구분된다. 그래서 동일한 기능이 낮은 층위에서 특화된 신화적 존재에 의해 수행되고 높은 층위에서는 이외에 다수의 다른 기능을 가진 신성에 의해 이행된다(예를 들어, 오딘과 그에 종속된 발키리 사이에서 승리와 패배가 배분된다).

신화적 존재들의 집단으로서의 신들은 거인들(투르스, 요툰)과 난쟁이들(드베로그, 검은 난쟁이)에게 대립한다. 거인들과 난쟁이들은 사실상 서로 접촉하지 않으면서 키에 따라 혹은 자연이냐 문화냐의 편에 따라 상호 관련된다(능숙한 대장장이인 난쟁이들은 아시르의 보물

을 만든다). 바니르는 농경숭배 현상들과 특별히 연관된 신들의 집단
으로서 아시르에 대립된다. 농경숭배 현상들로부터 수확과 풍요를
보장해주는 제의적 평화 애호, 혼혈 결혼, 마술 능력과 예언 자질
등의 다른 자질들이 나온다. 비록 마술과 예언력은 오딘의 속성이고
평화 애호는 발드르의, 농경의 안녕은 토르의, 즉 아시르의 속성이
지만 세 가지 지표들의 결합은 여전히 바니르의 속성이다.

　신화서사의 주요 등장인물들로는 세 명의 아시르, 일정한 서사적
성격들을 나누어가진 오딘, 토르, 로키가 있다. 토르는 오딘과 로
키의 지혜와 꾀에 대립하여 용사의 육체적인 힘〔이것은 분노나 대식
(大食)을 통해 또한 표현된다〕을 가졌다. 토르와 로키는 각각 장사
(壯士)와 재간꾼(토르의 동반자로서의 로키는 계획의 성공을 위한 사기
꾼적 획책을 떠맡는다)으로서 대립한다. 높은 지혜와 낮은 기지, 예
지력과 마술적 전능을 종합적으로 가지는 오딘의 지성은 로키의 단
순한 기지와 술수 이상이며 이 점에서 이들은 서로 대립한다. 신화
적 유형의 차원에서 서사적 인물 성격의 차별은 오딘으로 나타나는
문화영웅 창조주의 형상과 토르로 나타나는 영웅 무사의 형상 간의
차이를 통해, 문화영웅의 긍정적 이면과 사기꾼 트릭스터라는 부정
적 이면 간의 차별을 통해 전개된다.

　이러한 대립적 관계들은 이 신들의 기능을 사회적 삼분법으로 설
명한 뒤메질의 가설에 어긋나지 않는다. 오딘, 토르와 티르는 각각
마법사 왕, 무사, 다산과 부의 담지자이다. 오딘의 샤먼적 황홀경
은 토르의 무인 전쟁의 분노에 대립적이다. 오딘이 군대를 모델화
한다면 토르는 무장한 국민이다. 토르가 모든 서사 영웅과 같이 자
기편의 수호자, 즉 남이나 거인들, 지하 괴물들로부터 신과 사람들
을 지키는 수호자라면 오딘은 전쟁의 운명의 분배자라는 자신의 기
능에 부합하여 사람들 사이에 불화와 전쟁을 일으키는 자이다. 통

과의례의 후원자로서 오딘은 자기편의 죽음을 허용한다. 그러나 이는 제의의 일시적 죽음으로 오딘은 쓰러진 병사들이 신화 속에서 죽음을 초월한 삶을 살도록 한다(로키는 오딘의 희극적 이면으로서 신들 간에 불화를 심고 아시르 사회의 평화를 어지럽힌다). 오딘은 전쟁의 신으로서 토르와 티르 둘 다에게 적이지만 여기서 티르는 성공이 아니라 정의의 담지자이기 때문에 잉여성이 제거된다. 오딘, 토르와 티르는 모두 하늘의 주인들이지만 티르는 후면으로 물러나고 토르는 뇌신의 역할을 맡는다는 점에서 이들이 겹치지 않는다.

지적하였듯이 오딘, 토르, 로키는 우주생성론 신화와 종말론 신화에서 다양한 상호관계를 보여준다. 또한 에다의 다양한 서사 플롯은 고대 원인신화의 원초적 종합주의로부터 일정 정도 분리되어 나와 보다 발전된 의미 체계를 보여준다. 또한 이 체계는 보충 관계에 있는 일련의 하부체계들을 포함한다. 지혜와 육체적 재생의 근원에 대한 체현으로서의 꿀 신화, 신들의 영생, 식량의 근원의 영원한 재생 등의 체계가 그 예가 될 것이다. 불로장생 영약의 주제는 일정 층위에 따라 구분된다. 이러한 구분은 '성스러운 것/세속적인 것', '그릇/내용물', '알맹이/껍데기', '액체/고체' 등의 구분에 따라 그리고 등장인물에 따라(오딘, 토르, 로키) 이루어진다. 여기에 상응하는 것이 몇 가지 서사적 하부 유형, 문화영웅에 관한 신화, 용사에 관한 동화신화, 트릭스터의 획책에 대한 신화적 일화(오딘이 성스러운 꿀을 얻는 것, 토르가 맥주를 끓이는 솥을 얻는 것, 로키가 젊음을 주는 사과를 되찾는 것 등) 등이다.

기호체계로서 신화를 살펴보는 것은 여기서 마친다. 다만 신화체계의 다양성 문제를 결론에 덧붙이기로 한다. 이러한 다양성은 신화시학적 사고의 메커니즘들의 동일성이나 여러 모티브, 무엇보다 우주생성론적 모티브의 유사성과 충돌한다. 고대 동양 문명의 주요 발전 단계에서 단계적으로 그리고 연대기적으로 쉽게 비교할 수 있는 신화체계들의 특정한 차이점 몇 가지를 살펴보자.

이집트 신화의 고유한 특징은 이집트가 나일 강 계곡의 관개 영역에 자리 잡고 상이집트와 하이집트를 연합한 국가라는 특성으로부터 나온다. 조화와 혼돈의 대립은 여기서 무엇보다 태양신 라가 물의 괴물에〔일주기(日週期)〕 그리고 나일 강과 수확을 체현하는, 죽었다 다시 살아나는 신 오시리스와 세스와 관련된 황야와 가뭄의 힘들에 대립하는 것으로 표현된다〔연주기(年週期)〕. 연구자들이 많이 지적하듯이 나일의 범람, 특히 태양의 일주기가 보이는 규칙성은 절기에 대한 생각 그리고 혼돈의 힘들이 세계를 조직화하는 근원에 종속되었다는 생각 등의 근거가 되었다.[7] 이러한 사고는 일찍이 지하계 신화에 침투해 들어왔다. 장대한 제사 그리고 사자의 왕국에서 벌어지는 오시리스의 심판이라는 독특한 형식에 의해 삶은 죽음에 승리한다.

이집트 신화에서 우주생성론적 주기들, 일주기와 연주기 등의 역법 주기들을 서로 연결하는 고리는 무엇보다 호루스와 같은 신성화된 왕이다. 매의 모습으로 나타나는 호루스는 우주적 특징을 가진다. 그는 하늘의 주인이자 세상의 신이며 최고신 라의 아들이다. 그러나 호루스(이집트 신화에서는 이 이름이 정확히 그를 칭하는 것인지 아니면 또 다른 어떤 이를 말하는 것인지 분명하게 답하지 않는다)는 이시스와 죽은 파라오와 동일시되는 오시리스의 아들, 세스의 조카이며 친부를 살해한 세트에 복수하는 자이다. 이외에 호루스와 세

---

7) H. Frankfort, *Intellectual Adventure*, Chicago, 1946; E. O. James, *Myth and Ritual*, London, 1958; J. Wilson, *Egypt in the Intellectual Adventure*, pp. 29~121; J. G. Griffiths, *The Conflict of Horus and Seth*, Liverpool, 1960, p. 73.

트의 적대 관계는 하이집트와 상이집트 간의 경쟁 관계와 엮어진다. 서로 다른 호루스 혹은 호루스의 두 이면뿐 아니라 라와 오시리스가 하나로 연결된다. 여기서 라와 오시리스는 최초의 이집트 왕으로 생각된다.

이렇게 우주생성론적, 역사적, 일주기적, 역법적 양상들은 최대치로 접근하며 마치 어떤 신화의 다양한 투영들로 보이게 된다. 이러한 통일성은 이집트에서 파라오를 우주와 예법, 사회의 질서를 책임지는 하늘과 땅의 유일한 매개자로서 완전한 신성으로 보기 때문에 가능하였다. 다양한 신화에서 등장하는 라의 눈은 우주와 국가를 동시에 의미하는 형상이다. 국가적 의미는 질서의 여신 마트와 연관된다.

이집트 신화의 특징은 조화와 국가 간의 상호 침투, 상호 반영이며 이러한 우주적 국가는 정치적 용어가 아니라 자연적 용어로 기술된다. 자연현상을 모델화한 신들은 욕망이 없으며 전능하고 인간적 약점이나 분명한 개성을 지니지 않았다. 이집트 신화는 영웅의 개념을 만들어내지 않았기 때문에 지상의 인간들을 위한 자리가 없다. 다양한 자연현상들 간의 실제적, 가상적 연관은 여기서 신들 간의 발생적 관계들 혹은 전체적이거나 부분적인 동일화에 의해 실현된다.

라가 다른 신들과 합쳐져 소브크 라, 라 아툼, 몬투 라, 크눔 라, 마지막으로 아몬 라가 나타나는 것으로 태양과 태양신은 전면에 등장한다. 일주기와 연주기의 통일은 라와 오시리스가 절반 일치됨으로써 이루어진다. 여기서 라는 죽은 파라오로서 오시리스와 동일시되고 호루스와는 살아있는 파라오로 동일시된다. 결국 여러 층위에서 원리적으로 동일한 형상과 플롯들이 변주된다. 이렇게 오시리스는 어두운 지하계의 층위에서는 밝은 태양의 층위의 라에, 우주생성론적 층위에서는 아툼에 상응한다. 일주기에서 라 혹은 호루스와 아포프의 싸움은 역법 주기에서 호루스와 세트의 싸움에 상응한다. 이렇게 일정한 신화적 충돌과 기능들은 불변의 항수로서 다양한 코드에 의해 표현될 수 있지만 신들의 구체적 형상들과 그들의 이름들은 다만 개인적, 형상적 성격이 없는 변이체들을 제시할 뿐이다. 기능들이 부합함으로 인해 동일화가 가능하다.

수메르아카드 신화의 고유성은 지역의 독특한 환경, 즉 개방된 위치, 유목민의 끊임없는 침입 위협, 티그리스 강과 유프라테스 강의 불규칙한 범람으로 자연 주기의 규칙성에 대한 사람들의 불신, 원시 민주제의 유산의 보존, 동양적 전제와 첫 바빌론 왕조 이전 미완성의 정치적 중앙집권화 과정의 미완성 등에 의해 결정되었다(야콥슨과 디야코프의 생각처럼).[8]

이로써 수메르아카드 신화의 다음과 같은 특징들이 설명된다. 혼돈의 힘들에 대항하여 질서와 조직화를 지키려는 젊은 신들과 옛 신들과의 긴장된 싸움(티아마트와 싸우는 마르두크)이나 (이집트의 정태성과 달리) 신들의 역동성이 보인다. 신들은 전능하지 못하고 라 신이라는 단일 근원 대신에 여러 신이 모인 신들의 위원회가 존재하며, 신들의 생활이 전개되고, 문화영웅 유형이 분명히 보존되어 있다. 또한 인간이 신들의 노예로서의 특별한 역할을 맡고 인간의 사후 운명의 문제가 조화롭게 해결되지 않으며 신화와 서사시에서 불멸의 불가능성은 비극적으로 조명된다. 결과적으로 신들의 추상성은 보다 작아지고 신들은 그들이 모델화하는 자연현상들로부터 보다 멀어지며 따라서 개인화와 개인적 주도권의 정도는 매우 커져서 신들의 관점에서의 논쟁과 세대갈등이 생겨날 가능성이 만들어진다(이집트의

---

8) 다음을 보라: T. Jakobsen, Primitive Democracy in Ancient Mesopotamia, 1943; И. Дьяконов, Общественный и государственный строй древнего Двуречья, Шумер, М., 1959.

신전은 아홉 명의 신으로 이루어지는데 이들은 한 인물처럼 나타난다).

물의 혼돈이 생산력을 가진다는 원시적 생각은 이집트와 메소포타미아에서 동일하게 나타난다. 그러나 이집트의 경우 태양신에게 헤게모니가 주어졌고 메소포타미아의 경우에는 바람과 공기의 힘을 모델화하는 엔릴에게 주어졌다. 이집트의 신전은 신들을 발생학적으로 연결하면서 주로 신화창작 과정을 재현하지만 수메르아카드 신화에서는 신들을 기능에 따라 배분하는 양상이 두드러진다. 예를 들어, 야콥슨은 우주적 국가의 지도자들은 하늘과 최고의 권위, 질서에 대한 종속을 체현하는 아누, 폭풍과 전쟁 지도자와 형 집행자인 엔릴, 생산과 수공업 그리고 창조적 활동을 체현하는 엔키, 다산을 나타내는 대지의 여신의 다양한 변이체 등으로 나누어진다고 말한다.

앞서 이야기했듯이, 수메르아카드 신들은 모델화되는 자연현상들과 거리가 멀다. 이러한 거리는 나이 든 신으로부터 젊은 신으로 갈수록 더해진다. 예를 들어, 압수의 형상이 가지는 의미는 물의 혼돈으로 귀결되지만 결국 이것은 엔키가 자신의 거처를 짓는 장소임이 밝혀진다. 그러나 엔키는 이집트 신화에서 눈과 아툼이 대표하는 두 대상인 민물과 땅 그리고 이 두 대상의 문화적 변형의 운동인 관개 과정을 모델화한다. 엔키의 활동은 이 두 영역을 넘어선다. 그는 어머니 대지를 체현하는 여신들과 협력하거나 경쟁하면서 다양한 방법으로 인간을 보살핀다.

그리스 신들과 마찬가지로 수메르아카드 신들은 약점과 결점이 없지 않다. 엔릴의 약혼녀 닌릴의 명예를 훼손하며 엔키와 닌후르사그는 서로 싸우고 이난나와 두무지는 지옥으로 내려간다. 아카디아 서사시의 길가메시는 이슈타르의 타락을 이야기한다. 또한 이러한 신들의 인간화를 보여주는 것은 신과 인간의 갈등이다. 이집트 신화에서는 신과 인간의 대립이 등장하지 않는다. 메소포타미아에는 영웅, 즉 위대한 공적을 이루지만 불멸성은 가졌지 않으며 다만 신의 종복으로 남았거나 때로는 신에게 저항하게 되는 인간의 개념이 생겨난다(길가메시, 아다파, 에타나).

그리스 신화는 숭배신화와 신통계보학 신화의 비중이 상대적으로 적다는 것이 특징이다. 숭배신앙과의 단절로 인해 동화적 모티브들의 발전이 촉진되고 신과 인간의 묘사 수단 간의 경계가 없어졌다. 그러므로 그리스 신화에는 많은 역사적 전설과 동화들이 도입되고 신들의 운명이 내, 외면으로 깊고 다양하게 상호 연관된다. 그리스 신화의 속성은 인간중심주의이다. 주된 관심은 인간의 운명에 고정되었다. 그리스 신화에서 신들은 연상의 대상이 되는 자연현상으로부터 극단적으로 멀리 떨어졌고 자연력들의 직접적인 현신들로서 독립적인 역할을 하지 않는다. 구체적 자연현상들에 대한 모델화는 다만 신들의 형상들이 가진 다수의 양상 중에 하나일 뿐이다.

헬리오스와 아폴론을 비교해 보자. 아폴론은 태양으로서의 특징 이외에 다수의 기능과 자신의 개인적 얼굴을 가졌다. 올림포스의 그리스 신들은 완전한 인간의 모습으로서 도덕적 유연성, 육체적 조화, 동시에 인간적 약점을 모두 가지며 운명에 종속된 존재라는 점은 오래전에 지적된 바 있다. 고전 그리스 신화에서 세계는 자연 과정이 아니라 인간적 행동의 용어를 통해 기술된다.

올림포스의 신전에서는 국가적 서열에 종속되고 인격화된 자연현상들의 집단이 아니라, 인간화되고 영웅화된 신들의 인간적이고 유연한 형상들이 다양하게 나타난다. 따라서 명백히 분화된 신적 기능들은 지극히 인간적인 행위 형식과 결합하여 실현된다. 기능의 풍요, 다양성에 상응하는 것은 신화적 전형들과 개성들이다.

이렇게 경작과 다산의 여신이며 어머니 여신인 데메테르의 옆에는 가부장적 가장 헤라(와 헤스티아), 미학화되었으며 다산의 기능을 가지지 않은 감각적 사랑과 미의 여신 아프로디테, 처녀 여신 아르테미스와 아테네가 있다. 이들의 절제는 데메테르의 다산과 아프로디테의 감각성에 대립되며 사냥과 전쟁의 숭배는 농경숭배에 대립된다. 문화영웅이고 거인이자 신에 저항하는 자 프로메테우스에게는 문화영웅이고 창조주이자 장인이지만 올림포스 신들의 하인인 헤파이스토스가 대립되며 이들 모두에게는 보다 조화로운 아폴론과 아테네가 문화와 문명의 기능을 수행하며 예술의 수호신으로서 대립된다. 전쟁의 신이며 파괴자인 난폭한 아레스에 대립되는 것은 군대와 정치적 지혜의 수호자인 이성적인 아테네이다. 광적인 디오니소스에게는 광기를 치유한 아폴론이 대립된다. 국가적 이성을 가진 제우스와 아테네는 자연력의 담지자인 포세이돈과 대립하고 꾀 많고 교활한 헤르메스에게는 품위를 가진 아폴론이 대립된다. 뛰어난 사수 아폴론에게는 위대한 아폴론에게 화살로 상처를 입힐 능력을 가진 에로스가 대조를 이룬다. 위의 예들은 올림포스 신전에 있는 신화적 형상들의 체계가 어떤 방향으로 그리고 어떤 특징들에 의해 형성되는지를 보여준다. 올림포스 신들의 형상들에서는 악마주의와 지하계 지향성(*chtonism*), 수형신관(獸形神觀, *zoomorphism*) 등이 나타나지만 관심 밖으로 젖혀졌으며 인간중심주의에 의해 균등화된다.9)

신통계보적 우주생성론에서 혼돈의 극복이라는 파토스는 많은 점에서 미학적 뉘앙스를 가진다(불균형성과 불구성(不具性)으로부터 우아와 미까지). 올림포스의 신화는 무엇보다 호머의 서사시에 의해 잘 알려지게 되었다. 여기서는 조화에 대한 강한 지향성으로 말미암아 모든 원시적인 것은 모두 경시된다. 원시적 문화영웅 유형인 프로메테우스, 땅 가이아와 데메테르와 같은 농경숭배의 여신들,

---

9) [역주] 로세프는 여러 연구에서 이러한 흔적들과 그 극복의 길에 대해 매우 자세히 다룬다.

숭배의 역사가 다 밝혀지지 않은 디오니소스 등이 그 예가 될 것이다. 전면에 등장하는 것은 조화의 신들로 아폴론, 다산으로부터 단절된 아프로디테, 아르테미스, 특히 아테네 등이다. 그리스에서 디오니소스 신화가 아무리 본질적인 것이라 해도 디오니소스는 지하계 지향성, 토템적 흔적과 샤머니즘의 요소들로 인해 특징적이라 할 수 있다. 다른 농경신화와 마찬가지로(데메테르와 코레에 관한), 그리스 신화를 오히려 동양 세계와 연결 짓는다면 아폴론주의는 동양적 근원들에도 불구하고 그리스 문화에서 특징적인 것이다.

그리스 영웅신화에서 아테네의 특징은 이성적 조직성이다. 오래된 농경숭배의 모권제적 여신들과 아테네의 공통점은 오직 올리브 나무 숭배와 베 짜기 그리고 여성의 노동에 대한 비호(庇護) 등의 양상들뿐이다. 그녀의 주된 기능은 이와 다른 것으로, 병사들을 인도하며 영웅들과 아티카를 비호하는 것이다. 혼돈의 제압이라는 그녀 고유의 파토스는 아티카 도시 국가들의 이상에 부합하였다. 문화 분포권의 특징을 이해하기 위해서는 아테네를 이집트의 라나 메소포타미아의 엔키와 비교해 볼 필요가 있다. 이때에 그리스의 올림포스 신화와 고대 동양의 신화체계의 차이가 드러난다.

인도 신화는 베다(인도유럽) 신화와 힌두신화 속에 연합된 여러 변이체로 존재하는 지역 전통 간의 상호작용으로 인해 복잡해진다. 그리스 신화와 달리 인도 신화는 무절제한 악마적 환상을 추구하며 그다지 유연하지 않다. 지하계 지향성의 영향을 받은 악마주의를 극복하기 위해 정태가 아닌 인간 형상의 영화(靈化)가 진행되며 여기서 육체성, 자연성, 생명성은 그림 같은 껍데기 그 이상이 아니다. 베다신화의 특징은 자연현상들이 모델화되며 신화서사적 근원이 제의적인 근원, 즉 제물봉헌에 명백히 종속된다는 점 등이다. 이로 인해 베다신화의 인물들은 인드라를 제외하면 성격이 희미하며 플롯이 분명치 않은 것이다.

인드라의 우주생성론적 활동을 이야기하는 신화는 색채상으로 무엇보다 수메르아카드 신화를 연상시킨다. 그러나 초기의 베다 송가에서는 인드라뿐 아니라 아그니, 바루나, 비슈바카르만 등의 다른 신들도 우주의 창조자라 칭해졌다는 사실은 주목의 대상이 된다. 비슈바카르만은 때로는 인드라의 수식어로만, 때로는 독립적 인물로 등장한다. 후대 베다 시대에는 프라드자파티라는 이름이, 때로는 인드라, 사비트리, 소마 등을 가리키기 위해, 때로는 하나의 창조자를 정의하는 데 널리 쓰였다. 우파니샤드에서 찾아볼 수 있는 창조자 개념은 최고의 절대신 브라마의 형상과 합류한다. 브라마-시바-비슈누의 삼위일체를 둘러싸고 구성된 힌두신화에서 세계의 발생은 브라마, 비슈누와 관련된다.

하나의 단일한 창조자의 형상 발생과 연관되면서 신들이 뚜렷이 구분되지 않는다는 점은 독특한 신화적 종합주의를 표현하며 이로 인해 인도 신화는 그리스 신화나 수메르아카드 신화와 구별되고 이집트 신화에 접근한다. 이집트적 색채는 우주의 알이나 우주의 대양 가운데의 연꽃, 신들이 가진 태양의 성격 등 일련의 구체적 모티브들뿐 아니라, 라 아툼이나 프타를 연상시키는 물 위에 사는 강력한 데미우르고스의 형상을 가진다. 이집트 신화처럼 인도 신화에서는 혼돈의 질서화, 상위 질서에 대한, 다시 말해 실제 활동의 개별 분야에서가 아니라 보편적 조직화에 대한 집중 그리고 개별적 구체적 신들의 특징들을 병합하는 창조자의 추상적 형상 등의 양상이 특징적으로 나타난다. 그러나 본질적인 차이점은 이집트 신화의 종합주의의 기반에 정치적 중앙집권화의 정도에 따른 신들의 연합과 신성화, 신화적 사고에 의해 서로 결부된 영역에서 행위를 하는 신들의 접근 등에 관한 생각이 놓여있다는 사실에 있다.

인도에서는 범주들의 동일화, 정치적 중앙집권화 혹은 성서와 같은 유일신적 경향들이 문제되지 않았다. 지적, 철학적 기반에서 공통적 본질이 분리되어 나오며 베다 신들의 형상들은 다만 그 본질의 현상들이라고 생각된다. 신화는 형성 과정을 종결짓지 않고도 철학으로 변형될 수 있다. 10)

푸루샤는 인도 신화의 매우 특별한 현상이다. 메소포타미아의 티아마트와 마찬가지로 그의 몸에서 세계가 만들어진다. 푸루샤는 신들의 적(비트라 유형)이 아니라 창조자 데미우르고스에 점점 접근하여 합류하고 이와 함께 제물 희생의 주체와 객체가 합류한다. 힌두 신전에서 부차적 인물인 비슈누는 그의 중요한 분신(아바타)들인 크리슈나와 라마와 마찬가지로 몇 가지 문화영웅의 특징들을 보존하며 그에게는 시바가 대립된다. 특히, 이 강력한 고행자 신은 지상의 유혹을 극복한 명상의 비호자이며 자신의 춤으로 세계의 리듬을 부여하는 춤꾼이다. 이 인물은 순수하게 인도적인 것으로 그리스, 이집트 또한 메소포타미아에서도 생각될 수 없는 것이다.

중국 신화의 특징은 신화를 역사화하거나 역사적으로 근거화하거나 신화적 인물들을 고대의 역사적 통치자들로 보는 시각이며 또한 신화에 역사적, 일상적 현실이 나타난다는 점이다. 여기에는 조언자, 관리, 궁중의 모략과 획책, 외교, 가족 일상의 특징 등이 있다. 여기에는 범상치 않은 동물 형상의 변신에 이르기까지 기이한 악마적 자질들이 보존되었다(유교의 이성주의에 대립하는 도교적 영향도 이 같은 환상을 가능하게 했다). 그리스의 신화적 형상과 플롯에서

---

10) [역주] 헬레니즘과 로마 시대에 고대 후기 신화 종합주의가 완전히 다른 본성을 가졌으며 가르침의 유형상 문화적 전통들의 넓은 상호작용을 반영하는 그노시즘(gnosticism)적인 것이었음을 간과하지 말자. 이러한 고대 후기 종합주의가 20세기 신화문학에서 문화적으로 다양한 신화의 동일화라는 파토스를 지탱하였다.

110

나타나는 인격화는 육체적, 미학적 지향성을 가지지만 인도에서는 정신적, 윤리적 지향성을 가지며 중국에서는 역사화와 일상화로 나타난다. 여기서 중국 신들은 그리스 신들과 마찬가지로(인도와 이집트 신들과는 달리) 결코 전능하지 않으며 이들 간에는 싸움과 전쟁이 일어난다.

고대신화 체계들 간의 차이점들 몇 가지를 살펴보았다. 이 고찰은 다만 도해(圖解)적 성격을 가질 뿐 완전하다고 할 수 없다. 이 문제에 대한 체계적 접근은 일련의 예비 연구들을 필요로 할 것이다. 피상적으로 우리가 지적한 차이점들과 신화체계들의 진화가 보여주는 복잡한 과정들에도 불구하고 고대의 체계 사이에는 단계적, 유형적 공통성이 있다. 이들은 고대 농경문명들에 의해 만들어진 신화로서 한편으로는 다양한 원시신화에 대립하며 다른 한편으로는 불교나 유대기독교, 무슬림 전통과 관련된 보다 이후 단계에 대립된다. 고전 지중해 신화로부터 원칙적으로 분리되는 것은 성경신화로 그 나름의 역사화된 신화로서 자연신화들과 완전히 결별하고 추상적인 유일신 개념들을 만들어냈다. 탈신화화의 시작은 성경신화로부터 비롯된다.

제14장

신화, 동화, 서사시

고대 서사 예술에서는 장르상의 분화가 부분적으로만 이루어졌지만 여기서도 신화는 지배적 장르였다. 프란츠 보아스나 스티스 톰슨과 같은 전문가들 역시 고대의 민담에서 신화와 동화를 구별하는 일의 어려움에 대해서 여러 차례 토론한 바 있다. 동일한 텍스트가 어떤 부족이나 부족 내 일정 집단에 의해서 혹은 신화로 혹은 동화로 해석될 수 있고 어떤 종교 제의 체계에 포함될 수도 혹은 제외될 수도 있다. 원시인들도 스스로 두 가지 서사형식을 구분한다. 침샨족은 아다옥스와 말레스크를, 축치족은 피닐과 림닐을, 다호미의 폰족은 호베노호와 헤호를, 멜라네시아의 키리위니족은 릴리우와 쿠크와네부를 가진다는 사실 등을 예로 들 수 있다. 이 텍스트 형식들이 신화나 동화들과 가지는 관련도 매우 한정적이다. 여기서 주된 차이점은 다만 성스러운가 아닌가, 엄밀한 개연성이 있는가 없는가 정도이고 대체적으로 구조적 차이는 없다. 유럽이나 아시아의 고전 동화 형식은 단지 비교상의 자료만으로도 신화와 동화의 상관관계를 명백히 제시해줄 수 있다.[1] 이 문제는 매우 본질적인데 그것은 신화와의

---

[1] [역주] 양식적 분석에 대해서는 다음을 보라: M. Luthi, *The European Folklore*,

관계에 있어 동화는 플롯상 최대한의 의미적 근사성을 가지며 구전으로 존재함에도 불구하고 특성상 예술문학이기 때문이다.

사실 동화의 의미는 신화적 기원으로부터 출발해야 해석할 수 있다. 이것은 같은 신화적 의미이지만 사회적 코드의 헤게모니가 함께한다. 특히, 동화에서 '높음/낮음'이라는 가장 중요한 대립은 우주적 의미가 아니라 사회적 의미와 관련된다.

동화가 신화로부터 발생했다는 것은 의심의 여지가 없다. 동물에 관한 동화에 다수의 토템신화와, 특히 트릭스터에 대한 신화적 일화들이 반영되었다. 일시적으로 동물의 겉모습을 한, 놀라운 힘을 가진 토템적 존재와의 결혼을 이야기하는 마술동화는 세계적으로 보편적인 플롯으로서 여기에도 신화적 발생 기원이 바로 눈에 들어온다. 놀라운 힘을 가진 아내(변이형에서는 남편)는 자신의 배우자가 사냥에서 큰 수확을 올리도록 해주지만 결혼할 때 정한 금기를 깨뜨리자 그를 떠난다. 이후 주인공은 그녀의 나라로 찾아가지만 이러한 결혼에 수반하는 전통적인 시험을 통과하도록 요구받는다.[2] 이러한 플롯은 혈족과 종족 발생에 관한 토템신화의 특징이다.

놀라운 일이나 영약, 기적적인 물건 등의 획득(탈취)에 관한 플롯은[3] 문화적 영웅에 대한 신화로 거슬러 올라간다. 포로를 구하기 위해 주인공이 다른 세계로 가는 이야기 플롯은[4] 환자나 죽은 이의 영혼을 위한 샤먼이나 마법사의 방랑에 관한 신화나 전설을 상기시킨다. 아픈 아버지를 위해 약을 구하러 간다는 유명한 이야기에는

Philadelphia, 1982. 알곤킨 장르에 관해서는 다음을 보라: J. Leroux, La question des 'Genres' dans la tradition orale algonquienne, *Religiologiques*, 10, 1994.

2) 아른과 톰슨 체계에서 No. 400, No. 425 플롯과 기타 몇 플롯.

3) 상기 체계에서 No. 550, No. 560, No. 563 플롯 등.

4) 상기 체계에서 No. 301 플롯 등.

위의 두 가지의 플롯 전통들이 합쳐졌다. 식인종의 손아귀에 잡혔다가 일행 중 한 명의 기지로 살아나는 아이들에 대한[5] 혹은 지하의 악마로 나타나기도 하는 힘센 뱀을 죽이는 일화를 담은[6] 유명한 동화는 봉헌제의에 특징적인 모티브들을 재현한다. 오스트레일리아인이나 북아메리카 원주민 등의 민담에서 이와 유사한 플롯들이 성인식과 바로 직결된다.[7]

고대 사회에서 성인식과 기타 과도기적 제의들은 모든 개인이 거치는 것이기 때문에 개인의 운명에 대한 관심을 담은 동화는 봉헌제의에 연결된 신화적 모티브들을 널리 사용한다. 이 같은 모티브는 주인공의 여정에서 거치는 이정표들을 나타내며 영웅성 자체의 상징이 된다. 그러므로 프로프가 보여주었듯이 마술동화는 봉헌제의에서 일련의 중요한 상징들, 모티브들, 플롯들, 전반적인 구조를 자연스럽게 가져온다. 그러나 이 때문에 마술동화는 원칙적으로 제의로부터 발생한 것이라 결론지어서는 안 된다. 그것은 동화적 환상의 독특성, 동화 장르의 형식 자체를 결정하는 것이 신화적 사고의 특징들이며 더불어 원초적인 페티시즘, 토테미즘, 애니미즘 그리고 마술적 개념들, 신화적 매개 등이기 때문이다.

신화가 동화로 변형되는 과정에서 주된 단계로는 탈제의화, 세속화, 신화적 사건의 진실성에 대한 강한 믿음의 약화, 의식적 허구의 발전, 민족지적 구체성의 탈피, 신화적 주인공으로부터 보통 사람들로의 교체, 신화적 시간에서 동화적인 미결정적 시간으로의 교체, 원인론의 약화나 퇴색 그리고 집단의 운명으로부터 개인의 운

---

5) 상기 체계에서 No. 327 플롯 등.
6) 상기 체계에서 No. 300 플롯 등.
7) W. E. H. Stanner, *On Aboriginal Religion*, Sidney, 1966 ; F. Boas, *The Social Organization and Secre Societies of Kwakiutl*, Washington, 1897.

명으로, 우주적 운명으로부터 사회적 운명으로의 관심의 이동을 들수 있다. 이 중 마지막 변화로 인해 새로운 플롯과 구조상의 제한 몇 가지가 나타난다.

여러 번 강조했듯이, 신화의 플롯은 반드시 제의로 거슬러 올라가는 것은 아니며 아주 오래된 문화에서는 반(反)신화적 제의가 있듯이 비(非)제의적 신화도 있다. 그러나 의례적 기반을 가지거나 제의와 밀접하게 관련된 신화에서는 신화가 동화로 변화하기 위한 중요한 전제로써 부족의 제의와의 직접적 연관이 단절된다. 신화를 이야기하는 데 특별한 제한들을 파기하고 (아이들과 여자들 같은) 성스럽지 못한 이들을 청자의 일원으로 받아들이게 되자 화자는 불가피하게 허구나 흥미 요소의 전개를 염두에 두게 되었다. 오스트레일리아 동화의 범주 몇 가지는 성스럽지 못한 이들을 위한 독특한 신화이기도 하다.

여기서는 신화를 동화로 만드는 중요한 동기인 세속화에 초점이 있다. 세속화의 메커니즘과 의미는 오스트레일리아의 동화에서 명백히 드러난다. 토템신화에서 토템 선조의 신화적 여정에 대한 종교적 정보가 사라지고 이를 대신하여 토템 선조의 가족 관계, 이들의 불화와 싸움, 각종 모험적 요소에 대한 관심이 강화된다. 여기서는 변이와 허구의 자유가 크게 허용된다. 세속화가 서사의 신빙성에 대한 믿음을 약화시키는 일도 불가피했다. 물론 고의적인 허구를 만들어 내거나 이야기를 믿기 힘든 일로 받아들이게 하는 결과가 세속화로 인해 직접적으로 빚어진 것은 아니다. 그러나 신빙성은 약화되고 자유로운 허구가 허락되었다. 비록 이러한 자유는 장르의 경계에 의해 그리고 신화적 의미의 유산(遺産)에 의해 충분히 제한되기도 하였다.

원시 민담에서 동화적 환상은 신화에서만큼이나 구체적으로 민족

지적이지만 고전 유럽 동화에서 동화적 환상은 구체적인 부족 신앙으로부터 분리되어 동화에서 충분히 조건적인 시적 신화가 만들어진다. 예를 들어, 러시아 동화의 신화적 존재들은 일정 환경에서 보존된 미신을 반영하는 러시아의 브일린치카의 경우와는 다른 존재들이다.[8] 게다가 러시아 동화가 보유한 이 시적 신화는 결국 고대신화로 거슬러 올라간다.

행위 시간이 탈신화화되고 태초의 창조 시간과 우주적 모델의 틀 안에 있는 엄격한 국지화가 미정의 동화적 시간과 장소로 교체되는 점은 본질적인 것이다. 여기서 행위의 결과가 탈신화화된다. 즉, 신화시대에 창조 행위와 특별히 상호 연관되었던 원인론은 불가피하게 거부될 수밖에 없다. 원인론은 일정한 신화적 결말의 형태로 형식화되었지만 플롯에 의해 원인론적 의미가 상실되면서 결말은 장식적인 부가물이 되고 동물에 관한 동화에서는 도덕에 의해, 마술동화에서는 서사의 비(非)신빙성을 암시하는 양식(樣式)적 공식에 의해 축출된다. 보다 발전한 고전 동화에서 동화의 전통적 공식들은 신화와 구별되는 동화의 차이점을 가리킨다는 점이 특별하다.

신화적 시간과 원인론은 신화의 우주적 규모와 인류 전체와 동일시되는 부족의 집단적 운명에 대한 관심과 분리 불가능한 총체를 구성한다. 프로메테우스적인 고상한 파토스가 신화에서 반드시 요구되지는 않지만 데미우르고스의 행위는 우주발생 과정, 빛과 불, 담수 등의 최초 발생 등을 결정함으로써 집단적이고 우주적인 의미를 가진다. 우주적인 정복 행위들은 천체 수의 감소, 유수(流水)의 차단 등의 부정적 형식으로 표현될 수 있지만 그렇다고 문제가 달라지지는 않는다. 신화가 동화가 되어가면서 규모는 축소되고 관심

---

8) [역주] 브일린치카(былинчка)는 고대 러시아의 영웅서사시를 이르는 브일리나(былина)의 지소형이다.

은 주인공의 개인적 운명으로 옮겨간다. 동화의 획득 대상이나 성취 목표는 자연물이나 문화적 대상이 아니라 주인공의 복을 이루는 음식이나 여자, 신물(神物) 등이 된다. 여기서 의미 있는 것은 태초의 발생 대신에 주인공이 자신이나 공동체를 위해서 얻은 취득물의 재분배인 것이다.

만약 신화적 주인공이 노파, 개구리, 뱀 등으로 등장하는 원래 주인으로부터 불이나 민물을 훔쳐내어 우주의 요소인 민물을 스스로 만들어내는 자가 된다면, 마술동화의 주인공은 아픈 아버지를 고치기 위해 생명수를 훔쳐내거나(하와이 민담이나 유럽 민족들의 동화의 경우) 화덕을 지피기 위해 동물들의 도움을 받다 불을 획득한다(다호미족의 경우). 동물 동화의 등장인물(토끼)은 자기 이익을 위해 다른 동물이 파놓은 우물에서 꾀를 부려 물을 훔쳐낸다(아프리카 민족 다수에게 있는 민담의 경우). 하와이의 선한 아들의 이타주의와 토끼의 이기주의는 둘 다 동등하게 원래 신화의 집단주의와 원인론에 대립된다.

따라서 동화적 주인공은 이미 반신이나 데미우르고스가 아니다. 물론 그는 이상화 과정에서 신성을 가진 부모 혹은 범상치 않은 출생이라는 전사(前史)를 가지며 잔존하는 토템적 특성들을 보존할 수는 있다. 그는 북아메리카 원주민에게는 태양의 아들이나 사위이고 혹은 폴리네시아의 주인공 타파키처럼 하늘에서 떨어진 마법사의 후손 혹은 여러 민족의 민담에서 등장하는 곰의 아들이기도 하다. 유럽 동화에서는 범상치 않은 출생이 나타나지만 주인공의 높은 출생의 근원은 주로 사회적 형식이다(예를 들어, 왕자).

탈신화화 과정에서는 신화적 서사와 처음부터 평범한 사람들, 즉 유명하지 않거나 혹은 무명(無名)의 인물들이 중심인물로 등장하는 각종 브일린치카의 전통이 상호작용한다. 동화 주인공의 탈신화화는 가족이나 혈연, 마을의 대표자인 주인공에 대한 사회적 박탈, 탄압, 모욕으로 제시된다. 그의 다양한 표식들은 제의신화적 층위에서 심오한 의미를 가지지만 그가 겪는 사회적 박탈과 상실은 의도적으로 유표화된다. 멜라네시아, 고산 지대의 티베트와 미얀마, 에스키모, 고대 아시아와 북아메리카 인디언 등의 민담에 나오는 많은 불쌍한 고아들이 그러하다. 숙모나(멜라네시아) 일가붙이들과 이웃들이(북아메리카) 이들을 모욕하지만 정령들이 이들을 지켜준다. 어린 형제들이나 신데렐라와 같이 유럽 동화의 양녀 역시 이와 유사한 상황에 처한 주인공들이다. 동화의 주인공은 신화적 주인공의 마술적 힘을 지니지 않았다. 그는 통과의례, 샤먼의 시험, 정령들의 특별한 비호 등의 결과로 이러한 힘을 얻어야 한다. 이후 단계에서 신기한 힘은 마치 주인공으로부터 분리되어 주인공 대신 행위를 하는 것처럼 보인다.

이렇게 마술동화에 의해 봉헌 의례의 의미적 유산을 가공하기 위한 보충적 동기화가 이루어진다. 이와 함께 고전 형식의 동화에 상응하는 제의 형식은 결혼이 되는데 이것은 성인식과 비교해 볼 때 보다 새롭고 개인화된 제의라고 할 수 있을 것이다. 그러므로 신화(와 고대 형식의 동화)에 대해 성인식은 제의적 등가체이고 보다 발전된 마술동화에 대해 상응하는 제의 형식은 결혼이다.

일련의 동화적 모티브들과 상징들, 예를 들어 신데렐라의 구두, 만두 속에 반지 넣어 굽기, 〈돼지가죽〉이나 노파의 겉모습을 한(일본 동화) 신부의 변장, 신부나 신랑의 도주, 상대방 부모의 일꾼인 신부나 신랑, 젊은 신부의 혈족 호칭의 금지, 상담자 역할을 하는 인형 등은 세계 민족들의 풍습과 의식 속에서 설명되며 자연스럽게 고대의 제의신화적 의미로 거슬러 올라간다. 공주나 왕자와의 결혼이 동화의 최종 목적이라는 점을 고려해 볼 때, 동화는 결혼 의식 전체와 비견될 수 있다. 동화적 결혼은 주인공의 사회적 신분 상승을 가져오면서 그에게 가족 내 관계의 형식으로 표현된 사회적 갈등을 벗어날 놀라운 출구가 된다. 가족의 결혼 규범의 붕괴(근친상간이나 반대로 너무 거리가 먼 신부와의 결혼)나 인척 간 상호 의무의 파괴는 신화에서도 심각한 갈등의 원인으로 태초에 연결된 우주적 요소들의 해리(解離)를 가져온다. 이들의 재결합은 매개나 매개자를 필요로 한다. 그러나 우주를 배경으로 부족의 안녕을 이야기하는 것이 아니라, 사회를 배경으로 개인의 행복에 관한 동화에서 결혼의 교환은 점점 소통의 기능을 상실하고(예를 들어, 고대 아시아, 까마귀 자식들의 결혼 모험에 관한 신화에서 우주적 힘의 사회화는 이와 같은 예가 된다) 이야기된 바대로 사회적 갈등을 극복할 개인적 출구가 된다.

'삶/죽음'이라는 유형의 이미 고착된 근본적인 신화적 대립을 대신하는 것은 가족 층위에서의 사회적 갈등이다. 동화의 가족은 상당한 대가족, 즉 혈연적 유형의 가부장적 연합체로 일반화할 수 있고 양녀에 대한 가족의 핍박과 동생에 대한 모욕은 혈연 해체의 표식으로서 사회적 의미를 가진다. 어린 형제의 모티브는 고대에 있었던 연소자의 유산상속권의 박탈과 가족 간 불평등의 모티브가 발전한 것이다. 계모의 형상은 오직 내혼제가 파괴된 조건하에서, 즉 아주 멀리에서 신부를 구해오는 경우에만 생겨날 수 있었다. 유럽 동화에서 계모의 모티브는 어떤 플롯들에서 딸에 대한 아버지의 근친상간, 즉 외혼이 극단적으로 파괴되는 모티브에 상응하는 변이체이다.

여기서는 신화에서 등장하는 붕괴가 우주적 결과가 아니라 사회적 결과의 차원에서 전개된다. 가족과 사회적 모티브들은 신화 고유의 기반을 보충하는 새로운 현상이었다. 유럽 고전 동화에서 신화 고유의 원시적 모티브들은 동화적 구성의 중심 부분을 구성하고 가족적(사회적) 모티브들은 일종의 틀 기능을 한다. 예를 들어, 처음 출발하는 계모와 양녀의 갈등 상황은 양녀가 숲의 악마에게서 시험을 받는 중심 부분이지만 결말에서 양녀는 행복한 결혼으로 사회적 지위가 상승함으로써 상황은 해결을 보거나 극복된다.

고대 사회의 민담에서 신화와 동화는 우주적 혹은 사회적 가치의 상실이나 획득의 형태를 취함으로써 동일한 형태론적 구조를 가진다. 동물 모습을 한 사기꾼의 덫 혹은 봉헌제의나 결혼 의식과 비견될 수 있는 주인공의 체험의 형식으로 나타나는 중간적 고리들은 동화에서 특정한 의미를 획득한다. 유럽의 고전 마술동화에서 주인공이 겪는 두세 차례의 시험으로 구성되는 엄격한 서열 구조가 전개되고 여기서 원시신화나 신화적 동화는 일종의 메타 구조가 된다. 첫 번째 시험은 예비적인 것으로 행위 준칙을 아는지에 대한 조사이며 중요 시험에서 불행이나 결핍을 모면할 신기한 수단을 얻도록 해준다. 세 번째 단계는 정체성 확인에 대한 보충적 시험이다 (시험에 통과한 사람은 이후 경쟁자나 참칭자에게 창피를 준다). 여기서 반드시 필요한 것은 공주와의 결혼과 왕국의 절반의 획득을 포함하는 행복한 결말이다. 마술동화의 구조는 유럽 동화의 발전에 영향을 준 중세 기사소설 구조에서 재현된다.

고전 마술동화에 관련하여 공시적으로 발전되는 레비스트로스의 매개 공식은 의미가 있다. 서사 전개에 따라 결핍은 없어지고 주인공에게 보상을 주고 보충적인 획득이 생긴다.

양식적 층위에서 마술동화는 예술적 허구로서 화자의 말을 통해 신화에 대립하는 중요한 몇 가지 장르 지표들을 형성한다. 동시에 동화에서 직접화법은 도식화된 제의마술적 요소들을 보존한다.

신화가 동화로 변형됨에 따라 신화의 우주 대신 가족이 등장하지만 가족 신화가 영웅서사시로 변형되는 경우 역사적으로 존재했던 종족과 고대 국가들의 관계가 전면으로 나온다. 충분히 명백한 국가 조직체가 형성되기 이전의 원시 서사시들에서 역사 전설들은 서사시 발전의 2차적 원천으로 남아 섞이지 않은 채로 공존한다.

원시 서사시를 형성한 주된 원천은 용사 이야기를 다룬 노래 동화와,9) 특히 최초 조상, 원초적 민담의 중심인물인 문화영웅을 다룬 신화와 동화들이다.10) 원시 서사시는 언어와 원초신화의 개념들을 수단으로 하여 역사상 과거를 추상화한다. 부족의 과거는 진짜 인간의 역사로 그려지고(왜냐하면 인류와 부족 혹은 혈족 집단의 경계는 주관적으로 일치하기 때문) 인간의 발생, 문화 요소의 성취와 괴물로부터 방어 등에 관한 서사형식을 취한다.

이러한 문헌들에서 서사적 시간은 최초 창조의 신화적 시간이다. 시베리아의 투르크 몽골 민족의 용사에 관한 서사시는 땅과 하늘, 물이 생겨나고(막대기로 땅이 나누어지고 양동이로 물이 나누어졌을 때) 땅이 아직 가죽 주머니만 하고 하늘은 사슴의 귀 같고 태양이 시냇물만 하고 사슴이 새끼염소만 했던 그 시간을 이야기하며 시작된다. 핀란드의 영웅 바이네모이넨은 요우카하이넨과의 논쟁에서 자신이 천지창조 시대에 살았으며 그러한 일에 참여했다는 사실을 암시한다. 아디게 서사시 이야기에서 나르트인 소스루코는 베슈타우가 아직 언덕만 하고 소년들이 이딜 강을 걸어 건너며 하늘이 아직 덩어리졌고 땅이 겨우 붙었을 때를 상기하며 그때 그가 이미 성인 남자였다고 말한다. 〈길가메시〉에서 행위는 땅이 하늘로부터 막 분리되고 인간 종족의 이름이 정해진 직후의 시간으로 거슬러 올라

---

9) 이 장르는 북방의 소민족들, 고대 아시아 민족, 우그르 어족, 사모예드족, 퉁구스족 등의 민속에 잘 보존되었다.

10) 원시 서사시(*archaic epics*) 범주의 발생에서 이 가장 오래된 신화 범주가 가지는 의미를 옹호하는 많은 증거는 《영웅서사시의 발생》(*Происхождение героического эпоса*, 1963)이라는 멜레틴스키의 책에 도입되었다.

간다. 야쿠트 서사시에서 행위 장소는 신화적 중간계, 인간의 거주지이다. 신화적 세계상에 대한 기술은 야쿠트의 서사시 서문에서 비중이 크다. 이 중심에는 참나무나 낙엽송, 물푸레나무 등으로 나타나는 세계수가 있다(〈에다〉의 이그드라실이나, 〈길가메시〉의 훌루푸 등을 비교해 보라).

고대 서사시에서는 다분히 신화적인 이중체계가 등장한다. 이 체계를 구성하는 것은 적대적 부족들로 하나는 자기편의 인간적인 종족이며 다른 하나는 사후 세계와 관련된 낯선 악마적 부족이다. 그렇다고 서사시에서 다른 신화적 세계와 종족들이 등장하지 못하는 것은 아니지만 전면에 등장하는 것은 끊임없이 적대하는 두 종족들이다. 부족들의 불화를 통해 나타나는 이 싸움은 카오스를 방어하는 코스모스를 나타낸다. 이야기된 대로 적들은 대부분 지하계, 죽음, 질병 등과 관련이 있으며 자신의 종족은 중간계에 있고 천신들의 비호를 받는다. 그 예로써 야쿠트의 악마적 용사 아바시와 비호를 받는 인간적 용사 아이이의 대립의 기반을 순수하게 신화에 둠을 들 수 있다.

아바시는 질병의 영이며 지하계의 악마이고 아이이는 밝은 하늘의 신이다. 이와 같은 순수하게 신화적인 대립은 야쿠트 용사 서사시에서 야쿠트의 선조들, 즉 가축을 키우는 터키 종족 집단과 그 주위의 퉁구스 만주 종족, 숲의 사냥꾼들과 어부들이 서로 대립함으로 구성된다. 아디게, 오세티아, 압하즈 서사시에서 거인들은 나르트인들에게 맞서고 마찬가지로 스칸디나비아의 〈에다〉의 아시르와 카렐리아 핀족 영웅들에게 북쪽 나라가 대립한다. 여기서 북쪽 나라는 순수하게 신화적이고 샤먼적 사고에 의해 강의 하구, 사자의 왕국과 동일시되어 분명한 지하계적 특징을 가지게 된다.

알타이의 투르크족과 부랴트족에게서는 두 종족의 대립이라는 분명한 구분은 없지만(부랴트인에게서 이러한 구분은 하늘의 정령과 신들에게 적용될 때 남았다) 부랴트인의 울리게리 이야기에서 용사들은 여러 괴물 망가드하이와 알타이인의 경우 지옥의 주인인 에를릭의 하수인인 괴물들과 싸운다. 천계의 황소나 후와와 등의 괴물을 무찌르는 승자로는 길가메시와 엔키두, 용을 무찌르는 그루지야의 영웅으로는 아미라니(그리스의 프로메테우스의 혈족), 유명한 고대 그리스 영웅으로 페르세우스, 테세우스, 헤라클레스, 고대 스칸디나비아의 영웅들과 앵글로색슨의 영웅들이 있다(〈베어울프〉를 보라).

악마적 용사들의 어머니 혹은 여주인이라는 신화적 형상은 원시 서사시에 등장하는 전형이다. 그 예로서는 야쿠트 서사시에서 노파 샤먼 아바시, 알타이 괴물의 어머니 자고새 노파, 부랴트의 흉측한 망가드하이 노파, 하카스족의 백조 노파, 핀란드인의 북쪽 나라 여주인 로우히 등이다. 이와 비교할 수 있는 것이, 한편으로는 신화적 인물인 에스키모의 세드나, 케트의 호세뎀, 바빌로니아의 티아마트 등이며, 다른 한편으로 보다 발전한 서사시의 경우 아일랜드 사가의 왕비 메드브, 〈베어울프〉의 그렌델의 어머니, 우즈베키스탄인의 〈알파미슈〉의 수르하일(이러한 어머니의 형상이 자기편 종족에서 발견되는 경우는 나르트의 서사시에 등장하는 사타나가 유일하다) 등이다. 고대 서사시에서 거인과 지하 괴물은 전쟁의 적이나 여자 탈취범, 파괴자로 등장할 뿐 아니라 불이나 천체, 문화적 식물이나 주인공에 의해 획득되는 신기한 물건을 지키는 자이기도 하다.

원시 서사시에 등장하는 자기편 종족은 역사상의 이름을 가지지 않는다. 나르트인들 혹은 칼레바의 아들들은 다만 지하계의 괴물들 혹은 자신의 타락한 후손들과 싸우는 주인공이나 용사 종족일 뿐이다.11) 나르트의 시대란 그리스의 영웅시대와 유사한 것으로 보인다. 게르만 스칸디나비아 서사시에서 고트인이란 역사상의 고트인

뿐 아니라 영웅적 서사시 종족을 의미하며 고트란 수식어는 영웅적이란 말과 거의 동의어로 쓰인다. 게르만과 그리스, 인도, 고트 부르군드, 아카이아, 트로이, 판데바, 카우라바 등 이미 독립적인 종족으로서는 이미 사라졌고 서사시 담지자들의 민족지적 전통의 구성소로서만 존재하는 이들의 발전된 서사시에서, 이들은 무엇보다도 옛 영웅시대의 영웅적 종족이며 후대를 위한 영웅적 모범이다.

나르트인과 같은 존재들은 고대신화의 최초 조상들(더구나 이들은 반드시 서사시 전통의 보유자인 민족의 선조로 인식된다) 그리고 그들의 삶과 영웅적 행보의 시간은 꿈의 시대 유형의 신화적 시간과 비견될 것이다. 이와 관련해서 보다 오래된 서사시와 이야기 전통에 나오는 주인공의 형상 속에는 시조나 문화영웅의 흔적이 보인다.

야쿠트의 올론호에서 최연장자인 유명한 영웅 에르소고토호(문자 그대로의 이름의 의미는 외로운이다)는 종종 다른 이름으로 등장한다. 그는 인간 종족의 최초 선조이므로 이웃도 부모도 알지 못하고 홀로 외롭게 사는 외로운 용사이다. 에르소고토호는 인류의 조상이 되기 위해 아내를 구한다. 에르소고토호에 관한 이야기에서 문화영웅신화의 흔적들이 드러나지만 이 신화는 남쪽 지방에서 레나 강을 따라 야쿠트의 최근 거주지로 떠내려간 엘리에르소고토호에 관한 전설 속에 보다 완전하게 보존되었다. 그는 모닥불을 고안해냈으며 가축을 번식시켰고 봄의 축제 이샤흐를 창시했고 아이이 신들에게 마유주로 최초의 피를 흘리지 않는 제물을 바쳤다고 한다.

부모를 알지 못하는 외로운 용사로서 또 다른 야쿠트의 용사들도 있다(예를 들어, 주르준우올란 등). 부랴트 서사시의 최초 조상 용사

---

11) [역주] 핀란드의 용사들을 칼레발라의 아들들과 완전히 동일시하는 경우는 엘리아스 뢴로트의 〈칼레발라〉뿐이다. 에스토니아의 *kalevipoeg*와 러시아의 *калыва-новичи*를 참고해 보라.

는 에르소고토흐와 유사하다. 이 유형은 영웅이 처음에 자신의 출신을 모르며 부모를 알지 못한다고 이야기되지만 이후 가축을 키우는 부유한 가부장제 가정의 후계자임이 드러나는 알타이 서사시에 그 흔적이 남았다. 화자는 때로 이러한 홀로 있음이 고아가 된 결과라는 합리적 설명을 덧붙인다. 칼미크 영웅 당가르의 이름의 근원을 외롭다는 말로부터 온 것이라 해석하는 가설도 있다. [12]

야쿠트 서사시에서는 홀로 있는 용사 선조 유형과 나란히 또 다른 유형으로서 땅에서 괴물 아바시를 제거하라는 특별한 사명을 띠고 천신이 보낸 영웅이 있다. 이 또한 신화적 문화영웅의 전형적인 활동을 보여준다. 시베리아의 투르크 몽골족 서사시에는 중간계에 인간의 삶을 건설한 조상, 최초의 인간 부부가 나온다. 부랴트의 울리게리에서는 인간 혈통을 잇기 위해 누이가 오라비에게 하늘의 여신을 중매한다. 시초이자 혈통 창시자의 형상들은 나르트인에 관한 오세티아 이야기들에서 부부가 된 남매, 사타나와 우르즈마엑, 쌍둥이인 아에사르와 아에사르타엑이 그러하다. [13] 고대 나르트 용사인 소스루코는 문화영웅의 특징들을 선명하게 드러낸다.

아디게본과 압하즈본에서 소스루코는 불과 곡식과 과수를 거인들에게서 빼앗아 나르트인에게 준다. 소스루코가 어떻게 신들에게서 불로주 사노를 훔쳐내어 인간에게 주었는가에 관한 이야기가 있다. 오세티아본에서 소스루코(소슬란)는 거인에게서 불이 아니라 나르트인의 가축을 위한 물이 넉넉한 목장이 있는 따뜻한 나라를 탈취한다.

---

12) А. Ш. Кичиков, "О происхождении названия эпоса «Джангар»", «Записки Калмыцкого научно-исследовательского института языка, литературы и истории», вып. 2, Элиста, 1962, С. 213~214.

13) [역주] 비슷한 쌍둥이로, 아르메니아 서사시의 고대본에서 사순 시(市)의 창건자들로 등장하는 사나사르와 바그다사르가 있다.

불의 탈취라는 모티브의 흔적은 고대 그루지야, 압하즈, 아르메니아의 용사 이야기에 있다. 카프카스 산맥에 묶인 이들은 아마도 고대 그리스 문화영웅 프로메테우스와 단지 유형적으로만 같은 것은 아니라 생각된다.14)

카렐리아 핀족의 바이네모이넨과 그의 일부 분신인 대장장이 데미우르고스 일마리넨의 형상 속에는 문화영웅이자 데미우르고스의 특징들이 더욱 선명하게 제시된다. 바이네모이넨은 화어의 뱃속으로부터 불을 얻어냈으며 처음으로 배를 만들고 그물을 짜며 처음 악기를 만들어 연주하고 지혈제를 발견하여 치료용 연고를 만든다. 또한 그는 북쪽 나라의 여주인이 절벽에 숨겨둔 풍요의 신화적 근원인 신물(神物) 삼포를 얻어낸다. 그는 우주발생론적 활동을 행한다. 그는 천체를 만들거나 얻어냈고 그의 무릎에 앉힌 오리 알로부터 세계가 생겨났다. 바이네모이넨의 형상은 샤먼의 색채가 강하게 드러나는데 이는 특히 그가 사자의 왕국을 방문하는 이야기에서 나타난다. 스칸디나비아의 신 오딘의 형상은 바이네모이넨과 동일한 부분이 많이 발견된다(문화영웅이자 샤먼으로서. 한편 그의 부정적 면은 트릭스터 로키에서 나타난다). 오딘, 토르, 로키 등의 신들은 문화영웅 전통과의 관련성에 의해 보다 용이하게 원시 서사시의 영웅들로 변화할 수 있었다.

고대 아카디아 서사시의 엔키두의 형상에서는 여신이 진흙으로부터 최초의 인간을 만들어냈다는 생각의 흔적이 있다. 반면 길가메시 자신에게는 시조이자 문화영웅으로서의 요소들이 몇 가지 있다(그는 우루크의 창건자이고 삼나무숲 혹은 수메르본에서는 제의적 물건을 얻어낸다).

---

14) [역주] G. Charachidzé, *La mémoire indo-européenne du Caucase*, Paris, 1987; G. Charachidzé, *Prométhée ou le Caucase*, 1986; K. Tuite, Achilles and the Caucasus, *The Journal of Indo-European Studies*, 26(3), 1996.

괴물에 대항하는 길가메시와 엔키두의 공동 원정은 특히 영웅시 형식의 문화영웅 이야기에서 매우 특징적이다(서로 대립되는 인물들로서 괴물과 싸우며 방랑하는 무사들인 북아메리카의 '오두막집 형제'와 '황야에 버려진 형제'가 있다). 이렇게 원시 서사시에서 용사의 자질은 대부분 문화적 활동을 통해 나타나며 마술적 후광에 둘러싸였다. 마술과 기지는 물리적 힘이나 용기와 함께 주인공에게 도움이 되기 때문이다. 고대 서사시는 사기꾼 트릭스터의 신화적 전형을 보존한다. 이러한 신화적 사기꾼들로는 물론 나르트의 이야기에 등장하는 시르돈과 스칸디나비아의 로키가 있다.

고대의 (신화적) 층위는 많은 고전 서사시에서도 쉽게 드러난다. 이것은 인도의 〈라마야나〉의 경우에도 그러하다. 악마를 제거하라는 사명을 받은 문화영웅의 특징들을 보존한 라마는 드라비다 신화의 바른드와 다른 몇몇의 등장인물을 상기시킨다. 이것은 〈게세리아다〉, 〈베어울프〉, 〈알파미슈〉의 일부, 〈마나스〉, 〈사순의 다비드〉 그리고 볼크-볼가에 대한 러시아 브일리나에 역시 해당된다(헬기에 관한 스칸디나비아의 노래들과 화사 북에 대한 세르비아의 노래 등을 참고해 보라).

신화적 밑바탕은 익히 알려진 고대 서사시에서뿐 아니라 고전 서사시에서도 분명히 감지된다. 우리가 영웅서사시 발생에 관한 제의이론을 완전히 받아들일 수 없다 해도, 고대 농경문명에 의해 탄생된 서사시 작품들에서 농경문명에 특징적인 역법신화들이 플롯과 형상을 구성하는 모델로서 널리 사용된다는 사실에는 동의해야 한다. 앞서 인용한 레비의 책과 산스크리트학자 그린체르의 최근 연구들에서 이러한 모델이 어떻게 사용될지가 자세히 이야기된다.[15] 바빌로

---

15) П. А. Гринцер, Эпос древнего мира, *Типология и взаимосвязи литератур древнего мира*, М., 1972, С.7~67; П. А. Гринцер, Древнеиндийский эпос, *Генезис и типология*, М., 1974.

니아와 우가리트, 그리스와 인도의 서사시에서 그린체르는 일면 독립적인, 일종의 역법신화적 복합체를 분리해낸다.

　여기에 포함되는 모티브들은 영웅들의 신기한 출생(길가메시, 판다바, 라마, 아킬레스, 케레 등), 여신에 대한 사랑의 거부(길가메시와 이슈타르, 아쿠아트와 아나트, 라마와 쉬르파나하, 아유르나와 우르바쉬, 오디세우스와 칼립소 등), 죽음이나 일시적 죽음, 추방의 결과로 주인공이나 여주인공의 사라짐(아쿠아트, 라마, 판다바, 아킬레스, 오디세우스 등), 제의적 대리자의 죽음(엔키두, 파트로클로스, 오디세우스의 동료들, 가짜 판다바 등), 주인공 아내의 납치나 그 시도(시타, 드라파디, 헬레네, 브리세이스, 케레의 아내, 페넬로페 등), 죽음의 왕국에서의 체류를 포함하여 실종된 주인공이나 여주인공 찾기(라마, 판다바, 길가메시, 오디세우스 등) 그리고 괴물과의 싸움(바카하사, 훔바다 그리고 바다 악마들 등), 부부의 결합 등이다.

　제시된 도식에서 모든 것이 역법의례의 관점에서만 해석될 수 있는 것은 아니다. 예를 들어, 농경의 역법의례에 관한 이야기가 없는 시베리아 민족의 용사 노래 이야기에서 여자 납치와 귀환은 필수적인 주제이다. 괴물과의 싸움은 역법신화와 성인식(레비는 후자의 의미를 강조한다) 그리고 문화적 영웅에 관한 신화에도 있다. 의심할 바 없이 역법농경신화는 고전 세계의 서사시에서 가장 중요한 모델이다. 헬레네과 시타는 농경신화와 직접적으로 연관되었다. 역사적 원형을 가진 많은 서사 영웅이 일정한 방식에 의해 여러 신들 및 그들의 기능과 상호 연관을 맺는다. 그러므로 몇 개의 플롯과 플롯의 단편들이 전통적인 신화소들을 재현한다고 해서 전체적으로 서사 문헌이 신화와 제의 텍스트들로부터 만들어져 발생한 것이라는 증명은 될 수 없다.

　뒤메질은 《신화와 서사시》(1968~1973)에서 그가 초기에 기술한 신화의 기능에 관한 인도유럽의 삼중(三重) 체계(마술적, 법률적 권력, 군사력, 다산)와 이 체계에 상응하는 신들의 위계 혹은 상호 충돌 관계가 〈마하브하라타〉의 영웅시 층위에서, 로마 전설들과 나르트 이야기의 오세티아본에서 어떻게 재현되는지를 보여주었다. 〈마하브하라타〉의 판다바는 사실 불임인 판두가 아니라 다른 신, 다르마, 바유, 인드라, 아슈빈의 여러 아들로서 행동에서 이 신들의 기능들이 포함된 기능 구조를 되풀이한다. 16) 뒤메질에 의하면 〈일리아드〉에 이러한 구조의 자취가 발견된다. 목동 왕자인 파리스는 아프로디테를 선택함으로 인해 다른 신화적 기능들을 대표하는 헤라와 아테네의 분노를 사서 전쟁을 일으킨다. 뒤메질은 판다바와 카우라바의 파괴적인 전쟁 이야기에서 종말론 신화가 서사 층위로 이동하는 것을 본다(아일랜드 전통에서 동일한 현상을 참고해 보라). 그는 영웅서사시의 신화적 하부구조를 염두에 두게 되면서 인도유럽 민족들(스칸디나비아, 아일랜드, 이란, 그리스, 로마, 인도 등)의 고대 문학에서 발견되는 일련의 서사적 대칭들을 밝혀내고 설명할 가능성을 얻게 되었다.

신화적 밑바탕은 이처럼 고전 서사시에 보존되었다. 그러나 고전 형식은 명백히 서사 전통의 보유자인 민족의 국가적 규합이라는 조건하에서 성장하였기 때문에 자연히 탈신화화를 위해 주로 발전하였다. 고전 형식의 서사시는 원시 서사시와 달리 역사적 전설에 기초하며 먼 과거의 사건이라고 해도 신화적 과거가 아니라 역사적 과거, 보다 정확히 말해 의사(擬似) 역사적 과거의 사건에 관한 서사를 위해 역사적 전설을 언어로 사용한다. 원시 서사시와의 주된 차이점은 이야기의 신빙성에 있는 것이 아니라 우주적인 것이 아닌 민족지적인 용어들을 통해 전해지며 부족들과 국가들, 왕과 우두머리

---

16) 이에 관하여 뒤메질 이전에 헬드의 연구가 있다. 다음을 보라: G. H. Held, *Mahabharata: An Ethnological Study*, London, 1935.

들, 병사와 이동하는 민족의 지리적 명칭, 역사적 이름을 이용하는 서사의 언어에 있다. 서사적 시간(미케네인들, 쿠루판칼라와 카우라바의 싸움, 민족들의 대이동, 샤를마뉴의 제국, 성 블라디미르 시대의 키예프 루시, 세 오이라트의 알타이 국가 등)은 태초의 시간과 그 이후 질서를 결정하는 선조의 활발한 행위의 시간으로서 신화적 유형에 따라 이루어지지만 이미 여기서는 세계 창조가 아니라 민족사의 태동과 고대 국가 형성에 관해 이야기된다.

카오스와 코스모스의 신화적 싸움은 가끔 신화적이고 마술적인 자질을 가진 침입자, 강압자, 이교도에 대항하여 혈연부족 집단, 국가, 자신의 믿음을 방어하려는 싸움으로 변형된다. 그러나 서사 영웅의 샤먼적 후광은 완전히 물러나 영웅적 윤리와 미학에 자리를 내주게 된다. 영웅서사시는 동화와 달리 허구로 받아들여지지 않는다. 이런 의미에서 신화와 서사시는 같이 동화에 대비될 수 있다. 소설적 서사시(기사소설)에서만 영웅서사시와 마술동화가 합류하는 것으로 생각된다. 소설적 서사시는 예술적 허구로 인식되기 때문이다.

제 3부

20세기 문학의 신화화

제1장

역사적 개괄

문학은 태생적으로 민속을 통해 신화와 연관을 맺는다. 우선 우리의 관심을 끄는 서사문학은 민속의 깊은 근원에서 발생한 설화나 영웅서사시를 통하여 특히 그러하다. 물론 다수의 문헌으로 기록된 서사시와 설화 작품은 계속해서 독립적 형식으로서 발전해갔거나 기록문학 작품으로서 새로이 창작되기도 하였다는 점을 고려하지 않을수 없다. 따라서 드라마와 서정시 일부의 경우 처음에는 제의와 민간축일, 종교적 비의를 통해 직접적인 신화적 요소들로 인식되었다.

설화나 영웅시와 더불어 고대의 극 형식은 신화의 보존 형식인동시에 신화의 극복 형식이라 할 것이다. 그러므로 고대신화를 직접적으로 도입하는 경우와 함께 이러한 매개적 방식들이 신화 전통을 문학적 자산으로 만드는 통로가 되었다는 점은 놀랍지 않다.

고전 문학 전체가 신화나 신화적 우주론에 의해 자양분을 얻고있다는 사실은 잘 알려졌다. 그러나 중세에 고전신화는 기독교 마신학(魔神學)이라는 변방으로 밀려나면서 비록 잊히지 않았으나 역사적으로 근거화되거나(에우헤메리즘화)[1] 알레고리로 수용되었다.

---

1) [역주] 역사적 근거화(*euhemerization*)란 신들의 삶을 인류를 통해 설명하려는 신화 접근법이다. 이러한 관점에서 세계를 볼 때, 신이란 영웅적인 활동 때문에 신격화

이미 알려진 바의 고대 이교(異敎)의 탈신화화 과정은 켈트와 게르만 등의 이교신화가 시적 혹은 문학적 허구의 근원으로 소멸해 들어감으로써 진행되었다. 중세 문학을 전반적으로 지배한 것은 기독교신화였다. 이는 대상 세계를 보다 상위에 있는 천상의 종교적이고 도덕적인 본질에 대한 물질 기호로 간주하는 보다 정신적인 관점에서 출발한다. 불교신화, 힌두신화, 도교신화와 회교신화가 영향력을 가졌던 중세 동양에서 이와 유사한 상황이 나타난다. 신화가 문화에 대한 지배력을 가지게 됨으로써 직간접적으로 헤겔적 의미의 상징적 예술 형식의 특징들이 보존될 수 있었다.

한편 반대로 헤겔 자신은 상징적 예술 형식이 오직 고대 동양에만 있다고 보며 여기에 고전주의와 낭만주의의 예술 형식을 대립시킨다. 상징주의를 낳은 문화의 총체적 기호성은 신화주의의 이면이다. 오비디우스와 루키아누스 등의 고전 문학과 나아가 서구 기사소설이나 동양소설적 서사시와 풍자문학, 교훈문학 등과 같은 중세 문학의 영역에서 이미 우리는 전통신화에 대해 일련의 미학적, 반성적, 비판적, 반어적 등 여러 양상의 해석을 발견하게 되지만 총체적 상징주의로부터의 진정한 이탈은 르네상스에 와서야 시작된다. 지상의 대상 세계와 인간의 독자적 활동의 자기가치성이 무조건적으로 중요시될 때에 인간의 독자적 활동의 선명한 흔적을 담은, 아름다운 자연에 대한 모방이 예술에서 의식적으로 정립되었다.

한편 "르네상스는 세계의 원형들, 즉 신화 위에 세워진 최후의 총

된 역사적 인물들이다. 따라서 여기서는 *"euhemerization"*이라는 용어를 "역사적 근거화"라 옮겼다. 이 단어는 아라비아 해안의 한 섬을 여행하면서 제우스가 지상의 왕으로 통치한 '증거'를 본 것을 기록한 〈성스러운 기록〉(*The Sacred Record*)을 집필한 그리스 철학자인 메세니아(Messenia)의 유헤메루스(Euhemerus)〔에베메루스(Evemerus), 유메루스(Euemerus)〕로부터 비롯되었다.

체적 문화 체계"라는 바트킨의 지적에 동의하지 않을 수 없다. 그는 한편으로 "르네상스 신화는 인본주의, 역사주의, 비판적 사고 경향 그리고 현실 강조의 관점으로 인해 탈신화화의 전제 조건들을 창출해냈다"고 쓰며 다른 한편으로 "여기서 고대신화는 그 자체로는 이미 사멸한 것으로 일종의 합금체 같은 체계 속으로 포함되어 들어갔다 (기독교, 그로테스크, 마술, 기사 전설)"고 주장한다. 이러한 체계는 이미 신화적 사유 위에 구축된 현실로, 미신이 아니라 이성이며 단순한 연상이 아니라 문화의 혈류 그 자체인 것이다. 그러므로 신화는 '숭고한 토포스'가 되어 인간의 행위에 영향을 끼치는 일종의 역사적 당위를 보존한다. 이렇게 볼 때 바로크와 고전주의에서도 탈신화화라는 이행 과정은 아직 완결되지 않은 셈이다. 아직도 기독교와 고대의 영향 없이 살 수 없다는 사실은 그 영향이 다만 외형적인 것이 형식적인 것만이 아니라는 점을 말해준다.

여기서 말하려는 바는 아직까지 신화가 문학 속 도처에서 이용되는 전반적인 속성으로 여전히 남아있는 한 신화의 온기는 아주 식어버린 것이 아니라는 점이다. 이는 괴테의 시대에 이르러서야 이 과정이 종결되었음을 의미한다. 《파우스트》2부에서 기독교와 고대의 상징은 이미 문학의 일부가 아니라 공통의 보편 언어가 되었다. [2]

15세기와 16세기에 이르러 고대신화와 성경의 형상들과 모티프들은 시적 형상의 병기고이자 플롯의 원천 그리고 독특한 형식화된 예술 '언어'가 된다. 작가의 사상적 지향이나 역사, 일상의 자료들과 신화가 원래 가졌던 의미 사이의 차이가 아무리 크게 벌어진다 하더라도 신화의 '의미'는 완전히 퇴색되지는 않으며 전래의 은유는 어느 층위에서인가 전통적 의미를 보존한다.

---

2) Л. Баткин, Ренессансный миф о человеке, *Вопросы литературы*, No. 9, 1971, C. 116~118.

16세기와 17세기에는 전래된 플롯의 틀 안에서 강력한 추상력으로써 당시의 사회적 개성뿐 아니라 범인류적이며 근본적인 행위 유형을 모델화하는 비전통적인 문학적 유형이 만들어졌다. 그 예로, 햄릿, 돈키호테, 돈 주앙, 미장트로프 등은 18세기로부터 20세기에 이르는 후대의 문학에서 (신화 패러다임과 유사하게) 독특한 전범들이 된 이른바 '영원불변의 형상'이다. 이 경우 플롯은 하위 층위가 되고 그 위에 독창적 개성들로 이루어진 체계가 세워진다. 이것이 상대적으로 새로운 문학적 현상일 수 있는 것은 중세에는 다름 아닌 플롯이 예술적 의미의 주요 담지체였기 때문이다.

셰익스피어의 《햄릿》은 다른 《햄릿》들, 즉 삭소 그람마티쿠스의[3] 이야기로 거슬러 올라가는 동명의 인물에 대한 희곡들의 범주 혹은 비극의 제반 요소들과 장르 구조에 의해 복수극(復讎劇, revenge-tragedy)에 포함될 것이다.[4] 플롯 구조와 장르 구조의 전통성을 이해하는 것이 제의신화학파(The Myth and Ritual School)의 논리적 핵심이다. 비극의 제반 법칙들에 의해 전개되는 《햄릿》의 극적 행위는 상당 정도 주인공의 개성 자체에 의해 가려지며 이 개성을 도해하는 것이 중요한 기능이 된다. 게다가 햄릿의 생각은 끊임없이 극적 행위를 중단하거나 유예한다. 또한 셰익스피어의 《햄릿》은 장르상 비극이 아니라 소설에 속하는 새로운 유형의 작품이기도 했다. 이 작품의 중심은 개인의 한계를 넘어선, 물리칠 수 없는 악의 힘 앞에서 회의하는 주인공에 있다.

---

3) [역주] 1200년경에 쓰인 그의 《덴마크인의 사적》(Gesta Danorum)은 1514년에 파리에서 처음으로 출판되었다.

4) 꾀 많고 변장술에 능한 복수자에 관한 중세의 다른 이야기들이 있다. 예를 들면, 비야르니에 대한 아이슬란드의 이야기들과 쿨레르보에 대한 핀란드의 이야기들이 그것이다.

이처럼 돈키호테 역시 영국 소설에 등장하는 많은 기인에서 그 예를 볼 수 있듯이 영원불변의 형상으로서 18세기, 19세기의 문학 작품들을 위한 전범으로 봉사한다. 그러나 그 역시 현명한 광인(the wise madman)이나 설화의 온갖 엉뚱한 일을 벌이는 바보(fool)의 다양한 형상 속에 뿌리를 가진다. 산초 판자도 마찬가지로 스페인 소설의 사기꾼(the picaresque heroes) 형상과 더불어 순수한 민속적 근원을 가진다. 돈키호테와 산초 판자는 르네상스 시기의 다른 짝들(모르간테와 모르구테, 팡타그뤼엘과 파누르고)과 유사하게 대조의 원리에 근거하여 만들어진 독특한 짝 형상으로, 그 근원은 결국 고대신화에 등장하는 서로 대조적인 쌍둥이 짝으로 거슬러 올라간다. 기사소설의 플롯은 세르반테스의 풍자에도 불구하고 오히려 그로 인해 주된 제반 요소와 개성의 세부 부분들이 복원되었으며 플롯과 함께 마술설화 구조의 가장 중요한 특질들이 보존되었다. 마술설화는 중세 소설 형성의 근원 중의 하나였지만 이후 반대로 중세 소설의 영향을 받았다. 마술설화가 신화로부터 자라나왔음은 이미 기술한 바 있다.

상기 사실로 보아, 특히 18세기에 와서 서구 문학이 전통적인 플롯을, 그다음엔 토포스를 거절한 것이 원칙적으로 문학의 탈신화화를 의미한다는 점은 분명하다. 18세기와 특히 19세기 그리고 부분적으로 20세기에 사실주의와 낭만주의는 문학과 신화의 관계에서 두 가지 새로운 유형을 보여준다. 첫 번째 유형에서 문학은 전통적 플롯과 토포스를 의식적으로 거절하고 중세적 상징으로부터 자연의 모방으로 이행하게 됨으로써 적절한 실제 형식들을 통해 현실을 반영하게 되었다. 두 번째 유형은 고의적으로 신화를 완전히 비형식적이고 비전통적으로 이용하려는(이때 이용되는 것은 신화의 형식이 아니라 신화의 정신이다) 시도를 보이는데 이것은 때로 독립적인 시적 신화창작의 성격을 가지게 되었다.

결정적인 플롯의 혁신을 보여주는 초기의 고전적 예는 바로 디포의 《로빈슨 크루소》일 것이다. 이 작품은 탈신화화의 행보에 있어 중요한 기점이다. 신화적 모티브와 어구들을 빌려 위대한 지리적 발견이라는 영웅적 공적에 대한 찬양을 노래한 카모엥의 〈루시아드〉와 《로빈슨 크루소》가 구분되는 점은 비슷한 주제가 여행자와 해적들의 실제 수기에 기초하며 일상적 사실주의를, 즉 주인공이 처한 극단적인 상황과 배치되는 노동의 일상에 대한 과장 없는 묘사를 지향한다는 것이다.

　강조해야 할 점은 디포의 시대에 이미 일상성 그 자체가 새로운 현상이 아니었다는 사실이다. 하지만 자연주의 장르적인 장면을 보여주는 일상성은 첫째, 전통적인 플롯 및 장르의 도식과 훌륭하게 공존하였고 둘째, 희극과 '희극적' 소설 혹은 악당 소설과 같은 주로 낮은 범주의 문학에 자리 잡게 되었다는 사실이다. 후자에 속하는 것으로 역시 디포가 쓴 유명한 《몰 플랜더스》가 있다.[5] 《로빈슨 크루소》에 관해 언급해야 할 것은 다만 행위의 장소가 범속한 사회 현실로부터 무한히 멀어졌을 뿐 아니라 행위 자체도 본질적으로 영웅적이라는 점인데 그것은 여기서 인간의 용감한 자연 정복이 이야기되기 때문이다. 이 작품의 행위가 나아가 '우주적'이기까지 한 이유는 작은 무인도에서 주인공이 문명 건설 행위를 반복하며 수렵과 사냥, 목축과 농경, 수공예 등 문명의 주요 단계를 재현해 보이기 때문이다. 결국 섬에 다른 사람들이 나타났을 때에는 일정

---

5) [역주] 이 점은 분명치 않다. 《로빈슨 크루소》가 《몰 플랜더스》보다 2년 앞서 출판되었기 때문이다(두 작품의 출판연도에 대한 멜레틴스키의 언급은 정확한 지적이 아닐 수 있다. 공식적으로 《로빈슨 크루소》가 1719년, 《몰 플랜더스》가 1722년에 출판된 것으로 알려졌기 때문이다). 여기서 멜레틴스키는 《몰 플랜더스》가 대표하는 장르 그 자체를 염두에 둔 것으로 생각된다.

한 사회질서가 수립된다.

소설의 **파토스**(정념)는 문명이 확고한 목적지향적이며 이성적인 인간의 노동의 산물이고 여기서 인간은 개인적인 생존 요구를 충족할 수단을 찾는 도중에 이 모든 것을 성취한다는 이야기에 있다. 기독교 신앙(여기서는 청교도주의)은 인간이 정도를 지키고 인류애를 가지도록 해줄 뿐이다. 로빈슨이 부활한 '거인'이 아니라 이상적인 '중류' 영국인으로 제시됨으로 인해 보다 강화되는 인간중심주의 (*anthropocentrism*) 개념은 심오한 반(反)신화적 의미를 가진다.

《로빈슨 크루소》는 18세기와 19세기의 사실주의 소설에 길을 열어준 작품이다. 디포는 전통적 신화, 나아가 전통적 플롯을 사실상 마감하였지만 그는 로빈슨 이야기에서 어딘가 신화창작과 닮은 일종의 유토피아적 도식을 전개해놓는다. 로빈슨의 원형이 되었던 선원 셀커크가 실제로는 무인도에서 원시인으로 전락했으며 문명은 고립된 개인의 노력이 아니라 사회적 노동 그리고 모순적인 사회적, 문화적 발전의 산물이라는 사실은 이미 잘 알려졌다.

개인이 집단을 대체하는 현상은 신화의 인격화 과정과 매우 유사하다. 로빈슨 크루소가 어느 날 자신을 동굴에 살았던 고대의 거인들과 비교하는 장면은 주인공 스스로 의도한 것보다 훨씬 많은 의미를 포함한다. 자신의 손으로 주위 세계를 창조하는 로빈슨 크루소는 실제로 신화의 '문화영웅'을 상기시키며 섬에서 펼쳐지는 그의 활동은 창조신화의 구조를 상기시킨다.[6] 달리 말해 로빈슨 이야기는 거짓 가설에 근거하며 그러므로 신화와 비교할 수 있을 뿐 아니라 아마도 은유적으로 새로운 '부르주아의 신화'라 부를 수 있을 것이다.

---

6) [역주] 이 점은 이언 와트가 지적한 바 있다. 다음을 보라: I. Watt, *The Rise of the Novel: Studies in Defoe, Richardson, and Fielding*, Berkeley/Los Angeles, 1962, pp. 85~89.

또한 서사 구조 역시 신화적이다. 로빈슨 이야기는 탈신화화 과정 자체가 드러내는 명백한 역설과 모순을 증명하는 좋은 예이다.

여기에 덧붙일 수 있는 사실은 유년 시절로부터 무인도 체류에 이르는 로빈슨의 모험은 독특한 시련이라 볼 수 있다는 점이다. 일련의 시련을 거치면서 유년 시절의 치기와 허황한 환상을 버리고 성숙한 남자가 된다는 것이다. 그는 다양한 유형의 노동을 익히며 성경을 읽고 삶에 대해 명상하며 기독교의 가르침과 윤리의 본질을 내면화한다. 로빈슨의 모습은 한편으로는 성인 남성으로의 편입을 제의화한 원시의 통과의례(성인식)를 상기시키며 다른 한편으로는 근대의 교훈문학의 한 장르인 성장소설(*bildungsroman*)과도 유사한 측면을 가진다. 게다가 성장소설은 상당 부분 통과의례에 상응하는 주제를 발전시킨다. 한쪽의 단조로운 전통적 의식에서나 혹은 다른 쪽의 당대 현실의 산 체험에서나 모두 그 과정에서 인간의 성격과 세계관이 성숙해가게 되는 것이다.

성장소설의 초기 원형의 하나인 파르지팔에 관한 기사소설을 보면 그 발원이 마술설화와 정통성에 관한 신화로, 통과의례로 거슬러 올라간다. 여기서는 기사 작위 수여식의 특징들을 반영하는 이 장르의 전통적인 구조가 평범한 젊은이를 위한 진정한 기사와 기독교인의 길의 탐색을 묘사한다는 보다 덜 형식적이면서 보다 더 높은 정신적 과제에 종속됨이 분명히 드러난다. 물론 빌란드의 〈아카톤〉과 괴테의 《빌헬름 마이스터의 편력시대》에서 토마스 만의 《마의 산》까지 본격적인 의미의 성장소설에서는 플롯에 의해서가 아니라 장르에 의해 도입된 구조적 특징들을 볼 수 있다.

그러나 여기서 중요한 것은 장르 통합체의 형식적 특징들이 아니라 소설의 내용이 전달하는 문제의식의 동일성이다. 성장소설뿐 아니라 모든 근대 소설은 우선적으로 젊은 주인공을 선택하며 그의 이야기는 사회 환경 자체의 성장에 관한 이야기로 볼 수 있다. 더구나 발자크나 스탕달, 도스토예프스키의 《미성년》 등과 같은 19세기 소설에서 '성장'은 신화와는 반대로 환멸이나 악과의 영합을 배제하지 않는다. 그러므로 현대소설의 문제의식을 부족의 봉헌 의식으로 환원하고 신화와 마크 트웨인의 톰 소여와 허클베리 핀에 관한 소설들을 동등하게 보려는 제의신화학파의 대표자들의 시각은 옳지 않다. 우리가 여기서 보아야 하는 것은 환원이 아니라 문제의식에 내재한 범인류적 공통성이며 이는 많은 경우 전통적 장르 연쇄 구조에 의존한다.

강조하건대, 전통적 플롯이 사라진 이후에도 장르 구조의 관성은 계속된다. 이 문제에 관해 스미르노프의 논문 "설화에서 소설까지"는 흥미로운 연구라 할 것이다.[7] 스미르노프는 〈사바 그루츠인 이야기〉뿐 아니라 푸슈킨의 《대위의 딸》에 이르는 러시아 서사 전통에서 통과의례와 관련된 설화 및 신화구조의 흔적을 추적한다. 변치 않는 구조하에서 서사의 발전 행보에 따라 어떤 모티프가 다른 모티프를 대체하는 현상은 새로운 모티브가 예전 모티프의 기능을 그대로 보존하는 결과를 가져온다. 예를 들어 자연주의 소설에서 '어두운 운명'의 모티프는 자리를 양보하고 생물학적인 유전성이 그 역할을 대신하게 된다. 도식과 상황 몇 가지는 동기화되지 않은 채로 반복되기도 한다. 사실주의 문학의 '내재적' 신화주의 문제의 복잡성은 첫째, 현실 반영에 대한 의식적인 지향과 그로부터 기인하는 인식적 효과가 전통적인 장르 형식과 함께 이 형식으로부터 떼어내기 힘든 사고의 요소 사용을 배제하지 않는다는 것, 둘째, 19세기 소설과 고대 전통을 잇는 요소가, 혹 융이 말한 의미에서 본다 하더라도 반드

---

7) [역주] И. П. Смирнов, "От сказки к роману", *Труды отдела древнерусской литературы* XXVI, Наука, Ленинград, 1972, С. 287~320.

시 '잔존유물'(*survivals*)인 것은 아니지만 사고나 경험 또는 상상에서 어떤 공통적 형식일 수는 있다는 것에 있다. 이러한 형식에 연관된 신화적 형상들은 사실주의 형상들과 마찬가지로 부분적인 변이체들로 보인다. 이렇게 볼 때 다시 이야기는 사실주의 문학의 의고화나 신화의 현대화라는 환원의 문제가 아니라, 시적 지각에 대한 연구의 문제가 된다.

또 하나의 예를 보자. 남방과 북방의 대립은 고골의 세계모델에서 근본적 의미를 가진다. 이 대립은 쇠락해가고 시골적이지만 미와 예술, 내면의 온기로 충만한 이탈리아와 세속적 유행과 유산계급적 일상, 다만 표면적인 정치적 급진주의 속에서 더럽혀진 도시 파리 혹은 지방색 짙은, 그러나 선명한 색과 개성으로 채색된, 가부장적 문화를 가진 설화적 소러시아와 차갑고 관료주의로 팽배한 뻬쩨르부르그의 대조로 표현된다. 북방과 추위, 바람의 주제는 고골의 《뻬쩨르부르그 이야기》에서 다방면으로 사용된다. 특히, 〈외투〉에서 이 주제는 주된 플롯상의 '은유'와 연결되었다.

제의신화주의 비평의 관점에서 보면 고골에게서 빛의 나라들의 대립 구도의 흔적과 다수의 신화들에서 나타나는 고유한 악마적인 북방(北方) 해석, 즉 북쪽을 죽은 자들의 왕국이 자리하며 사악한 혼과 거인이 사는 곳으로 보는 관념을 찾을 수 있다. 그러나 고골의 사실주의적 성과의 내용을 이러한 잔존유물로 귀결시키는 것은 잘못된 일이다. 이는 현실 자체로부터 취해진 것으로 신랄한 비판적 의미를 가진다. 한편 이와 함께 고골은 전통적인 남방과 북방의 은유적 대립을 무의식적으로 이용하며 이것이 바로 신화의 시대로부터 인간의 시적 상상력의 공유점이 되었던 것이다. 8)

---

8) [역주] 횔덜린의 《히페리온》 등의 작품들에서 나타나는 남(南)과 북(北)의 상징을 참고해 보라.

19세기 초의 고유한 낭만주의와 19세기 말에서 20세기 초의 신낭만주의와 상징주의에 이르는 낭만주의의 전체 흐름을 보면 이들이 전통적인 장르 형식과 신화적 플롯으로부터 사실주의와 마찬가지의 거리를 취함을 알 수 있다. 그러나 이들과 신화의 관계는 사실주의 작가들에서처럼 부정적인 것이 아니라 긍정적인 것이며 더 나아가 열광적인 것이기까지 하다.

　독일 낭만주의자들은 신화에서 이상적 예술을 보았으며 이들의 과제는 자연과 인간 영혼, 자연과 역사, 이들 간의 심오하고 원초적인 동일성을 표현할 신(新) 예술신화를 창조하는 것이었다. 이 측면에서 독일 낭만주의의 과제는 자연을 결국 문명에 종속시키려는 고전주의의 사상에 정면으로 대립한다.

　신신화주의 창작 프로그램은 1880년 프리드리히 슐레겔이 논문 "신화 담론"에서 처음으로 명제화하였다. 슐레겔에 따르면 신화는 환상과 사랑으로 조명된 주변 자연을 상징적으로 표현하며 감각적 세계에서만이 아니라 영혼의 심저에서 발원한다. 궁극적으로 영원을 지향하는 시 주변에서 형성되는 어떤 중핵으로서의 이상적 신화라는 개념에 있어 독일 낭만주의자들은 18세기 말 독일 고전주의의 뒤를 계승하는 한편 이들은 그 나름의 철학과 세계관에 조응하여 그리스 신화를 절찬하였다.

　슐라이어마허와 그의 범신론적 기독교의 영향을 부분적으로 받아들인 슐레겔 등은 중세 가톨릭에 관심을 기울였고 그들이 새로운 신화에서 지향한 것은 고대 이교의 감각성과 기독교의 정신성의 종합이었다. 9) 이러한 종합에서 몇 가지 요소가 가지는 또 다른 의미 차원은 야콥 뵈메의 자연철학적 신비주의에서 그 영향을 찾을 수

---

9) [역주] 슐라이어마허는 《신앙에 관하여》(*Über die Religion*, 1799)를 썼다.

있다. 10) 독일 낭만주의자들의 신신화주의는 끊임없이 설화성(신화 수용에 있어 원칙적으로 미학주의를 표방하는 관점의 결과)과 신비주의 사이를 진동한다.

독일 낭만주의자들은 전통신화의 플롯과 형상을 아주 자유롭게 가져와 독자적인 예술적 신화화를 위한 재료로 사용하였다.

횔덜린은 자신의 올림포스 신전에 대지의 신과 헬리오스, 아폴론, 디오니소스를 포함시켰고 최고신의 자리에 아이테리아를 앉혔다. 〈엠페도클레스의 죽음〉에서 그리스도는 디오니소스의 형상에 접근한다. 자연 속에 용해되어 불멸성을 얻고 자연 앞에서 자신의 과오를 속죄하고자 기꺼이 에트나 화산의 불구덩이에 몸을 던지는 철학자 엠페도클레스의 죽음은 죽었다가 다시 살아나는 자연 신성의 순환적 재생이면서 동시에 돌에 찍힌 예언자의 고통스러운 책형으로 해석된다. 횔덜린의 서사시 〈유일한 자〉에서 그리스도는 제우스의 아들이며 헤라클레스와 디오니소스의 형제로 제시된다.

베르코프스키가 지적하는 바대로 〈암피트리온〉에서 클레이스트는 알크메네가 낳은 헤라클레스의 모티프를 이용하여 몰리에르식의 소극을 신인(神人)의 신비극으로 바꾸어놓았다. 11) 〈성자 쥬느비에브의 삶과 죽음〉, 〈황제 옥타비안〉, 〈아름다운 마겔로나〉 등의 티크의 작품들에서 기독교와 이교의 형상들은 설화와 전설의 형상들과 서로 얽혔다.

노발리스의 《하인리히 폰 오프터딩엔》에서 클링소르가 이야기하는 설화적 신화에서는 에로스와 우화가 세계혼 프레이아를 잠에서

---

10) [역주] 야콥 뵈메(1575~1624)는 신비주의적 철학자로 *Aurora oder die Morgenröte im Aufgang*(1612)의 저자이다. 그는 신을 선과 더불어 악의 근원으로 보았다.

11) [역주] Н. Я. Берковский, *Романтизм в Германии*, 1973, С. 419. 한편 여기서 참고해야 할 것은 아담 밀러는 헤라클레스와 알크메네를 그리스도와 마리아에 비교한다는 점이다.

깨워 아르크투르의 얼음 왕국이 녹도록 하며 자연과 인간에게 걸려 있던 악한 마법이 풀린다. 12) 노발리스는 한 플롯에서 신화적 상상력으로 자연철학적 몽상의 알레고리를 작동시켜 그리스의 에로스와 고대 독일의 프레이아를 한데 결부시켜놓는다. 호프만의《브람빌라 공주》에 반영된 유사한 설화 신화는 인간이 자연으로부터 떨어져 나왔으며 이후 이 원초적인 연관이 회복된다는 주제를 전개하면서 스칸디나비아 신화에서 몇 가지 형상과 상황을 사용하거나 변형하며 이들을 순수한 자신의 환상의 산물과 결합한다. 그 예로 운명의 샘인 우르다르, 오딘과 유사한 현자 헤르모드 등을 들 수 있다.

낭만주의자들은 자연철학적 시각에 의해 저급 신화, 땅과 공기, 물, 숲, 산 등 여러 범주의 자연 정령에 관심을 기울이게 되었고 바로 여기에 라 모테 푸케, 호프만, 티크 등의 환상 세계의 가장 중요한 출발점이 있다. 13) 아르님은 자연과 문화의 경계에서 만들어진 호문쿨루스(半人工小人, homunculus)라는 민속과 신화의 형상들인 알라운족과 골렘족에 특별한 관심을 가졌다(예를 들어 괴테의《파우스트》 2부의 소인을 보라). 14) 아르님이《이집트의 이사벨라》에서 묘사하는 알라운족은 분명히 호프만의《난쟁이 자헤스》에 영감을 준 모티브들 중 하나임에 틀림없다. 이렇게 독일 낭만주의자들의 신화주의 창작에 특징적인 현상들로서는 신화의 형상에 대한 자유롭고

---

12) [역주] 낭만주의와 "신화화"의 관계에 대해서는 다음을 보라: G. Birrel, *The Boundless Present: Space and Time in the Literary Fairy Tales of Novalis and Tieck*, Chapel Hill, 1979.

13) [역주] 특히, 다음 책을 보라: Friedrich de la Motte Fouqué, *Undine, The Hero of the North and The Voyage of Theodolf among the Icelanders*, Berlin, 1811.

14) [역주] 특히, 클레멘스 브렌타노(1778~1842)와 공저한 대중 발라드 선집《어린이의 이상한 뿔피리》(*Des Knaben Wunderhorn*)를 주목하라.

때로 반어적인 유희, 다양한 신화 요소의 결합, 특히 신화에 기초하면서도 구조상 순수한 문학적 환상에 대한 시도 등을 들 수 있다.

고전주의자들과 달리 낭만주의자들은 신화적 형상을 관례적인 시적 언어로 사용하지 않았다. 신화적 혹은 유사신화적 환상에 의하여 낭만주의자들은 비밀스러운 것, 놀랍고 기적적인 것, 초월적인 것의 분위기를 창조할 수 있었고 이를 저급한 산문에 대립되는 높은 시로서, 때로는 인간의 운명을 저 깊은 곳으로부터 결정하는 악마적 힘의 영역으로서 또 때로는 가시적인 현실의 충돌 너머에 있는 선악의 싸움으로서 산 현실에 대립시켰다. 낭만주의적 신화화의 최고봉은 부르주아 산문 자체의 신화화일 것이다.

독일 낭만주의에 한정한다 하더라도 이 책의 범위 안에서 낭만주의자들의 신화화라는 근본적으로 복잡한 문제를 고찰한다는 것은 불가능하다. 15) 다만 그 예로서 현실적 산문을 신화화하려는 흥미로운 시도를 보이는 호프만의 작품에 잠깐 머물러보자.

호프만의 환상에 관한 책을 쓴 니거스는 신신화(新神話)를 시의 시초이자 중심으로 만들고자 한 슐레겔의 꿈을 호프만이 비로소 실현하였다고 주장한다. 16) 그러나 호프만의 신화는 보편적인 세계시민적 종합이 아니라 절대적으로 비전통적이며 개인적인 신화주의 창작으로 보인다. 니거스가 호프만의 신화주의의 정점으로 간주하는 것은 《금항아리》라는 작품으로 그는 포스포러스와 릴리의 사랑을 이야기하는 이야기신화 속에 존재하는 삼원(三元)적 우주모델과 신

---

15) 이 문제에 대해서는 다음 책을 보라: F. Strich, *Die Mythologie in der deutschen Literatur von Klopstock bis Wagner*, Bd Ⅰ~Ⅱ, Haale au der Salle, 1910.
16) K. Negus, *E. T. A. Hoffmann's Other World: The Romantic Author and His "New Mythology"*, Philadelphia, 1965; P. Sucher, *Les sources du merveilleux chez E. T. A. Hoffmann*, Paris, 1912.

화적 기원에 대한 생각에 주목한다. 니거스에 따르면 《난쟁이 자혜스》, 《브람빌라 공주》, 《벼룩 주인》 등에서 발견되는 것은 "신신화"의 요소들이지만 〈기사 글뤽〉, 〈악마의 불로주〉, 〈모래인간〉, 〈호두까기 인형과 대왕 쥐〉, 〈낯선 아이〉, 〈왕의 약혼녀〉 등은 다만 신신화의 흔적만을 가질 뿐이다.

호프만의 작품에서 환상은 우선 설화성으로 나타나는데[17] 이것은 농담과 유머, 아이러니를 자주 동반하면서 예술적 허구의 자유와 자의성, 환상적 형상들의 조건성을 드러내준다. 종종 설화는 아동적이라 강조되지만 이는 다만 조건성과 순진성만을 의미하지는 않는다. 오히려 이것은 아동 사고의 직관적 통찰력, 놀이와 장난감에 대한 낭만주의의 특별한 이해를 말해준다.[18]

신화를 주로 미학적으로 수용하면서 호프만과 낭만주의자들은 설화와 신화를 엄격하게 구분하지 않았다. 개별 주인공들의 운명에 관해 이야기하는 설화 속에서는 낭만주의자들의 자연철학적 세계관에 부합하는 어떤 보편적인 신화적 세계모델을 꿰뚫어볼 수 있었다. 이러한 사실은 유사신화적 삽화(작품에 끼워 넣어진 유사신화적 이야기)에 잘 드러나며, 특히 《금항아리》, 《브람빌라 공주》, 《벼룩 주인》 등의 작품에서 그리고 부분적으로는 《난쟁이 자혜스》, 〈호두까기 인형과 대왕 쥐〉 등에서 그 예를 찾아볼 수 있다. 노발리스의 《사이스의 제자들》, 《하인리히 폰 오프터딩엔》에서 유사한 양상의 역사신화적 삽화가 사용된다.

호프만의 신화에서 행위는 진짜 신화에서처럼 창조의 시초로 혹은 적어도 세계가 지금과 다른 상태에 있었던 먼 과거의 시간으로 거슬

---

17) 이러한 점에서는 티크나 아르님, 브렌타노 역시 마찬가지이다.

18) [역주] 이와 관련하여 호프만의 〈호두까기 인형과 대왕 쥐〉를 보라. 안데르센의 동화는 이 작품으로부터 많은 영향을 받았다.

러 올라가며 시초의 패러다임은 삶의 순환적 재생모델과 결부된다.

《금항아리》에서 창조는 빛과 어두움의 싸움으로, 생명을 죽이기도 하고 살리기도 하는 불과 사랑의 힘의 발현으로 그려진다. 《브람빌라 공주》의 서사는 인간이 아직 어머니 자연의 품에서 떨어져 나오지 않았으며 그 언어를 자유로이 이해하였던 시대, 이성적 사고가 수사적 표상을 파괴하지 않았으며 인간이 고아가 되지 않았던 시대로 거슬러 올라간다. 자연으로부터 떨어져 나와 고아가 된 인간의 비극은 왕 아피오흐와 왕비 리리스의 이야기에 알레고리화되어 있다. 악마는 왕비의 영혼을 얼음으로 된 암흑 속에 가두어버린다. 왕의 고통스러운 슬픔과 왕비의 실성한 웃음, 메말라버린 우르다르 호수, 황폐해진 우르다르의 정원 등은 자연으로부터 괴리된 인간의 상황을 표현한다.

본질상 이와 유사한 주제들이 다양한 작품들에서 전개된다. 《난쟁이 자헤스》의 플롯이나 〈벼룩 왕〉에 관한 우스운 전사(前史)들에서는 요정들이 쫓겨나고 계몽(啓蒙)의 이념이 도입되며 벼룩 왕과 그의 현명한 백성은 포로가 되지만 거머리 왕자는 튤립 꽃받침에서 태어난 세사키스 왕의 딸 아름다운 공주 가마헤를 위하여 엉겅퀴 체헤릿과 싸우고 자연의 비밀을 파헤치려 헛되이 애쓰는 현미경을 든 과학자들 역시 이에 동참한다.

이 신화들의 의미는 시초에 인간과 자연이 이루었던 조화의 상실이나 첫 황금 왕국의 쇠락에 대한 이야기로만 귀결되지는 않는다. 이야기의 전개는 죽음 혹은 꿈의 시대 너머로 계속되어 포스포러스가 사랑했던 릴리, 녹색 뱀, 튤립공주 가마헤, 리리스 왕비, 미스틸리스 공주 등과 같은 신화적 존재들의 부활로 이어지면서 이들은 고대의 순환제의적 신화소로서의 의미를 내포하게 된다. 이러한 신화적 이야기가 주요 설화의 등장인물들과 연관된다. 설화의 플롯은 신

화적 과정의 마지막 고리, 최종적 사실이라 할 수 있으며 이는 다시
말해 영혼과 물질, 인간과 자연, 시와 근대 산문 사이의 고통스러운
갈등에 대한 행복한 극복인 것이다. 괴짜 학생 안셀무스, 순결한 순
례자 타이스, 사랑스럽고 순수한 소녀 매리, 젊은 한 쌍의 예술가
쥘리오와 지아친타 등 이들은 모두 잃어버린 조화를 복원하기 위한
도구가 된다. 설화의 행위는 삽화인 이야기신화(the story-myth)의
갈등을 반복하고 해결한다.

《브람빌라 공주》는 카니발이 가진 축일적, 제의적이며 연극적,
광대극적인 분위기 속에서 설화와 신화가 서로 만나고 얽히며 갈등
을 해결함을 보여준다.19) 이러한 국면에서 설화의 등장인물들은 신
화의 등장인물들의 새로운 변신, 반복이거나 혹은 분신이라 할 수
있다. 이 작품에서 쥘리오와 지아친타는 카니발의 왕자인 코르넬리
오 치아페리와 공주 브람빌라를 또한 신화적 인물인 아피오흐 왕과
리리스 왕비(이며 동시에 미스틸리스 공주)를 연기하고 재현하며 확장
한다. 신화 삽화의 화자 루피아몬트는 신화 자체적인 인물로 오늘날
까지 알려지지 않은 채 살아남은 현인 헤르모드임이 판명된다.

이와 같은 신화적 연결고리는 호프만의 작품들 도처에서 발견된
다. 〈벼룩 왕〉에서 순례자 타이스는 신화적 왕 세사키스이고 벼룩
조련사 로이벤훅이 자신의 질녀를 대신하여 바치는 매혹적인 네덜
란드 여인 도르테 엘베르딩크는 세사키스 왕의 딸이자 꽃의 여왕인
가마헤 공주이다. 그녀의 약혼자 페푸쉬는 신화의 엉겅퀴 체헤릿이
고 근위대 장교는 가마헤 공주를 물었던 거머리 왕자를 죽이는 천
재 테텔이며 불쌍한 이발사는 거머리 왕자이다. 《금항아리》에서 안
셀무스와 세르펜티나의 이야기는 상당 부분에서 도마뱀 린드호르스

---

19) [역주] 이와 연관해서는 《벼룩 주인》과 〈호두까기 인형〉에서 크리스마스 축제
    의 역할을 보라.

트와 녹색 뱀의 이야기를 또 포스포러스와 릴리의 이야기를 반복한다. 린드호르스트는 설화에서는 괴짜 고문서 관리자로, 신화에서는 자신을 땅으로 쫓아낸 정령들의 왕자 포스포러스를 섬기는 불도마뱀으로 등장한다.

호프만의 창작신화의 주인공들만이 아니라 역사적 인물들이나 의사역사적 인물들 역시 작가의 설화적 노벨라 작품 속에서 새로이 살아 움직이기 시작한다. 이들은 17세기 자연과학자 반 로이벤훅과 얀 스밤메르담, 16세기 독일의 선제후[20] 요한 게오르그의 궁정하에 살았던 레온하르트 탄호이저와 리폴트, 오래전에 죽은 작곡가 글룩 등 작가의 동시대인으로 등장한다.[21] 결과적으로 신화와 설화, 역사의 경계가 지워지고 이들이 성격을 가진 인물이 아니라 연극적 가면이 되는 일이 종종 생겨나게 된다.

신화적 요소는 유머를 결핍한 호프만의 무서운 환상괴담들 속에 도입되지만 조금 다른 양상으로 나타나기도 한다. 〈악마의 불로장생주〉, 〈모래인간〉, 〈상속재산〉, 〈팔룬의 광산〉 등의 작품들에서 신화적 요소는 시와 이상의 표현이 아니라 혼돈스럽고 악마적이며 어둡고 파괴적인 힘, 사악한 운명을 담아낸다. 여기서 특징은 악마적 힘이 인간 영혼의 내부로 옮겨져 최면, 몽상, 환상과 분신 등의 형태로 표현된다는 사실이다.

호프만의 독창성은 평범한 일상의 환상에 있다. 전통적 신화와 거리가 먼 범속한 일상의 삶이 오히려 신화의 모델에 따라 구축된다. 일상의 환상은 환상과 일상의 상호 침투가 극대화됨을 근거로 전개된다. 한편으로 가장 평범한 인물과 사물, 상황의 뒤편에서 다른 세계

---

20) 중세 독일에서 황제의 선거권을 가졌던 제후. 선거후, 선정후라고도 한다.
21) [역주] 반 로이벤훅(1632~1723)은 현미경을 발견하였으며 얀 스밤메르담(1637~1680)은 생물학자로서 곤충 연구로 널리 알려졌다.

로부터 온 믿기 어려운 환상적이고 신화적인 힘이 펼쳐지며, 다른 한편으로 이 환상적인 힘 자체는 낮고 범속하며 희극적인 모습을 가진다. 세르펜티나와 베로니카를 사이에 둔 안셀무스의 망설임은 선한 영과 악한 영 사이의 투쟁을 희극적으로 그려낸다. 이 싸움에서 현관 망치는 위협적인 악마성을 드러내 보이며 덧나무 덤불은 푸른 눈을 가진 아름다운 녹색 뱀들의 서식지로 나타난다. 정령들 자신은 손가락을 튕겨 담뱃불을 붙이는 괴짜 고문서 관리자의 모습으로 혹은 사과 장수나 점쟁이, 베로니카의 옛날 유모 등 추한 노파의 모습으로 나타난다. 용의 깃털과 사탕무 뿌리로부터 왔다는 노파의 신화적 기원은 충분히 아이러니하다. 안셀무스가 세르펜티나에 대한 지참금으로 받는 요술 금항아리의 형상은 더욱 아이러니하다.

호프만의 환상적 형상들은 자연과 문화, 생활 습속의 교차와 충돌에서 발생하며 파괴된 자연 혹은 다시 살아나 영혼 없는 이성주의와 기술주의 등에 대항해 싸우는 문화적 대상물들이 묘사된다. 여기서는 비이성적인 어두운 열정이나 인간 영혼의 숨겨진 측면, 예상치 못한 행위들뿐 아니라 반대로 표준화되고 마네킹이 되어버린 인간의 기계적인 행위 역시 묘사의 대상이 된다. 이때 장난감, 인형, 기계 그리고 온갖 종류의 분신 등의 주제가 특별히 선호되었다.

호두까기 인형이 대장이 되어 쥐 군대와 싸우는 장난감들의 전쟁 (〈호두까기 인형과 대왕 쥐〉), 악마적 연금술사 코펠리우스의 참여로 만들어져 젊은 몽상가의 신부가 된 말하는 인형 올림피아(〈모래인간〉), 요정의 비호 아래 기적적으로 다른 이들의 재능을 자신의 것으로 만드는 작은 괴물 그리고 그의 적수로, 스스로 만들어낸 놀라운 창작품들과의 이별을 참을 수 없어 고객들을 죽이는 비극적 인물 보석 세공사 카디악(《마드모아젤 드 스쿠데리》) 등의 인물들은 현대 문명의 병폐, 특히 정신성을 상실한 기술주의, 물신주의, 사회적 소외와 같은 문명적 폐해를 신화화한 다양한 변주적 양상이 나타난다. 호프만과 더불어 낭만주의자들에게서는 금과 부에 숨겨진 악마적 힘의 주제가 특징적이다.[22]

모든 면에서 보아 호프만은 고골이나 발자크 유형의 사실주의자들에게 뿐만 아니라 카프카와 표현주의자들에게 역시 선구자라 할 수 있다. 전반적으로 말해 낭만주의자들, 특히 호프만에 의해 보다 제대로 실현된 신신화의 기획은 20세기 소설의 신화주의로 연결되는 고리 중 하나일 것이다. 여기서 특별히 지적해야 할 것은 다양한 신화 전통의 종합, 주인공에 대한 공간적 혹은 시간적인 무한한 반복과 복제(전자의 경우 분신의 형상으로 그리고 후자의 경우 주인공이 영원히 산다거나 죽었다 부활하거나 혹은 새로운 존재로 다시 현신한다는 구도로 나타난다), 인물보다 상황이 원형으로서의 우선성을 가지는 등의 특징들이다. 더불어 이러한 상황에 일조한 것은 의사신화(擬似神話, quasi-mythology)적 형상들의 창작이다.

예를 들어, 〈엠페도클레스의 죽음〉의 경우 디오니소스는 주인공 혹은 인간의 삶에 개입하는 높은 힘으로 등장하지 않는다. 엠페도클레스의 형상 자체가 디오니소스와 그리스도의 원형을 고려하여 만들어졌다. 그러나 폰 클라이스트의 〈펜테질레아〉의 경우, 전통신화의 주인공들이 등장하지만 사건은 이 인물들의 유형에 관련된 것이 아니라 어떤 원형적인 성적(性的) 관계 상황을 문제 삼는다. 이 희곡에서 희미하게 엿보이는 디오니소스 개념에 의거한 신화 해석 경향은 의고화와 현대화를 동시에 실행하는 것으로 니체의 디오니소스 신화를 예고하기도 한다.

다만 위 현상들은 20세기 신화주의에서 강력한 힘을 보인 현상들

---

22) 〈팔룬의 광산들〉, 《난쟁이 자헤스》, 폰 아르님의 《이집트의 이사벨라》, 티크 〈루넨베르크〉, 〈금발의 에크베르트〉, 그릴파르처의 후기 드라마 등을 보라.

의 맹아에 지나지 않는다는 점을 상기할 필요가 있다. 호프만을 비롯한 낭만주의 문학에서 복제와 분신성이 내포하는 중요한 파토스는 전반적인 사회적 균등화 과정에 기초하기도 하지만 그만큼이나 인성의 분열 그리고 세상과 인간 운명을 깊숙이에서 지배하는 선하거나 악한 힘을 가진 비밀스러운 높은 본체에 교접한다는 이원적 세계관 등으로부터 자라난 것이다. 클라이스트의 〈펜테질레아〉에서는 독일과 스칸디나비아 반도에서 신화 전통을 수용한 낭만주의와 포스트 낭만주의의 수많은 드라마에서 다양한 형상들의 영향을 찾아볼 수 있다(욀렌슐레게르, 젊은 시절의 입센, 그릴파르처, 헤벨 등).23)

　19세기 중반 독일 드라마의 중심에서는 바그너를 발견할 수 있다. 바그너의 음악극은 낭만주의의 신화주의와 모더니즘의 신화주의 사이에 교량을 놓았다. 바그너 음악의 주요 원천은 낭만주의이다. 바그너의 작품에서 나타나는 신화화에 근접하는 민중시에 대한 숭배, 자연과 문화, 집단과 개인, 이교와 기독교 간의 관계에 대한 문제의식(이교와 기독교의 연관 문제에서 바그너는 고전적 이상으로부터 기독교적 이상으로 옮겨갔던 다수의 낭만주의자의 발전 과정을 반복한다) 그리고 4부작 〈니벨룽의 반지〉의 플롯을 조직하는 저주받은 황금이라는 모티프 등은 여기서 근원을 찾아볼 수 있다. 바그너의 영웅적 인물들의 몇 가지 특징과 연관된 미학적 관점들은 실러의 영향을 보여준다. 잘 알려진 바대로 젊은 시절 바그너는 "젊은 독일" 운동에 공감하였고 포이어바흐의 이념을 지지하였다. 바그너의 낭만주의는 혁명적 급진주의로 발전하였고 이로 인해 그는 바쿠닌을 따라 1849년 드레스덴 반란에 참여하게 된다. 1850년대에 바그너는 쇼펜하우어의 추종자가 되었고 이후 기독교 신비주의(christian mysticism)로 기울었고 이 시점

---

23) [역주] 특히, 그릴파르처가 아르고호 선원들의 모험을 그린 소설 〈황금모피〉, 〈헤로와 레안드로스〉, 입센의 〈페르귄트〉 등을 참고해 보라.

에서 그의 '민중성'은 쇼비니즘의 형태를 띠게 된다.

그러나 예술적 발전 과정 전반에 있어 계속해서 바그너는 최상의 예술적 종합으로 간주되는 신화주의 음악극의 이론가이자 실천가였다. 민중은 다름 아닌 신화를 통해서 예술 창조자가 되며 신화는 심오한 보편적 인생관을 표현하는 시(詩)라는 것이 바그너의 일관된 생각이었다. 그는 신화로부터 자라난 것이 그리스 비극이며 그리스 비극이 음악과 언어를 종합하는 완전한 드라마를 현대에 창작해내기 위한 범례라 주장하였다. 이러한 현대의 비극 드라마 창조가 바그너에게 가장 중요한 과제였다.

초기 바그너의 고전에 대한 공감을 강화한 것은 그가 가진 반(反)기독교적 정서였다. 당시 그는 새로운 '사랑의 신앙'을 기독교에 대립되는 것으로 보았다. 바그너는 민족적 형식의 신화와 종교를 옹호하였으므로 독일 이교신화에 관심을 가졌다. '독일적' 주제를 전면에 내세운 것은 낭만주의자들이었지만 바그너만큼 범주화되거나 단단한 기반을 갖춘 것이 아니었다. 바그너 자신이 중세 기사 로망스들로부터 오페라를 위한 자료들을 수집했지만24) 기독교에 대한 태도가 급격히 변화했을 때에도 원칙적으로 게르만 고유의 주제를 선호했다.

바그너의 역작인 3부작은 니벨룽 이야기의 플롯을 다듬어낸 것이다. 주목해야 할 것은 19세기 중반 독일 드라마에서 또한 헤벨에 의해 니벨룽 이야기가 만들어졌다는 사실이다. 그러나 바그너와 헤벨 간에는 매우 의미 있는 원칙적 차이점이 있다. 헤벨은 민속학과 중세 사학에 있어 역사학파에 대한 지향성을 보였고 바그너는 태양 신화를 믿었다. 그 결과로 헤벨은 이미 신화적 외양을 탈피한, 기

---

24) [역주] 이에 관련해서 〈로엔그린〉(1847), 〈트리스탄과 이졸데〉(1858), 《파르지팔》(1877)을 보라.

독교화되고 낭만화된 모습의 오스트리아의 〈니벨룽의 노래〉를 만들어냈고 바그너의 작품은 〈에다〉와 〈볼숭 사가〉에서 제시된 바와 같이 온전히 고대 스칸디나비아본에 기초한 것이다.

낭만주의자들은 신화와 역사를 대립시키지 않았다. 이들은 오히려 신화와 역사를 다방면으로 접근시키려 하였다. 낭만주의 이후에는 이와 다른 상황이 만들어졌다. 바그너에게 신화는 그 시작부터 역사와 대립되는 것이었다. 이와 같은 바그너의 관점은 20세기 모더니즘을 예고하는 것이다.

혁명을 지지하던 시기 바그너의 반역사주의의 동기가 된 것은 정부와 사유재산, 동시대의 사회 기틀을 부정하는 무정부주의적 사상이다. 더불어 이후 헤겔의 역사관에 대한 그의 부정적 태도는 쇼펜하우어가 말한 사악한 세계 의지 개념, 보편과 본질로서가 아니라 특정하고 피상적이며 조건부적인 것으로서의 역사 개념에 의해 뒷받침된다. 바그너는 소설의 사회성과 역사성에 대하여 신화 그리고 신화에 대한 자연스러운 예술적 표현으로서의 극(drama)을 대립시킨다. 바그너의 이야기에서 니벨룽의 역사를 종결시키는 것은 국가의 몰락이다. 바그너의 견해에 따르면, 이러한 해석은 라이우스의 권력이 부정적 역할을 맡거나(〈오이디푸스〉) 국가가 부정되는(〈안티고네〉) 등 그리스 비극이 말하는 가치에 부합되는 것이다.

이처럼 민족신화의 영역을 넘어서 하나로 통일된 보편 신화적, 메타신화(meta-myth)적 의미에 도달하는 바그너의 시도는 모더니즘의 신화주의를 예고한다. 낭만주의자들과 달리 바그너에게서는 설화성을 찾아볼 수 없다. 신화는 역사나 설화와는 동떨어진 범주로 결코 아이러니를 통해 수용되지 않으며(아이러니는 20세기 작가들에게서 부활된다) 기적적이고 마술적인 요소들을 유희로서가 아니라 진지하게 담아낸다. 낭만주의자들과 바그너를 구별하는 또 다른 양상은 그에게서 일상적 산문과 높은 환상의 이원 세계 그리고 이 두 세계 간의 대립을 찾아볼 수 없다는 사실이다. 신화는 극의 행위를 완전히 지배하며 인간 본연의 감정, 인간들의 영원한 갈등, 자연의 운동 등을 기술하거나 자연과 문화 간에 일어나는 거대한 드라마와 인간의 개인적 실존과 사회적 실존의 비극성을 표현하기 위한 보편적 시어를 제공한다.

이러한 신낭만주의적인 신화적 상징주의에 상응하는 것이 개별 구절들을 반복적으로 인용하거나 개별 모티브들을 완전한 장면으로 전개하거나 모티브들을 대위법적으로 분기시키는 등의 형태로 바그너가 개발한 극의 관통 주제, 즉 라이트모티프에 의한 음악극 기법이다. 이러한 라이트모티프 기법은 이후 20세기 신화주의 소설로 이전되었다. 이로써 음악은 고대신화를 분석하는 수단이며 고대신화는 인간 본연의 갈등을 형상화하는 방식임이 드러난다. 전통신화라는 재료 자체는 때로 고대 신화소의 의미 속으로 직관적으로 깊이 침투하여 해석되고 때로는 19세기 심리학의 관점에 따라 다분히 강하게 현대화되기도 한다.

오페라 4부작 〈니벨룽의 반지〉는 저주받은 황금의 모티브를 니벨룽 이야기 연작 전체의 핵심으로 만든다. 앞서 이야기했듯이 이 이야기는 낭만주의 문학에서 널리 알려진 주제로 부르주아 문명에 대한 낭만주의적 비평을 알리는 기념비적인 작품이다. 바그너도 불가피하게 신화적 근원을 현대화하였지만 이 신화적 근원들에서 그 근거를 얻었다고 할 수 있는 것이, 저주받은 황금의 주제는 〈에다〉에 나타나고 〈볼숭 사가〉에서는 이미 전체 구성을 조직하는 모티브가 되기 때문이다. 중세 아이슬란드에서는 황금과 부의 의미를 19세기 독일과 사뭇 다르게 이해하였다.[25] 4부작의 1부 〈라인의 황금〉에서 황금은 인간의 탐욕의 대상으로서 아직 자연과 분리되지 않으며 라인 강의 파도와 요정들의 장난으로 표상되는 자연의 시원적 혼돈 속에 잠들었다. 자연의 시원적 물질을 형상화한 다른 예로는 태초의 모성 에르다와 세계수를 들 수 있다.

라인의 황금으로 만들어낼 수 있는 반지는 세계를 지배할 권력의 상징이지만 그렇게 얻어진 권력은 저주받은 사랑을 불러오며 이러한 사랑은 필경 증오로 바뀌게 된다. 이로부터 두 플롯이 전개되는데 지하에서 니벨룽 알베리히가 요정에 대한 사랑을 거절당하고 반지를 강탈하는 한편, 천상에서는 현인 보탄이 거인들에게 프레이아의 사랑을 내주는 대가로 발할라 성전을 짓는다. 신들의 거처를 짓기 위한 보탄의 거인들과의 계약은 그 자체로 그릇된 것으로(〈에다〉에서는 오직 계약과 맹세를 위반하는 것만이 죄가 된다), 사회의 건설은 그 시작부터 필연적으로 자연적 조화를 유린하는 행위로 모습을 드러낸다. 교활한 로게("불"을 의미, 로키의 고대 어원)의 도움으로 반지는 알베리히에게서 거인 파졸트의 수중으로 넘어가고 파졸트는 이 보물 때문에 파프니르를 죽인다. 이후 보탄의 지혜는 온통 인간 영웅의 도움을 받아 반지를 얻으려는 노력에 집중된다. 그는 아직 죄를 짊어지지 않았지만 이 작품의 비극적 논리가 보여주듯이 인간의 독자적 활동은 범죄와 오류, 잘못 그리고 죽음에 의한 징벌로 이어진다. 지그문트와 지글린데의 자유연애는 근친상간으로 밝혀지고 비극적인 결말을 맞는다(여기서 바그너가 직관적으로 포착하는 것은 사회 발생이 근친상간의 부정을 통해 생겨난다는 진리이다. 앞서 보았듯이 이러한 생각은 신화에 널리 나타난다).

브륀힐데의 운명 역시 비극적이다. 지그문트에 대한 브륀힐데의 자연스러운 애정은 보탄에 의해 법의 이름으로 징벌을 받게 되며

---

25) 중세 문화에서 부(富)의 정확한 의미에 대해서는 다음 책을 보라: А. Я. Гуревич, *Категории средневековой культуры*, М., 1972.

그다음엔 결국 알베리히와 그의 아들 하겐의 복수, 즉 권력과 부를 위한 투쟁 때문에 죄인 지그프리트에 대한 사랑을 모욕당한다. 그러나 두려움을 알지 못하는 진정한 영웅이며 용을 무찌른 승리자 지그프리트 자신은 위대한 승리에 의해 보물의 소유자가 되나 그에게 덮쳐오는 저주의 결과로 죽게 되었다. 결국 〈신들의 황혼〉이 닥쳐오고 발할라는 불타 무너진다. 브륀힐데는 반지를 불길에 던지지만 그것은 다시 라인 강에 나타난다. 자연과 혼돈은 개인과 문명에 승리를 거둔다.

쇼펜하우어의 사상에 근거한 신화의 현대화 경향은 사랑과 죽음이 비극적으로 결부된 뛰어난 오페라 〈트리스탄과 이졸데〉에서 강화된 양상을 보인다. 이 문제에서 바그너의 선구자는 〈펜테질레아〉의 작가인 클라이스트를 들 수 있겠다. 〈트리스탄과 이졸데〉의 플롯에 대한 이러한 해석은 중세의 그것과는 다르다(몇 가지 해석 경향이 토마스본에서 발견되기도 한다).[26] 그러나 존 캠벨의 《신의 가면》의 개요에서 이 낭만적 신화 플롯에 대한 바그너의 해석은 통째로 작품의 근원으로 옮겨졌음을 발견할 수 있다.[27] 사랑과 죽음이라는 바그너의 모티브는 모더니즘 문학에서 널리 일반화된다.[28]

---

26) [역주] 에셸던의 토마스(Thomas of Erceldoune 또는 Thomas of Brittany, Thomas of Britain으로도 알려졌음. 생몰연대는 1220~1297년으로 추정). 월터 스코트 경은 〈트리스탄과 이졸데〉의 한 이본을 그가 썼다고 주장한다.

27) [역주] J. Campbell, *The Masks of God*, vol. 4, New York, 1959.

28) 최근에 바그너적인 신화창작의 복권(復權)을 주장한 로세프는 바그너의 예술적 발견과 작가의 제국주의 비판과 사회주의 지향성을 아마도 너무 직접적으로 연관 짓는 것으로 보인다. 로세프의 논문에서는 〈니벨룽의 반지〉에 대해 심도 있는 섬세한 연구가 돋보이는 흥미로운 주석이 발견된다.

제2장

20세기 신화주의 소설

도입론

신화화 혹은 신화주의란 20세기 문학에서 예술기법으로서 그리고 이 기법을 뒷받침하는 세계관으로 나타나는 특징적 현상이다(문제는 개별 신화 모티브들을 이용하는 것에만 있지 않다). 신화화는 드라마투르기에서, 시에서, 소설에서 선명하게 나타난다. 19세기에 드라마나 서정시와 달리 결코 신화화의 공간이 되지 못했던 소설에서, 특히 신신화화(新神話化) 현상의 특징이 가장 두드러지게 표현된다. 이러한 현상은 틀림없이 고전적 소설 형식을 변형하고 전통적인 19세기 비판적 사실주의와 결별하는 과정에서 개화하였을 것이다. 신화화는 그 자체로 비판적 계기에 대립되지 않으며 오히려 인간 개성의 균등화 과정이나 소외의 형식들, 부르주아 산문의 비속함이나 정신문화의 위기 등을 선명하게 표현할 보충 수단을 제시하기에 이른다. 신화적 병립 관계들은 그 자체로 부르주아 산문과 신화와 서사시라는 높은 전범들 사이에서 나타나는 현저한 부조화를 강조하지 않을 수 없는 것이다. 소설은 부르주아 영웅시로서 스스로 자신의 세계를 진짜 서사시 층위와 대조해 보인다. 그러나 20세기 신화주의의 파토스는 다만 시의 높이에서 내려다본 현대 세계의 얄팍함과 추함을 드러내는 것에만 있지 않고 나아가 긍정적이든 부정적이든 경험적 일상과 역사적 변전의 흐름을 뚫고 비쳐 보이는 변함없는 영원한 원리들을 내보여주는 것에 있다. 신화주의는 사회와 역사, 시공의 영역으로부터의 탈출을 수반하였다. 이는 또한 시공적 좌표에 대한 예의 상대주의적 해석에서 나타날 수 있다.

이와 관련해서 현대문학의 공간에 대한 프랑크의 연구는 매우 흥미롭다. 프랑크의 연구에 따르면 현대소설에서는 신화적 시간이 객관적인 역사적 시간을 밀어내는데 그것은 일정한 시간에 일어나는 행위와 사건이 영구불변한 원형들의 재현으로 생각되기 때문이다. 역사의 현세적 시간은 공간 형식으로 표현된 신화의 무시간적 세계로 화한다. 프랑크는 조이스, 엘리엇, 파운드의 작품뿐 아니라 프로스트의 작품 역시 이러한 관점에서 본다. 1)

사회·역사적 접근법은 다방면에서 19세기 소설의 구조를 결정지었다. 그러므로 이러한 한계를 극복하려거나 이러한 차원 위로 올라서려는 노력은 소설의 구조를 결정적으로 파괴하게 될 수밖에 없었다. 이러한 상황에서 현대 사회의 경험적인 삶으로부터 온 재료의 혼돈성과 비조직성은 신화적 상징을 수단으로 하여 보강될 수 있었다. 이렇게 신화화는 서사를 구조화하는 도구가 되었다. 그 외에 널리 사용된 것은 라이트모티프 기법의 도움으로 내적 의미를 가지게 된 단순한 반복과 같은, 구조성을 만들어낼 수 있는 기초적 표현들이다. 보편적인 반복성의 현상은 의고적 혹은 민속 서사시적 문학 형식에서 특징적으로 나타나지만 20세기 소설에 보이는 라이트모티프 기법은 라이트모티프가 신화상징과 이미 긴밀하게 연관된 바그너의 음악극에서 직접적인 기원을 찾아볼 수 있다.

신화적 모티브들을 소설 플롯의 요소들로서 그리고 서사 조직 기

---

1) [역주] J. Frank, "Spatial Form in Modern Literature", *The Widening Gyre*, New Brunswick, NJ, 1963, pp. 3～62.

법들로서 이용하는 것은 진짜 원시신화로의 회귀를 의미하지는 않는다는 것은 당연하다. 우선 강조할 필요가 있는 것은 20세기 소설의 신신화화의 중요한 특성으로, 역설적으로 보이겠지만 20세기 소설의 신신화가 신심리학(neo-psychologism), 즉 19세기의 사회적 성격화를 물리친 무의식이라는 보편적 심리와 밀접한 연관을 맺는다는 점이 중요한 특성임을 강조해야겠다. 토마스 만은 바그너에 관한 유명한 논문에서 그를 20세기 신화문학의 선구자로 간주하면서 심리와 신화의 결합을 그의 공적으로 돌린 바 있다.[2]

깊숙한 내면 심리에 대한 20세기 소설의 관심은 대부분 사회적 상황으로부터 해방된 인간에게 향한 것이지만 성격소설의 사회 심리의 관점에서 볼 때는 반(反)심리적인 것이다. 인간 내면의 깊은 개인적 심리는 더불어 보편적이고 범인류적인 것이기도 하다는 점이 밝혀짐으로써 그것을 상징적이고 신화적인 용어들을 통해 해석할 수 있는 길이 열리게 되었다.

신화화 기법을 사용하는 소설가들은 프로이트, 아들러, 융 등으로부터 크고 작은 영향을 받았으며 심리분석의 언어를 사용하였다. 그러나 무의식에 대한 20세기 소설의 관심을 프로이트 심리학의 영향으로 귀결시켜서는 안 된다. 소설에서 가장 본질적인 것은 주요 행위가 내면으로 이전되는 양상이며 이는 내면적 독백 기법의 발전을 가져오게 되었다. 그 시작은 이미 레프 톨스토이에 의해 이루어졌고 조이스는 내면적 독백과 바그너적인 라이트모티프를 결합하는 뒤자르댕의 영향에 관해 언급한다. 더불어 발전한 것이 의식의 흐름 기법으로 이는 부분적으로 자유연상이라는 심리분석 기술과 연

2) 이 문제에 관해서는 다음의 책을 보라: Т. Манн, "Страдание и величие Рихарда Вагнера", Т. Манн, *Собрание сочинений*, т. 10, С. 107~146. 특히, 108쪽을 보라.

관되었다.[3] 의식의 흐름이 필연적으로 신화화 기법으로 귀결된다고 결론지어서는 안 된다. 오히려 이것은 자의식적 성찰이 발생하기 이전의 신화적 의식과 가장 동떨어진 것이다. 특히, 융이 제안한 형태의 심리분석은 상상의 무의식적 유희를 보편화와 은유를 통해 해석함으로써 20세기의 버림받고 억압당한 고립된 개인의 병적 심리로부터 원시 사회의 전(前)이성적 집단 심리로 도약할 발판을 마련해주었다. 그러나 이러한 도약은 진정한 원시 신화창작자와 현대인을 반드시 갈라놓는 엄청난 거리를 표현하는 수단인 아이러니와 자기 아이러니에 의해 약화된다.

우리는 20세기 소설의 신화화 기법이 보여주는 이러한 가장 일반적인 특징들에 의해 소비에트 문학비평에서 정립된 해석상의 모더니즘 미학을 직접 이해할 수 있다. 모더니즘 작가들이 사용하는 신화화의 저변에 단단히 자리 잡은 것은 역사주의에 대한 실망이나 역사적 충격에 대한 두려움 그리고 사회적 진보가 인간 존재와 의식의 형이상학적 기반을 변화시킬 수 있을지에 대한 불신 등의 생각들이다. 바로 이러한 사상이 역사의 악몽으로부터 깨어나고 싶어하는 조이스의 주인공 스티븐에 반영되었다. 조이스의 신화적 병립관계들과 형상들은 예나 지금이나 마찬가지로 해결될 수 없는 갈등들이 참을 수 없이 되풀이되며 개인의 삶과 사회, 나아가 세계의 역사적 진행이 모두 제자리를 맴돌고 있음을 각인시킨다.

그러나 토마스 만이 신화화를 통해 제시하는 세계관적 뉘앙스는 완전히 다른 것이며 좁은 의미의 모더니즘 미학으로 소급되지 않는다. 그의 생각은 오히려 현대 남아메리카 작가들이나 아프리카 혈통

---

3) [역주] 다음을 보라: E. Dujardin, *The Bays are Sere; and, Interior Monologue*, A. Suter (tran.), London, 1991; E. Dujardin, *Les lauriers sont coupés-Les monologue intérieur*, C. Licari (Ed.), Saint Amand, 1968.

의 미국 작가들에 가까운 것으로, 여기서 신화는 민족의식의 생생한 밑바탕이며 신화적 모티브들의 반복은 무엇보다도 민족 전통과 민족 생활 모델의 공고함을 상징한다. 이 작가들에게서 신화화란 오직 사회적인 것에 한정된 해석의 한계를 넘어설 출구를 쫓는 것이지만 다른 한편으로 사회적인 것과 역사적인 것의 층위는 신화적인 층위에 대해 보충이라는 각별한 관계 속에 여전히 살아있음을 간과할 수는 없다. 덧붙이자면 서로 관련 없이 단지 외면적으로 유사한 독자적 신화화 현상들이 존재한다는 결론을 내려서는 안 될 것이다.

제3장

대립테제

조이스와 토마스 만

현대소설에서 시학 현상으로서 신화주의는 상당한 통일성을 가진 부정하기 어려운 명백한 현상이다. 이에 관해 조이스와 토마스 만이 보여주는 신화화에 대한 비교적 고찰로부터 시작하고자 한다. 이들은 신화주의 시학 그리고 하위 장르로서 신화주의 소설 창작에 있어 선구자들이다. 이 두 작가들은 자주 비교되지만 이들 간에는 현저한 차이점이 존재한다.[1]

토마스 만은 사실주의 소설의 고전적 기반을 완전히 버리지 않고 수정하여 취한다. 그의 작품에서는 사회 층위로부터 상징 층위로의 이행이 보다 제한적이며 꿈과 환상이 주인공의 주관적 의식의 경계 밖으로 뛰쳐나가지 않는다. 또한 토마스 만에게서는 객관적인 역사 층위가 상대주의적인 시간의 비약과 역사 외적 심층으로의 무의식

---

1) J. Campbell, *The Masks of God*, vol. 4, New York, 1949; P. Egri, *Avantgardism and Modernity: A Comparison of James Joyce's Ulysses with Thomas Mann's Der Zauberberg and Lotte in Weimer*, Budapest, 1972; J. G. Brennan, *Three Philosophical Novelists: James Joyce, Thomas Mann, André Gide*, New York, 1964; F. I. O'Malley, *The Modern Philosophical Novel: Joyce, Mann, Kafka*, Notre Dame, 1951.

의 침잠에 의해 지워지지 않는다. 조이스가 역사로부터 신화로의 탈주를 말한다면, 이에 대해 토마스 만은 신화와 역사를 동등화하여 화해시키고 역사 체험의 조직에서 신화가 맡는 역할을 보여주려는 시도와 전통에 충실하고 미래로 가는 길을 놓으려는 지향성을 보여줌으로써 이들은 강하게 대립된다. 현대 일상의 파렴치함에 대한 염세주의적 묘사 대신에 토마스 만이 제시하는 것은 보다 조화로운 그림이며 삶 그 자체에 대한 괴테적 존경을 찾아볼 수 있는 예의 다성악(polyphony)적 사상이다. 《요셉과 그의 형제들》에서 토마스 만은 인본주의적 낙천주의와 사회 진보가 보다 공정한 인간관계를 가져오리라는 희망을 잃지 않는다. 여기서 인본 사상에 투영된 신화는 나치주의 신화와 대립 관계에 놓인다. 토마스 만의 작품이 전반적으로 보아 모더니즘의 틀에 들어맞지 않는 이유는 그가 모더니즘 자체를 상당 부분 사실주의적이며 비판적인 역사분석의 대상으로 삼기 때문이다. 2)

두 작가 간의 이러한 차이점들은 다만 전통과 영향 관계에 의해서만 설명되지 않는다. 조이스에게서는 아일랜드 기질, 중세 가톨릭 문화 그리고 토마스 아퀴나스, 단테, 셰익스피어, 블레이크, 입센 등의 영향을 발견할 수 있다. 조이스에게 영향을 준 것은 북독일 계통의 부르주아적 환경으로 루터, 괴테, 쇼펜하우어, 바그너, 니체 등을 들 수 있다. 그러나 조이스가 아일랜드 민족주의가 가진 가톨릭 도그마와 이상을 극복하려 노력했으며 토마스 만이 쇼펜하우어와 바그너, 니체의 유산을 비판했다는 사실은 사실상 상기 제시된 이러한 영향 관계들보다 결코 적지 않은 의미를 가진다. 여기서 나타나는 것은 완전히 다른, 깊이 개인적인 입지의 세계관과 미학관이다.

---

2) 이런 의미에서 토마스 만과 제임스 조이스를 각각 모더니즘 작가와 아방가르드 작가로서 구별한 에그리의 지적은 용어상 적절치 않아 보인다.

그러나 다른 한편, 특히 이들의 신화주의 시학의 몇 가지 본질적인 양상에서 보이는 두 작가 간의 접촉점들에 대해 잊어서는 안 된다. 상술하였듯이 토마스 만이 모더니즘 자체의 영역을 벗어난다는 점을 고려해 보면 신신화화 현상 자체와 그 뿌리 그리고 원본 신화의 시학과의 관계 등을 보다 완전하고 보다 객관적으로 연구할 가능성이 열리게 된다.

이 책에서 토마스 만과 제임스 조이스는 20세기의 다른 작가들과 마찬가지로 신화주의라는 문제의식하에서 다루어지며 여기서 이들의 작품에 대해 원칙적으로 새로운 해석은 언급치 않는다.[3)]

제1, 2차 세계대전 사이의 시기에 조이스와 토마스 만의 창작 발전에서는 이미 널리 알려진 병립 관계가 존재한다. 이 병립 관계는 초기의 사실주의적 작품들로부터 조이스의 경우《율리시스》로, 토마스 만의 경우《마의 산》으로 그리고《율리시스》에서《피네간의 경야》로,《마의 산》에서《요셉과 그의 형제들》모음집으로의 이행으로 나타난다.《율리시스》(《더블린 사람들》과 심지어《젊은 예술가의 초상》과 비교하여)와《마의 산》(《부덴브로크 가의 사람들》, 〈토니오 크뢰거〉와 여타 작품들과 비교하여)에서는 사회적 인물 형상과 사회와 내적으로 갈등하는 예술가의 자기표현에 대한 관심 대신 보통 인간과 인간 영혼의 보편적 내면 삶에 대한 묘사가 자리를 잡는다.

두 작품 모두에서 상징 층위는 제목 자체가 표명하는 신화적 병립 관계에 의해 지탱된다.《피네간의 경야》와《요셉과 그의 형제들》에

---

3) 토마스 만의 경우, 아드모니, 실만, 빌몬트, 수취코프, 프라드킨, 아프타 등의 연구에서, 조이스에 대해서는 잔티예바, 우르노프의 연구에서 소비에트 문학 비평에서 이루어진 이들의 작품에 대한 일반 분석을 찾아볼 수 있다. 토마스 만에 대한 수취코프의 연구에서는 신화창작의 문제, 특히 신화소설에 대한 질문이 제시되었다.

서는 이미 특화된 신화소설이 만들어지는데 이와 관련해서는 프로이트의 영향보다는 집단무의식을 통해 나타나는 보편적 원형을 이야기한 융의 영향이 두드러진다. 또한 세계관과 창작에 있어 조이스와 토마스 만은 현저하게 구별된다.

조이스는 융이나 프로이트에 대해 상당히 냉소적이었음에도 불구하고(《피네간의 경야》에서 이들의 이름은 수차례 희극적으로 하나로 합쳐진다) 이들의 도식이나 신화적 병립(並立) 관계를 의식적으로 사용하였다. 토마스 만은《마의 산》을 쓸 때 심리분석가 크로콥스키의 형상을 만들어내면서 프로이트를 읽지 않았다고 주장하였다. 그는《요셉과 그의 형제들》의 창작 시기에 프로이트를 높이 평가하였지만 동시에 융 학파의 일원으로 고대신화 전문가였던 헝가리의 학자 케레니와 작품 창작에 관한 진지한 서신을 주고받았다.[4] 덧붙이자면 두 작가들은 융의 분석심리학의 본산인 취리히에 오랫동안 살았던 바 있다. 조이스와 토마스 만의 독자적인 예술적 발견과 심리분석의 직접적인 영향을 어떻게 관련짓던 간에, 분명한 것은 이들이 창작 행보 속에서 그동안 망각되었던 중층적인 인간 심리에 대한 미세분석을 통해 신화화를 향해갔다는 사실이다.

두 작가들의 중요한 창작적 국면에서 발전 방향상의 유사성은 같은 시기에 창작된 작품들이 가지는 직접적 일치점 속에서 표현되지 않는다. 이들은 비슷한 문제에 대해 자주 직접 대립되는 해답을 제시하곤 한다. 이런 의미에서 캠벨은 조이스와 토마스 만이 일정 문제들의 해결에서 동가적이지만 서로 대조적인 용어를 통해 접근하였다고 지적한다. 캠벨에 따르면 토마스 만이 결국 밝은 세계에 있는 이들, 즉 야곱, 요셉 등과 함께한다면 조이스는 에사우와 같이

---

4) T. Mann, and K. Kerényi, *Romandichtung und Mythologie : Ein Briefwechsel mit Thomas Mann*, Zürich, 1945.

자신만의 동굴에서 안식을 찾으려 하는 상처받은 이들의 편에 선다는 것이다. 5)

외면적으로 가장 큰 의미는 《율리시스》와 《마의 산》의 플롯들 간의 차이라고 할 수 있다. 《율리시스》에서 직접적인 묘사 대상은 주인공들, 젊은 학자이자 작가인 아일랜드인 스티븐 디달루스와 더 이상 젊지 않은 신문 광고 대리인이며 개종한 유대인으로 끊임없이 도시를 배회하는 군중 속의 한 인간인 레오폴드 블룸의 의식을 통해 비추어진 더블린의 도시 생활의 어느 하루(1904년 6월 16일)가 된다.

두 주인공들이 오랫동안 서로 만나지 못한 채 배회하는 도시와 삶의 미궁 속에 자리한 뒷골목들을 묘사하면서 조이스가 그로테스크하게 부각시키는 낮은 일상과 심리의 세부 묘사들은 살풍경한 삶과 무의미한 혼돈스러운 존재를 담아낸 혐오스러운 그림을 그려낸다. 영국 지배하에 있는 아일랜드의 현실과 그에 대항하는 아일랜드의 민족 운동, 구원을 얻을 수 없는 가톨릭교회의 억압 행위 등의 추한 모습이 그려지며 가정에서도 저속한 이기주의, 종교적이고 정치적인 광신, 위선, 인간성에 대한 구속 등 이와 유사한 분위기가 지배한다. 다만 조이스의 과장된 감정은 때로 광폭한 냉소에 이르기도 하지만 통일된 부정적 음조는 도입된 구성 기법의 다양성, 문체적 특징의 급격한 중절(中絶), 환상적인 형상 변형 등의 기법에 의해서만 강조되는 서사 자체의 혼돈스러움을 극복하지 못한다.

반대로 《마의 산》에서 행위는 결핵 요양소라는 특별한 소(小)세계에서 전개된다. '저기, 아래'의 일상적 삶과 완전히 고립된 채 역사적 시간으로부터 떨어져 나와 질병과 죽음의 그늘 아래에서 데카당스에 물든 정신적 삶은 특별한 집중성과 섬세함을 획득하며 어두

5) J. Campbell, *The Masks of God*, v. 4, New York, p. 662.

운 무의식의 깊이 속에서 전개된다. 이러한 기반 없는 '높은 곳'의 삶은 사회적 관점에서 부르주아의 정신문화에 닥친 위기 상황에 대한 은유로 해석할 수 있다. 사실주의 작가로서 토마스 만은 한 발짝 옆으로 비켜서서 이 세계를 바라보며 역사적으로 엄격하게 국지화할 수 있었다. 그는 가상의 날짜를 설정한 조이스와 달리 이 작은 세계를 한 역사적 단계로 국지화했다.

《마의 산》에서는 제1차 세계대전 전야의 부르주아 사회에 나타난 위기의 징후들이 의식적으로 선명하게 강조되었다. 다만 주인공의 영혼을 얻기 위해 싸우는 세템브리니와 나프타의 형상을 통해 추상적 사상들뿐 아니라 20세기 초의 역사적으로 충분히 구체적인 이념적 세력들과 그들 간의 투쟁이 인격화된다. 토마스 만에게 구체적이며 역사적인 층위는 보편적인 층위만큼이나 중요한 것이었다. 여기서는 토마스 만의 신화화가 보여주는 특성과 나아가 이것이 《마의 산》에서 나타나는 사실주의의 특징들과 서로 연관되었음을 살펴보고자 한다.

다만 《율리시스》와 《마의 산》에서 대조적인 것은 묘사의 대상이 되는 직접적인 경험적 현실만이 아니다. 삶의 신산함 속에 놓인 조이스의 주인공들은 의지적으로든 무의지적으로든 주위 환경과 강하게 충돌하며 점점 삶과 역사의 무의미성을 의식하지만 독특한 밀실적 실험 영역 안에 있는 《마의 산》의 주인공 한스 카스토르프는 외면적으로 극히 제한적이지만 강렬한 지적, 정서적인 내적 경험이라는 조건하에서 명상에 침잠한 채 자아와 삶의 가치와 의미를 찾는다.

여기서 한스 카스토르프는 괴테의 주인공 파우스트와 빌헬름 마이스터의 계승자가 되며 《마의 산》은 성장소설의 새로운 수정판임이 드러난다.[6] 어떤 의미에서는 조이스의 초기작인 《젊은 예술가의 초상》 또한 성장소설이라 말할 수 있으나 여기서 성장이란 주로 부정적 성격을 띠며 주인공이 주위의 사회적 환경으로부터 거의 완전히 소외되는 것으로 마감된다. 《율리시스》에서 스티븐 디달루스는 섬세한 예술가적 본성으로 인해 모든 형태의 사회성을 찬탈로 이해하며 기꺼이 가정과 가족, 친구를 거절하고 영국 정부의 권력과 가톨릭교회, 아일랜드 민족주의자들의 요구를 배격한다. 그는 죽어가는 어머니의 부탁에도 불구하고 기도를 거부하며 순수하게 생물학적인 형식적 부자 관계만을 인정하며 아버지에게서 등을 돌린다.[7]

스티븐의 반사회성은 그가 깨어나고 싶다고 말하는 '악몽'인 역사에 충분히 논리적으로 전이될 수 있다. 역사의 무의미성(과 횡포)에 대한 생각은 역사가 위대한 목적, 즉 신의 현출을 위해 진보한다는 학교장 디지의 선언과 반어적으로 대립된다. 스티븐은 미학적 감정의 완전한 독립성에 관한 미학 이론을 전개한다(이에 관해서 《젊은 예술가의 초상》에서 이야기된다). 사회적 경험의 부정성은 《율리시스》의 또 다른 주인공 스티븐이 기꺼이 거절했던 사회적 관계들 자체를 확고히 할 만한 상태에 있지 않은 블룸의 운명에 의해 강조된다.

스티븐과 블룸의 상호 보충적인 관계는 돈키호테와 산초 판자의 관계에 유사하며 또한 부분적으로 이들과 관련이 있다. 스티븐이 젊음과 지성, 높은 정신성과 예술을 대표한다면 블룸을 통해 제시되는 것은 성숙과 감정, 삶의 물질적(경제적이며 물리적인) 영역에 대한 집중이다. 또한 블룸은 '작은 인간'(little man)으로 속속들이 더블린의 일상을 체현하는 인물이며 내면적으로 사회성의 경향을

---

6) 다음 책을 보라: J. Scharfschwerdt, *Thomas Mann und deutsche Bildungsroman*, Stuttgart, 1967; F. Moretti, *The Way of the World*, Verso, 1987.

7) [역주] 조이스는 스티븐의 아버지가 몰리와 연인 관계를 맺는 남자 중 하나라는 스티븐의 불평은 잘 알려진 결말인 몰리의 독백에서 스티븐을 연인 보일렌으로 바꾸려는 생각으로서 적절하게 반어적으로 설명한다.

가지면서도 그 역시 고독하다. 더블린의 군중 속에서 블룸의 고독은 부분적으로 그의 민족적 정체성에 의해 동기가 부여되지만 그의 유대인 정체성 자체가 사회적 탄압, 실존주의 사상에 가까운 부르주아 사회에서 필연적인 개인의 고독을 은유한다. 블룸의 고독은 아들의 죽음 이후 아내와의 성적 관계를 상실하고 그녀가 후원자인 보일렌과 함께 그를 배반하게 되는 것으로 표현된다. 임박한 그들의 만남은 도시를 쏘다니는 블룸의 의식을 위협하는 악몽이다.

어머니에 대한 스티븐의 그리고 아내에 대한 블룸의 양가적 태도는 스티븐이 아버지를 떠나고 블룸이 어린 아들 루디를 잃는 것과 마찬가지로 서로 상응한다. 아버지와 아들, 어머니와 아들 등의 관계들은 폭넓게 이해된 부성의 주제와 마찬가지로 《율리시스》에서 매우 큰 위치를 차지하지만, 결코 억압된 무지한 성적 복합체로 귀착되지 않으며 이 관계들에서 읽을 수 있는 '프로이트적' 개념은 다분히 표면적인 것이다. 블룸과 스티븐 사이에서는 일시적으로 발생하는 양아버지와 양아들의 관계로서 환상적이며 인공적인 가족이 재구축된다. 그러나 이러한 결합은 본질적으로 블룸과 아내의 화해와 마찬가지로 무엇보다도 그들이 공유하는 사회적 소외와 견디기 힘든 삶 자체의 혼돈을 강조할 뿐이다.

도시의 분주한 일상이라는 밀림 속에서 《율리시스》의 주인공들은 부정적인 사회 경험을 겪지만 《마의 산》의 주인공들이 군중과 일상으로부터 완전히 멀어진 상태에서 겪는 사회적 경험은 결과적으로 긍정적인 의미를 가지게 된다. 조이스와 토마스 만은 개인과 사회 그리고 정신과 자연 혹은 물질이라는 문제의식을 반대되는 방식으로 해결한다. 한스 카르토르프의 영혼은 마치 연금술사의 증류관에 갇힌 것처럼, 지적 힘들(이성주의자이자 자유주의자인 세템브리니, 종교적 신비주의자이며 전체주의 사상가인 나프타)과 현실적으로는 쇼샤 부인에 의해 그리고 이론적으로는 달변이며 '강한 인간' 페페르콘이 대표하는, 모든 지성주의에 적대적 감정과 육욕의 자연력 사이의 싸움에 의해 빚어지는 압박을 겪는다.

매개체이며 동시에 매개자가 되어 서로 다른 여러 힘, 특히 조이스에게서는 마니교적으로, 절망적으로 분열된 정신과 물질의 종합을 추구하는 카스토르프의 입장은 동일한 문제에 대해《율리시스》와《마의 산》에서 제시된 해법의 결정적 차이를 만들어낸다. 나프타와 세템브리니 모두 "둘 다 수다꾼이며 하나는 사악한 쾌락주의자이며 다른 하나는 오직 이성이라는 꽹과리를 두들길 줄 알 뿐"이라 확신하며, 주인공은 자연을 선택하고 자신의 병적인 사랑을 쇼샤 부인에게 바친다. 그러나 여기서 진짜 심연이 모습을 드러내며 주인공은 물질은 영혼의 배덕(背德)이며 삶은 물질의 타락, 질병은 왜곡된 삶의 형태라 믿게 된다. 영혼의 심연 혹은 자연의 심연으로의 완전한 몰입이라는 두 가지의 길 모두에 도사린 죽음은 외면적으로 나란히 자살하는 나프타와 페페르콘에 의해 그리고 방사선처럼 인간의 해부 구조를 들여다보는 물리적 투영과 심리분석, 강신술 등에 의한 심리적 투영이라는 모티브들에 의해 상징화된다.

산 위에서 보낸 눈보라와 정화적 꿈의 시간을 통해 한스 카스트로프는 성찰의 외로운 방황을 끝내며 "도피와 죽음은 삶으로부터 떼어낼 수 없는 것이며… 도피와 이성의 중간 지점에 서 있는 것이 신의 인간의 임무"라는 깨달음에 도달한다. 그는 인간이란 삶과 죽음, 정신과 자연, 질병과 건강 사이의 "모순의 주인"이라 결론짓는다. 영혼과 자연, 지성과 감정의 종합을 통해 한스 카스트로프는 사회적 인간으로 태어나며 내적 성숙을 이루어 '아래로', '평원으로' 되돌아간다.

이처럼 조이스와 토마스 만이 완전히 다른 해법을 제시하는 문제들은 많은 점에서 유사한 것(영혼과 물질, 개인과 사회, 삶과 죽음 등)들로, 삶의 본질과 의미를 묻는 영원하고 형이상학적인 문제들이다. 《마의 산》에서 그리고 《율리시스》에서까지도 인물들의 성격은 충분히 명확한 윤곽을 가지지만 이들은 다분히 의도적으로 어떤 단일한 인간적 본질의 변이체들(조이스)이거나 인간의 정신 속에서 활동하는 서로 다른 힘들(토마스 만)을 표상한다. 블룸과 한스 카스트로프의 형상은 모든 면에서 극단적으로 다름에도 불구하고(한스는 오히려 스티븐에 가깝다) 이들에게는 범인(凡人), '중간적 인간'의 특질들이 발견되며 보편적인 내면 심리와('중간적 인간'으로서 한스는 파우스트 그리고 빌헬름 마이스터와도 분명한 차이를 보인다) 형이상학적 충돌의 지대를 보유한 인물이다. 사회와 역사의 영역을 넘어서는 이러한 출구는 삶과 죽음, 정신과 물질 등의 불화를 첨예화하였을 뿐 아니라 영혼이 없는 물질적 계기, 생리학주의, 사후 부패 등을 악의적으로 도드라지게 묘사하도록 하였다. 조이스에게서 이러한 양상은 분변학(糞便學, scatology)으로까지 나타난다.

완전히 다른 방식에 의해서 이루어지기는 하지만 두 작품에서 모두 외면적 행위는 내면적인 것에 의해 축출된다. 《마의 산》에서 이러한 현상은 보다 단순한 방법에 의해 실현되는데 그것은 외면적 행위가 극단적으로 축소되고 죽음에의 근접성이 독특한 '경계적 상황'을 만들어내는 환경 속에 주인공을 자리하게 하는 방식이다. 이러한 '경계적 상황'이 불변의 주제에 대한 명상 그리고 의식의 내면적 영역을 이끌어내는 체험을 위한 풍요로운 자양분을 제공해주는 것이다.

《율리시스》에서 조이스는 19세기 고전 소설의 형식 골조, 사회적 전형들 그리고 경험적 차원에 근거한 인과의 플롯으로 짜인 사건 등을 단호히 거절한다. 외면적 행위를 다만 우연한 사건들로 축적함으로써 생겨나는 표면적인 혼돈성을 부분적으로 극복하는 것은 주요 등장인물들의 의식의 흐름이다. 의식의 흐름은 상호 반영이라는 관점에서 경험적 현실과 떼어낼 수 없이 연관되어 외면적 사실들은 동시에 또 다른 논리, 즉 내면적 논리에 종속된 어떤 연상을 위한 촉매임이 드러난다. 그리고 이와 반대로 내면적 독백은 경험적 사실들의 흐름에 대한 예리한 해석을 제공한다. 전반적으로 의식의 흐름이라는 차원에서는 비약적이며 겉보기에 다만 비이성적으로 보이는 연상의 흐름과 반대로 구성적 일관성과 이해의 정도는 급격히 확대된다. 즉, 내면적 독백이 서사에서 중요한 동력이 되는 것이다.

소설 텍스트의 통시적 전개에 따라, 서로 분리된 단편적인 경험적 사실들, 인상들, 연상들은 일종의 영화 장면들처럼 공동의 장면으로 몽타주화되고 명확한 개념을 얻는다. 이러한 조각들이 하나의 결절로 모아지는 예로 밤의 매음굴 장면을 들 수 있다. 여기서 의식의 흐름은 마치 경험적 현실을 극복하고 주인공들의 무의식에 숨겨진 가장 깊은 공포와 희망 그리고 비밀스러운 죄의식에 응답하는 악마적 환영과 형상들 속에서 물화되는 듯이 보인다. 환영들 속에서 블룸에게는 실제와 가상의 죄가 떠오르고 그는 비웃음과 모욕을 당하고 비난받으며 심판과 형벌이 그를 위협한다. 이 장면은 어렴풋하게 카프카의 《심판》의 분위기와 원죄로서의 죄의 개념을 연상시킨다.

다른 환영들 속에서 블룸은 자신이 왕, 대통령, 예언가가 되는 환상적 장면에 의해 보상받는다. 《율리시스》에서 대낮 도시의 분주한 일상과 무의식적인 것의 타락이 폭로되는 밤이 이루는 대조는 《마의 산》에서 '저기, 아래'와 '여기, 위'의 삶이 이루는 대립과 병치될 수 있다. 이는 보다 구체적으로 말해서 한스 카스트로프와 클라우디아 쇼샤가 사랑을 나누는 카니발적인 밤의 장면[8] 그리고 작품의 결말

---

8) [역주] 비평가들이 《율리시스》와 《마의 산》에서 이 장면들을 "발푸르기스의 밤"
   이라 부름은 우연이 아니며 《마의 산》에서는 이 장이 실제로 이 명칭으로 불린다.

에서 풀려난 정령들을 부르는 강신술 회합과 요양소 환자들 간의 다툼의 장면이다. "과연 이것이 진짜 놀이공원이 아닌가?"라는 세템브리니의 반어적 탄식은 두 작품 간의 유사성을 강조한다.

《마의 산》에는 내면적 독백이 존재하지만 다소 미미한 위치를 차지한다. 《율리시스》에서 행위의 장소는 소란한 더블린이지만 행위의 시간은 단 하루이며 《마의 산》에서는 이와 반대로 장소는 외딴 산중 휴양소이지만 시간은 장장 7년간이다. 그러나 두 경우 모두 주된 행위는 주인공들 의식의 내면으로 옮겨지며 시간과 장소의 통일성은 과거와 미래로의 탈출로 인해 깨어진다. 여기서 시간은 주관적인 것이 되며 시간을 채우는 체험들의 기능임이 강조된다. 이러한 양상을 고려하여 토마스 만은 자신의 작품을 시간소설(time-romance)이라 불렀다.

《율리시스》와 《마의 산》의 심리적 초(超)구조를 실현하는 구성적 메커니즘을 이루는 것은 라이트모티프들이다. 이들은 분산된 사실들이나 우연한 연상들 등을 하나로 모아 개념화하고 자연적 사실들과 때로 자의적으로 그들에게 부여되는 상징적이며 심리적인 의미 사이에 다리를 놓는다.

예를 들어 《율리시스》에서 플롯의 본선(本線)을 이루는 부성의 주제를 변주하는 모티브들은 한편으로 많은 아이를 가진 디달루스 가족과 퓨어포이 가족에 대한 블룸의 관심, 고아가 된 디그넘에 대한 동정, 퓨어포이의 아이와 스티븐 디달루스에 대한 갑작스러운 그의 부성애, 죽은 아들 루디의 환영과 자신의 아버지의 환영 등이며 다른 한편으로는 햄릿의 아버지와 일찍 죽은 셰익스피어의 아들 햄넷의 유령에 대해 그리고 아버지이자 신으로서의 예술가에 대해 지껄이는 스티븐의 헛소리, 아버지 신과 아들 신의 관계에 대한 광신자와 같은 생각들 등이다. 블룸의 죽은 아버지의 환영은 방탕한 아들의 주제를 끌어들이며 아브라함과 아들 이삭을 언급하게 한다. 부성의 주제는 젊은 선생 스티븐에 대한 교장의 충고에서 그리고 학생들과 스티븐의 관계 속에서 풍자되어 나타난다.

《율리시스》에서 집요하게 나타나는 라이트모티프의 예로 꽃을 들수 있다. 이것은 마르타의 편지에서 여러 변이체로 제시되는 말린 꽃이 암시하는 주인공의 이름(블룸, 비락, 플라우어)이며 그의 아내의 애칭(카스틸린의 장미, 고산화 등)이다.[9] 꽃잎이 꽃 전체를 상기시키는 연꽃은 대우주와 소우주의 통일성의 상징이라는 각별한 의미를 함의한다. 목욕탕에 있는 블룸에게는 연꽃을 타고 헤엄치는 인도의 창조신의 연상을, 연꽃제는 열반에 대한 생각과 함께 꽃의 환각 작용의 연상을 불러일으킨다.[10]

《마의 산》에서 역시 라이트모티프들은, 특히 질병과 죽음 그리고 주인공의 사랑에 관련된 것들이다. 어떤 모티브들에 의해 한스의 어린 시절 젊은이 힙페에 대한 사랑은 클라우디아 쇼샤 부인에 대한 그의 열정과 내적으로 동일하게 이해된다(사시가 있는 동양적인 눈, 연필을 빌리는 사건 등). 라이트모티프들은 프로스트 등의 다른 20세기 소설가들에게서도 삶으로부터 가져온 재료들의 파편성과 혼돈성을 극복하는 새로운 수단으로서 본질적인 역할을 한다. 바그너적인 원리들에 대한 호소는 모든 양상에서 의미를 가진다.

앞서 이미 심리화와 신화적 상징과 결합되어 '관통 주제'가 된 바그너의 정교한 라이트모티프 기법에 대해 특별히 언급한 바 있다.

---

9) [역주] 블룸의 조부의 이름인 비락(Lipoti Virag)은 헝가리어로 "꽃"을 의미한다. 이 이름은 그의 아들 루돌프(Rudolph)에 의해 "블룸"(Bloom)으로 바뀌어 전해졌다. "헨리 플라우어"(Henry Flower)는 마르타 클리포드(Martha Clifford)에게 보내는 연애편지에서 그의 "비밀 이름"이었다.
10) [역주] 그는 자신의 성기를 들여다보고 있었다. "… 그것은 수천 명 아이들의 흐느적거리는 /아버지, 나른하게 부유하는 꽃."

본질적인 것은 조이스와 토마스 만이 의식적으로 음악적 기법을 사용하려 노력했다는 사실이다. 조이스가 《율리시스》의 한 장에서 음악 형식을 언어적 수단으로 모방하려는 조이스의 시도라든가 두 작가가 공통적으로 소설 구성에서 대위법을 이용하려 지향했다는 사실은 이러한 면에서 특징적이다. 조이스와 토마스 만은 독일 낭만주의와 쇼펜하우어로 거슬러 올라가며 세기말 철학과 시에 의해 지지받은 음악숭배를 상당 부분 공유한다. 음악적 구조는 보다 순수한 형태의 예술적 구조로 생각되었는데 그것은 음악 작품이 가장 폭넓고 다양한 재료, 특히 심리적 재료의 해석에 대해 가능성을 부여해주기 때문이었다. 문학과 음악을 종합하려는 바그너의 웅대한 유토피아적 계획에 어긋나게도 음악적 구조는 문학, 특히 소설의 특성에 들어맞지 않았다. 음악적 수단은 소설 속에서 재료의 내적 조직의 영역에서 생기는 결손을 완전히 보상해줄 수 없었다.

역설적이게도 내용 조직에서 보다 자유로운 음악적 원리들을 모방하는 것은 신화의 상징적 언어를 사용할 길을 열어주었다. 논쟁의 여지는 있겠으나 레비스트로스의 생각에 주목할 필요가 있다. 그는 《신화학》 1권의 서문에서 음악적 구조와 신화적 구조가 매우 가까우며 신화와 소설이 원리적 차이를 가진다는 것 그리고 바그너가 음악의 수단에 의해 신화를 분석한 것이 지극히 자연스럽다는 것 등을 이야기한 바 있다.

신화의 차용은 실로 《율리시스》와 《마의 산》에서 플롯의 내적 조직을 위한 중요한 보충 수단이 된다. 이것은 제목에서 이미 분명해지지만 처음에 조이스의 소설에서 모든 일화의 소제목은 호머의 《오디세우스》로부터 인용된 것이다. "텔레마코스", "네스토르", "프로테우스", "칼립소", "연꽃제", "떠도는 바위들", "사이렌", "키클롭스", "나우시카", "태양의 황소들", "키르케", "유마에오스", "이타카", "페넬로

페" 등이다. 11)

조이스의 이야기와 그 속에 제시된 암시에서 드러나듯이 오디세우스는 블룸이며 페넬로페는(칼립소와 함께) 그의 아내 몰리, 12) 텔레마코스는 스티븐 디달루스, 안티누스는 스티븐의 친구이자 스티븐의 돈으로 빌린 옥탑 거처의 열쇠를 빼앗아 침입자인 영국인 하인즈를 들어오게 한 냉소적인 의학도 멀리건이다. 옥탑에서 떠나는 스티븐은 아버지를 찾아 떠나는 텔레마코스에 해당한다. 늙은 아일랜드인 유모는 의심할 바 없이 많은 고통에 시달린 조이스의 조국을 의인화한 것으로, 이런 의미에서 스티븐의 어머니의 형상과 관련되며 동시에 아테네/멘토르에게 비견될 수 있다. 스티븐을 훈계하는 학교장 디지는 네스토르의 형상을 가진다. 이와 유사하게 몰리의 연인 보일렌은 유리마코스, 해변의 젊은 여인은 나우시카, 아일랜드 민족주의자로 블룸을 모욕하고 은유적으로 태양에 '눈이 멀어' 그로 인해 과자 상자로 블룸을 때리지 못한 이 인물은 거인 키클롭스 폴리페모스에 다름 아니다. 여기서 그의 외눈은 신 페인13) 당원들의 시각의 편협성을 의미할 것이다. 바에서 노래하는 아가씨들은 사이렌들이며 여기서 귀를 틀어막는 일화는 《오디세우스》의 유명한 장면을 인용한 것이다. 매음굴 포주는 키르케에 비견되며 이곳에서 주인공들의 짐승 같은 방종은 오디세우스의 선원들이 키르케의 마술에 의해 돼지로 변하는 것을 연상시킨다. 이 일화에서는 돼지가 여러 번 상

---

11) [역주] "일화"(*episode*)라 불리는 다른 장들의 제목은 다음과 같다. 6장은 "하데스"(*Hades*), "아이올로스"(*Aeolus*), "레스트리곤인"(*Lestrygonians*), "스킬라와 카리브디스"(*Scylla and Charybdis*). 이 제목은 어떤 판본의 경우에는 항상 나와 있지는 않으나 다양한 저널과 잡지에 출판되었을 때 일화들에 달렸던 제목이다.
12) [역주] 몰리는 어린 소녀였을 때 님프 칼립소가 사는 오기기아(Ogigia, Ogygia) 섬이 마주보이는 지브롤터에 살았다.
13) [역주] 신 페인(Sinn Fein) 운동은 아일랜드 독립 운동을 말한다.

기된다. 신문 출판업자는 아이올로스에, 묘지와 디그넘의 장례식 방문은 오디세우스의 하데스 여행에, 도시의 내면적, 외면적 신산함은 바다의 암초에 대응되며 도서관에서의 논쟁, 형이상학와 일상이라는 양 극단의 충돌은 스킬라와 카리브디스[14] 사이를 지나는 위험한 뱃길을 암시한다. 요리와 기름진 음식이 등장하는 장면은 도시가 블룸을 삼켜 소화시키는 상상에 연결된다. 이 카니발적인 모티브가 해당 장의 소제목 〈레스트리곤인〉에 대한 설명을 제공한다.

눈에 쉽게 들어오는 것은 이러한 상관관계들이 매우 관습적이며 쉽게 호머의 서사시와 신화에 대한 트라베스티로 해석될 수 있다는 사실이다.

사실 이와 같은 방식 외에 소심한 고용인과 아내에게 배반당한 광고 대리인의 분주한 도시의 일상을 고대 그리스 영웅의 환상적인 해상 방랑과 동일화할 다른 방법이 있을 수 있는가? 블룸은 차라리 일종의 반(反)주인공으로 생각될 수 있다. 타락한 몰리와 충실한 페넬로페, 기꺼이 가족과 연을 끊은 스티븐과 혈연에 충실한 텔레마코스, 유곽의 포주와 키르케, 선술집의 수다꾼과 폴리페모스, 아둔한 설교가인 디지와 네스토르의 병치 관계 역시 풍자적이다. 호머에 의거한 상응 관계들에서 나타나는 고의적인 자의성과 인공성은 마치 패러디를 강조하는 듯하다. 현대 도시의 삶으로부터 가져온 일상적 장면 그리고 블룸 자신의 생각이 가진 산문성과 희극적 측면에 의해서 이러한 희극성은 한층 점증된다. 이외에 호머 등의

---

14) [역주] 〈스킬라와 카리브디스〉(Scylla and Charybdis)에서 스킬라는 이탈리아 메시나(Messina) 해협에 있는 바위로 그리스 신화에서는 이 바위에 사는 것으로 전해지는 6두(頭) 12족(足)의 괴물이며 카리브디스는 시실리 섬 앞 바다의 큰 소용돌이로 그리스 신화에서는 이 소용돌이를 괴물로 의인화(擬人化)한 명칭으로 쓰인다. 일반적으로 '스킬라와 카리브디스'란 진퇴양난의 상황을 은유한다.

신화 인용은 자주 희화적인 불신(不信)의 태도를 통해 또한 현대의 일상과 생리학의 혐오스러운 세부 묘사와의 고의적으로 거칠게 이루어진 병치에서 다만 문체적인 이유로 도입된다.

그러나 호머의 《오디세우스》가 《율리시스》와 맺는 관계를 완전히 패러디로만 설명할 수는 없다. 《율리시스》는 풍자로 수렴되지 않는다. 더욱이 여기서 아이러니는 서사시와 신화에 의존함으로써 불가피하게 치러야 하는 대가라 할 수 있다. 조이스는 사실주의 작가들과 마찬가지로 현대 삶의 서사시를 창조해내려 했고 그에게서 방점은 현대 삶이 아니라 그가 어떤 방식으로 이해한 범인류적인 근원들을 나타내 보여주는 일에 주어진다.

조이스가 애착을 가졌던 주인공 오디세우스의 매력은 활력, 창조성 그리고 다면성에 있다. 그는 위대한 주인공이자 전사이며 왕, 아버지, 남편이고 트로이의 승자인 동시에 자신이 피하려 했던 전쟁의 반대자이다. 조이스는 블룸의 긍정적인 면들을 강조하여 그에게서 오디세우스에 대한 희화뿐 아니라 말하자면 소영웅화된 일종의 20세기의 오디세우스를 발견할 근거를 마련하려 했다. 이후 그리스 작가 카잔차키스가 철학적 드라마에서(1928) 다음에는 신화화를 채택한 웅장한 모더니즘 서사시에서(1938) 오디세우스를 주인공으로 선택한 것은 아마도 조이스를 염두에 둔 선택이었을 가능성이 있다는 점은 흥미롭다.

블룸의 유대인은 호머의 《오디세우스》가 유대(페니키아)에 배경을 둔다는 베라르의 가설에 상응한다. 15) 유럽 문화의 발생이 그리스와 유대의 결합으로 거슬러 올라가고 인류의 요람은 동양이라는

---

15) [역주] 다음을 보라: V. Bérard, Dans le sillage d'Ulysse, Paris, 1933; V. Bérard, *Introduction á l'Odyssée*, Paris, 1924~1926; V. Bérard, *Les navigations d'Ulysse*, Paris, 1927~1929; V. Bérard, *Did Homer Live?*, London, 1931.

생각은 조이스에게 본질적으로 내재되었다.

그러나 조이스가 현대의 인물들을 호머의 인물들과 유사 관계에 놓는 가장 본질적인 근거는 신화적 형상들이 내면세계에 대한 성찰로서의 상상에 의해 태어난 것이며 이런 의미에서 심리적 은유라는 점에 있다. 이러한 개념을 선명하게 예증하는 것이 〈발푸르기스의 밤〉이다. 이와 같이 정신적 충동이나 내적 열정 등이 물질화되어 나타나는 양상은 조이스 이전의 문학에서도 널리 보이지만(예를 들어, 도스토예프스키가 구성한 이반 카라마조프와 악마의 대화라던가 셰익스피어의《맥베스》에서 등장하는 마녀들의 형상 등) 조이스에게서는 더 나아가 작품의 원리로서의 의미를 가진다.

더블린의 일상에서 펼쳐지는 블룸의 방황에는 보다 깊은 의미가 깃들었다. 적대적인 세계 속에서 블룸이 그의 자리와 정신적 문제들, 가족 간의 갈등에 대한 해답을 찾으려는 것과 마찬가지로 오디세우스가 겪어야 하는 신화적 괴물들에 맞선 해상 모험 그리고 페넬로페의 구혼자들과의 싸움 속에는 인간의 삶과 투쟁에 대한 상징이 숨겨졌다.[16] 블룸이 자신의 페넬로페의 집으로부터 떠나는 것은 호머를 빌려 말하면 방랑의 시작이며 멀리간과 한스가 점령한 옥탑을 떠나는 스티븐은 침입자들, 즉 페넬로페의 구혼자들이 주인 행세를 하는 이타카를 떠나는 텔레마코스에 다름 아니다. 만취한 군인들에 붙잡힌 스티븐을 도와주는 블룸은 아들 텔레마코스를 도와주는 아버지 오디세우스를 그려내며 마치 양아들이 된 듯한 스티븐과 함께 블룸이 몰리에게 돌아가는 장면은 현대의《오디세우스》의 행복한 결말이 된다. 물론 여기서 은유로 설정된 이 병립 관계들이 극단적으로 개략적이라는 인상은 사라지지 않는다.

---

16) **[역주]** 다음 책을 보라: M. Katz, *Penelope's Renown: Meaning and Indeterminacy in the Odyssey*, Princeton, 1991.

《율리시스》에서는 호머 이외에도 주관적이고 심리적으로 해석된 셰익스피어의 드라마들, 아일랜드와 아일랜드 민족해방 운동 역사 등과의 대략적인 대칭 관계들 그리고 비(非)신화적 기원뿐 아니라 신화적 기원들로 동시에 거슬러 올라가는 또 다른 대칭 관계들이 이용된다. 여기서 간접적으로 지적되는 것은 셰익스피어와 호머 그리고 여타의 대칭 관계들이 예술적 재료들을 구조화하고 질서정연하게 하려고 조건부적으로 대어진 일종의 '모눈종이'와 같은 기능을 한다는 점이다. 이러한 대칭들에 전제된 유사성과 조건성이 신화와 다른 대칭들이 상징화하는 심리적이며 형이상학적인 보편성을 분명치 않게 강조한다.

조이스가 작품의 개별 장들을 신체 부분들이나 학문과 예술의 부문들 혹은 이와 유사한 다른 분류소들과 즐겨 병치했다는 사실은 잘 알려졌다. 부가적으로 이러한 분류소들이 일련의 '모눈종이'를 창출해냈다. 이처럼 《오디세우스》의 서사적이고 신화적인 플롯은 1차적 재료가 가진 혼돈에 외면적 질서를 부여하는 데 유일한 수단인 것은 아니다. 하지만 이것은 다른 수단 중에서 신화가 가진 특별한 상징의 용량이 가진 힘에 의해 특권을 얻은 주요 수단이라고 할 수 있다.

《율리시스》의 신화적 대칭들을 《마의 산》에 숨겨진 신화적 주제들과 비교해 보자. 《율리시스》의 밤 장면과 약간 유사한 부분이 《마의 산》에서 발견되며 두 소설 모두에서 절정을 이루는 것이 〈발푸르기스의 밤〉과 유사한 무언가라는 점을 앞서 지적한 바 있다.

알려진 바대로 《율리시스》에서 밤의 일화는 "키르케"라는 제목을 가진다. 《마의 산》에서도 키르케가 상기된다. 세템브리니는 한스 카스토르프에게 이렇게 말한다.

"이 늪지에서, 이 키르케의 섬으로부터 달아나시오. 당신은 오디세우스가 되기 충분치 않소. 여기 머무르다가는 벌을 받고 말 거요."

"마의 산"이라는 명칭 자체가 지시하는 신화적 대칭은 비너스의 포로가 되어 회젤부르그 산의 마술 암굴에 7년간 갇혀있었던 13세기 음유시인 탄호이저에 관한 전설이다(이 전설은 오페라 〈탄호이저〉에서 사용되었다). 여기서 비너스는 키르케의 역할을 맡으며 한스 카스트로프는 (은유적으로) "마법에 걸렸"다고 수차례 이야기된다.

토마스 만의 비너스는 죄의식에 물든, 병적이지만 섬세한 매력을 가졌으며 정열에 불타는 '몰아'의 도덕을 가진 쇼샤 부인이다. 그녀는 수동적이며 비이성적인 "영원히 여성적인 원리"(the eternal feminine principle)의 신화화된 상징으로, 그녀와 범속한 세속의 여인 몰리는 인물상 현저한 차이에도 불구하고 영원히 여성적인 "긍정"(조이스의 소설은 몰리의 "긍정"의 대답에 의해 끝난다)이라는 계기에 의해 충분히 병치될 수 있다. 신화적 층위를 통해 타락한 몰리와 충실한 페넬로페 사이의 모순이 극복되고 이들은 어머니 대지라는 인격화로 융합된다. 남편뿐 아니라 연인들도 여신의 제의적 희생물로 해석될 수 있다는 생각은 블룸으로 하여금 아내의 배반과 화해하게 한다. 이와 동일한 제의적 신화소(神話素)가 《마의 산》에서 더욱 자세하게 전개된다.

부활절을 기념하는 카니발에 일어나는 한스 카스트로프와 클라우디아 쇼샤의 연애와 다음날 사라진 그녀가 일정 기간이 지나 새로운 연인 네덜란드인 부호 페페르콘과 함께 돌아오는 과정은 역법상의 농경 축일에 맞추어진 여신의 성혼이라는 도식에 잘 들어맞는다. 이에 덧붙여야 할 것은 페페르콘이 모두를 위해 베푸는 흥겨운 주연으로 바쿠스의 향연의 성격을 가진 이것을 그 스스로 "삶의 축제"라 말한다. 이렇게 페페르콘은 스스로 삶의 비이성적 힘을 숭배하게 됨으로써 역설적으로 디오니소스/바쿠스 신에 대한 연상 관계에 놓이게 된다.

여기서 당연히 디오니소스 대(對) 아폴론이라는 니체의 반테제가 고려되지 않을 수 없다. 점증하는 무력감으로 인한 페페르콘의 자살은 매우 유사한 양상을 가진 다른 제의신화적 대칭, 즉 프레이저가 《황금가지》에서 기술한 바 있는 성적(性的), 마법적 힘이 고갈한 노쇠한 왕을 살해함으로써 이루어지는 제사장 왕의 교체라는 현상으로 귀결된다. 페페르콘이 가진 왕의 자질은 여러 방식으로 강조된다. 프레이저에 따르면 제사장 왕의 제의적 살해는 보다 젊은 경쟁자와의 대결 이후에 일어난다.

그러나 토마스 만의 소설에서 상황은 뒤집힌다. 여기서는 처음에 나이든 페페르콘이 젊은 카스트로프의 자리를 차지하지만 카스트로프는 이를 수용하며 페페르콘이 자살로서 이 자리를 정화한 이후에도 그는 이를 가지려 하지 않는다. 제의적 대결 대신 아량과 관대함의 싸움이 일어난다. 한편, 이 신화소에 대한 독특한 트라베스티라 할 수 있는 것이 세템브리니와 나프타의 싸움이다. 왜냐하면 나프타와 페페르콘의 자살은 이 두 경우가 서로 대조적인 내적 의미를 가짐에도 불구하고 제사장 왕의 살해와 교체라는 신화소를 연상시키지 않을 수 없기 때문이다. 여인을 두고 벌이는 생생한 싸움은 관대함과 아량의 대결이라는 형식을 가지며 지적 논쟁이 결투에 해당된다는 점에서 특별한 아이러니적 의미가 발생한다. 도입된 제의신화적 모티브들은 죽었다 다시 살아나는 신에 대한 신화와 숭배에 밀접히 관련되었다. 《마의 산》, 《율리시스》에서 그리고 특히 다음에서 언급할 《요셉과 그의 형제들》과 《피네간의 경야》, 프레이저의 《황금가지》의 중심인 이 신화에 대한 다수의 암시를 발견할 수 있다.

토마스 만과 조이스가 고대문화에 대한 제의신화적 해석의 기초를 다진 프레이저의 저작을 의식적으로 이용했다는 사실은 의심의 여지가 없다. 앞서 제시된 신화적 주제들을 프레이저가 널리 대중화했기 때문이다. 제사장 왕이라는 제의적 구성소는 프레이저가 발견했다기보다는 다양한 복합적인 인종지학적 주제들로부터 재구하였다고 할 수 있다. 의심할 바 없이 시련과 통과의례를 거친 젊은 이만이 제사장 왕이 될 수 있다. 통과의례는 보다 고대의 것이며 추정컨대 보편적인 제의신화적 복합체이다. 소설의 주된 주제를 구성하는 한스 카스트로프의 성장 과정은 비밀스러운 연금술적 변질이라는 은유가 곁에서 작동함에도 불구하고(연금술 주제들이 조이스와 융의 연구에서 상당한 부분을 차지함을 고려해야 한다) 명백히 통과의례를 연상시킨다.

통과의례의 개념은 충분히 '자연스럽게' 성장소설의 신화적 모델로서 사용된다. 역사적으로 통과의례는 성숙, 즉 성인 부족원들의 농경과 군사, 종교적 활동에 참여하기 위한 젊은이들의 준비 과정을 담은 고대 형식이기 때문이다. 통과의례라는 의식 복합체는 많은 신화에서만 아니라 일련의 설화 및 서사의 플롯에서, 나아가 단순한 인간 파르지팔이 통과의례를 거치고 성배의 수호자가 되는 이야기를 그린 《파르지팔》과 같은 중세 기사소설에서도 흔적을 찾을 수 있다. 이 플롯은 바그너의 마지막 드라마에서 다루어진다. 토마스 만은 한스 카스트로프를 "단순한 자"라 부르면서 파르지팔과의 유사성을 암시한다. 《마의 산》에서 엘레우시스 제전과17) 현대의 프리메이슨 조직에서 거행되는 봉헌식에 대해 많은 이야기가 나오는 것은 우연이 아니다. 이와 관련시켜 볼 때, "제자, 추종자란 삶의 기적을 알고자 갈망하는 젊은이들의 대표자"라는 나프타의 말은 분명히 한스 카스트로프를 염두에 둔 것이다. 통과의례는 죽었다

---

17) [역주] 엘레우시스는 고대 그리스의 도시 이름이고 엘레우시스의 제전(祭奠) (Eleusian Mysteries)이란 곡물의 신 데메테르에게 바쳐지는 제의적 축제를 말한다.

살아나는 신에 대한 숭배와 마찬가지로 한시적으로 일어나는 죽음과 많은 경우 사자의 왕국에 대한 방문에 대한 관념을 포함한다. 나프타는 다음과 같이 말한다. "묘와 무덤은 언제나 모임 회원의 봉헌을 상징하였다. 신비와 정화로 가는 길은 위험과 죽음의 공포, 부패의 왕국을 통해있다."

한스 카스트로프가 산 위로 간 것은 일반적인 의미에서는 '아래로'의, 즉 명부 세계로의 하강과 동가의 의미를 가진다. 신화에서는 하늘이나 산 위에 죽음의 왕국이 있다는 생각을 만날 수 있다. 세템브리니는 한스에게 묻는다. "너는 유령의 왕국에 온 오디세우스처럼 여기 머물겠는가?"

죽은 자들의 왕국은 바로 마의 산에 다름 아니다. 더욱이 고대신화에서 사랑(출산)의 여신은 자주 악마적으로 묘사되며 대지와 결부된 존재로 제시된다. 쇼펜하우어와 바그너(〈트리스탄과 이졸데〉)로 거슬러 올라가는 모더니즘의 심리적 해석의 관점에서 볼 때 이 신화소는 사랑과 죽음의 분리 불가능한 결합을 상징한다. 토마스 만의 《마의 산》에서 일종의 출발점이라 할 만한 것은 죽음을 위대한 스승이자 해방자로 보는 쇼펜하우어의 관점 그리고 죽음을 황홀경 이후에 어두운 시원(始原)적 근본 속으로 용해되는 것이라 보는 니체의 디오니소스적이고 성적인 해석이다. 그러나 체험과 명상에 의해 한스 카스트로프는 본질적으로 세템브리니의 견해를 받아들인다.

그에 따르면 "죽음은 독립적인 정신력으로서 높은 차원에 있는 탐욕스러운 힘이다. 이 힘은 의심할 여지없이 매우 강한 흡인력을 가졌"으며 "죽음은 삶의 요람이자 재생의 자궁이므로 경의를 표할 가치가 있"다. 죽음은 다만 삶의 한 '순간'이다. 죽음 앞에서 한스 카스트로프는 삶의 의미를 인식한다. 이러한 양상은 신화적 차원에서 볼 때 '높은 곳에 있는' 죽음의 왕국에서의 체류와 마법이 풀린

후 평지로의 귀환에 상응한다. 여기서 다시금 죽음이 그를 위협하지만 이미 이것은 병적인 사랑과 심리적 침잠으로부터, 즉 '내면으로부터' 오는 것이 아니라 '외부로부터', 다시 말해 그가 어쩔 수 없이 참여하는 전쟁으로부터 오는 것이다.

사자의 왕국 혹은 죽음을 통과한다는 상징은 《율리시스》에서 스티븐의 어머니, 블룸의 아버지와 아들 등 죽은 이들의 유령이 보이는 밤의 장면에 나타난다. 죽은 유령들은 비밀스러운 공포와 희망을 체현하는 환영들과 함께 등장한다. 에로틱은 죽음과 이웃해 있다. 즉, 여기서 어두운 무의식의 깊이는 사자의 세계를 연상시킨다. 블룸은 마치 오디세우스처럼 스티븐을 암흑의 왕국으로부터 구출해낸다. 집으로의 귀환은 곧 삶으로의 귀환이며 이러한 암시는 《오디세우스》 작품 자체에서 부분적으로 제시된다. 여기서 항해 중에 오디세우스가 만나는 악마적 인물 거의 모두가 죽음이나 지하계와 관련된 특질을 가진다. 반대로 "하데스"라는 표제를 단 묘지 방문 일화는 희비극적이며 그로테스크하게 제시된다. 죽음과 질병의 주제 속의 그로테스크의 요소들[죽음과 성(性)의 결합도 이에 포함하여]이 《마의 산》에 나타났음이 주목된다.

앞선 논의에서 알 수 있듯이 《마의 산》에서는 제의적 모델(통과의례, 역법에 따른 농경 축일, 제사장 왕의 교체)들이 지배적이며, 《율리시스》에서 중요한 것은 서사적 모델들로 그 중심은 신화적 방랑의 도식이다. 그러나 신화에서 방랑과 탐색이란 보통 사자의 왕국에 대한 방문, 봉헌 등의 상징을 제시하며 통과의례의 과정은 다른 세계의 방문과 그에 따르는 체험들이라는 신화적 장면으로 전개되므로 양자는 부분적이지만 매우 분명한 일치점들을 가지게 된다. 신화적 대칭들은 두 소설 모두에서 집을 떠남, 유혹과 시련, 귀향으로 구성되는 유사한 초(超)플롯의 도식을 명확히 해준다. 블룸이

다만 화해했을 뿐이라면 한스 카스트로프는 진정으로 성숙한 모습으로 돌아간다. 두 주인공들이 이와 같은 순환 과정을 끝마친 이후 새로운 시련들의 전망이 펼쳐진다.

두 소설은 《율리시스》에서 호머의 서사시로부터 가져온 신화적 대칭(parallel)들이 매우 개괄적이고 조건적인 성격을 가진다는 점 그리고 이 대칭들이 오디세우스에 대한 서사시의 특징들이나 그리스 신화의 고유성에서가 아니라 역할과 상황의 보편적 반복을 표현하는 신화성에서 기인한다는 점 등에서 유사하다. 이는 모더니즘의 신화주의 시학의 본질적 특징이다.

이러한 이유로 호머의 신화적 대칭들과 함께 여타의 다른 대칭들, 특히, 성서와 기독교신화로부터 대칭들이 도입되는데 이로 인해 이후 인물과 플롯의 윤곽을 고의적으로 흐려지게 만드는 결과가 초래되었다(토마스 만의 《마의 산》에서는 이러한 양상은 보이지 않는다).

블룸은 학자 비락, 낭만적 연인 마리오 등 동시에 여러 블룸으로 분열될 수 있다. 몰리의 내면 독백에서 그는 스티븐과 거의 겹쳐지며 그들의 정체성 합일은 부분적인 상호 동일화로 나타난다. 블룸은 비콘스필드 경, 바이런, 워트 타일러, 로스차일드, 멘델스존, 로빈슨 크루소 등으로 나타날 수 있고 신화적 차원에서 오디세우스뿐 아니라 아담, 모세, 방랑하는 유대인 앗수로스이며 나아가 그리스도와도 동일화된다. "발푸르기스의 밤"의 환상에서 블룸은 메시아로서 처형된다.[18] 스티븐은 신에게 저항하는 자로 사탄(루시퍼)의 형상

---

18) [역주] 비콘스필드 경(卿)은 영국의 수상 벤자민 디즈레일리이며, 바이런은 영국의 낭만주의 시인, 워트 타일러는 1381년 영국의 빈농봉기를 이끈 우두머리를 말한다. 로스차일드라는 이름은 아마도 19세기 은행가이며 유대인으로서 첫 번째 의회 의원이 된 라이노넬 네이선 로스차일드 남작을 지칭하는 것으로 보인다. 모제스 멘델스존은 독일 철학자로 작곡가 펠릭스 멘델스존의 조부이다.

에 접근함에도 불구하고 그리스도와 유사한 특징들이 보다 많이 나타난다. 블룸이 연인으로 삼으려는 마르타와 게르타는 여러 암시를 통해 성처녀 마리아와 연관된다. 따라서 몰리는 칼립소, 페넬로페, 이브(블룸의 환상에서 그녀는 나무에서 딴 망고 열매를 그에게 건넨다), 어머니 대지 가이아와 더불어 성처녀 마리아와 연관된다. 어떤 순간에 블룸, 몰리, 스티븐은 일종의 "성스러운 가족"으로 제시된다.

물론 이러한 유비 관계들이 모두 다 진지하고 본질적인 것이지는 않으며 일부는 해당 상황에 한정적이지만 이들은 아이러니를 통해서라도(아이러니는 모더니즘 신화의 필수조건이다) 여전히 범인류적 보편성을 강조한다. 주목할 것은 이처럼 무한히 동일시되는 인물들의 연관 속에서 사실상 각 인물들의 윤곽이 흐려질 뿐 아니라 이 얼굴들 뒤로 개성이 사라져버리고 만다는 점이다. 인물과 플롯의 불명확성은 개별 모티브의 명확성과 표현성에 의해 상쇄된다. 방랑자의 귀환이라는 상징적인 모티브(오디세우스, 성서의 돌아온 탕아, 부정한 아내를 찾는 선원 등), 방랑하는 네덜란드인이나 뱃사람 신드바드에 관한 이야기들 그리고 블룸이 자신의 아버지와 만나는 환상장면 등이 그러한 예가 될 것이다. 가족과 탑을 떠났으며 죽어가는 어머니의 청을 거절하는 스티븐의 모습에서는 천사의 반역이나 최초 인류의 타락과 대비되어지면서 죄의식을 지닌 채 떠남을 통해 자유를 얻는다는 일련의 모티브가 생생하게 연상된다.

《율리시스》의 많은 상징적 모티브는 원시신화(번식과 여성성의 상징인 물, 여성성의 또 다른 상징인 달, 제물을 나타내는 것으로 어머니 대지와 그녀의 연인들, 아이들, 재생의 상징으로서 일출, 몰락의 상징으로서 일식이나 구름, 다산의 마술과 관련된 제의적 성물 모독 등)나 기독교신화(스티븐의 지팡이 혹은 배의 돛으로 나타나는 십자가의 상징, 세례로서의 씻기 등) 혹은 연금술적 이야기(대우주와 소우주의 동일성을 상징한다는 이른바 "솔로몬의 인장"이 그 예로 이와 앞서 등장한 연꽃에 관한 이야기를 비교해 보라) 등으로부터 도입된다.

유사성의 원리에 의해 조이스는 전통적 상징을 넘어선 주변부로 연상을 확대한다. 예를 들어, 조이스는 뜀뛰기를 성적 강박의 상징으로,[19] 보일렌의 열쇠 찔렁거리는 소리를 몰리와의 예정된 만남의 기호로, 차는 물의 변형, 따라서 다산의 상징으로 해석한다. 조이스의 비전통적인 상징들은 훨씬 흥미로운 것으로 현대 일상의 산문적 삶에 대한 독창적인 신화를 보여주는 예가 된다. 현대의 '위생적' 문명을 아이러니적으로 보여주고서 이후 태양이 되는 부적으로서의 비누조각, 붉은 눈의 용으로 변신한 전차, 역사의 상징으로 나타나는 디지 씨의 동전들, 몰리의 양말대님 색깔로 보이는 달 등이 그것이다.

상징적 모티브가 가지는 이러한 **혼종성**(混種性, *heterogeneity*)은 다양한 신화와 문화, 역사 문헌에서 도입된 형상에 의한 인물의 다중화라는 모더니즘 신화의 본질을 보여준다. 고대문화의 원신화와 달리 이와 같은 2차적, 3차적 신화는 보편적 상징화의 요구에 부응하며 동시에 현대의 소외 상황에서 개별 인물과 사물이 겪는 균등성과 몰개성성을 표현한다. 영원한 형이상학적 근원들을 보편적으로 상징화한다는 파토스가 역사적 차원에서는 순환적 반복의 개념으로 전환된다.

스티븐 디달루스는 역사에 대해 "깨어나고 싶은 악몽"이라는 선고

---

19) [역주] '*race*'라는 표현은 '인종'(人種)과 '경주'(競走)라는 두 개의 의미를 가지면서 소설이 진행되는 내내 블룸의 끊임없는 자기 정체성 탐색의 문제에 연결된다 ("And I belong to a race too, says Bloom, that is hated and persecuted", "He's a bloody dark horse himself, says Joe" 등의 구절을 보라). 블룸은 기독교와 프로테스탄트 개신교, 두 개의 신앙을 받아들인 유대 출신의 아일랜드인이다. 8장에서는 블룸이 프리메이슨 단원이라는 사실이 암시된다.

를 내린다. 억압적이며 영원불변한 사물의 반복성, 탄생과 사멸의 끊임없는 교체, 세대의 교체, 문명의 발흥과 쇠락에 대한 블룸의 생각이 이러한 선고와 연관되었다. 이와 관련하여 "모든 길은 로마로 통한다", "원을 따라 빙빙 도는 서커스의 말" 등의 구절은 인상적이다. 《율리시스》에서 땅 주위를 도는 태양의 운동, 자신의 피조물인 지상으로의 신의 강림과 승천, 스트라트포드와 런던 간에서의 셰익스피어의 동요, 상단(商團)의 순환적 여행, 몰리에게서 떠나지만 다시 그녀에게 돌아오는 블룸의 도시 안에서의 탈주 등의 모티브가 잇따른다. 조이스는 정통 불교, 중세 신비주의자의 밀교적 가르침, 블라바츠카야의 인지학적 가르침에 정통했으며 보편적 현신이나 반복성을 구체적으로 형상화하기 위해 윤회의 사고를 이용한다.[20] 조이스가 의지했던 밀교적 가르침은 영혼의 영생, 이생과 후생 사이에서 과거의 망각, 인과법칙(카르마)에 종속된 불멸적 본체의 영원한 변신 등의 개념을 전제한다.

또한 이러한 생각과 관련이 있는 것은 인류의 어머니 이브와 연결되어 에덴동산으로 통하는 전화선으로 비유되는 탯줄의 희극적인 기묘한 형상이다. 그런데 여기서 이야기는 선조들과의 물리적 연결고리에 대한 것이 아니라 신비한 연관과 재현신(再現身)이라는 점을 지적하고자 한다. 이러한 관점에서 블룸과 스티븐이 아버지와 아들 관계이며 나아가 호머의 주인공들이 현대적 모습으로 화한 것이라는 사실이 더 분명해지며 이렇게 호머로부터 도입된 대칭이 보

---

20) [역주] 블라바츠카야(1831~1891)는 올코트와 함께 1875년 뉴욕의 신지학(神知學) 모임의 창시자이다. 인지학(人知學) 모임은 올코트의 죽음 후 모임의 의장이 된 애니 베상이 인도 철학자 크리슈나무르티가 그리스도의 재현신(reincarnation)이라고 주장하며 블라바츠카야와 결별한 뒤 루돌프 슈타이너(1861~1925)가 1912년 창설했다.

충적으로 동기화된다. 물론, 조이스는 윤회 개념을 상당히 비유적으로 사용하지만 그의 윤회 개념은 표면적 다양성 가운데 존재하는 동일성과 순환의 관념에[21] 그리고 "만물 속에 만물이 있다"라는 만물의 상응에 대한 사고에 부응한다. 특히, 후자의 생각은 셰익스피어의 《햄릿》에 대한 이야기와 더불어 스티븐에 의해 소설의 여러 부분에서 표현된다. 조이스는 기본 플롯[블룸의 가출과 복귀, 가족의 붕괴와 가상(假想)적 복원]의 관습적 주기성, 떠나고 돌아오는 방랑자들의 유사한 형상들 그리고 도시 생활의 쳇바퀴 같은 반복, 윤회의 이데아 등을 비유적으로 사용한다. 이 비유들은 모두 엄격히 말해 신화적인 것은 아니다.

그러나 조이스와 그의 후계자들은 《율리시스》에서 명시적으로 표현된 이와 같은 철학적 이데아로부터 출발하여 신화시학의 중요한 기법 중 하나를 발전시켰다. 이것은 고대신화의 주기(週期, cyclicity) 관념으로의 회귀라 할 수 있다. 주기의 이데아와 반복의 시학은 역시 토마스 만에 의해 《마의 산》에서 어느 정도 사용된다. 여기서 이 개념은 시간과의 상대주의적 실험으로부터 자라나온다. 상대주의적 시간 개념은("우리 지각 속의 시간은… 늘어나기도 하고 줄어들기도 한다") 나아가 시간의 현실성을 취소하는 데까지 발전한다.

한스 카스트로프는 만약 시간이 "변화를 성숙시키지" 않는다면, "시간을 측정하는 운동이 쳇바퀴 돌듯 폐쇄적인 것이라면", 운동이나 변화는 정체 혹은 부동과 다름없다고 말한다.

'과거'는 끊임없이 '지금'이 되고 '저기'가 '여기'가 되기 때문에… '또'와 '다시'는 '언제나'와 '영원히'와 동일한 것이 되며, '모든 운동은 원

---

21) "프로테우스"(Proteus)라 칭해진 장(章)에서 나타나는 영원히 변화하는 바다 풍경의 형상을 보라.

운동이'고 '영원성'은 '계속 앞으로, 앞으로' 가는 것이 아니라 '빙빙 돌고 또 도는' 것이며, 회전목마에 다름 아니며… 태양의 공전운동의 축일이다!

도대체 왜 지상의 인간은 모닥불 주위를 돌며 기뻐하며 춤을 추는가, 너는 말하지 않았던가, 그들이 실망 때문에, 모든 것이 되풀이되는 곳에서 일정한 방향성이 없는 영원의 원환(圓環)이 나타내는 끝없는 조롱과 야유에 영광을 돌리기 위해서 이렇게 하는 것이라고.

우르, 우르, 우르—. 이것은 무덤과 매장된 시간의 마술적 소리이다. 22)

　주인공의 사랑 체험의 반복은 《마의 산》에서 세계의 단일한 본질을 드러내는 기능을 한다. 이 사랑 체험의 반복은 소설 구조를 만들어내는 데 상당한 역할을 한다. 23) 시간 흐름의 연관 그 자체가, 시간을 채우는 체험과 더불어 소설에서 신화-설화-서사시의 상황을 어느 정도 재현해낸다. 반복성의 관념의 경우 이것이 고대문화에서 특별히 의례와 연관되었다면 토마스 만이 "한 해의 순환", "태양의 공전 축일", 모닥불을 둘러싸고 벌어지는 원무 등을 상기시키는 것을 볼 때 그가 이 관념을 매우 민감하게 감각함을 알 수 있다. 토마스 만의 경우에 해당하는 것이 앞에서 이야기한 바 있는 연례적 의례 신화를 수단으로 하여 내용을 비유화하는 양상이다.

---

22) [역주] 멜레틴스키는 러시아어 번역본을 인용하면서 '위', '선조', '원초' 등을 의미하는 독일어 'Ur-'에 해당하는 러시아어 어근 'npa-'를 가져오지만 역자는 원작의 'Ur-'를 다시 인용하였다.

23) H. Vogel, *Die Zeit bei Thomas Mann* (*Untersuchungen zu den Romanen "Der Zauberberg", "Joseph und seine Brüder" und "Doktor Faustus"*), Münster, 1970, p. 262.

주목할 것은 반복과 순환의 관념이 일종의 의사신화적 개념으로서 《율리시스》와 《마의 산》에 존재한다는 점이다. 《율리시스》에서 이 관념은 신화적 근거를 발견하지 못하고 아직 신화시학의 요소가 되지 못하지만 《마의 산》에서는 엄격한 의례적 도식이 그것을 비유적으로 모델화한다. 조이스와 토마스 만은 신화적 반복의 시학을 이후 창작 과정에서 더욱 다듬어내며 조이스는 이를 통해 자신의 철학을 직접 예술적으로 실현하고자 하며 토마스 만은 철학으로서의 개념을 넘어서 역사적 틀로까지 만들고자 한다.

만약 《율리시스》에서 신화가 '자연주의적으로' 형상화된 삶에 대한 상징적 해석을 부여하기 위한 지주가 된다면 《피네간의 경야》에서 신화화는 압도적으로 지배적인 현상이다. 《율리시스》의 예술적 기법의 주된 특징이 이 작품에서 더 발전하고 라이트모티프 기술이 세련화되는 한편, 단어의 내적 형식에 의한 의미의 음악적 유희, 여러 언어의 요소들을 포함하는 신조어(neologism) 등은 독서 자체를 특정한 힌트를 요구하는 독특한 수수께끼 놀이로 만든다. (《율리시스》의 스위프트적 냉소와 달리) 라블레 유형의 유머는 낭만적 아이러니라 말할 수 있는 것과 복잡하게 얽혀 일상적 재료와 신화적, 문화적 인용이 이루어내는 명백히 자의적인 유희를 장식한다. 현대의 속물적 일상은 여기서 《율리시스》에서보다 훨씬 더 미미한 자리를 차지하지만 희극적 그로테스크의 근원으로 남았다.

신화적 재료는 무엇보다도 (《율리시스》에서처럼) 고대적인 것이 아니라 켈트 전통으로(핀란드 전통, 〈트리스탄과 이졸데〉), 특히 다른 신화들(성경, 스칸디나비아 신화)이나 신화로부터 가져오지 않은 모티브들(예를 들어, 《이상한 나라의 앨리스》에서 가져온 것 등)과 함께 얽혀 제시된다. 《피네간의 경야》에서 신화화는 감각의 결과라기보다 이성적 실험과 학자적 유희의 산물이다. 현대 신화 이론을 의식적으로 사용하는 조이스의 뛰어난 지식은 《피네간의 경야》에 보이는 범상치 않은 지적 천착의 근원 중 하나일 뿐이다.

제임스 아터튼에 따르면24) 《피네간의 경야》의 플롯과 인물, 인용과 어법 유희의 근원으로는 아일랜드 전설, 구약과 신약, 이집트의 〈사자의 서〉, 〈에다〉, 코란, 불교와 유교 경전, 우파니샤드, 호머, 교부학(敎父學), 성 제롬, 토마스 아퀴나스, 성 아우구스티누스, 이교도 성자들, 단테, 셰익스피어, 괴테, 파스칼, 스위프트, 버클리, 골드스미스, 오스카 와일드, 루이스 캐롤, 칼튼, 입센, 프로이트, 융 등이 있다. 25) 아터튼의 지적에 따르면 《피네간의 경야》에서 우주의 구조는 비코, 지오다노 부르노, 쿠자의 니콜라스 등에 의거하여 만들어진 것이며26) 수의 해석은 레비브륄, 쿠자의 니콜라스와 카발라를 따랐으며 양식적 이념은 말라르메와 파운드 등에 부분적으로 빚진다. 27)

---

24) J. S. Atherton, *The Books at the Wake*: *A Study of Literary Allusion in James Joyce's Finnegans Wake*, New York, 1960.

25) [역주] 다음을 보라: G. Berkeley, *A Treatise Concerning the Principles of Human Knowledge*, Raleigh, NC, 1710; O. Goldsmith, *The Vicar of Wakefield*, Charlottesville, VA, 1994.

26) [역주] 지오다노 브루노(1548~1600). 로마에서 말뚝에 묶여 화형당한 범신론(*pantheism*)을 신봉하는 도미니크회 철학자로 사유가 우주의 미를 명상하는 것은 우주에 생명을 주는 성령을 발견하기 위해서라 주장하였다. 쿠자의 니콜라스(Nicholas of Cusa, Nicholas Cusano, Nicholas Cusack, Nicholas de Cusa, Nikolaus Chrypffs 등으로도 알려졌다. 1401~1464)는 로마 가톨릭 추기경으로 관용(*tolerance*)을 통해 신앙들의 혼용 가능성을 인정하였다. 그는 때로 천문가로서 태양이 아니라 지구가 움직인다는 피타고라스적 개념을 재활성하였다. 유형상 조이스의 언어유희는 쿠자노를 'Micholas de Cusack', 'Cusanus' 등으로, 브루노(Bruno)를 'Padre Don Bruno', 'Padre San Browne', 'Amborium Jordani' 등으로 변형한다. 비코는 'Gambariste della porca', 'Mr. John Baptister Vickar'와 'Jambaptistae'로〔또한 숀(Shaun)은 'Juan Dyspeptist'가 된다〕 변형된다.

27) [역주] 카발라(*cabala, cabbala, kabala, kabbala*): 중세 유대교 학자들이 성서의

《피네간의 경야》의 주요 인물들은 더블린의 선술집 주인 이어위커〔그의 이니셜 HCE는 "*Here comes everybody*"(누구나 여기 온다)로 풀이된다〕로 그는 누구보다 '보통 인간', '범인'으로서 어느 정도 블룸과 대비된다. 28) 그의 아내 안나 리비아 플루라벨은 몰리 블룸과 마찬가지로 '영원한 여성적 원리'로서 제시된다. 그들의 아이들로는 딸 이사벨라와 서로 적대적인 두 아들, 쉠과 숀이 있다. 29) 쉠은 스티븐 디달루스를 상기시키는 동시에 조이스 자신을 나타내고 '가족의 희망'인 숀은 《율리시스》의 찬탈자 멀리간과 대비될 수 있다. 그들 주위에는 요리사, 하인, 선술집 손님들, 사건에 대해 평가를 내리는 네 명의 노인 등이 있다.

플롯의 핵심은 이어위커가 더블린의 불사조 공원에서 저지른 어떤 불분명한 범죄인데, 이 때문에 그는 일시적으로 체포되며 조사는 끝없이 진행된다. 30) 여기서 마침 중요한 증거가 되는 것은 안나

신비적 해석에 입각하여 주창한 신비철학. 카발라주의(*cabbalism*)와 수(數, *numerology*)에 관해 보다 상세한 정보를 위해서는 다음을 보라: G. Ifrah, *Histoire universelle des chiffres*, Paris, 1981, chap. 21.

28) [역주] Humphrey (혹은 Harold) Chimpden Earwicker, Haveth Childers Everywhere, Hermyn C. Entwhistle, Haroun Childric Eggeberth 등. 쉐노니(Schenoni)에 따르면, HCE는 아마도 "*Here comes everybody*"라는 별명으로 불린 영국 의원 H. C. E. Childers(1827~1896)를 말하는 것이라 한다. 다음을 보라: M. Norris, *Finnegans Wake*, New York, 1990, pp. 163~165.

29) [역주] 소설 본문에서 이사벨라(Isabella)는 종종 '이시'(Issy)라고 불린다. 이 이름은 남성적이면서 유대교적 암시를 담고 있으며(Izzy, Issac, Isaiah, Ishmael, Israel) 동시에 여성적이며 신화적 관련성(Isolde, Iseult 등)을 내포한다. 이 사실은 본문에서 명시적으로 드러난다. 예를 들어, II부 4장에서 '이야기'는 또한 더블린 교외 차펠리조드(Chapelizod, Chapel d'Iseult , "Capel Ysnod")에서 일어나는 것으로 되었는데 이 이름은 HCE의 범죄에 주어진 것이기도 하다.

30) [역주] 이 범죄는 모호하지만 아마도 성적(性的)인 것으로 짐작되는데 HCE가 어린 두 소녀들에게 노출 행위를 했거나 자신의 딸과 근친상간을 범했을 것으로 추정된다. 사건이 실제로 일어났는지는 의심스럽다. 그것은 HCE의 아내

리비야의 편지로 이것은 작가 솀에 의해 쓰였으나 숀이 빼앗아 폭로한다. 이 편지가 "피네간의 경야"이다. 이어위커의 비밀스러운 죄와 징벌의 위협은 "키르케" 장의 밤의 악몽 속에서 블룸에게 내려지는 비난과 선고의 모티브를 상기시킨다.

《피네간의 경야》가 《율리시스》와 구별되는 본질적인 차이점은 블룸이(스티븐과 몰리도 마찬가지로) 오디세우스 그리고 신화와 서사시의 다른 인물들과 연상관계에 있지만 그들과 문자 그대로 동일시되지는 않는다는 것에 있다. 이는 소설 텍스트 자체의 조직에서 신화가 가지는 의미를 상당히 제한한다. 《피네간의 경야》에서 인물은 완전히 혹은 거의 완전하게, 어떤 경우는 꿈속의 변신에 의해 신화적 분신들과 동일시된다.

소설의 도입부에서 주인공은 우리 눈앞에 아일랜드 발라드로부터 가져온 피네간의 모습으로 나타나며 또한 유명한 아일랜드 서사시 주인공 핀과 뒤섞인다. 이후 선술집 주인 이어위커는 꿈속에서 자신을 왕 마르크로, 딸을 이졸데로, 아들 숀을 트리스탄으로 본다.[31] 숀과 솀은 신화에서 전형적으로 등장하는 사이 나쁜 쌍둥이 형제로서 누이 이시에 대한 사랑으로 인해 서로 싸운다. 이런 식으로 이 이야기는 프로이트적 양식으로 제시된다. 성경과 기독교의 코드에서 볼 때 이어위커와 안나 리비아는 아담과 이브이며 더블린의 불사조 공원은 천국의 에덴동산, 이어위커의 비밀스러운 죄는 성서의 원죄이다. 솀과 숀은 카인과 아벨이며, 나아가 솀은 사탄의 형상과 숀은 대천사 미카엘의 형상과 합쳐진다. 네 명의 노인은 복

안나 리비아 플루라벨이 종종 범죄가 진짜임을 암시함에도 불구하고 아들 솀의 고발 편지가 명백히 꾸며진 것이기 때문이다.

31) **[역주]** Ⅱ부 4장에서. 원래의 전설에서 마크는 트리스탄의 숙부이며 이졸데의 남편이다.

음서의 현자들과 동일시된다. 자연의 코드에서 볼 때, 남성적 근원과 여성적 근원인 이어위커와 그의 아내는 각각 성(城)과 더블린을 통과해 흐르는 리피 강(모성적, 여성적 원리의 수동성과 항상성의 상징)으로 현신한다. 쉠과 숀의 변신은 이중으로 그로테스크한 특징을 가지며 서로 싸우는 힘들로 이루어진 반목의 대립쌍을 다양한 얼굴의 체현을 통해 보여준다.

이어위커의 꿈에서 숀은 차례대로 돈 주앙, 후안, 욘으로 변한다. 자바어로부터 번역된 것으로 사실상 루이스 캐롤이 살려낸 전설에서 가져온 형상인 파렴치한 거북 돈은 숀에, 그리폰은 쉠에 대응된다. 쉠과 숀의 불화를 통해 형상화되는 이중적 근원은 의미적 혹은 스위프트-스턴, 나폴레옹-웰링턴 등과 같은 언어적 대비를 통해 메아리처럼 끝없이 반복된다.

보편화의 양상은 여러 신화적 전통, 문학적 모티브와 인물, 역사적 혹은 의사역사(擬似歷史)적 이름과 사건의 혼합에 의해 《율리시스》에서도 다각도로 강조된다. 이러한 보편화는 다양한 가면 아래 하나의 동일한 역할과 상황이 드러나는 닫힌 무한성으로 이해된다. 보편성은 신화적인 것과 비신화적인 것들의 대칭 관계가 무한히 축적됨으로써 발생하는 잉여성에 의해 날카롭게 강조된다.

독립된 인물들의 경계가 지워지는 현상은 여기서 의식적으로 극단적 그로테스크에까지 도달한다. 인물들은 서로가 서로로 변신할 뿐 아니라 나누어지고 겹쳐지며, 절단되고 증식한다. 쉠은 네 명의 노인이자 복음 전파자로 분화될 수 있으며 이들은 또한 배심원인 12사도가 된다.[32] 안나 리비아(ALP)는 종종 두 명의 유혹자 p와 q의 모습

32) **[역주]** 여기서 멜레틴스키는 HCE의 술집의 12명의 손님과 HCE의 '심판'에서 배심원으로 등장하는 12명의 상인을 언급하는 것으로 보인다. 또한 I부 6장은 12개의 수수께끼를 중심으로 엮어졌다.

으로, 그녀의 딸 이시는 일단의 아가씨들(무지개의 일곱 색깔, 4개월)로 제시된다.

이원성의 차원에서 반복성은 역사의 악몽에 결부된 불온한 닫힌 무한성을 표현한다. 《율리시스》에서 시간 속에서의 반복성은 주로 윤회의 이데아에 의해 그리고 《피네간의 경야》에서는 18세기 이탈리아 철학자 잠바티스타 비코에 의해 전개된 형식 속에서 주기성의 개념에 의해 표현되었다. 비코의 이름은 책의 가장 첫 장부터 여러 곳에서 언급된다. 조이스는 역사의 주기적 반복과 매 주기의 네 가지 국면에 관한 그의 전반적 개념만을 사용하지만, 여기에는 각각의 순환 주기마다 다른 이름으로 원죄를 저지르는 창조신의 형상, 새로운 순환 주기로의 이행을 알리는 파국의 개념 그리고 시적 이상의 영역으로서의 신화의 긍정적인 가치와 역사의 재건을 위한 어원학(etymology)의 의미를 제기하는 논제가 있다.

조이스는 퀴네의 이론도 차용한다. 바람에 날리는 모래알 각각이 그 속에 전 세계를 그리고 로마나 스파르타의 운명보다 거대한 원자적 영속성의 맹아를 가지며 역사 전체가 창조적 세계의 한 부분으로부터 연역될 수 있고 역사의 수 세기는 인간 개인의 사고 속에서 이루어진다는 퀴네의 견해는[33] 조이스를 매료시켰다. 퀴네의 생각은 융의 집단적 무의식 개념과 많은 부분에서 일치한다.

비코, 퀴네, 융 등의 사상들은 실제로 전 세계의 역사를 간접적인 묘사 대상으로 삼는 신화소설의 자료 조직과 내적 구조 구축을 위해 이용되었다. 바로 이것이 신화와 역사가 현대의 삶에 관한 소설의 지평선에서 저 너머로 멀리 보이듯 다만 배경을 구성하는 《율리시스》와의 본질적 차이점이다.[34] 역사의 '악몽'은 문자 그대로 주

---

33) 퀴네의 이러한 사고는 많은 면에서 융의 집단적 무의식 층위의 개념에 조응하는 바가 크다.

인공(혹은 여타의 인물들의 경우 역시 가능하다)의 악몽으로 나타난다.[35] 꿈에 나타난 전(全)역사의 비전은 '만화경'으로, 동시에 영어 동사 "충돌하다" 혹은 "장애물이 있는 복도, 미궁을 따라 달리다"는 의미에 상응하는 가상의 단어 "collideorscope"로 의미화된다.[36]

주인공들의 꿈에서는 융이 말한 집단무의식적 기억의 심층이 펼쳐지고 이 기억의 내용 자체는 비코의 주기 이론에 도움을 받아 구조화된다. 이러한 의미에서 《율리시스》로부터 《피네간의 경야》로의 이행은 프로이트의 영향으로부터 융의 영향으로의 이행이라고 할 수 있다. 여기서 프로이트와 융의 사상이 끼친 영향만큼이나 이들의 사상에 대한 구성적 응용이 소설 텍스트 조직에 큰 의미를 가지게 되므로, 이들 이론가에 대한 조이스의 아이러니는 이들의 영향과 충분히 동등한 위치를 가질 수 있다.

조이스가 비코의 이론을 보다 진지하게 보며 존중하는 이유는 주기론이 그 자신의 철학관에 매우 가깝기 때문이다. 그러나 사건의 보편적 반복성, 인물과 인물 간에 쉽게 성립되는 대체성(代替性), 인간 개성 경계의 모호성 등의 특질들을 보여주는 현대 철학의 신화시학으로의 전화(轉化), 즉 신화적 범례들과 형상들의 수단에 의한 현대 철학의 표현은 융의 집단무의식의 원형 개념에 의해서만 가능하였다.

---

34) 20세기 신화문학에서 신화와 역사는 언제나 대립하는 동시에 분리 불가능하다는 점에 유념하자.

35) 하트는 다른 연구자들과 달리 《피네간의 경야》에서 꿈과 꿈에 관한 꿈이 이루는 위계 체계 전체를 고찰한다. C. Hart, *Structures and Motifs in Finnegans Wake*, Evanston, IL, 1962.

36) [역주] 《피네간의 경야》의 다음 구절을 참조해 보라: "Violet's dyed. Then what would that fargazer seem to seemself to seem seeming of, dimm it all? Answer: A collideorscope."

역사의 신화적 모델화를 위해 조이스는 무엇보다도 적대적 형제 관계라는 신화소와, 특히 죽었다 부활하는 신인(神人)의 신화소를 자주 사용하였다. 신인의 제의신화소는 프레이저에 의해 상세하게 다듬어져(《마의 산》에 대한 검토와 연관해서 앞서 이야기한 바 있다) 그 이후로 문학과 문예 연구에서 널리 사용되었는데, 《피네간의 경야》에서는 주인공의 몰락과 부활, 각성과 회춘 그리고 이후 끊임없는 변화 과정으로서 제시된다.

꿈과 깨어남, 죽음과 부활, 세대의 교체라는 이 주제는 처음에 석공(石工) 피네간이 대들보에서 추락하여 죽었다가 그의 친구들이 추도회를 열고 위스키 마개를 뽑은 후 다시 살아나는 그로테스크한 장면에 의해 도입된다. 이후 역시 이 주제는 여러 형식 속에서 이어워커, 숀, 안나 리비아 등을 통해서 전개된다. 소설에서 묘사되는 것은 매장 의식과 이후 무덤에서 사자(死者)를 파내는 형태의 '제의'이다. 죽음과 부활의 신화소는 주기적 역사 개념에 대한 주된 비유가 된다.

《피네간의 경야》에서 죽음과 부활, 변신의 연쇄 속에 나타나는 주기적 반복성은 불교의 극락, 즉 해탈의 불가능성을 염두에 둠으로써 주로 부정적으로 평가된다. 그러나 이는 이미 개인에게 그러한 것이 아니라 사회 전체 차원에서 그러하다. 이상으로서 의미를 가지는 것은 영원한 재생이나 발전이 아니라 그것의 종결, 열반이다.

플롯과 그 구성의 형식적 측면은 《피네간의 경야》에서 주기성의 이데아 그리고 탄생-죽음-부활(재생)의 신화소와 연관되었다. 주기 모델은 모든 층위에서 재현된다.

하트의 독창적인 연구에서는 소설의 각 장이 모두 주기 도식에 의해 구성되고 언어적인 리듬과 의미 또한 마찬가지라고 밝힌다.[37) 그는 《피네간의 경야》의 구조에 토대가 되는 것이 주기적 대위법이라고 주장한다. Ⅰ~Ⅲ권은 비코가 말한 세 가지의 대주기 시대구분(출생-결혼-죽음)에 해당하며 이 틀 안에서 조이스는 자연현상의 용어로 의미화되는(땅-물-불-공기) 네 가지 소주기들(Ⅰ권에서 HCE와 ALP의 주기들)을 전개한다. Ⅳ권에서 우주적 휴지기와 함께 소주기들은 3+1에 대한 4+1로서 비코의 도식에 대위법적으로 대비된다. 네 가지 자연현상은 거친 물질을 나타내며 영혼이 이것을 보충하고 생명을 불어넣는다. 상징, 어구, 인물들은 관점에 따라 세 개의 혹은 네 개의 형상이 이루는 조합으로 그룹을 이룬다(예를 들어, HCE에게는 세 명의 자녀가 있지만 그중 이시는 분신을 가진다. 네 명의 선지자는 집을 가지고 있는데 집 중 하나는 보이지 않는다).

대립적 관점들은 균등화되고(쉠-숀), 주기들 자체는 균일화 운동으로 인해 동등하고 상대적인 것이 된다. 하트에 따르면, 또 다른 대위법 유형은 다양한 방향으로 움직이는 주기들의 대립이다(여기서 예이츠와 블레이크의 영향이 나타난다). Ⅰ권과 Ⅲ권에서 각각 유사한 사건들이 정반대의 순서와 정반대의 특징을 가지고 일어난다. Ⅰ권의 경우 출생에서 시작해 상징적 죽음으로 진행된다면, Ⅲ권에서는 사건이 죽음으로부터 출생으로 진행된다. 또한 Ⅲ권의 환영과 꿈은 Ⅰ권에 나오는 전설의 거울적 반영이다. 유년과 장년, 여성적 근원과 남성적 근원, 능동성과 수동성 등의 대립쌍이 반영된 관계들이 역동적 망(罔)을 만든다. 게다가 다양한 상징적 층위에 다양한 자연주기들이 상응한다.

일상적 사건들은 하루에 일어나지만 이 하루의 사건들은 다른 층위에서 주(週) 단위로 나누어지고 같은 사건들이 제의상의 한 해에 연결된다. 이러한 시간의 삼중성에서 결국 영원한 '지금'에 종속된

---

37) **[역주]** C. Hart, *Structures and Motifs in Finnegans Wake*, Evanston, IL, 1962.

시간의 상대성이 드러난다. 《피네간의 경야》에서 자주 암시되는 것은 역사적 주기가 비역사적 무시간성으로부터 자라났다는 점이다. 하트는 조이스가 융에 의거하여 무시간적 중심을 도는 시간의 주기적 순환을 상상했다고 말한다. 무시간의 토대가 분명히 표현된 결산적 Ⅳ장은 소주기들이 배치되는 정점 혹은 축으로 구상된 것이다. 하트가 제안한 도식에 의해, 조이스가 이루어낸바 역사와 시간의 극복이 그리고 모더니즘 소설 전체에 있어 특징적인, 시간적 지향에서 공간적 지향으로의 이행이 설명된다. 《피네간의 경야》에서 공간적 지향은 무엇보다도 기하학적 원형의 원과 십자가 혹은 구(球)의 표면 위의 두 개의 원에 의해 표현된다.

《피네간의 경야》의 신화적 상징은 일반화된 인간 의식, 엄밀히 말해 집단적 무의식에 해당하므로 그것은 세계적이며 보편적이다. 그러나 조이스의 상징은 비전통적이며 바로 자신의 세계모델에 접근한다.

《피네간의 경야》의 신화시학은 이미 지적하였듯이 많은 점에서 모더니즘 철학과 미학에 의해 탄생하였고 자연적인 시적 감각이 아니라 지적 실험의 성격을 가지며 신화, 종교, 철학을 아우르는 폭넓은 문헌에 대한 뛰어지만 순수하게 문서적인 지식에 기반을 둔다. 이와 함께 조이스는 신화적 자료들과 상당히 자유롭게 '유희'하며 다양한 문화장으로부터 가져온 신화들과 신화적이거나 문학적 인용들, 다양한 종교 철학적 가르침과 학문적 이론들을 기기묘묘하게 엮어낸다. 혼성적 자료들로 이루어진 이러한 '종합편'은 자료들의 표면적 다양성 밑에 숨겨진 심층적인 동일성을 확증해야 하고 자신의 자료들과 아이러니를 통해 유희하며 이 자료들을 자신이 원하는 만큼 진지하거나 농담조로 이용하는 작가의 고의적인 주관적 자의성을 강조하지만 다만 여기에 머물지 않는다. 역설적으로 조이스는 매우 개인적이며 아이러니적인 메타신화의 틀 속에서 신화적 기법에 의한 자료 해석을 실현한다. 그는 마치 신화적 체계가 아니라 그 방법, 기법, 신화창작적 사고의 양식 등을 모델화하는 것으로 보인다.

이러한 사고 양식에 의해 다양한 신화적 모티브들과 신화화된 문학적 모티브들, 나아가 학문적 모티브들(예를 들어, 프로이트나 비코의)이 끊임없이 만화경적으로 재분류되어 새로운 플롯 혹은 체계를 이루는 틀이 되며 다양한 층위의 일정한 신화소들이 자연현상이나 자연물, 기하학적 형상, 수(數) 등의 용어로 재코드화된다.

이러한 신화적 분류소들은 조이스가 《율리시스》를 쓰면서 생각해낸 것이다. 언급했듯이, 구상은 호머식의 장(章) 명칭뿐 아니라 각 장이 인간 신체의 기관, 스펙트럼의 부분, 학문과 예술의 종류, 지배적인 상징 등에 일정하게 호응하도록 하는 것에 이르렀다. 그러나 《율리시스》에서 이러한 구상은 최종 텍스트에 도입되지 않았고 《피네간의 경야》에 와서야 신화시학의 한 양상을 구성하게 되었다. 《피네간의 경야》에서 신화주의는 세계 역사와 심리적 우주를 해석하기 위해 신화적 도식과 모티브를 이용하는 것에서뿐만 아니라, 신화 자체와 신화적 자료 해석에 쓰이는 신화적 양식(물론 이것은 극단적 주관주의로 인해 원래 신화와 구별된다)에서 또한 나타난다.

이미 지적했듯이 《요셉과 그의 형제들》과 《마의 산》, 《피네간의 경야》와 《율리시스》 간에는 널리 알려진 유사성이 있다. 《요셉과 그의 형제들》과 《마의 산》의 관계는 슬로호버에 따르면 괴테의 《파우스트》 I 부와 II 부의, 카우프만에 의하면 〈배움의 나날들〉과 《빌헬름 마이스터의 편력시대》의 관계에 비견된다.[38] 《요셉과 그의 형

---

38) H. Slochower, *Thomas Mann's Joseph Story: An Interpretation*, New York, 1938, p. 6; F. Kaufmann, *Thomas Mann: The World as Will and Representation*, Boston, 1957, p. 146.

제들》과 《피네간의 경야》는 심리가 아니라 신화를 강조하는 신화소
설의 범례로 제시된다. 심층의 심리적 진행과 플롯 자체의 보편성이
강조되면서 내적 행위를 추동하는 것은 신화적 대칭이나 상징이 아
니다. 여기서는 심리에 의해 일련의 신화적 플롯이 해석된다.

　문제의 복잡성은 토마스 만과 조이스가 창작적 발전 과정에서 서
로 접근할 뿐 아니라 분기한다는 점에 있다. 조이스의 창작에서 사
실주의적 요소는 약화되고 주관주의는 강화되었다. 토마스 만은 어
느 정도 새로운 기반에서 《요셉과 그의 형제들》을 집필하는 시기에
사실주의적 기법을 강화했다. 따라서 슬로호버와 같은 일부 비평가
들은 《요셉과 그의 형제들》에는 《부덴브로크 가의 사람들》과 《마
의 산》에서 이루어진 성취점들이 독특하게 혼합되어 있다고 생각하
기도 했다. 토마스 만은 사실주의적 객관성에 의해 신화적 자료를
넘어설 수 있었다. 이것은 자의적 유희를 위해서가 아니라 신화적
의식 자체가 가진 어느 정도의 역사성을 고려하여 신화적 의식을
분석하기 위해서였다.

　그러므로 토마스 만의 신화소설은 다만 신화소설에 그치지 않고
신화에 관한 소설이 된다. 《요셉과 그의 형제들》의 역사성은 《마의
산》보다 강화되고 심화되었으며, 토마스 만은 '신화와 역사'의 문제
를 《피네간의 경야》에서와 완전히 다르게 해결한다. 《요셉과 그의
형제들》에서, 특히 이 소설의 마지막 부분에서는 사회적 진보의 가
능성에 대한 믿음이 매우 분명하게 보이는데 이것은 조이스에게서
는 전혀 나타나지 않는다. 그 외에도 토마스 만은 자신이 유럽 문
명의 중요한 근원으로 보는 유대기독교 전통을 훼손하고 황홀경적
인 게르만 이교를 칭송하는, 정치적으로 조작된 나치의 인류학적
신화에 대해 '인간화된' 신화주의를 대비시키려 했다.

　조이스에게 본질적인 것은 신화들의 특성이 아니라 그 공통 본질

이다. 조이스가 아일랜드 출신인 관계로 켈트 신화에 관심을 보이긴 했지만 신화적 재료의 선택은 그에게 원칙적으로 아무 차이가 없는 것이었다. 토마스 만이 성서적 플롯을 선택한 것은, 부분적으로는 그에게 의미 있는 프로테스탄트(루터교) 문화 전통 때문이고 부분적으로는 독일의 전(前)나치주의와 나치의 민족주의(nationalism)와의 숨겨진 논쟁 때문이라고 할 수 있겠다. 그러나 보다 본질적인 것은 신화와 역사적 전설의 유사성, 주기적 요소와 선형적 요소, 즉 역사적 방향성의 결합 그리고 보다 폭넓은 정신적 근원을 위한 자연신들에 대한 거부 등 성서신화의 양상들이 토마스 만의 마음을 끌었다는 사실이다. 토마스 만에게 성서신화는 고대 동양의 원시신화들(중심신화인 죽었다 다시 살아나는 신에 대한 신화)과 기독교 사이의 일정한 연결 고리로 보였다. 더불어 토마스 만은 성서신화의 특성에 의해 신화적 의식의 공통된 윤곽을 그려보였으며 예술적 분석을 깊이 있게 실현하였다.

이러한 분석은《요셉과 그의 형제들》의 창작 시기에 얻어진 매우 견고한 학문적 박식에 기초한다. 토마스 만은 성서학은 말할 것도 없이 이집트와 바빌론, 페니키아 신화에 대해 놀랍도록 정확한 지식을 가졌고 성서 이후의 유대 전통(미드라쉬, 카발라 등), 코란신화, 플라톤과 그노시즘 문헌 등도 접하여 알고 있었다. 문헌 해석에 있어서 토마스 만은 범(凡)바빌론 학파(윈클러, 엔젠 등)의 영향을 받았고 (프레이저의 영향과 함께) 따라서 그는 요셉을 고대 동양의 죽었다 다시 살아나는 신들의 형상에 접근시켰으며 달 신화에 대해 특별히 관심을 기울이게 되었다. 물론 이외에도 토마스 만은 바호펜, 레비브륄, 카시러 등의 이론과 심리분석 개념들을 잘 알았다. 이런 방식으로 토마스 만은 조이스와 마찬가지로 학문적 전통에 기반을 두고 고대신화를 해석하였다.

조지프 캠벨이 조이스와 토마스 만의 신화주의에서 순수한 직관적 근원을 찾으려 한 것은 무의미한 일이었다. 그가 볼 때 조이스와 토마스 만은 20세기인으로서 종교적 의식이나 이에 수반하는 공통의 일정한 상징적 사고로부터 자유로운 이들이었다. 그러므로 이들의 신화화는 개인적인 것이었으며, 종교적인 것이 아니라 순수하게 심리적 신화의 자연발생적 창작의 행보이다. 다만 이들의 신화는 원칙적으로 모티브들에서 전통신화의 체계와 놀랄 만큼 일치했던 것이다. 이러한 일치점은 캠벨이 계승하는 융의 원형 이론의 관점에서 해명된다. 그러나 상황의 본질은 완전히 다른 관점에서 보인다. 그것은 두 작가에게서는 학자적 주지주의(intellectualism)가 압도적이며 참고문헌이나 학술서적과의 연관이 매우 명백하고 융의 원형에 대한 지향이 충분히 의식적(意識的)이라는 사실이다.

토마스 만이 조이스와 다른 점은, 토마스 만의 경우 재료의 특성을 내보이려는 노력에서 이러한 학문적인 접근이 빚어진 것이라면, 조이스는 자신의 재료를 자의적인 만화경처럼 재배열한다는 사실이다. 토마스 만 역시 고대신화에 대한 유희적 접근과 유머가 없지 않다. 그는 이것을 스스로 학문적 방법론과 신화라는 비학문적 재료의 불일치로부터 이끌어낸다. 《피네간의 경야》에서 조이스의 아이러니가 일종의 보편적 상대주의를 표현하며 악몽이라는 그로테스크의 형식을 취한다면, 토마스 만의 아이러니는 그 자신의 말에 따르면 신화의 영웅들에 대한 진지한 접근하에서 "표면적인 개연성…의 밑받침"이 된다.

물론 조이스는 결코 개연성을 추구하지 않았다. 일반적으로 20세기의 신화성은 현대 작가가 고대신화를 가져와 쓴다는 사실로부터 필연적으로 생겨날 수밖에 없는 유머와 아이러니 없이는 생각할 수 없다. 신화 전통을 직접 계승하는 민담과 중세 문헌의 (바흐틴적 의미의) 카니발성은 엄격한 법제(法制)의 세계 속에서 그리고 전체주의적인 공통 세계모델과 상징체계 등의 영역 안에서 숨을 쉬게 하는 통풍구와 다름없었다. 이와 같이 시공 속에서 제한적인 통풍구는 체계 전체를 붕괴시키지 않았다. 20세기 신화소설에서 아이러니와 카니발성은 전통적 상징체계에 대해 오히려 현대 예술가가 가지는 무제한의 자유를 표현한다. 이 전통적 상징체계는 오래전 강제성을 상실하였지만 현대 의식에서 작가가 영원하고 보편적인 것으로 받아들이는 요소들을 비유화할 수 있는 수단으로서 여전히 매력을 보존한다.

토마스 만에게서 유머는 그의 학문적 진지성과 분리할 수 없다. 유머는 신화를 소설로 변형시키기 위한 전제이고 한편 소설에서 신화는 여전히 신화로 남는다. 토마스 만의 유머는 사실의 의혹성, 기적적인 것 등의 요소, 본질과 현상의 표현의 불일치 등과 관련될 뿐 아니라, 신화시적인 "달의 문법(文法)"처럼 순진무구한 것으로 묘사되는 신화적 세계관 자체와도 연관된다.[39] 또한 여전히 본질적 관점에서 역사적 체험의 정신적 조직화를 위한 자연스러운 방식이며 전형화의 형식으로 받아들여진다. 《피네간의 경야》의 조이스에게서는 신화에 대한 이러한 이중적 접근이 부재한다.

토마스 만에게서 요셉의 이야기는 《마의 산》의 한스 카스트로프의 이야기와 마찬가지로 일종의 성장소설이다. 아버지인 족장 야곱의 사랑을 받는 아들 요셉은 지적이고 예술적인 본성과 선명한 개성을 가진 자로 자연에 가까운 단순한 목동인 자신의 형제들에 대립되는 존재로 그려진다. '일시적 죽음'이라는 잔인한 체험(형제들은

---

39) [역주] H. Vogel, *Der Zeit bei Thomas Mann* (*Untersuchungen zu den Romanen* "*Der Zauberberg*", "*Joseph und seine Brüder*" *und* "*Doktor Faustus*"), Münster, 1970.

요셉을 우물에 던지고 그는 이후 이집트에 노예로 팔려간다. 성경신화의 관점에서 이것은 '지하', 죽음의 나라이다) 이후, 주인이자 후원자인 보디발의 아내인 이집트 여자 무트가 던지는 악마적 유혹, 실총(失寵), 옥살이 등을 포함한 타국에서의 시험에 의해 요셉은 자신의 유아적 이기주의를 극복하고 삶의 지혜를 얻는다.

여기서 흘러나오는 토마스 만의 객관성은 개연성을 고려한 것으로 보이는데 성경의 신화를 진짜 서사시적 서사로 전환시킬 가능성을 부여한다. 여기서 고대의 플롯이 사실주의 소설로 변용된다. 그러므로 양식적으로 토마스 만은 순수하게 실험적 서사 방식을 가진 조이스나 신화의 문제의식을 외면하고 베르펠과 아쉬처럼 단순히 성경의 주제들에 기초를 두는 역사소설과는 다른 극단에 섰다. 40)

이성적인 것과 비이성적인 것, 의식적인 것과 무의식적인 것의 불가피한 합(合)에 의해 요셉은 경험적 지혜와 자연적 통찰(요셉의 꿈)을 통해 노예로부터 파라오의 제일가는 조언자가 되고 이집트인과 자신의 혈족을 구한다.

개인주의자 요셉이 종족 차원에서 그리고 국가 차원에서 사회적 지성인으로 거듭나는 계기는 또한 정신적 근원에 대한 고대의 종족적 의식 속에 뿌리내림을, 즉 사회 속에서 정신적인 것과 자연적인 것이 합일됨을 의미한다. 41) 이 같은 문제의식은 《마의 산》이나 토마스 만의 다른 작품들과 같다. 요셉의 운명은 한스 카스트로프의 운명과 마찬가지로 제의적 신화소에 의해 비유되며 여기서 통과의

---

40) 역사소설과의 차이점에 대해서는 햄버거의 다음 연구에서 첫 몇 장을 보라: K. Hamburger, *Der Humor bei Thomas Mann: Zum Joseph-Roman*, München, 1965.

41) H. Slochower. *Thomas Mann's Joseph Story: An Interpretation*, New York, 1938, p. 61; F. Kaufmann, *Thomas Mann: The World as Will and Representation*, Boston, 1957, p. 139.

례의 모티브들은 죽었다 다시 살아나는 신에 대한 숭배의 모티브 앞에서 뒤로 물러나 있다. 요셉은 자신을 탐무즈로, 오시리스나 아도니스로 인식한다. 요셉이 맹수의 이빨에 물려 죽었다는 증거를 대기 위해 형제들이 아버지에게 가져다준 찢어진 옷은 멧돼지에게 공격을 받아 죽은 아도니스를 직접적으로 암시한다. 요셉 스스로도 우물 속에 있다가 이집트에 살게 된 것을 죽음의 왕국에의 방문으로 인식한다(그의 아버지 야곱이 라반의 땅으로 도망갔을 때도 그 입구에 우물, 즉 지하로 가는 문이 있었다). 무트의 중상모략으로 요셉이 갇혔던 파라오의 감옥 역시 '일시적 죽음'의 상징으로 보인다. 또한 이에 앞서 요셉의 재판은 모든 암시로 보아 신의 심판을 연상시키며 보디발은 부분적으로 아버지 신의 특징들을 나누어가진다. 신화적 나라로서의 이집트는 무트에 의해, 야곱이 라헬-이슈타르를 만났던 라반의 땅처럼, 한스 카스트로프가 사랑에 빠졌던 마의 산의 공간처럼 악마적이고 에로틱한 유혹을 숨기고 있다.

요셉은 특히 악마적인 유혹을 이긴다는 점에서 한스 카스트로프와 구별된다. 무트는 마법으로 그의 몸을 유혹하지만 요셉의 의지는 마법에 굴복하지 않으므로 그녀의 손에 남는 것은 그의 옷 조각뿐이다(《마의 산》에서 등장하는 정신 요법과 여타 '마술적' 실험들을 비교해 보라). 요셉의 금욕은 특별한 사명, 그가 형님들을 속여 받은 축복이 상징하는 그의 임무와 연관되었다.[42] 그러나 그의 사명에 대한 순수하게 외적인 기호는 어머니의 성스러운 옷뿐이다. 마침내 축복은 그보다도 덜 영적인 유대에 도달하고 다름 아닌 요셉이 민족의 은인이 된다.

요셉의 선행은 종교적인 것이 아니라 세속적이고 실제적인 성격

---

[42] F. Kaufmann, *Thomas Mann: The World as Will and Representation*, Boston, 1957, p. 121.

을 가지지만 그의 메시아주의, 금욕자이자 구세주로서의 그의 역할은 그리스도에 대한 연상을 강화시킨다. 특히, 이가 암시하는 것은 '비워진 묘지'로, 루빔은 다른 형제들과 같이 요셉을 버렸던 우물이 비었음을 발견한다. 그의 어머니 라헬의 형상에서는 이슈타르의 특징과 함께 성모, '성처녀'의 특징들이 나타나고("라헬은 스스로 성스러운 역할, 성처녀이자 하나님의 아들이라는 은혜를 가져오는 성모의 역할을 한다") 요셉에게서는 토마스 만 자신이 인도주의적 관점에서 해석한 신인(神人)의 특징들이 있다. 이로 인해 요셉은 길가메시에 대한 연상을 불러일으킨다. 그가 하토르 혹은 이시스를 연상시키는 무트를 거절하였듯, 길가메시는 이슈타르의 사랑을 거절하였다. 파라오와 민족, 신적(정신적) 근원과 자연적 근원 사이의 매개체로서 요셉은 헤르메스와 대비되기도 한다.

그러나 《마의 산》과 비교해 볼 때 중요한 신기원(新紀元)은 제의 신화적 대칭 관계의 강화나 다변화가 아니라 주요 플롯이 가지는 신화적 성격이다. 어느 한 출처로부터 취해진 플롯은 우리가 앞서 보았듯이 역사화된 신화 혹은 신화화된 역사적 전설로 제시된다. 성경신화는 토마스 만에게서 역사적 발전, 특히 사회적 의식 발전의 모델로 등장한다. 《요셉과 그의 형제들》의 예를 보면 《피네간의 경야》에서와 마찬가지로, 우리는 신화적 대칭들로부터 신화적 플롯으로 이행하게 되면서, 아무리 보편적이고 무엇을 의미하더라도 개인 심리에 대한 비유로 사용될 수 있는 신화가 이제 역사에 대한 비유로 사용되도록 북돋아졌음을 확신할 수 있다(역사와 신화의 의식적인 대립 관계가 보전되면서).

《요셉과 그의 형제들》에서 이러한 조작은 집단무의식적 원형에 관한 융의 개념 없이는 실행될 수 없다. 《마의 산》에서 한스 카스트로프는 생각한다.

신의 기질에 맞는 것이라 해도 너의 꿈은 집단적이며 이름이 없다. 우리를 그 일부로 가지는 어떤 위대한 영혼이 너를 통하여 네가 가진 방식으로 꿈을 꾼다. 오래전부터 꿈에 보이던 사물에 관하여….

토마스 만은《요셉과 그의 형제들》에서 다음과 같이 말하는 융과 유사한 생각을 보인다.

역사, 이것은 시간 속에서 일어났고 계속해서 일어나는 것을 말한다. 그 자체로 역사는 우리가 서 있는 기반 위에 쌓이는 적층이며 퇴적이다. … 우리는 때로 마치 이것들이 우리의 육신의 일부를 구성하는 것처럼 일인칭으로 이야기하고 그럴수록 우리 삶의 의미는 커진다.

《요셉과 그의 형제들》에 대한 기록에서 토마스 만은 다음과 같은 생각을 이야기한다. "인류의 삶에서 신화적인 것이 초기의 원시적인 단계를 구성한다면 개별 개인의 삶에서 이 단계는 나중의 성숙한 시기의 것이다." 토마스 만이《요셉과 그의 형제들》에서 역사적 과거에 상응하는 집합적, 무의식적 층위를 개인의식 속에서 증명해 보인다는 점에 있어서 융으로부터 도입된 계기 그리고 조이스와의 유사성을 부정해서는 안 된다. 역사적 과정의 시간, 역사 자체(*die Geschichte*)는 유사(類似) 공간적인 다층위적 구조(*das Geschichte*)로 변용된다.

낮은 세계로 들어가는 문 그리고 통과의례의 주기를 통과하는 야곱과 요셉의 일시적 죽음과 부활을 상징하는 우물의 다의미적 형상은 인간이 죽음을 만나는 스스로의 무의식의 근원으로서의 우물을 상징한다. 또한 죽음을 통과해가는 것은 경험적 시공의 경계를 넘어 현재 속에 활성화된 과거나 미래의 시공으로 나아가는 것이므로 이 우물은 기억과 역사의 우물이기도 하다.

이렇게 신화는 자신과 집단의식 속의 지옥으로의 하강에 의한 스스로의 '역사적' 근원에 대한 탐색이라 할 수 있다. 역사의 우물 속으로의 점진적인 침잠 속에서 한 줄기의 사건은 다른 사건들을 대한 신화적 휘장이 되고 이로 인해 토마스 만은 일종의 영혼의 소설로 인도된다. 이 영혼의 소설은 성경이 아니라 그노시즘적[43] 출처로부터 취해진 독특한 '천상의 서곡'이다. 또한, 이것은 인간 삶의 영화(靈化) 과정에 대한 원형으로 인식되는데 토마스 만은 이 어떤 과정도 역사의 의미에 있어 중요한 단계들의 하나라 보고 살펴본다. 영혼의 소설은 영혼과 자연, 신과 세계라는 이원성의 극복에 대해 이야기한다. 이러한 극복은 매개자인 영혼이 물질에 대한 사랑에 빠지고 그 속에 용해되어 지상적 물질 속에서 더럽혀지고 이러한 영혼을 해방하기 위해 영(靈)이 스스로 지상에 내려오는 필연적인 두 번째 강림을 행함으로써 이루어진다.

이와 같은 영혼의 소설의 틀 안에서 타락과 구원은 하나가 되고 세계 창조 자체가 일어나며 영의 조직 기능에 의해 자연의 무정형성과 악마성이 극복된다.

가르침은 이러한 것이며 영혼의 소설은 이러한 것이다. 여기서는 의심할 여지없이, 마지막의 시작이 발견되고 인간의 가장 먼 과거가 제시되고 천국이 그려지며 타락, 인식과 죽음의 역사가 순수한 원초적 형태로 주어진다. 태초인의 영혼, 이것은 가장 고대적인 근원보다, 정확히 말해 가장 고대적인 근원 중의 하나로 신과 물질이 언제나 있었던 것처럼 시간과 형상이 있기 이전에도 언제나 있었던 것이다.

---

43) 토마스 만의 작품에서 나타나는 그노시즘(Gnosticism: 이원론적 구제관(救濟觀), 특히 초기 기독교 시대에 갖가지의 이단적인 그리스도론을 전개한 사상적 경향)에 대해서는 다음을 보라: K. Hamburger, *Der Humor bei Thomas Mann: Zum Joseph-Roman*, München, 1965, pp. 169~170.

《요셉과 그의 형제들》에서는 이렇게 이야기된다. 영과 영혼은 토마스 만에게 의식이나 무의식과 등가적이며 태초인의 영혼이라는 말에서는 융이 이야기했던 의미를 들을 수 있다.

토마스 만에게서 발견되는 융의 영향은 과장해서는 안 된다. 이는 일반적으로 신화적인 것을 전형적인 것으로 보는 개념을 볼 때 명백하다. 더욱이 그노시즘적인 종교 철학적 개념들을, 토마스 만이 신적 기원과 자연적 기원의 접근, 자연의 영화(靈化)라는 차원에서 해석하는 성경적 플롯들 자체와 마찬가지로 이용하는 것은 비유적으로 이해해야 할 필요가 있다. 이 차원에서 중요한 일화는 우리가 보았듯이 요셉의 이야기이며, 영적인 탐색은 이미 스스로에게 유일신을 만들어낸 "우르(Ur)에서 온 방랑자" 아브라함이 시작했으며 그다음에는 야곱에 의해 행해졌다. 이러한 움직임 모두가 요셉이 부분적으로 가지는 유사한 특징들을 설명하는 그리스도라는 기독교적 신화소에 의해 완결된다. 토마스 만에게서 이렇게 '역사적으로' 전개되는 신인(神人)이라는 문제의식은 이미 증명되었듯이 신학적으로 이해할 것이 아니라, 도덕적이고 사회적인 진보나 문화의 역사적 발전에 대한 인본주의적 알레고리로 이해해야 할 것이다. 44)

조이스가 역사의 무의미에 대한 생각을 전개했다면, 토마스 만은 이에 대립하여 역사가 문화의 성장에 따라 전개되는 깊은 의미를 가졌다고 생각했다. 성경신화의 형상들이 이 개념을 예술적으로 실현한다. 토마스 만은 성경의 형상들에 의지하여 고대적 집단성으로부

---

44) 《요셉과 그의 형제들》의 이러한 인본주의적 파토스는 수취코프의 특별한 연구에서 명백히 밝혀졌다. 이 저술에는 토마스 만 고유의 신화시(mythpoesis)가 가진 긍정적인 요소가 올바로 제시되었다. 이에 관해서는 다음을 보라: Б. Л. Сучков, "Ро-ман-миф", Т. Манн, Иосиф и его братья, т. 1, М., 1968; Б. Л. Сучков, "Роман-миф", Современная литература за рубежом, М., 1972.

터 개성이 분리되는 과정에 수반하는 의식의 역사적 발전의 변증법을 보여주려 했다. 토마스 만에 의하면 신에 대한 추구, 다시 말해 인간의 신성화와 신의 인간화 과정 자체는 집단으로부터 '나'의 분화 과정과 동등하다. 요셉은 형제들이 가진 공동체적 의식과 야곱의 종교성이 가진 엄격한 형식으로부터 개인주의에 의해 그리고 영적 유산과 전통에 의해 강요되는 규범에 대한 보다 자유롭고 능동적인 태도에 의해 구별된다. 그러나 앞서 이야기되었듯이 요셉은 자신의 개인적인 에고이즘, 나아가 자신의 세계관이 가진 니체적 가능성을 극복하여 결과적으로 보다 높은 차원의 사회성의 승리를 이룬다. 이러한 해석으로 보아 요셉의 죄에 대한 토마스 만의 이해는 《피네간의 경야》의 이어위커의 죄에 대한 해석과 구별된다.

소설에서 역사적 과거의 신화화는 불가피하게 신화소설 구성의 특별한 기법을 낳는 반복성의 시학을 끌어들인다. 토마스 만은 성경 텍스트에 포함된 그 반복들을 포착하여 토론하고 강조하지만 여기에 새로운 것을 덧붙인다. 아브라함과 사라, 이삭과 레베카(다른 나라에서 온 아내이자 누이)의 이야기, 카인과 아벨, 이삭과 이스마엘, 이삭과 야곱, 요셉과 형제들 등의 관계(《피네간의 경야》에서 중요한 역할을 하는, 반목하는 형제들의 모티브)와 에사우 대신 축복을 받기 위해 이삭을 속이는 야곱 그리고 한편으로는 큰딸을 신붓감으로 내어주기 위해 야곱을 속이는 라반과 다른 한편으로 형들을 속여 야곱으로부터 축복을 받으려는 요셉 등의 이야기는 이와 같은 반복의 예들이다. 전체적으로 요셉의 이야기는 야곱의 이야기를 반복하며 요셉의 삶에서 이집트의 일화는 집에서 보낸 유년의 전환을 변주한다.

그 외에 반복을 위한 배경으로 쓰이는 것은 신화적 대칭 관계들, 요셉과 오시리스, 탐무즈, 아도니스, 헤르메스, 모세, 그리스도의 그리고 라헬과 이슈타르, 성처녀 마리아 등과의 대비 관계들이다.

고대 동양의 신화들은 훨씬 적합한 형태로 이후 반복되는 원형들을 제공하는 듯하다. 예를 들어, 야곱의 중혼 이야기에 앞서는 것은 밤의 어둠 속에서 이시스와 네프티스를 구별하지 못하는 오시리스에 관한 이야기이다. 45) 여기에는 축복에 관한 이야기에서와 같이 반의사(半疑似)적 속임수에 숨겨진 무의식적 기반이 암시된다. 세트와 투쟁하는 오시리스 그리고 오시리스의 죽음과 부활은, 특히 요셉 자신과 관련되는 주요한 원형적 성경 플롯들을 예고한다. 이러한 원형들의 진화 방향은 기독교적 대칭들에 의해 지시된다. 조이스의 《피네간의 경야》에서와 마찬가지로 이러한 반복이나 대칭이 서사를 형성한다.

토마스 만은 천체의 회전이라는 형상을 도입한다. 구(球) 모양의 세계는 "회전하며, 이것들은 다른 때엔 아버지와 아들이며, 서로 닮지 않은, 붉은 얼굴의 아들과 귀하고 축복받은 아들이고46) 아들은 아버지를 거세하며 아버지는 아들을 혹독히 단련시킨다. 그러나 또 다른 때에 이들은 세트와 오시리스, 카인과 아벨, 쉠과 함처럼 형제이며 또 이들은 셋이 되어 육(肉) 속에서, 한편으로는 '아버지-아들' 쌍 그리고 다른 한편으로는 '형제-형제' 쌍으로 두 개의 쌍을 이루는 일도 있다. 야생 당나귀 이즈마일은 아브라함과 이삭 사이에 있다. 전자에게 그는 낫을 든 아들이며 후자에게 그는 붉은 얼굴을 한 형제이다". 역사는 일정 역할들의 반복적 연행(練行)으로 제시된다. 그러나 우리가 부분적으로 확인했듯이 토마스 만에게서 역사 속의 신화와 원형 및 반복이라는 현상 뒤에 조이스가 가진 것과는 다른 개념이 있다.

---

45) 이 주제에 대해서는 다음을 보라: K. Hamburger, *Der Humor bei Thomas Mann: Zum Joseph-Roman*, München, 1965, p. 83.
46) [역주] 피부가 붉었던 에사우를 말한다.

《요셉과 그의 형제들》에서 이러한 반복성은 역사적 과정의 닫힌 무한성이 아니라 선행하는 외적 혹은 내적 경험으로 제시되는 범례들의 재현으로 주어진다. 이렇게 하여 주기적 개념들은 주어진 신화적 재료의 특성에 상응하는 한에서 선형적 개념들과 결부되어질 수 있으며 인간과 세계의 발전 개념을 배제하지 않는다. 조이스와 달리 여기서 주기성은 계속되는 변신이라는 출구 없는 연쇄나 역사의 악몽이라는 저주로서가 아니라 삶의 재생과 영원한 부활로서 주어진다. 주기성과 선형성의 결합은 천상의 사건들과 지상의 사건들의 상호 영향을 전제하는, 구(球)의 회전이라는 형상을 암시한다. 토마스 만이 생각한 이 형상은 다르게 말하자면 신화적 예들에 따른 역사와 역사적 경험의 집적으로서의 신화의 결합을 의미한다. 토마스 만이 신화에서 보는 것은 다만 영원한 본질만이 아니라 전형적 추상화이다. 원형과 전형을 동일시하려는 그의 노력은 사실주의 미학에 대한 충실성으로부터 나온 것이다.

신화적 대칭과 부분적인 동일화의 축적은 조이스와 달리 신화체계들의 상호작용의 여러 틀에 의해 제한되었다. 이것들은 성경신화의 형성에 있어 고대 동양신화들과 숭배 현상이 한 역할을 했으며 후기 기독교가 이 신화와 숭배 현상들을 계승하였음을 보여준다. 다양한 고대신화들이 발생학적으로 하나라고 생각하는 범(凡) 바빌로니아주의 신화학자들로부터 토마스 만은 몇 가지 대칭에 관해 알게 되었다. 그 외에도 예수에 접근하는 요셉의 형상은 성서 이후의 시리아 문헌들에서 찾아볼 수 있으며 야곱, 보디발, 모세 등과의 유사성 그리고 이 인물들 모두에 대한 상당 정도의 신성화는 성서 이후의 히브리 전통, 즉 미드라쉬 전통에서 특징적으로 보이는 것이다. 47) (소

---

47) 미드라쉬의 개념들에 대해서는 다음 책의 부록을 참조하라: F. Kaufmann, *Thomas Mann: The World as Will and Representation*, Boston, 1957.

설에서 부분적으로 아누비스와 동일시되는) 안내자-천사의 형상은 유럽 전통에서도 또한 (코란의) 무술만 전통에서도 찾아볼 수 있다. 그 노시즘적 해석 그리고 여기서 보이는 고대적 지혜와 기독교적 신화의 원리적 종합주의는 토마스 만에게 특별한 의미를 가졌다. 이렇게 토마스 만에게 신화적 종합주의는 고대 종교와 문화의 역사가 가진 증거들에 의해 진지하게 뒷받침된 것으로 20세기의 신화창작을 위해 신화적 종합주의의 특성을 파기하지 않는다.

사건과 상황, 역할의 반복성에 관하여 토마스 만의 신화소설이 조이스의 것과 구별되는 가장 본질적인 차이점은 《요셉과 그의 형제들》의 토마스 만에게서 이 반복성이 역사 자체의 보편적 속성이자 동시에 성경적 인물들의 의식에서 '순진무구한' 신화적 수준에 대한 객관적 묘사라는 점이다. 이러한 이중적 차원은 《피네간의 경야》의 조이스에게서는 전혀 찾아볼 수 없는 것이다. 《요셉과 그의 형제들》에서 전설을 이야기하는 자는 야곱의 집사이자 요셉을 훈육한 일종의 엘리에제 같은 인물이다. 그는 자신의 이야기에서 스스로를 다른 엘리에제, 즉 아브라함에게 레베카를 소개한 그의 노예와 또 다른 엘리에제 같은 인물들, 요셉의 조상의 노예들과 동일시한다. 작가가 표현하듯이 일종의 엘리에제 같은 인물의 형상에서 신화적인 것이 전형적인 것으로 이행한다. 토마스 만은 이렇게 결론짓는다. "이것은 명백한 동일화 현상으로, 모방이나 계승 현상에 동반하고 이에 합류함으로써 자신의 가치에 대한 감각을 결정한다."

이는 "자신의 '개성'과 보다 앞선 아브라함들, 이삭들, 야곱들의 개성 간의 분명한 경계"를 긋지 못하는 다른 인물들에게 역시 해당된다. 자신만의 나를 충분히 분명하게 분리하지 못하는 이 인물들은 일반적으로 전설에서 찾아볼 수 있는 범례들, 도식들과 사회적 역할들에 스스로를 투사하게 된다. 소설에서는 "시간 외적인, 신화적이고 전형적인 자신의 본질에 대해 모두가 놀랍도록 잘 알았다"라고 이야기한다.

이에 따르면, 에사우는 "울었다. 그가 울게 되었기 때문에. 이것이 그의 역할에 부합하는 것이었기 때문에". 그는 "태양에 그을린 지옥의 아들"로서의 "자신의 역할을 훌륭하게 인식했기 때문에", 그는 "도식에 충실하기 위해" "사냥꾼"이 되었고 "그와 야곱의 관계는 카인과 아벨의 관계를 반복한 것, 그것을 현재로, 시간적 현실로 옮겨놓은 것"으로, 카인의 역할이 "형인 그에게 주어졌다".

야곱은 "초라하고 모욕당한, 아들의 손에 명예를 잃은 아버지 노아의 모습과 합류하며 루벤은 자신이 정말로 노아의 발아래에서 뒹구는 함이 될 것이라는 것을 미리 알았다". 야곱은 요셉과 같이 있으면서 느낀다. 그의 팔이 "아브라함의 것이며 이삭의 머리에 얹혀 있다" 그리고 "야곱의 영혼이 모방, 반복 그리고 재생에 의해 동요하고 있으며 날개를 달았다고. 그는 동쪽에서 온 아브라함이었다. 수세기가 마치 없었던 것 같았다. 언젠가 있었던 일이 지금 일어나고 있었다". 다른 상황에서 이삭은 양의 피에 관해 자신의 피처럼 이야기하고 양 울음 같은 소리를 낸다. 디나의 납치범들의 살해에 대해서는 이렇게 이야기된다. "자신들의 행동에 있어 그들은 시적 상상을 따랐다. … 그들은 용과의 싸움 그리고 티아마트의 혼돈의 뱀과 싸워 승리하는 마르두크의 환영을 보았다." 발전하는 개성으로서의 요셉은 가능한 역할들과 보다 자유롭게 '유희'하지만 그 역시 오직 운명에 대한 순종을 통해 자신의 길을 발견한다.

토마스 만은 이렇게 말한다.

여기에 모방이나 계승이라고 부를 수 있는 현상이 있다. 현대의 것으로 채워 넣을 것 그리고 이미 준비된 형식들, 아버지들에 의해 만

222

들어진 신화적 도식들을 다시금 육화(肉化)하는 것을 개인의 임무로
보는 세계지각이 있다.

토마스 만에 의하면 "야곱의 사고에 있어 연상(聯想)적 다층(多
層)성"을, "야곱의 세계에서 정신적 가치와 의미는 신화적 연상(聯
想)의 풍요와 그 연상들이 순간을 채우는 힘에 의해 결정된다." 이
처럼 여기서는 고대적 공동체성으로부터 개인을 분리하는 것이 분
명치 않다는 것에 대해 그리고 그의 의식 속에 있는 무의식적인 집
단적 층위, 전통적 역할 이행에 대한 반의식(半意識)적 지향, 연상
적 다층성, 사고 자체의 상징성, 레비브륄의 '참여'의 의미에서 그
의 전의식(前意識)적 성격에 대해 이야기된다.

토마스 만은 엄격한 이성적 사고가 가진 일상적인 '태양적' 명징
성에 대립시킨다는 의미에서 원시적 사고의 이러한 특징 모두를 일
컬어 "달의 문법"(lunar grammar)이라는 매우 인상적인 명칭으로 부
른다. 그러나 토마스 만은 물론 '덜 깨어난 상태의 시간에' 현대인
의 의식이 (이미《마의 산》에서 증명되었듯이) "달의 문법"의 규칙을
따를 수 있다는 사실을 허용한다.

토마스 만이 많은 점에서 신화적 사고의 독창성을 올바로 이해한
다는 사실은, 특히 그가 반복의 현상과 제의 간의 각별한 연관을 감
지한다는 점에서 드러난다. "신화는 다만 비밀의 옷일 뿐이지만 비밀
이 차려입은 장엄한 성장(盛粧)이 반복되면서 문법적 시간의 의미를
확장하고 사람들에게 과거와 미래를 오늘로 만들어주는 축일이다."

실제로 과거에 대한 신화적 기억은 바로 제의 속에서 되살아나며,
제의를 통해 신화적 플롯이 가시적으로 활성화되고 현재에 대해 적
용된다. 이렇게 이른바 신화적 반복성은 사실상 제의에 의한 신화의
반복이다. 비록 주기 개념이 몇몇 신화 범주에서 특징적이라고 하더

라도, 현대문학과 학문에서는 신화적 반복성을 역사적 사고와 대립하는 신화적 사고 자체의 기본적이고 보편적 현상으로 인정한다. 이것이 신화주의 시학에 있어서 한 결절점이다. 이러한 시각은 프레이저와 그의 후계자들의 유명한 제의주의(*ritualism*)에서 여러 가지로 나타나며 조이스와 토마스 만은 분명히 그 영향을 받는다.

《요셉과 그의 형제들》에서 본질적인 것은 신화소설의 내적 조직을 위해 제의 구조가 의식적으로 이용된다는 점이다. 이와 관련하여 토마스 만이 사용한 "서사 축일"(*narrative feast*)이라는 용어는 매우 성공적이다. "서사 축일, 너는 삶의 비밀이 차려입은 장엄한 성장, 너는 사람들이 무시간성에 접근할 수 있게 하며 신화에 마법을 걸어 바로 지금 그리고 바로 여기에 그것이 흘러가도록 한다."

포겔은 토마스 만의 시간에 대한 논문에서 "신화 축일"(*mythic feast*)의 시간 구조가 서사를 어떻게 조직하는가를 잘 보여준다.[48] 예를 들어, 야곱 이야기의 시간적 다층성은 축일의 신화적 형식에 상응하고 이러한 방식으로 요셉 이야기 플롯에서 삶과 생각의 형상들이 가진 시간 외적 구조가 서사적으로 전개되며 여기에 서사의 안과 밖 그리고 역사 속과 신화 속에서 서사작가의 이중적 역할이 상응한다.

신화에 대한 토마스 만의 섬세한 이해의 공적을 인정하면서 우리는 신화의 고전적 형식을 활성화, 현대화하는 길은 보다 복잡하다는 사실을 지적할 수 있다(만은 성경신화를 발전시켰지만 이는 전체로서의 신화의 묘사를 의도한 것이다). 처음에 역사적 경험은 전(前)역사적인, 순수하게 신화적인 시간의 시작이라는 무대에 집적되고 그 다음에 제의들 속에서, 행위 규범들 속에서 재현된다. 이 특별한

---

48) [역주] H. Vogel, *Der Zeit bei Thomas Mann*(*Untersuchungen zu den Romanen "Der Zauberberg", "Joseph und seine Brüder" und "Doktor Faustus"*), Münster, 1970.

신화적 관념은 마치 토마스 만이 그 속에서 신화에 대한 자신의 태도뿐 아니라 신화의 비밀스러운 구조를 비유화하는 그 바닥없는 우물의 '바닥'에 조응하는 듯하다.

우리는 조이스와 토마스 만이 창작 기법의 전반적 특질들에서뿐 아니라, 기법들에 의해 각자 독립적으로 다듬어진 신화주의 시학 자체의 성격에서 또한 얼마나 차이를 보이는지 확인하였다. 더불어 이러한 차이점 모두를 두고서도 신화소설의 현상은 우리의 분석 행보에서 사라지지 않으며 오히려 신화소설의 몇 가지 공통 특질이 추려진다.

신화주의 시학은 (원형적으로 해석된) 보편 심리와 역사의 대립, 신화적 종합주의와 다원론, 아이러니와 트라베스티의 요소들을 전제한다. 이것은 보편적 원형의 표현을 위해, 서사 자체의 구성을 위해, 주기적인 제의신화적 반복성 그리고 인물의 상호 대체성 (mutuality)과 유동성을 강조하는 쉽게 교체 가능한 사회적 역할들 (마스크)의 개념을 이용한다.

신화시학은 19세기 고전주의 소설의 구조가 붕괴된 이후 서사를 조직하는 수단 중 하나이다. 여기서 서사의 조직은 처음에는 현대의 삶이라는 재료에 질서를 부여하고 내적〔미세심리 (micropsychology)적〕 행위를 구조화하도록 돕는 대칭들과 상징들을 수단으로 하여 집단적 의식과 공동의 역사를 동시에 구조화하는 '신화적' 플롯을 구축하는 방법으로 이루어졌다.

조이스와 토마스 만의 신화시학은 자연적이거나 직관적인 신화적 사고로의 회귀가 아니라 지적, 철학적 소설의 양상 중의 하나로 고대문화, 종교사, 현대의 학문적 이론들에 대한 깊은 독서에 기초한 것이다. 고대신화와 성경신화 양자의 해석 기반은 상당히 '종합주의적인'〔일종의 메타신화 (meta-mythology) 안에서 서로 다른 신화체계들을 한데 혼합하는 것을 인정하는) 밀교적 가르침 그리고 신화를 제의에 귀착시킴으로써 주기성을 신화적 의식의 보편적 특징으로, 역법에 의거한 농경신화들을 모든 신화에서 가장 대표적인 것으로 간주하는 20세기 초의 제의 이론(프레이저와 그의 후계자들) 등이다. 신화소설에서 이른바 분석적 심리의 의미에 대해서는 이미 앞서 충분히 이야기했다. 이러한 영향 모두를 두고도 조이스는 신화적 사고 방식의 몇 가지 특징을 상당히 주관적으로 전달할 수 있었지만 토마스 만은 예술적 수단에 의해 고대 세계의 신화에 대한 심도 있는 분석을 제공하였다.

소설이 사회학적 해석을 벗어남으로써 소설의 초기 형식들과 20세기 신화소설 간의 일부 현실적이고 일부 가상적인 유사성이 촉진되었다. 초기 소설 형식들 속에서는 아직 사회적 성격들이 발생치 못했으며 원래 신화의 전통이 남긴 흔적과 연관되던 환상 소설이 그 역할을 맡았다. 중세 후기에 발생한 초기 소설 형식 가운데 이러한 것의 예를 들자면, 이미 언급한 《파르지팔》의 경우 플롯은 볼프람 폰에셴바흐본에서 훨씬 심도 있게 다듬어졌다. [49)]

신화소설과 중세 후기 소설을 접근시키려는 조이스와 토마스 만의 시도(《파르지팔》, 〈트리스탄과 이졸데〉 등)는 이미 조지프 캠벨의 연구 "창조적 신화"에서 한 자리를 차지한다. 그러나 캠벨은 인간의 개성이 전통적 종교성으로부터 해방되어 자신만의 세속적이고 개인적인 신화를 구축해가는 과정에 이들의 근본적인 유사성이 있다고 본다. 그러나 사실은 여기서 상황이 그 반대라는 점에 유사성의 비밀이 있다. 왜냐하면 그것은 신화적, 설화적 전통으로부터 벗어나지만 완전히 벗어나지는 못한 미성숙한 소설 형식들과 독서를 통해

49) [역주] 이 작품은 1200~1210년경에 쓰였다.

신화에 의식적으로 접근하는 특징을 보이는 고전적 사실주의 소설의 해체 형식들의 유사성에 관한 것이기 때문이다.

　20세기 신화소설의 고전적 예로서 조이스와 만은 놀랄 만큼 서로 독자적으로 현대문학에서의 신화주의 시학의 '공식'을 제공하였다.

제4장

카프카의 신화주의

프란츠 카프카는 제임스 조이스의 《율리시스》, 토마스 만의 《마의 산》과 같은 시기에 소설 《심판》과 《성》을 창작하면서 신화주의에 관한 각별한 문제의식을 제기하였다.

그러나 카프카에 관해서는 그에게 과연 고대신화에 대한 의식적인 지향이 있는가, 그의 표현주의적 환상을 어느 정도까지 신화화로 간주할 수 있는가 등의 문제가 논란의 여지를 남긴다. 종교적 혹은 철학적 알레고리의 차원에서 이루어지는 카프카의 작품에 대한 해석은 다양하다. 마틴 부버 그리고 카프카의 친구인 막스 브로트는 이와 같은 논의의 시발점이 되었다.

막스 브로트는 카프카의 작품에서 엄한 유대 신에 대한 복종 그리고 공정한 재판(《심판》)과 자비(《성》)에 대한 추구를 발견한다. 카발라에 따르면 신성은 이러한 계기들을 통해서 인간에게 향한다. 카프카의 종교적 '긍정성'을 강조하면서 브로트는 카프카가 말년에 공부했던 키르케고르의 다음과 같은 유명한 사상을 인용한다. 종교와 도덕, 인간적 논리의 요구는 서로 부합하지 않으며 신이 아브라함에게 기대했던 것은 진짜 제물, 범죄였다. [1]

키르케고르의 영향으로 인해 카프카는 실존주의적으로 해석될 뿐 아니라 신학적으로 또는 칼뱅주의적으로 해석되기도 한다. 카프카에 대한 다른 신학적 해석들도 있고(타우버, 라이스, 웰치 등) 신학적 해석을 뒤집어 카프카의 형상들과 플롯들이 신앙의 약화(쇼페즈, 헬러)로부터 비롯되었다고 보거나 정통 신학을 그노시즘과 마니교적, 마르시오니즘의 관점에서 혹은 직접적인 무신론적 관점(안더스)에서 재해석함으로써 도출되었다는 이야기하는 견해들도 있다. 2) 신학적 혹은 유사(類似)신학적 해석은 원칙적으로 유대기독

---

1) M. Brod, *Franz Kafkas Glauben und Lehre*, *Kafka and Tolstoi*, Winterthur, 1948; M. Brod, *Franz Kafka als wegweisende Gestalt*, St. Gallen, 1951; M. Brod, "Bemerkungen zu Franz Kafkas Roman 'Das Schloss'", F. Kafka, *Der Schloss*, pp. 492~503.

2) [역주] 마르시온(Marcion, 1~2세기)은 기독교 그노시즘 사상가이자 이단자로 구약의 악한 신과 신약의 '선한' 신을 구분하는 종파의 창시자. 다음을 보라: G. Anders, *Kafka, Pro und Contra, die Prozess-Unterlagen*, München 1951; H. Tauber, *Franz Kafka: Eine Deutung seiner Werke von Herbert Tauber*, Zürich, 1941; H. S. Reiss, *Franz Kafka: Eine Betrachtung seines Werkes*, *L. Schneider*, Heidelberg, 1952; F. Weltsch, "Preface", M. Brod (Ed.), *Religion und Humor in Leben und Werk Franz Kafka*, Berlin, Grünewald, 1957; J. Kelly, "The 'Trial' and the Theology of Crisis", A. Flores (Ed.), *The Kafka Problem: An Anthology of Criticism about Franz Kafka*, New York, 1963, pp. 151~171; R. O. Winckler, "The Three Novels", A. Flores (Ed.), *The Kafka Problem: An Anthology of Criticism about Franz Kafka*, New York, 1963, pp. 192~198; J. Wahl, "Kierkegaard and Kafka", A. Flores (Ed.), *The Kafka Problem: An Anthology of Criticism about Franz Kafka*, New York, pp. 262~275, 1963, pp. 192~198; H. J. Schopes, "The Tragedy of Faithlessness", A. Flores (Ed.), *The Kafka Problem: An Anthology of Criticism about Franz Kafka*, New York, 1963, pp. 287~297; E. Heller, *Enterbter Geist: Essays über modernes Dichten und Denken*, Berlin, 1954; M. Blanchot, *De Kafka à Kafka*, Paris, 1981; R. Gottesman, and M. Lazar (Eds.), *The Dove and the Mole: Kafka's Journey into Darkness and Creativity*, Malibu, CA, 1987; W. Sokel, From Marx to Myth: The Structure and the Function of Self-Alienation in Kafka's Metamorphosis, *Literary Review*,

교신화의 단편들을 알레고리적으로 재현하려는 카프카의 탐색을 보게 해주었다. 카프카의 환상은 바로 성경신화들을 고의적으로 트라베스티화한 것이라 보는 연구들도 있다.3)

카티가너는 《심판》을 욥 이야기에 대한 의식적인 트라베스티로 해석한다(아브라함, 이삭, 요셉과 예수 그리스도에 대한 전설에서 가져온 몇 개의 일화에 대한 암시들 역시 이에 포함된다). 욥의 형상은 '아

26(4), 1983; K. Wagenbach, *Kafka*: *Pictures of a Life*, New York, 1984.

3) D. M. Kartigarner, Job and Joseph K: Myth in Kafka's Trial, *Modern Fiction Studies*, 8: 31-43(Spring), 1962; E. Léger, "De job à Kafka", *Cahiers du sud*, 22, 1935, pp. 49~55; N. Frye, *Anatomy of Criticism*: *Four Essays*, Princeton, New Jersey, 1957, p. 42; K. Weinberg, *Kafkas Dichtungen*: *Die Travestien des Mythos*, Bern, 1963; H. Slochower, "The Uses of Myth in Mann and Kafka", J. Vickery (Ed.), *Myth and Literature*: *Contemporary Theory and Practice*, pp. 349~355, Lincoln, 1966. 카프카의 신화시학에 대해서 또 다른 연구들이 있다. 다음을 보라: L. Adeane, The Hero Myth in Kafka's Writing, *Focus One*, 1945, pp. 48~56; M. Macklem, Kafka and the Myth of Tristan, *The Dalhousie Review*, 30(4) 1950; W. A. Madden, A Myth of Mediation: Kafka's Metamorphosis, *Thought*, 26, 1951, pp. 246~266; M. Estrada, Acepciòn literal del mito en Kafka, *Babel*, 13, 1950, pp. 224~228; H. G. Oliass, Die Märchen von der verwandelten Existenz: Metamorphosen von Ovid bis Kafka, *Die Neue Zeit*, 26(9, n. 227), 1952, p. 4. 카프카 작품의 신화시학, 특히 심리분석적 관점에서 이 문제를 다루는 비평은 엄청나게 많다 (Kaiser, Fürst, Flores, 부분적으로 Slochower, Rahv 등). 러시아 문학비평계 역시 카프카에 관한 홍미로운 연구들을 다수 낳았다. 특히, 다음을 보라: Д. В. Затонский, *Франц Кафка и проблемы модернизма*, изд. 2, М., 1972; Л. З. Копелев, "У пропасти одиночества", *Сердце всегда слова*, М., 1960; Б. Л. Сучков, "Мир Кафки", *Франц Кафка*, *Роман*, *Новеллы*, *Притчи*, М., 1965, С. 5~64(수취코프의 연구는 카프카의 예술적 기법이 오스트리아-독일의 표현주의와 연관된다는 점을 정확히 지적하였다); А. Гулыга, *Филосовская проза Франца Кафки*, *Вопросы эстетики*, вып. 8. Кризис западноевропейского искусства и современная зарубежная эстетика, М., 1968, С. 293~323.

버지'의 손에서 죄 없이 고통을 받는 자의 원형으로 해석된다. 캠벨에 따르면 그에 관한 플롯은 영웅신화, 다시 말해 프로이트와 융의 관점에서 본 통과의례의 내러티브화로 볼 수 있다. 카티가너는 욥과 요제프 K가 아버지에게 호소하지만 이들은 아버지의 정의가 아들의 이해를 넘어서는 것임을 알지 못한다고 이야기한다.

이들 둘은 처음에 무모함과 자신감을 나타내 보인다. 요제프, 그의 삼촌, 변호사 훌트, 예술가 티토렐리를 체포하는 재판 집행관들은 욥의 세 친구와 동일시되며, 따라서 이들 모두는 법의 정의를 인정한다. 카티가너는 《심판》에서 여성 형상들과 '어머니적인' 은행의 형상을, 요셉이 아버지 앞에서 나서기 전 어머니의 세계를 너무 느리게 극복하는 모습의 징후로 해석한다. 욥과 달리 요제프 K는 자신의 통과의례를 자기 파괴로 종결짓는다〔노드롭 프라이는 카프카의 작품을 본질적으로 "욥"에 대한 주해(註解)라 본다〕.

카프카의 신화주의를 조이스의 신화주의에 유사하게 해석하는 전형적 연구로서 와인버그의 저서 《카프카의 시학, 신화의 트라베스티》를 들 수 있다. 와인버그에게 영향을 준 조이스 관련 문헌에 대해 말할 것 같으면, 카프카의 짧은 우화 〈사이렌의 침묵〉에서 오디세우스의 형상이 구원 가능성을 암시하는 기독교의 신비스러운 목소리를 듣지 않으려 버티는 서구 유대교를 상징한다는 해석 등과 같은 세밀한 것들을 들 수 있다. 와인버그는 서구 유대교의 뿌리 없음, 신앙의 취약성, 서구 기독교와 유대교에 대한 양가적 태도 등으로 카프카의 소설에 등장하는 본질적인 특징과 상징을 설명하려 한다. 범인류적인 것과 초월적인 것에 대한 개인적 해석의 노력으로 볼 수 있는 카프카의 창작은 '어느 누구의 것도 아닌' 나라에서 벌어지는, 삶과 죽음 간의 극단적 상황에 대한 생각을 일깨우며 예술 창작 자체의 차원에까지 확장되는 죄의 주제를 환기시킨다.

와인버그는 카프카의 인물들을 그로테스크한 네 가지 원형의 화신(化身)에 연결 짓는다.

1. 창조 과정에서 실수를 저지르고 괴로워하며 평온을 갈망하는 "신들의 황혼"을 대표하는 신(《심판》과 《성》의 관리들, 《변신》과 〈판결〉의 아버지).
2. 가짜 부름에 선동되어 헛되이 하늘을 뒤집어놓는 가짜 실패자 메시아(《성》의 측량기사 K, 《변신》의 그레고르 잠자).
3. 구약에 형식적으로 얽매여 '구원'이라는 기독교적 전망에 저항하는 주인공(《심판》의 요제프 K., 〈사이렌의 침묵〉의 오디세우스 등).
4. 신학적 선행(믿음, 희망, 사랑), 주인공의 영혼, 교회와 구원 신앙에 대한 여러 형식의 태도 등을 상징하는 여성 인물들.

와인버그에 따르면, 모든 인물이 파르지팔적이면서도(클람과 티토렐리는 안포르타스 왕에 상응한다) 행위의 결과에 따르면 시지프에 비견된다.[4] 와인버그는 카프카의 주인공들이 겪는 실패를 선악과(善惡果)에 대가를 치르지 않고 이기적으로 법 뒤에 숨어버린 인간이 영원과 천국을 상실하였기 때문이라고 이해한다. 와인버그는 그리스도와 가장 유사한 인물로 카프카의 주인공 중 그레고르 잠자를 꼽는다. 말하자면 그의 비극은 예수가 악마의 외양, 즉 사탄인 벌레의 왕으로 민중 앞에 나타나며 그 결과로 그의 어머니는 유대교를 고집하고 누이(영혼과 자비, 교회와 새로운 신앙)를 구원할 가능성

---

4) 참고로 카프카의 주인공을 처음으로 시지프에 비교한 것은 카뮈이다. 다음을 보라: A. Camus, "L'espoir et l'absurde dans l'oeuvre de Kafka", *Le mythe de Sisyphe*, Paris, 1942. 볼프람 폰에셴바흐의 《파르지팔》에서 안포르타스는 파르지팔의 숙부로 조카가 왕위를 계승할 때까지 성배의 왕(the Grail King)이었다. 티투렐은 파르지팔과 안포르타스 계보의 첫 번째 성배의 왕으로 안포르타스의 조부이며 파르지팔의 증조부이다.

은 사라지며 잔인한 아버지가 승리를 거두게 된다는 것으로 이야기될 수 있다. 그러나 와인버그에 따르면 그리스도의 수난 주일(부활절)과 일치하는 아버지, 어머니, 누이의 즐거운 산책은 그리스도와 잠자의 부활 가능성을 암시하는 것으로 보인다.

와인버그는 자신의 상당히 자의적인 해석을 뒷받침하기 위해 음성적 상응에 기반을 둔 일련의 예술 인문학적, 신학적 연상관계들을 이끌고 와서 상징들을 해독한다. 요제프 K의 이름은 프라하의 게토 요제프슈타트의 이름을 반영하고 성의 관리 소르디니는 악기 이름과 또한 마지막 재판의 나팔과 관련된다. 아말리아의 이름은 칼 대제가 사랑한 전설적인 아말부르가와 티토렐리는 볼프람 폰에셴바흐의 《파르지팔》의 티투렐과 잠자의 이름은 체코어 '잠 이젬'5)과 연결되며 잠자의 이야기 중 일부가 그레고리우스 스틸리트와 동일시되는 등의 예를 들 수 있다.6)

카티가너와 와인버그는 카프카의 신화창작이 전통적 유대기독교 신화에 대한 트라베스티의 성격을 가졌음을 옳게 감지한다. 그러나 이들의 관찰은 본질적인 결점을 가진다. 첫째, 카프카의 이념적 모순을 순수하게 종교적 영역으로만 귀결시킨다는 점(와인버그의 경우, 유대교와 기독교 사이의 날카로운 선택을 읽어낸다). 둘째, 카프카가 다의미적인 시적 상징들에 의존하는 곳에서 문자 그대로의 알레고리를 찾는다는 점(카프카의 형상들이 가진 정확한 의미를 찾는 것은 카프카를 신학적으로 해석하지 않는 연구자들, 예를 들어 엠리히 같은 이들에게 특징적이다). 셋째, 카프카를 조이스와 유사하게 전통적인 신화적 모티브들과 숨겨진 문헌적 인용들과의 의식적 유희에 기초하

---

5) [역주] Jsem sám: '나는 혼자다'라는 뜻.
6) [역주] 비잔틴 신화에 나오는 전설적 성인으로 기원 첫 수세기경 기둥 꼭대기에서 내려오지 않고 수년을 살았다고 전해진다.

여 서사를 구축하는 작가로 생각한다는 점이다.

카프카는 모더니즘 산문의 창조자 중의 하나로서 당연히 조이스와 몇 가지 근친적인 특징을 가진다. 그것은 무엇보다 19세기 사실주의적 사회소설 전통과의 결렬이며 사회심리학적 분석론으로부터 상징적 세계모델의 종합주의적 구성으로의 이행(여기서 조이스와 카프카는 19세기 소설에 대해서뿐 아니라 프로스트에 대해서도 대립적 위치에 있다) 그리고 구체적인 시공의 경계 안에 있는 문제의식들로부터 영원한 형이상학적 문제들로의 창작적 관심의 이동이라 말할 수 있다. 《율리시스》를 쓴 조이스와 마찬가지로 카프카는 《심판》과 《성》 그리고 중편소설들에서 개인과 사회 간의 원칙적으로 해결될 수 없는 불화의 상황을 그려내고 이러한 상황에서 나타나는 주인공 내면의 갈등을 그린다. 한편 이러한 갈등은 언제나 인간의 보편 의식으로서 나타난다. 카프카에게서 세계와 인간 속에 감추어진 인식 불가능한 본질은 부조리의 환상으로서 현상학적 차원에서 제시된다.

카프카와 《율리시스》의 작가로서 조이스의 유사성은 이미 알려진 바 있다. 이는 주인공 블룸이 가족이나 사회와의 접촉을 강화하려 하거나 더블린의 속물들 속으로 '귀화하려' 하는(카프카의 《성》에서의 상황과 비교해 보라) 시도를 조이스가 묘사할 때 또는 "키르케" 이야기에서 블룸의 무의식적인 두려움이 물화되어 표현되거나 죄책감이 추격, 고소, 재판, 형벌의 예상(카프카의 《심판》과 비교해 보라) 등으로 이어지는 하나의 전체 플롯을 만들어낼 때 드러난다. 요제프 K와 측량기사 K는 스티븐과 블룸에 비견될 수 있고 이런 의미에서 요제프 K는 스티븐과 마찬가지로 영혼 깊숙이 죄책감을 통째로 짊어진 채 모든 책망과 비난 그리고 개인적 힘 밖의 모든 요구들을 떨쳐버리며 측량기사 K는 블룸처럼 시골에 뿌리박고 성의 인정을 받으려고 부질없는 애를 쓴다.

조이스와 달리 카프카는 직접적인 신화적 병립들을 서사 조직의 수단으로 만들지 않는다. 카프카는 매우 지적인 작가이지만 그의 창작적 동인은 예술적 직관이다. 카프카는 조이스나 엘리엇처럼 전통신화들이나 다양한 신학적 철학적 해석들 그리고 숨겨진 인용들, 의미나 음성적 상응이 주는 부가적 뉘앙스의 연상들 등과 유희하지 않는다.[7] 더구나 그는 토마스 만처럼 고대신화를 예술적 분석이나 학문적 분석의 대상으로 삼지 않는다. 본질적으로 카프카는 이제까지 논의한 의미에서의 신화주의 시학에 호소하지 않는다. 그러나 그의 작품에서 일상적 세계의 환상적 변형은 일종의 자연발생적인 신화화의 혹은 신화화와 유사한 무언가의 특징들을 가진다. 카프카의 소설들은 무엇보다도 조이스가 펼치는 상상의 자유로운 유희에 의해 현대 일상 산문의 요소들을 구성하는 대상들(전차, 비누, 과자 상자 등)을 변형하고 악마화하는 《율리시스》의 내용에 가깝다.

카프카의 예술적 환상이 가진 신화주의적 성격은 그 상징성(즉, 이것은 직접적 알레고리가 아니라 종교적, 철학적, 정치적 혹은 또 다른 종류의 알레고리로 보인다)에서 그리고 플롯 구성이 카프카 창작의 공통된 의미를 표현하는 상징적 세계모델에 대해 직접적이고 충분히 목적지향적인 것이라는 점에서 나타난다. 물론 전통신화와 달리 카프카의 플롯은 신화적 과거로 넘어가지 않으며 그의 주인공들은 선조나 신, 데미우르고스가 아니다. 그러나 플롯은 세속적인, 즉 일상적인 역사적 시공으로부터 분리되고 플롯과 주인공들은 일반적이고

---

7) 신비주의에서 보이는 직관적 원리의 우선성에 대해서는 다음을 보라: A. Flores (Ed.), *The Kafka' Problem: An Anthology of Criticism about Franz Kafka*, New York, 1963, p. 356〔다음 책과 비교하라: A. Flores (Ed.), *The Kafka Debate*, New York, 1975〕. 카프카의 예술적 천재성에 대해서는 동일한 책 398~445쪽과 다음을 보라: Д. В. Затонский, *Франц Кафка и проблемы модернизма*, М., 1972.

보편적인 의미를 가진다. 일상인인 주인공은 전체로서의 인류를 모델화하며 세계는 플롯 사건들의 용어로 기술되고 설명된다.

카프카의 신화화 환상은 주로 자연발생적이고 직관적 성격을 가지며 전통신화의 모티브들이나 형상들의 도움으로 주위 세계를 개념화하지 않기 때문에 이것은 모더니즘적 의식 상태와 카프카를 둘러싼 그의 동시대 세계의 상황, 특히 소외와 인간의 몰개성화, 현대 사회 속의 개인의 실존적 고독 등의 현상을 보다 정확하고 적절하게 표현한다. 이와 같은 의미에서 카프카의 신화주의는 보다 분명하며 원래 고대신화와 20세기 신화주의 시학의 진정한 연관성을 규명해 보이는 데 도움을 준다.

토마스 만의 《마의 산》에서 산 '아래'의 일상적 삶에 대립되는 것은 질병이나 죽음과 영원히 이웃하는 특별한 극단적 상황에서 이루어지는 산 '위'의 결핵 요양소의 기이한 일상이다. 《율리시스》와 《피네간의 경야》의 조이스에게서도 환상적 변형은 있지만 그것은 밤의 환영이나 꿈에서 일어난다. 카프카에서 주인공의 눈으로 그려지는 세계는 진짜 꿈에 특징적인 구성과 광학에 의해 묘사된다(어스름 속의 선명한 점들, 불안정한 주의력, 주인공의 프로테우스적인 기질, 행위 장소의 비예측성, 성적 모티브들의 자연스러운 도입 등). [8] 《율리시스》와 달리, 현실에 대한 환상적인 부조리적 변형은 일상적이고 범속한 환경 속에 존재하고 두렵도록 돌이킬 수 없는 것으로 판명된다. 이러한 변형된 세계의 모습은 총체적으로 자라나 일종의 보다 높은 현실이자 세계의 진정한 본질로 스스로의 모습을 드러낸다.

---

8) 펠릭스 벨취는 카프카의 상상 세계가 가지는 환상적 본질과 그의 메타 기하학적인 시점에 대해 상세히 조사한다. F. Weltsch, "Preface", M. Brod (Ed.), *Religion und Humor in Leben und Werk Franz Kafka*, Berlin, Grünewald,, 1957.

《심판》에서 요제프 K는 비밀스러운 심판을 외면하고 이전의 삶을 살려 오랫동안 애쓴다. '심판' 자체는 처음에, 완전히 환상이나 농담 혹은 오해까지는 아니더라도, 그의 이성적이며 일상적인 관념에 부합하는 실제 현실이라는 무한한 배경 속에 홀로 떠있는 섬처럼 비현실적으로 보인다. 그러나 이 새로운 '현실'이 점차 자연적 시각을 완전히 몰아내게 되어 요제프는 환상적 사형에 처해진다. 이와 유사한 일이 《성》, 《변신》, 〈판결〉 등의 작품에서 일어난다. 현실을 환상적이지만 보다 깊은 또 다른 현실로 변형시키는 카프카식의 현실 변형은 당연히 사실주의 소설에서는 생각할 수 없는 것이지만, 카프카에게 영향을 준 표현주의 미학에 의해서 인정된다.9)

조이스에게서는 일상적이고 범속한 산문적 삶의 흐름 위로 주인공의 내면적 독백이 솟아올라 이러한 산문적 삶을 나름대로 해석하고 논하면서 주인공의 무의식 속에서 펼쳐지는 영혼의 드라마의 플롯을 산문적 삶에 대비시킨다. 그러나 카프카에게는 밖으로 확장되는 외적 행위와 안으로 집중하는 내면적 행위가 결합된 이중 행위란 없다. 충분히 긴장된 사건은 주인공에게 전통적 소설에서만큼이나 인과적으로 개념화되는 그대로 전개되며 주인공의 생각은 바로 이 개념들에 의해 생겨난다.

카프카에게는 전통신화와의 대칭을 통해 작품의 의미를 밝혀주는 서사의 세 번째 층위란 없다. 대신 현실적인 동시대 일상의 현상으로부터 자라나와 낮은 일상적 디테일을 통해 인간을 지배하는 높은 초개인적인 힘이 묘사되며 이러한 묘사는 일련의 신화시학적 형상들을 통해 트라베스티의 성격을 가지게 된다. 비밀스러운 성과 심판의 능력은 무한하며 어떤 경우에도 그 어느 실제 재판이나 성보다 훨씬

9) 카프카와 표현주의의 관계에 대해서는 다음 책을 보라: Б. Л. Сучков, "Мир Кафки", Ф. Кафка, Роман, новеллы, притчи, Москва, 1965, С. 5~64.

높다. 동시에 이 신적인 심급은 '블랙유머'(black humor, 20세기의 신화화는 유머와 떼어놓을 수 없다)의 콘텍스트 속에서 우울한 패러디의 형식으로 제시된다. 천인(天人)들은 거만하고 게으르며 타락한 존재들이며 (영생을 가져다준다는) 신의 음료는 다만 좋은 코냑이거나 하인들이 근근이 먹고 버티는 질 나쁜 포도주임이 밝혀진다. 자신의 고객들 때문에 앓는 자비의 담지자 훌트(그의 이름은 '자비'라는 뜻이다)와 모든 피고들과 연애관계를 맺는 막달레나 유형의 그의 하녀 역시 충분히 패러디되어 제시된다. 《성》과 《심판》에서 카프카가 그려낸 천상적 힘은 지상으로 하강하여 타락해 있다.

촌락민들은 성과 성의 관리들에게 종교적 경외감을 가졌음에도 불구하고 이미 외면적으로 보아도 비밀스러운 성은 매사를 가망 없이 꼬이게 만드는 관료주의적 사무의 끝없는 위계질서로 묘사된다 (마찬가지로 촌장의 업무 서류는 그의 아내가 집안의 장롱 속에 헝클어진 채로 보관한다). 요제프 K의 재판을 주관하는 법정은 기묘하고 동시에 극도로 불쾌한 형태로 그려진다. 법정은 교외의 초라한 집의 먼지 낀 숨 막히는 다락방에 자리 잡았다. 판사들의 옷은 아주 형편없으며 법규에 따라 대좌에 앉아 망토를 휘감은 이들의 모습은 초상화에서나 그려졌을 법하다. 피고들은 이 비밀스러운 기관을 문턱이 닳도록 드나들고 이들이 모인 복도로 변호사들이 구멍을 통해 내동댕이쳐진다. 검사는 피고나 증인들의 이름을 혼동하며 배고픈 경비원들은 수감자들의 아침식사와 속옷을 빼앗고 이 때문에 은행의 이두운 구석에서 매를 맞는다. 요제프에 대한 법정의 판결이 집행되는 장면은 마치 그가 외딴 국경에서 도시의 강도들에게 살해당하는 것처럼 보인다.

이와 같은 산문화에 의해 높은 지배 기관이 권력을 가진다는 생각이 약화되거나 그 기능 메커니즘을 우습고 노골적인 것으로 보게 되지는 않는다. 오히려 반대로 일상의 어둡고 더러운 골목에 숨겨진 권력 기관의 비밀스러운 힘을 강조하며 가장 일상적인 장소, 대상 그리고 가장 평범한 인간들에게 예기치 못한 악마성을 부여하여 이들을 악몽의 배경이자 등장인물로 만든다.

카뮈는 카프카의 작품을 일면적으로 해석하지만 바로 일상성이 카프카의 공포를 뒷받침한다는 점을 바르게 지적한다. 10) 악마적 근원을 일상적으로 산문화함으로써 주인공에게 일어나는 일의 부조리성이 강조되고 박해와 고독이라는 그의 감정 그리고 요제프 K가 느끼는 다모클레스의 칼의11) 감각, 측량기사 K의 가망 없는 시지프적 몸부림 등이 동기화된다. 《심판》과 《성》은 구조와 그 구조가 담아내는 세계모델에서 완전히 유사하다. 12) 다만 자신의 죄를 모르는 요제프 K가 그에게 덮쳐오는 심판을 피할 수 없다면 측량기사 K는 그에게서 멀어져가는 접근불가능한 성에 도달할 수도 시골에서 자연 속의 삶을 영위할 수도 없다는 점에 이들의 차이가 있다. 이러한 의미에서 두 소설은 마치 상호 보족 관계에 있는 것 같다.

산문화와 부조리의 효과는 풍자의 도구로 쓰인다. 여기서 풍자는 오스트리아·헝가리 제국과 바이마르 공화국 그리고 부르주아 사회

---

10) **[역주]** 다소 편향적이지만 민감한 분석으로 다음 책을 보라: A. Camus, "L'espoir et l'absurde dans l'oeuvre de Kafka", *Le mythe de Sisyphe*, Paris, 1942.

11) **[역주]** 다모클레스의 칼이라는 고사에서 유래한 것으로, 희랍의 사이라쿠스 왕 디오니시우스 2세의 총신인 다모클레스가 연회석에서 한 가닥의 모발로 매단 칼날 밑에 앉혀진 전설에서 온 말. 어느 때 닥쳐올지 모르는 위험, 영고성쇠의 운.

12) 카프카의 세계관, 특히 그의 세계관을 구성하는 상징들로서 열(熱), 한기(寒氣), 공(空)과 적막(寂寞)에 관한 흥미로운 고찰은 다음 책에서 찾아볼 수 있다: R. Rochefort, "Une oeuvre lié mot pour mot à une vie", A. Flores (Ed.), *The Kafka Problem: An Anthology of Criticism about Franz Kafka*, New York, 1963, pp. 41~46. 원시신화에서 이와 같이 유사하지만 서로 대립적인 요소들이 어떤 역할을 하는지를 참고해 보라.

일반, 나아가 모든 국가적 조직에서 높은 법률 기관과 권력에 팽배한 관료주의와 불의(카프카는 부르주아 사회를 일반 사회와 동일한 개념으로 본다) 그리고 소인의 무력함과 공권 상실을 폭로한다.

성의 관리 소르티니의 거친 구애를 거절하는 아말리아의 이야기는 쓰라린 풍자로 들린다. 소르티니 자신은 별 볼 일 없는 관리지만 그의 이름이 고관 소르디니의 이름을 상기시키기 때문에 주목받는다. 성에서는 아말리아와 그의 가족들에 대해 어떤 공식적인 지시가 내려지지 않았음에도 불구하고 그녀의 가족은 추방당한다. 아버지는 일자리를 잃고 용서를 구하기 위해 길에서 성의 관리들을 기다리고 자매 올가는 도도한 아말리아에게 난감한 구애를 전달한 소르디니의 하인을 찾아 그를 구슬리기 위해 성의 관리들이 부리는 하인들의 노리갯감이 된다.

동일한 의미로 해석할 수 있는 것이 자신의 죄를 알지 못하는 요제프 K를 박해하는 재판, 측량기사 K의 시골 정착과 더불어 이중적인 의미를 가지는 지연(遲延)이다. 작가의 깊은 삶의 통찰과 사유라는 재료로 이루어진 이 장면들이 아무리 그로테스크하더라도 우리 앞에 제시되는 것은 풍자가 아니다. 카프카적 세계모델에서 사회적 층위는 첫째, 심리적 층위에 동등하고 균형 잡힌 상호 반영 관계 속에서 발견되며 둘째, 인간 존재의 조건과 의미의 문제가 제시되는 형이상학적 층위에 종속되어 나타나기 때문이다. 우리가 카프카 작품의 이러한 특징들을 짚어보아야 하는 이유는 여러 종교적 사상들과 연관된 형이상학적 층위의 존재가 바로 카프카의 일상적 환상에 풍자적이 아니라 신화적인 색채를 부여한다는 점에 있다. 카프카의 세계모델에서는 주체와 객체의 상호 종속성과 지상적 세계와 천상적 세계의 대립을 결합하는 것이 특징적이다.

주목되는 것은 인물들의 모습이 급격히 변화되는 양상인데, 이러한 변화는 이들의 지각 때문이다. 올가는 측량기사 K에게 클람이 아침과 저녁, 시골과 성에서 그리고 촌락에서 나올 때와 들어올 때 각각 다르게 보이며 다른 사람에게 다르게 생각된다고 말한다. 오래전 비평가들은 카프카의 소설에서 세계 묘사가 어느 정도 주인공의 의식 상태에 의존한다고 평한 바 있다. 기괴한 산문화와 에로틱한 환상 역시 부분적으로 이와 관련이 있다. 법정과 재판은 요제프 K나 측량기사 K가 볼 수 있거나 보고자 하는 모습으로 그려진다. 물론 사건의 결론이 다만 주인공 영혼을 반영한 것일 뿐이라고 한다면, 사회적 사실주의의 전범으로 카프카의 소설을 추천하는 것과 마찬가지로 극단적인 이야기가 될 것이다. 카프카에게서 객체와 주체는 구별되지만 그들 사이에는 지울 수 없는 상호 침투성이 존재한다. 법정과 성의 겉모습뿐 아니라 구별이 힘들 정도로 외면적 현상과 일치하는 그들의 본질 자체가 주인공의 깊은 심층의 의식과 연결된다. 13)

주인공의 깊은 의식의 각성과 주위 세계의 변형을 관련짓는 것은 조이스와 토마스 만에게서도 보이지만 카프카에게는 매우 특징적이다. 그의 작품에서는 의식 상태와 세계 상황이 끊임없이 서로 영향을 주고받는다. 《변신》과 《심판》의 카프카에게서 환상적 근원은 꿈에서 깨어나는 순간, 즉 아직 이성의 통제가 약할 때 주인공의 삶으로 뚫고 들어온다. 이러한 상황은 주인공 영혼 깊숙이 일어나는 자각에 대한 비유가 된다. 14) 이와 같은 순간에 그레고르 잠자가 흉측한 벌레가 되고 요제프 K가 수상하게 체포된다. 성이 부양하

---

13) 로널드 그레이는 재판이 주관적으로 묘사되었다는 증거를 요제프 K가 제멋대로 란츠의 이름을 부르자 재판정의 문이 열렸다는 사실에서 찾는다. 그레이는 재판과 성(城)에서 일어나는 행위는 주인공의 행위를 반영한다고 말한다. R. Gray, *Kafka's Castle*, Cambridge, 1956.

14) W. Emrich, *Franz Kafka: A Critical Study of His Writings*, S. Z. Buehme (trans.), New York, 1968, pp. 331~333.

는 촌락에 있다가 환상과 마주치는 측량기사 K는 요양소에 머무르는 한스 카스트로프와 마찬가지라고 할 수 있지만 마의 산이 주인공을 끌어당기는 것에 반해 성은 그를 밀쳐낸다는 점에 본질적인 차이가 있다. 엄격히 말해 환상적 근원이 측량기사 K의 삶에 밀려 들어오는 것은 촌락에 들어온 순간이 아니라 그가 꿈에서 깨어나는 순간, 숙소의 주인이 그에게 시골에 머물 권리를 증명하는 서류를 요구하는 때, 존재할 리 없는 전화의 불가사의한 소리가 성에 울리기 시작하는 그때이다.

《심판》과 《성》의 환상은 부르주아 사회와 국가 속에서 벌어지는 개인의 고독과 공권 상실이라는 충격적 상황을 사회적 층위에서 제시하며 심리적으로는 죄의식의 무의식적 복합체에 상응하지만 형이상학적 차원에서는 인간의 도덕적 죄의식, 높은 형이상학적 법칙(상실된 천국)과 가망 없이 단절된 인간의 현실 세계, 높은 '법칙' 자체의 불가지성(不可知性) 등에 대한 상징이 된다. 요제프 K의 죄의식은 충분히 근거가 있는 것으로 부르주아 사회의 실제 조직 속에서 그가 보이는 적응력, 사회적 위선 그리고 법률적 형식주의 등 여러 면에서 결정된다(관료주의적 서열이 극대화된 은행업에 대한 자발적인 선택, 외면적 치레에 대한 끊임없는 관심 등은 우연이 아니다). 그의 적응력은 사람들에 대한 무관심, 이기주의, 육체적 부도덕성 등을 은폐하는 그의 자폐적 이성을 뒷받침한다.

요제프 K의 비밀스러운 재판이 제시하는 도덕적 명령에서는 기독교적 색채가 분명히 드러난다. 이것은 그리스도의 모습을 상기시키는 형무소 사제가 사원에서 요제프 K를 맞아들이는 장면들에 의해서 그리고 체포된 요제프의 아침과 속옷을 탐내는 간수들이 태형에 처해지는 장면에 의해서 또한 뒷받침된다. 간수들의 고통을 덜어주는 유일한 방법은 자신이 태형을 맞는 것, 즉 그들의 고통을 자신이 떠맡는 것이지만(마치 적들에게 '다른 쪽 뺨도 내어주듯이') 요제프 K는 이에 동의하지 않는다. 비밀스러운 법정의 심기를 불편하게 하는 요제프의 완고함은 형식적 법(法)의 이성적 관점으로부터 나오며 자신의 영혼을 들여다보거나 자신의 눈에 있는 대들보를 보려 하지 않으려는 것에서 기인한다.

적대적 대상으로 지각되는 재판이 양심의 각성과 관련이 있다는 사실은 "법정은 네가 올 때 너를 받아들이고 네가 떠날 때 너를 보내준다"라고 주장하는 형무소 사제의 말에 의해 명제화된다.15) 측량기사 K는 요제프 K와 달리 견고한 사회적 환경에 적응되지 않았으며 다만 그 속에 뿌리내리려는 꿈을 꾼다. 그러나 그는 개인주의를 포기하지 않으면서 형식적이며 이성적인 개념들을 가지고 사고하며 성으로부터 인정받으려 애쓴다.

요제프 K와 측량기사 K가 하급 관리들과만 접촉한다는 점을 주목하자. 측량기사 K는 아무리 애써도 클람과의 면담을 얻어내지 못하고 베스트베스트 백작과의 접촉에 대해서는 전혀 소식이 없다. 요제프 K는 결코 상급 판사들을 만나지 못하며 법에 관한 우화에 등장하는 한 보초는 다른 보초들이 지키는 법이란 인물을 자신은 한 번도 본 적이 없다고 말한다. 여기서 나오는 결론은 높은 법칙과 정의는 이렇게 접근할 수 없는 차원에 있으며 다만 비하된 형태로서만 사람들 앞에 나타난다는 것이다.

그러나 높은 법, 높은 질서와 삶의 의미의 불가지성이 그를 가로막는다고 생각한다면 성급한 결론이다. 그 외에도 명백한 것은 인간이 조화를 얻기 위한 필수조건은 합리성뿐 아니라 자아를 포기하는 것이므로 개인이 살아있는 한 사회적 차원에서도 형이상학적 차

---

15) Ф. Кафка, *Франц Кафка*, *Роман* : *Новеллы*, *Притчи*, М., 1965, С. 304.

원에서도 조화에 도달할 수 없다는 사실이다. 개성과 사회, 개인과 형이상학적 전체, 지상적 세계와 천상적 세계 간의 불화 그리고 후자의 세계에 대한 인간의 인식불가능성은 카프카적 세계모델의 가장 중요한 특징을 구성한다.

체계의 질서화 수준은 정보의 양에 비례한다. 카프카의 세계모델에서 두 세계 사이의 연관은 혼선과 거대한 정보 상실에 의해 거의 무화된다. 《성》에서 이것은 촌락과 성을 잇는 전화선, 촌락과 성을 정기적으로 오가는 심부름꾼이라는 비유적 형상들에 의해 표현된다. 첫 번째 장면에서 성에서 걸려온 전화는 K가 처음 머무른 촌락 술집으로 모순된 소식을 전한다. 이후, 첫째, 상관없는 관리들이 장난 전화 놀음으로 거짓 정보를 전했다는 사실과 둘째, 성과 숙소 사이에는 실제 전화선이 존재하지 않는다는 사실이 밝혀진다. 성의 심부름꾼 바르나바스는 어떤 관리가 그에게 일을 맡기리라는 희망에 사무실들을 들락거려 보다가 클람에게서 편지를 받지만 그는 그 앞에 선 사람이 진짜 클람인지 확신하지 못한다. 측량기사 K는 분명히 클람의 첩자들에게 둘러싸였음에도 불구하고 첫 번째 편지는 오래된 서고에서 나온 것으로 실제 현실 상황에 들어맞지 않는 것임이 판명된다. 그 외에도 클람은 그에게 곧바로 혹은 자주 소식을 가져오는 것을 좋아하지 않으며 그는 차라리 졸고 있으려 한다는 사실이 밝혀진다.

서사 자체가 여러 점에서 부조리의 논리에 종속되었으며 여러 서사 층위(위에서 이야기된 사회적 층위, 심리적 층위 그리고 형이상학적 층위 등)가 분명히 서로 대립하며 그야말로 양립불가능하다는 점에 주목하자.16) 카프카의 형상들을 일면적으로 알레고리화할 수 없음

---

16) 〈판결〉과 부분적으로 〈율법〉에서 나타나는 관점의 수렴불가능성에 대해서는 다음 책을 보라: A. Warren, "Kosmos Kafka's", A. Flores (Ed.), *The*

은 이 때문이다. 그의 상징들은 다른 층위로 이동하면서 의미의 뉘앙스가 바뀔 뿐 아니라 종종 전체 의미가 완전히 상반된 것으로 전이되므로 이러한 다의성(*polysemy*)을 인정해야 한다.

카프카 상징들의 다의성은 부조리의 환상이 되어 전면에 나선다. 이것이 작가의 극단적 상대주의에 결부된 것이지만, 이 상대주의가 윤리적인 것이 아니라 인식론적인 것이란 점은 자명하다. 카프카의 세계모델은 분리(*disjunction*: ∼ 혹은 ∼)가 아니라 접속(*conjunction*: ∼과 ∼)에 기반을 두고 만들어졌으며 레비브륄이 기술한 원초적 논리와 마찬가지로 배제된 삼자(三者, *tertium non datur*)를 허용한다.

그러므로 다음과 같은 질문들에 대답하기 어렵다. K가 진짜 측량기사였는가? 그를 인정치 못하게 하는 것은 관료주의적 혼란인가 직접적으로 성의 불친절인가? 혹은 그는 단지 성이 저항하게 만든 누군가를 사칭한 것인가? 또한 말하기 어려운 것은 요제프 K가 부당한 심판에 의해 박해받는 것인가 아니면 일어나는 사건이 모두 깨어난 그의 양심의 메타포인가 하는 사실이다.

단편 〈마을 의사〉에서 카프카의 접속(*conjunction*)의 원리들은 매우 명백하게 보인다. 이 단편은 가장 부조리한 것들 중의 하나로, 마을 의사는 환자를 살려달라는 말에 밤에 잠을 깬다. 그는 왕진을 위해 악마적인 마부에게 하녀를 내어주어야 하지만 아프다는 환자는 건강하다. 그러나 환자는 치명상을 안고 있었다는 사실이 또다시 밝혀지며 의사가 대신 환자의 침상에 눕혀지고 환자는 달아난다. 진실은 어디에 있는가? 가짜 환자를 위한 의사의 무의미한 희생에 있는가 아니면 이웃의 고통을 나누지 않으려는 이기주의적(비기독교적) 거부에 있는가? 서사에서 이와 같은 결합이 악몽이라는

Kafka Problem: *An Anthology of Criticism about Franz Kafka*, New York, 1963, pp. 60∼74.

부조리로 뒤집히지만 진실은 양자 모두에 있을 것이다.

카프카의 세계모델을 잠깐 살펴보고 그의 환상이 가진 몇 가지 특징들을 밝혀본 이후 그의 신화창작의 문제에 대해 다시 직접 다가갈 수 있다. 개인과 초개인적인 힘 사이의 불화와 이 초개인적인 힘의 불가지성에 대한 확신, 더불어 부조리의 접속 논리는 사회적 소외의 문제를 담아내는 카프카의 신화주의 창작을 위한 전제들을 창출한다. 재차 강조하건대 (풍자 대신) 상징적 신화화는 사회적 층위가 형이상학적인 층위에 종속되고 이 두 층위가 이성을 초월하여 해석됨으로써 가능해 보인다. 카프카의 창작적 환상에 의해 만들어진 소외의 신화화는 인간을 종속시키는 초개인적인 사회적 힘들이 결국 초(超)사회적인 것들, 초월적인 것들의 힘의 발현임이 밝혀짐으로써 환상적 성격을 가지게 된다는 점에서 드러난다.

그러나 환상적 비전 자체가 부분적으로 인간 의식 상태와 여기서 비롯한 행위에 달렸기 때문에 인간 개성을 이루는 일정 층위들이 소외의 범주 안으로 끌려들어가 있다. 따라서 다만 그 자체로서의 외부적, 초개인적 힘들이 신화화될 뿐 아니라 개인 자체가 아닌 그들 간의 관계가 신화화된다. 여기서 매우 중요한 것은 극복할 수 없는 소외의 벽 안에서 개인과 환경의 근본적인 동질성에 대한 생각이 결합된다는 사실이다. 이와 같은 의미에서 카프카는 소외를 단순히 사회적인 것과 개인적인 것의 이질성으로 보기 때문에, 사회적인 것이 외부의 혼돈이며 사회적 소요가 역병이라 보는 카뮈와 구별된다.

이렇게 《심판》과 《성》은 주로 개인과 초개인적 힘들 간의 관계, 즉 소외 자체를 상징화한다. 다른 한편, 흉측한 벌레가 되는 그레고르 잠자의 변신은 실존주의적 의미에서 개인의 고독을 형상화할 뿐 아니라 그와 가족, 그와 사회 간의 소외 관계를 표현한다. 카프카의 신화창작에서 소외의 형상들은 매우 다양하고 표현적이다.

인간이 가진 외면적 사회 규약은 내면적 개성에 대립하는 것으로 이를 강조하는 의복의 상징은 카프카에게서 매우 특별한 역할을 한다. 예를 들어, 클람의 모습은 항상 달라지지만 그의 검은 외투는 변함이 없으며 그가 언제나 검은 외투를 입는 것을 모두가 봄으로써 1차적으로 클람이 담지한 규약을 가려낸다. 아말리아는 제의적, 성적 암시를 가진 자매의 목걸이를 걸고 있으며 소르티니는 도도하고 순결한 아말리아의 진정한 본질을 이해하지 못한 채 이러한 목걸이를 걸고 있는 처녀를 요구한다. 비슷한 이유로 측량기사 K는 누이가 바느질해준 것으로 성에서 근무한다는 암시를 담은 바르나바스의 제복에 현혹된다. 《심판》에서 법정의 관리들이 제복을 입지 않은 것, 청원자의 무리 앞에 선 이들이 법정을 대표하는 안내 소장을 제외하고는 모두 형편없는 옷차림을 한 것에서는 분명히 동일한 의미가 거꾸로 뒤집힌 채로 내포되었음을 알 수 있다.

이와 같은 형식의 부재는 요제프 K와 같은 인물이 법정을 이해하는 데 매우 핵심적이다. 우리는 원래 신화와 전설에서 의복의 변화가 인물에게 자신을 다른 사람으로 만들 가능성을 십분 부여한다는 것을 안다(〈바뀐 신부〉, 〈돼지가죽〉 그리고 태양 혹은 달, 별 등의 옷을 입은 신데렐라 등). 물론 여기서 사회적 소외에 대해 이야기하는 것은 아니다.

측량기사의 이른바 '조력자들', 즉 삶에 대한 비극적 인식으로부터 그를 떼어놓으려는 첩자인 광대들의 변신 현상은 의복 교환과 유사하다. 측량기사에게 봉사하는 한, 이들은 쌍둥이처럼 서로 닮았으며(측량기사는 이들 둘 모두를 그중 하나의 이름으로 부른다) 모든 일을 함께 그리고 정해진 기준에 따라 동일하게 한다. 그러나 일이 끝나면 최소한 둘 중의 하나는 외모와 행동을 급격히 변화시키며 이러한 변화는 임무의 종결과 관련이 있다.

앞서 언급한 형상들을 통해 인간의 몰개성화와 균등화가 표현된다. 이 문제는 균등화되지 않고서는 공동체에 받아들여질 수 없는 측량기사 K에게 매우 첨예하고 진지하게 대두된다. 카프카는 20세기 사회의 인간의 몰개성화, 무차별화를 표현하기 위해 전통신화나 역사에서 블룸이나 이어워커와 유사한 여러 유명한 인물을 넘치도록 이끌어 들인다. 여기서 그는 정반대의 방법으로 같은 목적을 달성하는 조이스보다 더 적절한 형상들을 발견한다. 여기에 도입된 원래 신화의 인물들은 자신의 특성을 잃고 여러 가면의 얼굴들로 균등화된다. 카프카는 인간 본성의 불변성과 갈등의 전형성을 그려내는 데 유사한 상황을 집요하게 되풀이하는 방법〔의사신화적 주기성〕이 아니라, 주인공의 부단한 노력에도 불구하고 변함없이 하나의 동일한 상황이 변화 불가능하다는 것을 보여주는 길을 택했다.

카프카는 구체적인 전통적 모티브들을 사용하지 않으므로 그의 신화화의 특성은 원래의 원시 혹은 고대신화들과의 비교를 통해서 드러날 수 있다. 이것은 오히려 조이스 유형의 신화화에서 보이는 특징들을 부각시킨다.

원리상 동물로의 변신이 일어나는 원시적 토템신화나 마술설화와 대비되는《변신》으로부터 시작해 보자. 카프카의 일기 형식의 기록에서 토테미즘에 대한 언급이 발견된다는 사실이 흥미롭다. 카프카가 심리분석적으로 해석한 토테미즘적 모티브들에 대한 언급은 이미 카프카에 대한 문헌에서 발견된다. 17)

엠리흐는 카프카의 산문에서 특별히 동물의 형상들을 연구하였는

---

17) **[역주]** 다음을 보라: J. H. Seyppel, "The Animal Theme and Totemism in Franz Kafka", *Literature and Psychology*, 4, New York, 1954; P. P. Y. Caspel, Totemismus bei Kafka, *Neophilologus: An International Journal of Modern and Mediaeval Language and Literature*, 38(2), 1954, pp. 120~127.

데 그는 이 형상들을 자연 혹은 자유의 현상들과 연관 지으며 벌레로 변신하는 잠자에게서 일찍이 억압당했던 개성이 온전한 모습으로 깨어나는 상징을 발견한다.[18] 여기서 그는 환상적 형태 속에서 주인공과 세계, 무엇보다 가족과의 관계의 진정한 현실을 인식하는 내면의 눈뜸을 이야기한다.

《변신》과 토템신화들을 아주 간단히 비교해 보아도 이들이 상징의 의미에 의해 차이가 날 뿐 아니라 바로 대립적이라는 점을 알 수 있다. 예를 들어, 고전적 형식으로 존재해오던 오스트레일리아 토템신화에서 신화적 선조가 토템 동물로 변신하는 것은 서사의 마지막에 일어나는데 이것은 자체적으로는 주인공의 죽음을 알린다(종종 이것은 추격이나 살해 혹은 단순한 피로의 결과로 일어난다). 그러나 이 죽음은 후손 혹은 종교적 숭배의식을 통한 재현신(再現身), 즉 부활이나 영원한 삶에 해당하는 무언가에 대한 전망을 동시에 수반한다. 최초 조상이 토템 동물로 변하는 것은 의심할 바 없이 가족 혈연 집단의 단일성에 대한 표지이다. 토템적 분류의 언어는 무엇보다 혈통상의 사회적 분류의 수단이기 때문이다.

주로 이와 동일한 신화로 거슬러 올라가는 마술설화에서 여주인공 혹은 주인공의 동물 변신은 자신의 토템적 본질, 즉 일정 사회 집단에 대한 소속을 표현하는 수단이거나 아니면 결국은 벗어나야 할 마법 때문에 빚어진 추한 동물로의 일시적 변신이라고 할 수 있다. 오비디우스의 《변신이야기》는 신화적 전통을 조건적으로 미학화하여 제시한 것이다.

카프카의 《변신》에서 신화적 전통은 마치 자신의 대립적 극으로 바뀌는 듯하다. 그레고르 잠자의 변신은 자신의 혈연 집단에 대한

---

18) [역주] W. Emrich, *Franz Kafka: A Critical Study of His Writings*, S. Z. Buehme (trans.), New York, 1968, pp. 331~333.

소속이나 가족 혈연적 단일성을 나타내는 표지가 아니라 반대로 가족이나 사회와의 단절, 소외, 갈등과 절연의 표지가 된다. 카프카에게서 동물이 자유로운 자연적 근원을 상징한다는 엠리흐의 견해(엠리흐는 《심판》과 《성》 또한 삶 자체의 자연적 현상으로 해석한다)를 우리가 받아들이든 아니든 달라지는 것은 없다. 오히려 그의 견해를 받아들인다면 우리의 입장이 더욱 강화될 것이다. 그것은 토템신화에서 동물 형상들의 의미가 매우 사회적이기 때문이다.

이 소설에서 잠자가 그리스도로서 부활 주일에 다시 부활한다는 전망이 발견된다는 와인버그의 견해는 전혀 설득력이 없다. 여기서는 부활이나 재현신(再現身), 죽은 조상숭배에 대한 어떤 전망도 없다. 서사를 종결하는 화음에서는 마지막까지 그들의 짐이며 수치, 저주였던 죽은 아들 혹은 오라비로부터 완전히 해방된 것에 대한 기쁨이 울린다. 만약 원초신화를 일종의 표준으로 간주한다면 이렇게 카프카의 《변신》은 익히 알려진바 뒤집힌 신화, 반신화(anti-myth)로 드러난다. 카프카의 소설들을 신화나 설화 혹은 설화적이나 신화적 구조와 모티브들을 보존하는 신화적 기사소설과 비교해 볼 때 역시 같은 양상이 보인다.

앞서 천상적 힘이 트라베스티적 혹은 산문적으로 묘사됨은 충분히 이야기했으므로 반복할 필요가 없을 것이다. 오든의 주장대로 카프카의 소설이 탐색의 서사라는 범주에 속한다면, 특히 《성》이 이에 해당할 것이다. 다른 연구자들 역시 카프카의 소설과 이 유형의 서사들, 특히 중세 탐색소설의 전범으로서 《파르지팔》을 비교한 바 있다. 태생적으로 탐색소설의 바탕에는 일군의 설화들이나 통과의례의 제의적 주기에 상응하는 신화들이 깔려있다. 19) 그런데 신

---

19) 아른과 톰슨 분류에 따르면 No. 550~551의 플롯에 해당한다. 다음을 보라: A. Aarne, and S. Thompson, The Types of the Folktale, *Folklore Fellows*

화와 설화에서 주인공이 언제나 스스로 모험이나 시험과 같은 탐색의 길을 떠나는 것은 아니다. 때때로 그는 신이나 악마 등의 추적 대상이 되거나 이 신화적 존재들을 무찌르거나 고통스러운 시험이나 수수께끼의 해결을 거쳐 이들의 총애를 얻기도 한다.

《성》과 《심판》에서 성스러운 것들과 불경한 것들의 대립이 어떤 역할을 하는지를 상기해 본다면 이 두 소설의 플롯을 통과의례의 주기와 비교하는 일은 충분히 정확하다. 《성》에서 성에 대한 헌신은 완전한 권리를 가진 공동체 구성원이 되기 위한 것인데 바로 이것이 고대 봉헌제의의 목적이다. 카프카에서 아버지와 아버지-신에 대한 암시가 각별한 역할을 한다는 점을 고려해 볼 때, 태양신 혹은 여타의 신으로 나타나는 아버지가 주인공-아들을 시험하는 북아메리카나 오세아니아 신화들을 상기해 볼 필요가 있다. 그는 아들을 괴롭히며 결혼이나 다른 금기 위반을 엄하게 벌하고 하늘로 보내지 않으려 한다. 그러나 결국 아들은 다른 비슷한 플롯에서와 마찬가지로 자신의 몫을 성취하고 보통은 그 이후 아버지와 다른 신들의 각별한 비호를 얻어낸다. 욥 이야기에서 역시 모든 것이 화해로 끝난다. 카티가녀는 욥 이야기에 의해 《심판》을 분석하게 되었는데 탐색 플롯의 한 변종으로서 욥 이야기를 보는 그의 견해는 타당한 부분과 그렇지 않은 부분이 있다. 《심판》이 작품에 관련된 구체적 문헌들의 트라베스티적 해석을 보여준다는 그의 견해는 적절치 못하지만 불행한 결말이 여기서 주된 본질적 특징이라는 주장은 옳다.

조이스, 토마스 만 등이 끊임없이 카프카의 주인공과 비교했던 파르지팔은 처음에 기사도를 지키느라 성의 주인이 앓는 병에 관한 필요한 질문을 던지지 못하고 '탐색'의 목적을 달성하지 못한다. 그

Communications, (184), Helsinki, 1973.

러나 다음번에는 도덕적인 현명함을 얻어 성배의 수호자가 되어간다. 측량기사 K의 몰락은 파르지팔의 처음 실패와 비교되었다. 그러나 그의 처음의 실패는 다른 설화 이야기에서와 마찬가지로 이후 행위의 이중화, 삼중화에 의해 보강되는 주인공의 종국적인 승리를 돋보이게 하는 기능을 가진다. 고대신화와 전설, 중세 소설 등의 주인공들 그리고 토마스 만의 주인공들 한스 카스트로프와 성경적 인물인 요셉 등과 달리 요제프 K와 측량기사 K는 분명히 이 시간을 거쳐 도덕적으로 성숙하며 삶의 의미에 접근해가지만 통과의례적 시련을 이겨내지 못하고 완전히 실패한다. 다음과 같은 부분은 카프카적의 고유성을 매우 특징적으로 보여준다. 젊은이 바르나바스는 성인이 되어가며 대담성을 상실하며 그로 인해 성에 받아들여진다. 즉, K의 대담성이 미성숙의 표지라는 것은 신화의 상황과는 반대되는 것이다.

카프카의 주인공들은 파국의 책임이 스스로에게 있다. 개인주의와 이성주의를 극복하고 자신의 죄를 인식할 능력이 없는 이들은 모두 다분히 (신에 대해) 반항적이며 촌락 거주민들이나 다른 피고들과 달리 언제나 필요한 만큼 행동하지 못한다. 요제프 K는 사제가 이야기해준 우화의 주인공처럼 스스로에게 예정된 법의 문을 통과하지 못하며 측량기사 K는 우화의 주인공과 달리 늘어선 보초들을 뚫고 잠입할 준비가 되었음에도 불구하고 결국 성에 들어가지 못한다. 성의 관리 중의 하나와 접촉할 가능성을 얻고도 측량기사 K는 우트나피슈팀의 저 세계에서 얻은 불사의 약초를 끝내 이용하지 못한 고대 바빌론의 불경한 주인공 길가메시처럼 잠이 들어버린다. 카프카의 소설들이 인간은 신의 노예로 태어났으므로 반신(半神) 주인공이라 해도 신과 비교하거나 영생을 얻을 수는 없다고 말하는 고대 바빌론 문학의 작품들을 어렴풋이 상기시키는 것은 우연이 아니다.

카프카 소설의 주인공이 부딪치는 파멸은 그들이 범한 죄로 인한 것이지만 이와 상관없이 파국이 어차피 불가피한 이유는 '죄'가 보편적이고 인간이 그들을 지배하는 초개인적 힘들(신들)과 소통할 수 있는 공통의 언어를 잃었으며 신들은 환영과 같이 비하된 형태를 통해서만이 눈에 보이기 때문이다. 인간과 신이 성경 텍스트에서처럼 서로 접촉할 뿐 아니라 서로가 서로를 만들어내며 서로가 서로를 위해 자신의 역할을 하는 《요셉과 그의 형제들》의 상황과 카프카의 이러한 양상을 비교해 보자. 요제프 K와 측량기사 K가 원치 않았던 일이 바로 《요셉과 그의 형제들》에서 보이는 이러한 조화의 상황이다.

신화와 제의의 가장 중요한 기능은 개인을 사회에 합류시키는 것, 개인을 종족과 자연에서 공동의 영원한 순환적 삶 속에 포함시키는 것이다. 이것이 통과의례의 제의적 기능이다. 그러므로 측량기사 K가 보여주는 공동체 적응 불가능성은 요제프 K에 대한 정당화 불가능성처럼 가장 보편적인 원칙으로서의 의미를 가진다. 《변신》에서도 카프카의 다른 소설들에서도 삶의 자연적 순환은 지탱되지 못하고 깨어지며 죽음과 부활, 재생이라는 신화소는 부재한다.[20] 우리가 이미 보았듯이 카프카는 조이스와 토마스 만이 완전히 다르게 해석하면서도 공통적으로 사용하는 죽음과 부활의 신화소를 사용치 않는다. 조이스는 이 신화소를 취하지만 이는 (신화 속에서 그리고 신화에 대한 토마스 만의 이해에서처럼) 재생과 삶의 영원한 지속이 아니라 가면들의 교체라는 가짜 움직임과 출구 없는 괴

---

[20] 이와 연관하여 사냥꾼 그라쿠스에 관한 카프카의 단편을 생각해 볼 수 있다. 그는 낭떠러지에서 떨어져 죽은 뒤 아무리 해도 사자(死者)의 왕국에 도달하지 못하며 큰 배에 실려 앗수로스처럼 영원히 떠돈다. 여기서 영원한 방랑자의 모티브를 찾을 수 있다.

로운 무한성을 의미한다.

전통적 신화소들을 이용하는 조이스와 독창적이고 명백히 현대적인 카프카의 신화화를 비교해 보면, 조이스의 신화화가 가린 진정한 성격을 알 수 있으며 그가 고대신화들에서 가져와 사용한 신화소들이 고대 전통에서 원래 가졌던 기능에 원칙적으로 부합하지 않는다는 사실을 깨달을 수 있다. 본질적으로 카프카의 신화주의가 조이스보다 원래 신화에 보다 가까운 이유는 그가 고대신화의 유물을 가지고 유희하지 않고 새로운 모더니즘의 비극적 플롯을 만들어냈기 때문이다. 또한 카프카의 신화주의가 덜 가망 없어 보이는 이유는 일정한 철학적 문제들을 제시하면서 그 문제들을 해결하지도, 조이스처럼 순수하게 부정적으로 대답하지도 않았기 때문이다.

제5장

현대소설의 다양한 신화화 양상

20세기 신화화의 초석을 다진 네 번째 작가 로렌스에 대해 살펴보자. 로렌스가 프레이저의 《황금가지》로부터 받아들인 신화와 제의의 개념은 다른 작가들보다 더 넓은 의미에서였다(부분적으로는 크롤리의 《성스러운 장미》로부터). [1] 이로부터 그는 다산의 신들의 성혼(聖婚), 불가피한 제의적 희생양으로서 속죄양 등의 모델 그리고 마술적 힘을 가진 바보의 형상 등을 이끌어냈다. 로렌스는 고대와 고대 동양의 신들 이름, 즉 디오니소스, 아도니스, 아르테미스, 사이벨레, 아스타르테, 이시스, 페르세포네, 바알 등을 프레이저의 이론의 맥락에서 언급한다. 또한 로렌스는 니체와 심리분석의 영향 또한 강하게 받았다. 로렌스가 신화에 이끌린 것은 의심할 여지없이 현대 문명에서 그가 증오했던 부르주아 산문에 대한 반동이라 볼 수 있다.

조이스와 반대로 로렌스는 극단적인 반지성주의자로 고대신화에 대한 그의 관심은 직관과 본능, 성적(性的) 자유 그리고 '건강한 자연'과 강렬한 제의 속에서 나타나는 이 자연에 대한 신비로운 확증

---

1) [역주] E. Crawley, *The Mystic Rose: A Study of Primitive Marriage and of Primitive Thought in its Bearings on Marriage*, T. Besterman (Ed.), New York, 1960.

이라는 영역으로의 탈주로 해석된다. 즉, 그의 신화주의는 자유로운 신낭만주의의 후광으로 둘러싸였다. 《영국, 나의 영국》(1922)에 실린 단편들에서 제의 신화적 모티브들(비밀스러운 처녀 제물, 광부의 형상으로 나타나는 지하계의 악마들, 다산 의식, 속죄양, 여우의 토템적 형상, 마술적 힘을 가진 낯선 집시)이 플롯의 하부텍스트로 지각되면서 부분적으로 일화들의 구성적 일관성을 결정한다면2) 그의 멕시코 소설 《깃털 뱀》(1926)에서는 케찰코아틀과 휘트질로포크틀리의 아즈텍 신들에게 바쳐지는 전(前)기독교 시대의(콜럼버스의 대륙 발견 이전의) 유혈숭배 의식이 찬양된다. 이 신들은 소설의 주인공들인 라몬 카라스코와 시프리아노에 의해 되살아난다.

이같이 현대의 낡은 문명을 예술의 차원에서 구제할 수단으로서 신화나 제의, 마술 등을 숭배시하는 접근은 조이스, 카프카, 토마스 만 등의 신화화보다 훨씬 의고적이며 신화창작이라는 수단에 의해 현대 문화를 해석하는 신화주의 시학을 발전시키지 않는다. 따라서 골딩의 《파리 대왕》(1954) 역시 이러한 경우이다. 외딴 섬에 남겨진 소년들 가운데 깨어나는 원초적 본능의 자각과 이들이 행하는 황홀경적 제의의 묘사는 로렌스와 달리 심오한 심판의 차원에서 이루어진 것이기 때문이다.

20세기 첫 사분기에 나타난 서로 다른 여러 종류의 신화주의 산문 중 서구 모더니즘의 본류를 구성하는 조이스의 《율리시스》는 이후 시도된 여러 신화주의 현상들에 가장 큰 영향을 주었다. 엘리엇은 1923년 《율리시스》의 신화주의에 대해 흥분된 평을 쓰며, "신화

---

2) J. B. Vickery, "Myth and Ritual in the Shorter Fiction of D. H. Lawrence", J. B. Vickery (Ed.), *Myth and Literature: Contemporary Theory and Practice*, Lincoln, 1966. 로렌스의 발전에 대해서는 다음 책에서 작가에게 할애된 장을 보라: Д. Г. Жантиева, *Английский роман XX века*, М., 1965.

의 차용, 현대와 고대의 끊임없는 대칭의 도입(…)은 조정(調整)과 질서(秩序)의 수단 그리고 현대 역사의 공허와 혼돈이 빚어낸 거대한 풍경에 형식과 의미를 부여하는 수단이다". 3)

엘리엇이 초기에 보인 이념적 미학관은 조이스에 가까운 것이다. 복음서와 불교 전설, 《파르지팔》등에서 받은 영향이 단테, 바그너 등의 다른 작가들로부터 도입한 비밀스러운 인용들과 합쳐지는 서사시 〈황무지〉를 볼 때, 신화화 기법들이 플롯을 구성한다는 점을 알 수 있다. 엘리엇이 웨스턴의 시각을 통해 《파르지팔》을 수용한다는 사실은 각별히 특징적이다. 웨스턴은 "제의로부터 기사소설까지"라는 연구에서 〈황무지〉의 플롯이 프레이저가 기술한 농경신화와 의례로부터 나왔다고 말한다. 4) 엘리엇에게서 죽음과 부활이라는 신화소는 역설적으로 죽은 불모의 땅이 되어버린 세계에서 보이는 부활의 불가능성 혹은 그러한 세계에서 아예 부활을 원치 않음이라는 모티브로 뒤집힌다. 엘리엇의 작품에 대해 길게 살펴보기보다는 소설 장르에서 전개된 신화주의의 양상을 관찰하는 우리의 본연의 임무로 되돌아가자.

신화주의의 대표자들은 시 영역에서도 찾아볼 수 있지만(예이츠, 파운드 등) 이들은 드라마 영역에서도 다수 존재한다(장 아누이, 폴 클로델, 장 콕토, 장 지라두, 유진 오닐 등). 현대 드라마투르기에서 신화적 주제의 유행은 신화를 제의극적 사건의 내러티브화로 해석하는 제의적 개념들의 유포로 인해 가열되었다. 그러나 현대 드라마는 신화화 시학이 아니라, 고대 극작품들의 모더니즘적 개작이나

---

3) 인용은 다음 책으로부터 가져왔다: Т. С. Элиот, *Бесплодная земля*, М., 1971, С. 163 (무라비요프의 번역으로 원전은 다음과 같다: T. S. Eliot, Ulysses, Order and Myth, *Dial*, 75, 1923, pp. 480~483).

4) J. L. Weston, *From Ritual to Romance*, Cambridge, 1920.

재해석에 의지한다. 5)

우리가 주로 소설을 이야기하는 이유는 현대소설에서의 이러한 양상에 대한 연구가 부족하기 때문이기도 하지만 주된 이유는 신화와 소설이 서사의 영역에 속하기 때문이다. 시에서도 신화적 모티브들이 널리 이용되었지만 그다지 '원형적'이지 않으며 이른바 '신화로의 회귀'가 일어난 것은 소설의 토양에서였기 때문이다.

신화주의는 제2차 세계대전 이후 소설에서 다분히 널리 사용된 기법 중의 하나가 되었다. 문제는 이제 보편적 '모델'이 아니라 일정한 상황이나 갈등을 고대신화나 성경신화로부터 가져온 직접적 혹은 대조적 병립항들을 가지고 강조하는 기법이다. 1940∼1960년대 소설에서 신화적 모티브들과 원형들을 도입하는 원형화(prefiguration) 기법에 대한 연구서로는 존 화이트의 《현대소설의 신화주의》가 있다. 6) 화이트는 신화적 모티브들과 원형들을 이용하는 약 40명의 작가들의 목록을 제시한다. 7) 또한 그는 파우스트, 돈 주앙, 돈키호테, 햄릿,

---

5) 예를 들어 다음과 같은 연구를 참고해 보라: W. Asenbaum, *Die griechische Mythologie im modernen französchen Drama*, Vienna, 1956; M. Dietrich, "Antiker Mythos in modernen Drama", *Das moderne Drama: Strömumgen, Gestalten, Motive*, Stuttgart, 1961, pp. 388∼426; H. Dickinson, *Myth on the Modern Stage*, Urbana, 1969; K. Hamburger, *Von Sophokles zu Sartre: Griechische Dramafiguren, antik und modern*, Stuttgart, 1962; F. Jouan, Le retour au mythe grec dans le théâtre français contemporain, *Bulletin de l'Association Guillaume Budé*, Juin, 1952; T. Maulnier, Greek Myths: A Source of Inspiration for Modern Dramatists, *World Theater*, 6, 1957, pp. 189∼293; D. Reichert, *Der griechische Mythos im modernen deutschen und österreischen Drama*, Vienna, 1951.

6) J. J. White, *Mythology in the Modern Novel: A Study of Prefigurative Techniques*, Princeton, 1971.

7) 예를 들어, 《오디세우스》의 플롯을 사용한 작가로는 알베르토 모라비아(《정오의 유령》), 키르쉬(《텔레마코스를 위한 소식》), 한스 노삭(《생존자의 이야기》),

나아가 트레플료프 등 전설이나 문학의 등장인물들을 원형(原型)으로 도입한 소설들 역시 이 목록에 포함하였다. 목록을 정당화해주는 것은 현대소설가들이 고대신화나 옛 문학 작품들을 동일한 기능으로 사용했다는 사실이다(조이스가 신화적, 역사적, 문학적 연상들을 얽어 짜고 있음을 기억해 보자). 8)

화이트가 열거한 작가들 중《몽유병자들》,《베르길리우스의 죽음》,《죄 없는 여자》,《유혹자》 등을 쓴 헤르만 브로흐는 주목할 필요가 있다. 그의 작품과 세계관은 다분히 모순적이다. 브로흐는 조이스의 추종자로 그의 문학적 양식을 많은 점에서 모방하지만 그의 작품에서 토마스 만의 영향 또한 짚어진다. 브로흐는 1930년대의 신화

하르트라우프(〈모두가 오디세우스인 것은 아니다〉) 등이 있다. 〈일리아드〉는 보이훌러(〈보른홀름 섬에서의 체류〉)와 브라운(〈별들은 자신의 행로를 따른다〉, 〈아에네이드〉), 브로흐(《베르길리우스의 죽음》), 뷔토(〈수정〉), 보르헤스(〈전투의 환영〉) 등에서 쓰인다. 오르페우스 이야기 역시 브로흐의 《베르길리우스의 죽음》, 존 엘리엇의 〈노래하는 머리〉, 한스 노삭의 《죽음과의 대화》에, 아르곤의 용사들 이야기는 엘리자베스 랑개서의 〈브란덴부르크의 아르곤 용사들의 여행〉에서 찾아볼 수 있다. 오이디푸스 이야기는 프리쉬(〈호모 파베르〉), 모라비아(〈거짓말〉), 알랭 로브 - 그리예(〈지우개〉)가 취하며, 켄타우로스 이야기는 업다이크(《켄타우로스》), 안나 쿠아인(〈통로〉) 등이, 필록테테스는 제임스 볼드윈의 〈다른 나라〉에서, 아리스테이아스는 브로흐의 〈죄 없는 여자〉에서, 필로멜라는 뷔히너의 〈낮의 느린 죽음〉에서, 이카루스는 퀘노의 〈이카루스의 비행〉에서, 프로제르피나는 엘리자베스 랑개서의 〈프로제르피네〉에서 등장한다. 오레스트는 존 메릴(〈일기〉)과 되블린(아브라함과 이삭 이야기 역시 포함한 작품 〈베를린, 알렉산드르 광장〉)에서, 테세우스는 뷔토의 《지나가는 시간》(이 작품은 카인과 아벨의 이야기 플롯도 포함한다), 길가메시는 바흐만(Bachman)의 〈길가메시〉와 얀의 〈강〉에서 이용된다.

8) A. Gosztonyi, Hermann Broch und der moderne Mythos, *Schweizersche Handblatte*, 42, Zürich, 1962, pp. 211~219. 브로흐에 관해서 다음을 보라: S. Dowden (Ed.), *Hermann Broch: Literature, Philosophy, Politics*, Columbia, SC, 1988.

소설로부터 전후(戰後) 소설로 가는 다리를 놓았다고 할 수 있겠다.

치올코프스키와 화이트는 한스 노삭〔《생존자의 이야기》(1947), 《죽음과의 대화》(1948) 등〕과 여타 작가들의 작품에서, 제2차 세계대전과 전후 갈등이라는 역사적 상황에 대한 신화적 원형화가 보인다고 지적한다.9) 화이트는 프랑스의 누보로망〔뷔토의 《지나가는 시간》(1959)〕의 경우 순수하게 심리적 갈등의 상징화를 위해 작가가 신화적 원형을 사용하였다고 본다.

여기서 서유럽의 전후 신화화 소설의 많은 예를 분석할 수는 없으므로 이 문제에 대해서는 독자들에게 화이트의 연구서를 권한다. 여기서는 단지 잠시 이 문제를 짚어보았을 따름이다. 명백한 것은 전후 시대 서유럽 소설이 이용한 모더니즘 신화화의 기본 공식을 제공한 것이 조이스라는 점이다. 그러나 조이스식의 신화화 기법들을 이용했다고 해서 반드시 그에 결부된 조이스적 세계관이 뒤따른 것은 아니다. 이는 특히 뷔토에 해당하는 이야기이다.

이러한 관점에서 특히 관심을 끄는 작품으로 미국 작가 존 업다이크의 《켄타우로스》(1963)를 들 수 있다. 업다이크의 세계관에서는 조이스적인 데카당스를 거의 찾아볼 수 없지만 조이스의 신화화 시학은 직접 널리 이용된다. 또한 여기서는 플롯 조직을 위해 그리스 신화에 대한 트라베스티가 쓰인다. 트라베스티는 자신의 아버지가 선생님으로 있었던 학교에서의 지난 세월들과 소년 시기에 대한 작가의 추억이 작품의 재료가 된 바탕에서 이루어진다. 선생님 조지 콜드웰(업다이크의 아버지가 그의 원형이다)과 아들인 학생 피터는

---

9) J. J. White, *Mythology in the Modern Novel A Study of Prefigurative Techniques*, Princeton, 1971, pp. 182~188, 218~228; T. Ziolkovsky, The Odysseus Theme in Recent German Fiction, *Comparative Literature*, 14, 1962, pp. 225~241.

각각 성인과 이제 막 삶에 발을 들여놓은 젊은이로서 서로 대비된다. 이러한 차원에서 이들은 블룸과 (상상 속에서 입양된 아들) 스티븐으로 이해될 수 있다. 조지 콜드웰은 블룸과 달리 매우 지적이지만 붙임성이 있고 사람들에게 선의를 가졌음에도 불구하고 작은 도시와 지방 학교의 속물적 사회에 뿌리내리지 못하는 실패자라는 점에서 블룸과 유사한 상황에 처했다. 그의 가정은 따뜻함이 결여되었다. 그는 같은 학교 선생인 베라에게 구애한다. 그녀는 여러 가지로 조이스의 인물 몰리를 상기시킨다. 베라는 몰리와 마찬가지로 '영원히 여성적인 원리'의 화신이며 어머니 대지를 상기시키는 애정으로 충만한 인물이다.

　도시의 일상과 학교생활은 (더블린의 일상과 특히《율리시스》의 학교처럼) 저속성과 거친 성적(性的) 암시, 중산층적인 비열함의 관점에서 제시된다. 등장인물들은 조이스에서와 마찬가지로 그리스 신화의 인물들과 대비된다. 악하고 방탕한 학교 교장은 제우스, 그의 나이든 애인은 헤라이며 다리를 저는 자동차 수리공은 헤파이스토스, 그의 아내인 체육교사 베라는 아프로디테, 목사이며 참전 경력이 있는 자부심 강한 샌님은 마르스, 파시즘에 동조하는 식당 주인은 미노스, 콜드웰 자신은 아킬레스의 선생이자 헤라클레스의 친구로 독화살로 인한 치명상으로 고통받다가 프로메테우스를 위해 자신의 불멸을 거절한 선한 켄타우로스 케이론이다. 콜드웰의 아들 피터는 프로메테우스로 나타나는데 위대한 저항자 프로메테우스와 그의 유사성은 후안무치한 음식점 주인과 벌이는 논쟁과 학교 교장에 대항하는 대담성을 통해서만 발견될 뿐이다. 신화의 화살은 그대로 화살로 등장하지만 이것은 망나니 학생들의 선생님 발에 떨어진다[암(癌)이 사실상 신화의 화살 역할을 한다].

　이 작품에서 신화에 대한 트라베스티는 현대의 속물성이 숭배하는 우상들을 풍자적으로 폭로하고 작품에서 묘사된 삶의 갈등들이 가지는 상징적이고 보편적인 의미를 강조하는 기능을 한다. 엘리스트라토바는 업다이크의 작품에 대한 논문에서 《켄타우로스》가 조이스의 작품을 기계적으로 모방한 작품이라는 견해에 반대한다. 10) 근거는 조이스와 업다이크가 이념적 영역에서 본질적으로 차이를 보인다는 사실에 있다. 존 업다이크는 다음과 같이 자신의 견해를 밝힌다.

> 나는 베케트와 같은 의미에서 조이스의 계승자나 제자가 아니다. 신화는 이 책의 핵심이지 형식적 기법이 아니다. 반인반수 켄타우로스의 형상은 나에게 더러움과 탐욕, 몰락의 세계에 대항하여 영감과 선에 의한 어떤 높은 세계를 그려볼 수 있게 한다. … 나에게 충격을 준 것은 그리스도처럼 자신을 그리고 자신의 불멸성을 희생한 케이론의 형상이다. … 그는 악의 징벌과 선의 승리라는 이념을 나타내는 수많은 표상 중의 하나이다. 11)

그리스도를 닮은 켄타우로스 케이론은 그에게 인간성의 담지자, 보다 높은 차원에서 인간에 대한 사회적 봉사를 행하는 자이며 주위의 속물성과 위선, 가학성과 방탕에 강하게 대항하는 자이다. 이러한 파토스와 이러한 유형의 긍정적 주인공은 《율리시스》에서는 생각할 수 없는 것이다. 그러나 이 작품 또한 조이스적인 신화화 기법을 도입한다는 사실을 배제할 수는 없다. 다른 세계관을 가진 작가들이 조이스의 모델에 의지한다는 점은 의미심장하며 20세기 소설의 신화주의를 매우 복잡한 현상으로서 연구해야 할 필요가 있

---

10) А. А. Елистратова, "Трагическое животное-человек", *Иностранная литература*, No. 12, 1963, С. 220~226.

11) Е. Стояновская, "Беседуя с автором, Кентавра", Инностранная литература, No. 1, 1965, С. 255~258.

음을 부각시킨다.

우리가 다루는 주제에서 알베르토 모라비아의 소설《정오의 유령》에서 제시되는 신화화 현상이 각별히 관심을 끈다. 12) 이 작품은 고대신화에 대한 심리분석적 모더니즘화와 조이스 유형의 신화화 시학에 첨예한 논쟁을 제기할 수 있다. 주인공 몰테니는 극작가로 호머의《오디세우스》에 기초한 영화 대본 제작을 위해 프로듀서 바티스타의 초대를 받는다. 한편, 독일 출신의 연출가 라인홀트는《오디세우스》를 할리우드적 방식의 저속한 오락용 볼거리로 만들려는 바티스타의 구상에 저항하여 심리분석적 해석을 내세운다. 그에 따르면 오디세우스는 이타카로의 귀향을 심리적으로 스스로 지연시키려 한다. 그것은 전쟁 전까지 지속되었던 아내 페넬로페와의 불화 때문이다(페넬로페는 그녀에게 구애하는 남자들에 대해 오디세우스가 너무나 점잖은, 즉 외면적으로 예의 바른 태도를 보이는 것을 싫어하였다. 페넬로페는 오디세우스를 배반하지 않으면서도 그를 경멸한다. 오디세우스는 그녀의 진정한 사랑과 존경을 되찾기 위해서는 구혼자들에게 복수를 할 필요가 있는 것이다). 몰테니는 라인홀트에게 말한다.

아니오, 라인홀트. 호머의《오디세우스》에 그런 이야기는 없소. 당신 스스로 내가 이런 말까지 하도록 만드는구려. 나는 호머의《오디세우스》에 경탄하였지만 당신의 해석에는 다만 역겨워질 따름이오…. 조이스 역시《오디세우스》를 새로이 해석하였소. 그러나 그 현대화에서, 아니 속화(俗化)라고 하는 편이 옳겠소만, 이 점에서 그는 당신보다 훨씬 멀리 나갔소. 그는 율리시스를 아내에게 배반당한 자, 수음(手淫)하는 자, 무위도식하는 자, 성적 불능자로, 페넬로페를 창녀로 만들었소. … 아이올로스 섬은 그에게 신문사 편집실이며 키르

---

12) [역주] 이탈리아어 원제는 *Il Disprezzo*로 '멸시'(蔑視)라는 의미이다.

케의 궁전은 매음굴이며, 이타카로의 귀환은 깊은 밤 더블린의 골목 길을 따라 개구멍에 오줌을 누며 집으로 돌아오는 길이 되어버렸소. 그러나 조이스는 지각 있는 사람이라 지중해의 문화와 바다, 태양, 하늘 그리고 고대 세계의 알지 못하는 땅은 건드리지 않았소. 그에게 는 태양도 바다도 없소. 모든 것이 현대의 것이고 모든 것이 이 땅에 속했고 속화되었고 우리의 초라한 일상이 되었소…. 그에게서 모든 일은 현대 도시의 더러운 거리에서, 술집에서, 매음굴에서, 침실에서 그리고 화장실에서 일어나오. 그러나 당신은 조이스와 같은 일관성조 차 없소…. 그래서 나는 그 요란한 종이 소도구가 마음에 들지 않아 도 당신보다 바티스타가 낫다고 생각하오…. 13)

소설의 주인공은 《오디세우스》의 영화화 방식에 대한 논쟁의 분 위기 속에서 어쩔 수 없이 자신을 오디세우스와 자신의 냉담함에 고통받는 아내 에밀리아를 페넬로페(에밀리아에게 구애하는 바티스타 는 안티누스의 역할을 맡는 셈이다)와 대비시킨다. 여기서는 화이트 가 지적했듯이 조이스적 의미의 신화화란 없다. 14) 또한 오디세우 스 이야기와의 대칭 관계 역시 없으며 다만 가장 넓은 의미에서 보 아 현대의 유약과 왜소에 대해 고대 서사시의 장엄이 대조될 뿐이 다. 이러한 대조는 집, 자신의 보금자리, "독채"에 대한 에밀리아의 집착이라는 모티브에 의해 강조된다. 부분적으로 보면 바로 이 문 제로부터 소설의 극적 상황이 전개된다.

진짜 대칭 관계가 성립하는 것은 화이트의 생각대로 소설의 상황 과 《오디세우스》의 마지막 부분 사이에서가 아니라, 몰테니와 에밀

---

13) A. Моравия, "Презрение", *Иностранная литература*, 1963, No. 10, C. 162.
14) 화이트는 바티스타가 자동차 사고로 죽는 것을 오디세우스 편에 선 운명의 복 수로 해석하지만 이것은 사실을 잘못 파악한 것으로 소설에서 실제로는 에밀리 아만이 사고로 죽는다.

리아, 바티스타의 삼각관계와 호머의 《오디세우스》에 대한 라인홀트의 모더니즘적 심리분석식의 가짜 해석 사이에서 가능하다. 소설의 사건들과 《오디세우스》에 대한 라인홀트의 해석은 오직 현대에 관계된 것일 뿐 호머의 세계와는 엄청난 거리를 둔다.

1950~1960년대에 신화시학은 라틴아메리카와 아프리카, 아시아 등의 제3세계 문학에 침투하였다. 여기에 서구 유럽 문학이 어느 정도 영향을 주었으리라는 점은 의심의 여지가 없지만 만약 완전히 일시적인 유행이 아니라면 어떤 영향이든 지역적인 내적 기반을 가지기 마련이다. 20세기 서구 유럽 소설의 신화주의는 중세의 기사소설이나 르네상스 시대의 서사 장르들과 달리 민속 전통에 근거한 것이 아니다. 반면, 라틴아메리카와 아프리카 및 아시아 소설에서 고대의 민속 전통과 민속적, 신화적 의식은 비록 유물의 형태이지만 순수하게 유럽적 유형의 모더니즘적 주지주의와 나란히 존재할 수 있다. 이러한 다층성은 20세기에, 특히 전후 시기에 이루어진 이들 민족 문화의 '다급한' 성장의 결과로 보인다. 이러한 독특한 문화적, 역사적 상황은 역사주의와 신화주의, 사회적 사실주의와 원래의 민속의 요소들의 공존과 상호 침투, 나아가 조화로운 통합을 가능케 한다. 여기서 민속에 대한 해석은 민족적 자주성에 대한 낭만적 찬양이나 반복되는 원형에 대한 모더니즘적 탐색 사이에서 진동한다. 이러한 독특한 현상을 지칭하기 위해 서구 비평에서는 환상적 사실주의라는 용어가 널리 쓰인다(때때로 이 용어가 카프카와 같은 서유럽 모더니스트에게 적용되는 것은 적절치 못하다).15)

여기서 라틴아메리카의 작품들은 각별한 의미를 가진다.16) 쿠바

---

15) [역주] 토마스 만은 《성》(城)의 서문에서 카프카를 "경건한 유머 작가"라 칭했다.
16) 이 문제에 대한 연구로는 다음을 보라: В. Н. Кутейщикова, *Роман Латинской Америки в XX в*, М., 1964; В. Н. Кутейщикова, "Континент, где встреча-

의 작가 알레호 카르펜티에르, 과테말라의 미구엘 안헬 아스투리아스, 페루의 호세 마리아 아르구에다스 등의 소설이 보이는 특징은 사회비평적 모티브들과 민속적, 신화적 모티브들이 이루는 2차원성이다. 민속적, 신화적 모티브들은 이러한 2차원성을 비유하기보다는 민속이나 신화적 현실에 대립하는 폭로된 현실에 내적으로 대립한다. 여기서 민속적, 신화적 현상은 어떤 식으로든 박해자가 아니라 민중과 유기적으로 연결되었다.

카르펜티에르의 중편소설 《지상의 왕국》(1948)에서 사건은 18세기 말 아이티의 혁명 시대에 관련된다. 혁명 지도자 중 하나인 흑인 만딩고 종족의 후손 마칸달은 역사적이면서 동시에 신화적 인물이다. 그는 동물이나 새, 벌레 등으로 변신할 수 있어 형리로부터 달아나지만 결국 모닥불에서 죽는다(민중은 그가 불사신이라고 믿고 그의 죽음을 알아차리지 못한다). 유사한 인물이 아스투리아스의 소설 《푸른 사제》(1954)의 원주민 치포이다. 그는 자본가 메이커 톰슨의 노예이면서 동시에 민중 반란의 지도자이다. 강력한 마술사인 그는 처녀 마이아리와 모타구아 강의 정령의 상징적인 제의적 결혼의 성립에 참여한다. 이 제의적 결혼은 원주민 마야 키체 종족이 생각해낸 인물로서 공식적으로 정해진 신랑과 운명을 함께하기 원하지 않는 처녀의 자살에 대한 낭만적이고 민속적인 위장(僞裝)이다. 신랑은 그녀의 종족이 겪는 고통을 외면하는 냉담한 자본가이며 바나나 회사 설립자들 중의 하나이다. 17) 아스투리아스가 보다 앞선 시기에 쓴

<hr />

ются все эпохи", *Вопросы литературы*, No. 4, 1972, C. 74~79; Л. С. Осповоат, "Человек и история в творчестве Алехо Карпентьера", *Латинская Америка*, No. 4, 1973, C. 146~157.

이와 더불어 저널 〈라틴 아메리카〉(*Латинская Америка*, 1971)의 3호에 실린 그리바노프(А. Грибанов)의 속기록과 마르케스에 대한 논쟁을 참고해 보라: *Латинская Америка*, No. 3, 1971, C. 101~107.

소설 《대통령 각하》(1946)에서는 대통령 각하의 독재가 낳은 유혈의 악몽 자체가 거대한 제물 희생 의식으로 구상된다.

아르구에다스의 소설 《깊은 강》에서 퀘추아 원주민에 의해 키워진 젊은 주인공 에르네스토는 떠도는 변호사의 아들로 소도시의 수도원 성직자에게 맡겨진다. 여기서 그는 주변에서 수없이 벌어지는 사회적 부정의를 목격하며 이를 원주민 신화와 의식의 프리즘을 통해 수용한다. 《푸른 사제》의 마이아리처럼 그는 시적이고 범신론적인 세계관을 가졌으며 이를 토대로 악과 싸운다. 또한 강에 흐르는 물은 죽음뿐 아니라 부활을 가져오며 팽이 줌바일루는 마술적 힘으로 에르네스토에게 처녀의 눈을 상기시킨다. 세드론 마을과 잉카족이 세운 고대의 벽은 정부나 지주, 경찰 등에게 굴복치 않고 자신들의 특별한 삶을 산다.

이와 유사하게 이원적 특징을 가지는 것이 아스투리아스의 《옥수수 사람들》, 후안 룰포의 《페드로 파람》, 바스타스의 〈사람의 아들〉 등에서 나타나는 신화성이다. 라틴아메리카 예술가의 이원적 의식은 카르펜티에르의 《잃어버린 흔적》에서 그려진다.

이와 같은 작품들 모두에서 신화화는 정도에 상관없이 구체적인 지역 민족의 민속 전통과 관련되어 있으며 작품에서 나타나는 사실주의 층위에서의 사회 비평이나 풍자가 아무리 날카로운 것이라 해도 결국 낭만주의적 후광에 둘러싸였다. 물론 여기서는 로렌스에서 나타나는 콜럼버스 이전의 신화적 이국성과 공통되는 것은 거의 없으며 다른 서구 유럽 신화주의 작품들과의 형식적 유사성 또한 그리 크지 않다.

이런 의미에서 콜롬비아의 작가 길레르모 가르시아 마르케스는 예외적인 경우로, 그의 소설 《백 년 동안의 고독》(1966)은 마치 신

---

17) [역주] 라틴아메리카에서 과일 재배 주식회사가 행한 역할에 대해서는 다음을 보라: E. Wolf, *Europe and the People Without History*, Berkeley, 1982.

화주의의 여러 변종을 한데 종합한 것 같다.

이미 중편소설 〈떨어진 잎사귀〉(1955)에서 마르케스는 서문을 통해 왕의 명령을 어기고 오빠 폴리니세스를 매장한 안티고네의 이야기와의 신화적 대칭을 만들어낸다. 이런 기법뿐 아니라 그리스 신화의 도입 자체가 마르케스와 서구 유럽 모더니즘의 연관성을 보여준다. 그러나 생생하게 보존된 민속 전통은 때로 라블레의 카니발적이며 과장적인 시학을 상기시키는 환상적 형상들에게 보다 민중적이고 가시적인 감각적이며 구체적인 형식들을 부여한다. 마르케스의 이러한 라블레적 경향은 조이스가 마지막 소설에서 라블레의 기법 몇 가지를 극단적으로 이성적이고 양식적으로 사용하는 양상과는 비교될 수 없는 것이다.

《피네간의 경야》나 《요셉과 그의 형제들》과 같은 의미의 신화소설이라고 당당히 부를 수 있는 《백 년 동안의 고독》이라는 장대한 소설적 서사시에서 마르케스는 라틴아메리카 민속을 매우 광범위하게 원용하는 한편 이를 매우 자유롭게 도입한다. 여기에 그는 고대 및 성경의 모티브들과 역사적 전설에서 가져온 이야기들에 조국 콜롬비아나 다른 남아메리카 국가들의 역사에 있었던 실제 사실들을 더한다. 또한 여기서 원전들은 그로테스크하고 유머러스한 변형에 일상과 민족사에 대한 자유로운 신화화의 성격을 가지는 풍부한 작가적 상상에 내맡겨진다. 마르케스는 그를 앞서간 이들보다 훨씬 더 분명하게 반복과 치환에 의한 신화화 시학을 이용하며 또한 다양한 시간적 차원들을 거장적으로 이용한다.

마르케스는 콜롬비아적이면서 남아메리카적이고 부분적으로 범인류적인 매우 분명한 세계모델을 창조한다. 마콘도의 역사는 부엔디아 가족의 역사이면서 동시에 콜롬비아 한 도시의 역사이고 콜롬비아 전체의 역사이면서 남아메리카의 역사, 나아가 전 세계의 역

270

사이다. 한 가족의 역사로서 《백 년 동안의 고독》은 《부덴브로크 가의 사람들》과 비교할 수 있고 또한 성서적 가부장제에 관한 보편적이고 동시대적인 플롯을 제시하는 《요셉과 그의 형제들》 이야기와 합해진다. 토마스 만이나 제임스 조이스와 달리 마르케스는 주로 민족적 모델을 제시한다. 이 모델은 한편으로 일상이나 심리, 정치적 상황들, 주된 반복적 '역할들'에서 어떤 민족적 혹은 범인류적 불변항들을, 다른 한편으로 콜럼버스가 아메리카를 발견한 이후 오늘날까지의 남아메리카 발전사의 역사적 역동성과 인간 개성들의 발전을 강조한다.

요셉과 그의 형제들에 대한 성서의 이야기가 마르케스에게 직접 영향을 준 흔적을 찾기 힘들다 해도 역사적 차원과 신화적 차원의 독특한 균형, 신화적인 것을 전형적이고 일상적인 것으로 보는 마르케스의 해석은 토마스 만을 상기시킨다.

마콘도가 시작된 가부장적 시대는 길을 잃은 콜럼버스가 아메리카를 발견하는 역사적 전설로서 또한 여기서 집시로 등장하는 문화 영웅들에 대한 신화 혹은 선조들의 근친상간에 관한 신화에 대한 회화적 해석으로서 그려진다. 무엇보다 아우렐리아노 부엔디아의 형상과 연결된 조국 전쟁 시대 그리고 다른 남아메리카 작가들의 소설에서도 역시 매우 큰 자리를 차지하는 바나나 회사(미국 자본의 침투) 시대는 추상적이지만 매우 사실적으로 이야기된다. 조국 전쟁의 묘사에서 역사적인 것과 영원한 것은 전쟁의 무의미와 무익에 대한 생각에 의해 균등화된다. 전쟁 속에서 잔혹한 광신주의, 출세주의, 정치적 선동주의는 이러한 두 측면에서 묘사된다.

아우렐리아노 부엔디아 대령은 소수의 사람과 더불어 원칙과 인간성을 지키려 하지만 점차 전반적인 분위기에 휩쓸리고 전쟁 후에는 모든 인간적 애착을 잃고 산송장이 된다. 이와 반대 이유로 삶의 의지를 잃어버리는 것은 호세 아르카디오 부엔디아 2세로 그는 (바나나 농장의 착취의 희생물인) 다른 파업참가자들과 함께 기적적으로 총살에서 살아남아 공식적으로 부인되지만 그것을 아무도 믿지 않는 이 총살행위의 산 증인이 된다.

마르케스의 신화주의가 보여주는 독창적 현상 중 하나가 삶과 죽음, 기억과 망각, 산 것과 죽은 것, 공간과 시간 간의 관계의 복잡한 역동성이다. 죽은 이들은 만약 그들이 기억되거나 필요한 존재가 된다면 살아날 수 있다. 그러나 산 사람들은 오히려 진정으로 산 것과의 연결을 끊고 부엔디아 집의 '죽은' 방으로 떠나간다. 가족에 대한 애착을 잃은 아우렐리아노 대령은 다른 이들의 눈에는 보이는 죽은 아버지를 보지 못한다. 호세 아르카디오 2세를 체포하러 온 군인들은 그를 보지 못하는데 이는 그가 그들의 의식 속에 존재하지 않기 때문이다. 마콘도 주민에게서 역사적 기억의 상실은 꿈의 상실과 주위 세계에 대한 인식 불능으로 표현된다. 역사적 역동성은 이름을 통해 반영되는 역할 재현을 보충적으로 동기화한다.

중심이 되는 두 개의 운명이 아우렐리아노와 호세 아르카디오에게서 체현된다. 마지막 전(前)세대에서 운명들이 대립적으로 전개되자 우르술라 노인은 쌍둥이가 이름에 의해 바뀌었다고 확신하게 된다. 시간의 역사적 선형성 속에서도 결코 분별력을 잃지 않았던 우르술라의 깨달음인 시간의 주기성이 표현된다. 주기성은 '시작'과 '끝'의 관련에서 외적으로 표현된다. 마콘도는 소설의 첫 부분에서 예언되었던 것처럼 근친상간으로 인해 돼지꼬리가 달린 아이가 태어남으로써 파멸한다. 주기성은 문화영웅 멜퀴아데스의 예언적 원고에서 시간의 공간화로 제시된다(《피네간의 경야》를 안나 리비아가 쓴 원고로서 생각해 보라). [18] 이 원고는 부엔디아의 마지막 후손에 의해 해석되며 마콘도의 역사를 시간 속에 공존하는 사건들의 연쇄로 보여준다.

현대문학의 신화화를 보여주는 마지막 예로서 아랍 출신으로 프랑스어를 구사하는 작가들을 들 수 있겠다. 알제리 작가들과 마그레브 작가들에게서는 역사적 모티브들과 민족지학적 모티브들(특히, 혈연적 복수의 모티브), 현대의 일화들 그리고 민족 부흥이라는 낭만성으로 짙게 채색된 민속적, 신화적 모티브들의 결합이 특징적이다.

2부작 《네디마》와 《별모양 다각형》의 작가 카테프 야신은 주목할 만하다.[19] 네 명의 주요 등장인물은 현대적 젊은이들로 민족 해방 운동에 참여하며 운명을 나눈다. 또 다른 차원에서 이 자유화 운동은 역사의 화면에 투사된다. 이것은 과거 북아프리카 정복자들과의 싸움에서 있었던 역사적 일화들의 반복으로 나타난다. 이 젊은이들은 케블룻족에 속했다. 이 종족의 전설적 창시자는 적에게 무릎을 꿇지 않기 위해 기꺼이 죽었다가 유령의 모습으로 되살아나 후손에게 그들의 임무를 일깨운다. 죽음과 부활이라는 신화소는 치명적인 자상을 입고 살아난 주인공들에게 모두 해당된다.

나라와 민족, 종족 그리고 '영원히 여성적인 원리'에 대한 상징으로 나타나는 인물은 아름다운 네디마(아스타르테나 살람보를 암시하는 인물)이다. 친구들 및 친척들인 주인공들 모두가 그녀에게 사랑에 빠진다. 그녀는 그들에게 희망과 파멸 모두를 가져다준다. 네디마는 그들의 '누이'이며, 그녀에 대한 사랑은 근친상간이고 부족의 불화를 의미한다. 네디마의 이야기는 네 명의 케블룻족 남자의 사랑을 받았

---

18) **[역주]** 멜레틴스키가 말하는 안나 리비아의 원고란 《피네간의 경야》 I 부 5장에 등장하는 "ALP의 선언"을 말한다.

19) 카테프 야신에 관한 자세한 연구로 다음을 보라: Г. Я. Джугашвили, "Чуденое и реальность в современном алжирском романе", *Взаимосвязи африканских литератур и литератур мира*, М., 1975, С. 25~47.

던 어머니의 운명을 되풀이한다. 카테프 야신에게서 사건과 인물들이 반복되는 것은 신화주의 시학의 규칙을 따른 것이다. 조이스가 (포크너를 포함하여) 그에게 영향을 주었음은 의심의 여지가 없다. 이러한 영향은 비극적으로 채색된 민족적 낭만성과 결합된다. 카테프 야신은 반복과 치환의 시학을 통해 알제리의 민족적 운명이라는 관점에서 일어난 일에 대한 사유를 상징적으로 제시한다.

이와 같이 신화화 시학은 텍스트의 의미적 원리이자 구성 원리로서, 조이스와 같은 전형적 모더니스트들에게서만 나타나는 것이 아니다. 사실주의 전통에 충실한 토마스 만에게서도, 신화화라는 모더니즘 시학의 원리를 민속과 민족사에 대한 신낭만주의적 관심과 나아가 정치적인 혁명의 문제의식과도 결합하는 남아메리카와 아시아 및 아프리카 작가들에게서도 역시 신화화 시학은 폭넓게 원용된다. 20세기 소설에서 신화성은 좁은 의미의 1920~1930년대 서구 유럽 모더니즘으로 한정지을 수 없는 매우 넓은 현장에서 기능하는 것으로 보인다.

그러므로 우리는 20세기의 신화주의 현상의 근원에 대한 연구에서 그 복잡성과 복합성을 인정해야 하며 여러 이유로 과거와 현재를 하나의 흐름으로 연결하려는 노력과 같은 계기들을 각별히 고려해야 한다. 현재와 과거의 통합은 때로는 현재와 미래의 단일한 형이상학적 본질을 보여주기 위해(조이스), 때로는 유럽 인문주의적 사고와 고전적 도덕 전통의 지주를 위해, 사유와 창작에서 민족적 형식을 보존하고 부흥시키기 위해(남아메리카와 아시아, 아프리카 작가들) 행해진다. 따라서 하나의 동일한 신화소가 서로 다른 의미를 가지거나 여러 다양한 의미적 뉘앙스를 획득한다. 예를 들어, 조이스에게서 죽음과 부활은 텅 빈 가면들이 펼치는 '역사의 공포'라는 전망을 상실한 무한성을, 토마스 만에게서는 오래된 영적 삶의 형식들의 영원한 재생을, 다른 작가들에게는 민족 문화의 부흥을 의미한다.

모더니즘의 신화화에 관심을 두면서 우리는 20세기의 신화 '부흥'과 원래의 고대신화 간의 상호관계의 성격을 명확히 생각해 볼 필요가 있다. 소설 구조를 사회학적 기반에서 설명하지 않고 사회적 유형 묘사로부터 일상인의 보편 심리의 소우주에 대한 묘사로 이동하게 되면서 서사 조직에 쓰이는 고대적 수단과 신화적 유형의 상징을 부분적으로 이용하는 길이 열리게 되었다.

카프카의 소설은 자연적인 신화화의 흔적을 보이는데 그는 시적 상징들을 구사하는 자신만의 언어를 만들어냈다. 조이스는 다양한 전통신화를 가져와 그것을 현대소설의 독특한 준비된 기성 언어로 도입하였다. 토마스 만 또한 이러한 기성 언어를 사용하면서 사실적 관점에서 이 언어에 대한 객관적이면서 예술적 분석을 부여함으로써 고대문화와 그 역사적 형식들에 대한 섬세한 이해를 보여준다. 아프리카 작가들의 경우 신화의 언어에 대한 이들의 관심을 뒷받침하는 것은 그들 문화에 남아있는 민속적, 신화적 사고의 유물이 역사적 현실이라는 사실이다.

20세기 신화주의의 언어는 결코 고대신화의 언어와 같지 않다. 왜냐하면 개인의 공동체로부터의 분리 불가능성과 현대 산업 사회에서 개인의 몰락, 몰개성화, 소외 등을 동등하게 취급할 수 없기 때문이다.

고대문화에서의 신화 언어와 20세기의 신화 언어의 주된 차이점들을 보자. 이른바 주기성은 원시신화의 보편적 특징이 아니며 모더니즘 소설에서 주기성이 각별히 성행한 것은 부분적으로 프레이저와 그 제자들이 발전시킨 제의적 민족지학의 영향이 크다. 신화의 심리화는 심리학이 보충적으로 뒷받침했다. 그 외에 현대의 신화화 시학에서는 메타신화적인 불변적 의미를 강조하려는 목적으로 서로 완전히 다른 신화적 체계들을 통합하거나 동일시하는 양상이 특징으로 나타난다. 이러한 통합의 현상은 과거에 알려진 것이지만(헬레니즘, 그노시즘 등 기원 초의 여러 가르침) 원칙적으로는 이교 신들을 수용하면서도 그노시즘을 주장했던 고대신화에는 이질적인 것이다.

신화주의 시학은 서사를 조직할 뿐 아니라, 다른 시대에 의해 태어난 전통신화로부터 가져온 대칭 관계들에 의해 현대 사회의 상황을 비유적으로 기술하는 수단이기도 하다. 그러므로 전통신화를 이용할 때 그 의미 자체는 심하게 달라지며 종종 정반대가 되기도 한다. 특히, 이것은 현대의 산문적 일상을 직접적으로 신화화한 카프카와 전통 신화소들을 가지고 실험한 조이스의 비교에서 두드러진다.

카프카의 형상들이 내포한 상징성은 자주 고대신화에서 가졌던 의미와 정반대의 것으로 나타난다. 고대신화의 주된 기능은 개인을 사회적 일상사나 자연적 일상사의 쳇바퀴 속에 사회적이거나 자연적인 조화 속에 편입해 넣고자 하는 것이다. 그러나 카프카의 신화는 개인과 그를 벗어난 사회적인 힘이나 자연적인 힘 사이에서 일어나는 소외의 극복할 수 없는 벽을 보여주는 신화인 것이다.

예술의 상상이나 신화의 상상 그리고 인간의 상상이 가지는 공통성은 상상이 순수하게 학문적인 이성적 인식에 의해 극복되지 않으며 구체적이고 역사적인 표현으로 완전히 매몰되지 않는다는 점에 있다. 우리는 이러한 공통성을 알아보려는 노력에 의미를 두고자 한다.

가웨인(Gawain) 무협 기사도의 전형으로 크레티앙 드 트로예의 〈성배 이야기〉라는 중세 시와 영국 최초의 중세 로맨스 중 하나인 〈가웨인과 녹색의 기사〉의 주인공. 볼프람 폰에셴바흐의 《파르지팔》에서 노르웨이 왕의 아들이자 아더 왕의 조카.

가이아(Gaea) 그리스 신화에서 대지(大地)를 상징. 우라노스, 타이탄, 키클롭스와 헤카톤케이레스의 부인이자 자기증식을 통한 어머니. 카오스(혼돈)와 에로스 사이에 태어난 태초의 원소 중 하나.

간다(Ghanda) 중앙아프리카 동쪽에 거주하는 민족.

거인(모티프) 앙그르보다, 아르고스, 키클롭스, 후와와, 요툰, 칼레비포에그, 레스트리곤, 로키, 망가드하이, 오리온, 푸루샤, 수퉁그르, 토르, 투르스, 티탄족(族), 티튀오스, 울리쿠미, 우트가르드, 이미르 참조.

게(Ge) 보로로와 관련된 남아메리카 인디언.

게브(Geb) 이집트 신화에서 테프누트의 아들이자 애인. 누트의 형제이며 남편. 태고 대지의 신이며 아시리아(이시스, 오시리스, 세트, 네프티스)의 아버지. 주요 신은 아니지만 머리 위에 거위를 얹고 다니는 남자로 자주 표현된다.

게서(Geser) 몽골과 티베트 서사시의 신화적 영웅으로, 특히 북쪽에서 나타나는 여러 괴물과 싸운다. 북쪽의 군주('로마의 시저'를 아랍과 터키어로 번역한 제목에서 파생된 듯한 '프롬의 게사르'(Gesar of Phrom)].

고르곤(Gorgon) 그리스 신화에서 나오는 세 명의 자매 괴물. 스테노, 유리알레와 메두사. 셋 중 유일한 인간인 메두사는 페르세우스가 죽인다. 피니우스, 아테네 참조.

고트(Goths) 동유럽에서 온 게르만 민족으로 비스툴라 강 지역에서 3~5세기에 흑해를 통해 남쪽과 서쪽으로 이동.

골렘(golem) 유럽 중부의 중세 유대인의 전설에 나오는 진흙으로 만들어진 유대인의 하인이자 수호자. 가장 유명한 골렘은 프라하의 랍비 레브가 만든 것이다. "프랑켄슈타인"의 모델이 되었을 가능성이 있다.

과라니(Guarani) 남아메리카 인디언 부족 중 하나로 레비스트로스의《신화학》에서 이들의 신화를 다룬다. 세시, 차코, 보로로, 투피 참조.

구(Gu) 폰족(族)의 강철, 무기, 도구, 전쟁의 신. 마우와 리사의 다섯 번째 아들.

구난투나(Gunantuna) 뉴브리튼의 가젤라 반도(半島)에 사는 멜라네시아 민족.

군군(Gun-gun/Kung-kung) 중국 신화에 나오는 물의 군주(君主). 뱀의 몸과 사람의 얼굴을 가진 악령. 추안슈 참조.

군로드(Gunnlödh) 수퉁그르의 딸로 히드로멜의 수호자. 히드로멜을 훔치도록 속인 오딘이 뚫은 암석의 신.

군윙구(Gunwinggu, Gunwingu) 북오스트레일리아 아넘 랜드(Árnhem Lánd) 서쪽에 사는 원주민 부족.

그렌델(Grendel) 〈베어울프〉라는 대서사시에서 덴마크 왕의 궁전을 공격하였고 나중에 베어울프가 죽이는 괴물.

그리폰(Gryphon) 독수리와 사자의 자식으로 머리와 어깨는 독수리와 같고 나머지는 사자의 몸을 가진 환상의 동물. 로마의 지리서(地理書)(루칸, 헤로도투스와 플리니에)에서 그리폰은 황금더미를 지키며 스키타이 부족인 아리마스피아인(the Arimaspians)들의 적.

그림자(shadow) 융의 심리학에서 아니마의 대응 개념.

글루스캅(Gluskap, Glooscap) 알곤킨어(語)를 사용하는 동쪽의 인디언(믹막과 말리싯)이 토끼 또는 나나보조라는 신화적 영웅을 부르는 이름. 이 이름은 '거짓말쟁이' 또는 '무(無)에서 창조'(자가생식)를 뜻함.

기간토마키아(Gigantomachia) 그리스의 신화에 나오는 올림포스 신들과 거인들 사이의 전쟁.

기눙가갑(Ginnungagap) 스칸디나비아와 게르만 신화에 나오는 태초의 나락.

길가메시(Gilgamesh) 수메르의 영웅으로 우룩의 다섯 번째 왕이며 서사시적인 전쟁과 영생 추구로 유명. 엔키두, 후루푸, 후와와, 루갈반다, 우트나피슈팀 참조.

까마귀(라벤)(Raven) 축치와 다른 고대 아시아 시베리아 민족의 신이며 트릭스터(*trickster*). 북아메리카 대륙 북서 해안의 인디언 민족 사이에 비슷한 인물로 트릭스터뿐 아니라 창조주의 역할을 하는 인물을 찾을수 있다. 지니아나우트, 카이나나우트, 미티, 시나네우트 참조.

꿈의 시대(Dreamtime) 인류학 문헌에서 동시대에 앞서는 신화적 시대를 일컫는 오스트레일리아 원주민 아보리진인들의 개념을 기술하기 위해자주 쓰이는 용어. 다른 학자들은 이것을 대안적이며 영원한 시공이라 본다. 그러므로 이것은 선(線)적인 시간 속에 놓일 수 없는 것으로 끊임없는 세계 창조와 재창조를 언급하는 것이다. 알트지라, 추링가 참조.

나나보조(Nanabozo) 북아메리카 동부와 중부에 거주하는 인디언 민족, 특히 알곤킨어를 사용하는 부족들의 신화에 나오는 '거대한 토끼'. 오대호주변에 거주하는 민족들의 신화에서는 오지브와처럼 트릭스터지만몇 가지 고상한 자질을 가진다.

나나불루쿠(Nana-Buluku) 폰족 사이에서 최초의 신이며 마우와 리사의 창조자이지만 역설적으로 이 쌍둥이 역시 세상의 창조자로 여겨진다.

나르트(Narts) 오세티아의 전설적인 영웅으로 아디게와 아브카즈와 같은 북(北)코카서스 민족들의 신화에서도 발견된다. 강철로 된 몸과 마법및 초자연적인 힘을 가진 전사들이다. 뒤메질이 말한 원시 인도유럽사회의 기능을 담당한 세 나르트 종족이 있다. 나르트족의 서사시는전사(戰死)의 카스트인 아에사르타엑가테와 부자(富者)의 카스트인보라탁 간의 끊임없는 갈등을 묘사한다. 베다의 마루트인, 아일랜드의 피안나 그리고 이야손의 아르고호 선원들과 유사하게 신에게 도전한 뒤 그들에게 대적할 만한 자가 없어 세상에서 사라진다. 아에사르타엑, 사타나, 소슬란, 소스루코, 시르돈, 우리즈맥 참조.

나바호(Navajo) 북아메리카 남서부의 아타파스카어(Athapaskan)를 사용하는 인디언 부족. 푸에블로 문화의 이웃 부족.

나우시카(Nausicaa) 《오디세우스》에서 파에아키아의 왕의 딸. 칼립소 이야기 이후 오디세우스를 난파선에서 구출하여 아버지 알키노오스 왕에게 보내자 왕은 오디세우스에게 배 한 척을 제공한다.

난나(Nanna) 수메르 신화에 나오는 달의 신으로 엔릴이 닌릴을 강간하여 태어났으며 이난나의 아버지이다. 아브라함의 고향인 우르 시에서 모시는데 시간과 연관이 있으며 범죄자의 적으로 여겨진다. 스칸디나비아 신화서사시에서 난나는 발드르의 아내로서 남편의 시체와 함께 화장된다.

난쟁이(*dwarves*) 드베로그를 보라.

난지오메리(Nangiomeri) 오스트레일리아 아넘 랜드의 부족.

네르갈(Nergal) 아시리아와 바빌로니아(아카디아) 신화에 나오는 '큰 궁전의 주인'. 초기 아카디아 종교에서 태양신이었을 가능성이 있으며 배우자인 에레슈키갈과 함께 저승의 신이 된다.

네스토르(Nestor) 그리스 신화에 나오는 지혜와 웅변술로 유명한 필로스 시의 왕. 헬레네를 구하기 위해 트로이까지 메넬라우스와 동행한다. 〈일리아드〉의 주인공 중 유일하게 무사히 집에 돌아가(메넬라우스도 귀향하기까지 8년이 걸린다) 아버지 오디세우스를 찾는 텔레마코스와 만난다.

네프티스(Nephthys) 이집트 신화에 나오는 게브와 누트의 딸이며 세트와 이시스의 자매. 이시스의 남편이자 남자 형제인 오시리스를 거짓말로 유혹하여 아누비스를 잉태한다. 사자(死者)와 태양의 신 라의 수호자이자 여신.

노개마즌(Nogamajn) 무린바타족의 천신(天神).

노른(Norn) 게르만의 운명의 여신이자 인격체인 우어, 우르다르, 베로안디, 스쿨드 중 하나.

노아(Noah) 셈과 함 참조.

노인(Old Man) 캘리포니아 북쪽의 클라마스와 모독 부족을 포함한 북아메리카의 남서쪽 고원에 거주하는 인디언신화에 등장하는 주요 인물. 위스케드작과 유사.

누렐리(Nurelli) 오스트레일리아 동쪽에 사는 다양한 부족에서 이르는 '대부'
(大父, All-Father)의 이름.

누룬데레(Nurundere) 비랄의 변종(變種).

누르군 부투르(Njurgun Bootur) 야쿠트의 신화적 문화영웅.

누미토룸(Numi-Torum) 오브 강 분지의 우그르 민족 사이에서 단어 그대로
'더 높은 신', 천신 등 여러 이름을 가진 신. 쿨오티르의 형제. 만시인
은 그의 형제자매들이 지하계의 달, 태양, 불의 신과 여신들이라 한
다. 그의 일곱 명의 아이는 토착신이다. 누미토룸은 인간과 소통할 수
있는 쇠사슬로 땅과 연결되었다. 잎갈나무의 줄기로부터 인간을 창조
하지만 이들을 방치한다.

누트(Nut) 게브의 아내이며 누이. 문자 그대로 게브에게 연결되는데 슈가 그
들을 갈라놓는다. 누트는 하늘의 여신이며 몇 가지 판본에서 사자의
영혼은 그녀 가슴 위에 놓인 하늘 창고의 별들이라고 하는데 매일 태
양을 낳고는 다시 흡수한다. 아이시스, 오시리스, 세트와 네프티스
와 같은 아시리아 신들의 어머니로서 암소로 표현된다.

눈(Nun) '무한대, 허공, 어둠'이라는 의미, 이집트의 혼돈(chaos)이며 지구를
둘러싼 태초의 바다.

니드호그(Nidhogg) 세계수(世界樹) 이그드라실의 세 번째 뿌리를 갉는 스칸디
나비아의 뱀. 전사자(戰死者)의 시체를 먹는 용으로 묘사되기도 한다.

니르바나(Nirvana) '사라짐', 무지와 욕구로부터 개인을 자유롭게 하는 인도,
특히 불교의 개념. 운명이나 의무를 뜻하는 다르마나 환생 또는 영혼
의 영원한 윤회를 의미하는 삼사라와 대비된다. 다르마와 삼사라가 정
적(靜的)이라면 이것은 힌두 사상에서 보다 능동적인 힘을 의미한다.

니벨룽(Nibelung) 〈니벨룽의 노래〉의 소재가 되는 대단한 보물을 소유한 난쟁
이 일족의 전통은 현재의 오스트리아 지역에서 13세기 초에 정착하였
다. 동명의 게르만 서사시를 바탕으로 한 바그너의 오페라는 1876년에
초연되었다.

니우와(Niu-Wa, Nju-Kua, Nü-wa, Nü-Kua) 중국 태초의 조상이자 푸쉬의
부인 또는 여동생. 뱀(후기 판본에는 달팽이)의 하체를 가진 아름다
운 여성으로 묘사되어 '누와'라는 별칭도 있음. 찰흙으로부터 귀족을,

황토로부터 하층민을 창조하였다고 한다. 푸쉬가 죽은 뒤에 뇌황으로서 지배하나 군군의 도전을 받는다. 결국 승리하여 군군(추안슈 참조)이 훼손한 천상 창고를 수리하고 나무, 불, 흙, 쇠, 물 등 5원소를 창조한다. 결혼을 제정하였으며 중매자의 수호자이다.

닌릴(Ninlil, Mullisu) 수메르의 공기의 여신이자 엔릴의 부인. 아시리아에서는 물리수로 알려졌으며 니네베의 최고신인 아슈르의 아내라고 한다. 바빌로니아에서 닌릴은 이슈타르의 별칭이다. 습성이 온화하여 인간들을 위해 중재에 나서기도 한다.

닌마(Ninmah) 닌마르 또는 닌후르사그의 별칭. 일부 수메르본에서는 엔릴과 닌후르사그의 딸. 바빌로니아에서 남풍의 인격체. 초기 수메르본에서는 아버지 엔릴의 죽음을 복수하는 전사(戰士)의 이미지로 묘사한다.

닌쿠르(Ninkur) 수메르와 아카디아 신화에 나오는 엔릴 또는 다른 판본에서는 닌마르의 아들. 아카디아 판본에서는 사냥의 신이며 수메르인에 의하면 저승 쿠르의 홍수를 막는 제방과 관개수로의 건설자이다.

닌후르사그(Ninhursag) 수메르와 아카디아 신화에 나오는 '큰 산의 여주인'. 어떤 판본에서는 닌릴과 결혼한 엔릴의 아내이다. 벨(엔릴)이 선택한 남자들에게 수유(授乳)하여 왕이 되게 함으로써 암소와 연관되지만 사슴으로 표현된다. 결혼하기 전에 '처녀'라는 뜻의 닌스킬라, '출산하는 여자'라는 뜻의 닌투아마 칼라마, 결혼한 후에 '왕자의 대단한 부인'을 뜻하는 담갈누나 등 여러 별칭이 있다. 대지와 식물의 어머니이다.

다 조디(Da Zodji) 폰족 신화에서 마우이와 리사에게서 처음 태어남. 지신(地神) 신전의 수장(首將).

다구트(Djagwut) 와고만인이 무지개뱀을 부르는 이름. 트쥐미닌의 매형.

다라문룬(Daramulun, Darumulum, Dhuramoolan) 동오스트레일리아의 위라투리족에서 "대부"(大父, All-Father)의 "하인" 중 하나의 이름. 소수의 아란다 종족에게서는 "대부"를 직접 칭하는 이름.

다르마(dharma) 인도 철학에서 카스트 제도에 따른 인간의 종교적 윤리적 의무, 그러므로 모든 살아있는 존재의 사회적으로 승인된 행위를 말한다. 카마를 보라.

다프니스(Daphnis) 그리스 신화에서 헤르메스의 반신(半神) 아들, 목양자(牧

羊者). 님프의 아들로 어머니가 그를 낳자마자 월계수(月桂樹: 다프네) 밑에 버렸는데 목양자가 주워 길렀다. 그리하여 다프니스(월계수의 아들)라 하였다고도 전한다. 그는 예술을 좋아하여 목신(牧神) 판에게서 노래와 피리를 배우고 시칠리아에서 목양자로 있었다. 님프인 노미아가 그를 사랑하여 그로 하여금 성실을 맹세하게 하였으나 그가 배신하였기 때문에 격분한 노미아는 그를 소경으로 만들었다. 소경의 신세를 한탄하면서 노래하는 다프니스를 가엾게 여긴 헤르메스가 그를 천상으로 데리고 올라갔다. 다프니스는 목가(牧歌)의 창시자로 알려졌다.

당가르(Djangar) "외로운" 혹은 "고아"라는 뜻으로 에르소고토흐나 게서 형상을 한다. 특히, 몽골 전설과 동명의 칼미크 서사시에서 문화영웅이나 악마를 퇴치하는 용사, 첫 조상으로 추정되며 그의 모험은 기원시대로 거슬러 올라간다. 그는 종종 상보적 특징을 가진 다른 문화영웅인 친구이자 동료 모험가 훈구르와 짝을 이루어 나타난다.

당골(Djanggawl) 북오스트레일리아의 다양한 민족, 특히 이르칼라와 아넘랜드의 민족신화에 나오는 두 자매와 두 형제들(어떤 판본의 경우 자매의 남편들).

대모(代母, All-Mother, Mother of All, Imberombera, Mutjingga) "영원한 어머니" 혹은 "우주의 어머니"란 의미로 북오스트레일리아의 아넘 지역 부족들의 신화에서 공통적으로 발견되는 인물. 종종 무지개뱀과 같은 특징이 부여되기도 한다.

대부(大父, All-Father, Great Father) 오스트레일리아 원주민 아보리진족의 신화적 영(靈). 때로 최상위의 신적 총체로 제시된다. 일부 학자는 이 개념이 최근에 도출된 것으로 선교의 결과라고 주장하기도 한다.

데마(dema) 위어즈가 처음 사용한 마린드아님족의 용어로 이후 옌센과 레비브륄이 많은 경우 인간을 위해 자연물로 변신하는 신화적 영웅들의 범주를 언급하는 것으로 일반화하였다. 예를 들어, (소수의 다른 학자를 제외하고) 옌센은 이 범주에 오스트레일리아 꿈의 시대의 조상 혹은 데미우르고스들을 포함시킨다.

데메테르(Demeter) 크로노스와 레아에게서 두 번째로 태어났으며 코레의 어

머니. 그리스 신화에서 경작지, 특히 밀의 어머니 신성(神性). 그녀
는 (하데스에 의해 유괴된) 딸이 돌아올 때까지 곡물의 수확을 금한
다. 다른 판본에서는 그녀가 딸을 찾아 헤매는 동안 신으로서의 일을
내버려두기 때문에 기근이 발생한다고 한다. 데메테르는 인간에게
곡식을 빻는 법을 가르친다.

데바(*deva*) 힌두신화에서 신(*god*) 혹은 영혼(*spirit*). 일반적으로 선(善)하다.

데우칼리온(Deucalion) 프로메테우스의 아들, 피라의 남편. 그는 청동기 시
대 땅에 살았던 열등한 인류를 제우스가 보낸 홍수로부터 구하기 위
해 방주를 만든다. 아흐레 동안 계속된 홍수가 끝나자 데우칼리온과
그의 아내는 어깨 너머로 어머니들의 뼈를 던져 인류를 다시 번식시
킨다. 이로써 진짜 인류의 첫 종족이 생겨났다. 같은 이름의 다른 사
람으로 〈일리아드〉에 나오는 크레타의 왕 미노스의 아들이 있다.

도(Djo, Do) 폰족의 공기와 바람의 신, 마우이의 여섯 번째 아들.

도곤(Dogon) 니제르 강 남쪽에 사는 서아프리카의 민족. 말리에 있으며 그
리올이 연구한 그들의 정교한 우주창조론으로 인해 알려졌다.

돈 조반니(Don Giovanni, Don Juan) 난봉꾼의 전형적 인물인 전설적인 스페인
의 기사. 티르소 데몰리나의 〈세비야의 이발사〉(*Il Barbiere di Siviglia*)
에 처음으로 등장한다. 몰리에르, 바이런, 발작, 플로베르 등 다른 작
가들에게도 작품의 영감이 되었다.

두구르(*djugur*) 알루리다족에게서 꿈의 시대를 알리는 용어.

두무지(Dumuzi) 수메르의 목축의 신. (엔키두와 함께) 이난나 여신의 열렬한
구애자였다가 이후 남편이 됨. 아내가 자리를 비운 사이 왕좌를 노리
다가 달아난다. 두무지는 다른 전통에서 배우자 이난나가 자신을 대
신할 사람을 찾지 못하면 떠나지 못하게 되었을 때 지하에서 그녀를
대신한다고 전해지기도 한다.

두아(Dua) 무른긴(아넘 랜드, 북오스트레일리아)의 절반(나머지는 이리탸/지리
탸). 그 구성원들은 와우왈룩 자매의 후손들이라 전해진다.

둥고와(Djunkgowa, Djunkgao) 북오스트레일리아의 많은 종족의 신화에 나
오는 자매들.

드라우파디(Draupadi) 다섯 판다바 형제의 일부다처혼 아내들.

드베로그(Dvergr, Zwerg) 스칸디나비아의 〈에다〉에 등장하는 검은 난쟁이. 자연의 영혼들과 관련되었다.

드이모모쿠르(*dymokur*) 시베리아 유목민에 사용하는 가죽 천막인 "시움"(*cium*) 안에서 켜는 연기 나는 불. 다양한 약초와 이끼를 이용하여 지피며 모기를 쫓기 위해 쓰인다. 야쿠트의 영웅 에르소고토호에 의해 발명되었다고 한다.

디나(Dinah) 성경에서 야곱과 레아의 어린 딸로 가나안인의 족장 세겜에게 유혹 당한다. 그 결과로 디나의 형제들에 의한 가나안인의 대학살이 일어난다(〈창세기〉 30장, 34장). 이들은 가나안인을 불리한 조건에 처한 채 할례를 하도록 설득한 후 죽인다.

디도(Dido)〔엘리사(Elissa)〕 베르길리우스의 〈아에네이드〉에서 트로이에서 탈출한 아이네아스를 사랑하게 된 카르타고의 여왕. 이아르바 왕과 결혼하였으나 아이네아스가 주피터의 명령에 따라 그녀를 버리자 그가 떠난 후 불길에 스스로 몸을 던져 죽는다. 페니키아의 전설에서는 카르타고의 설립자로 물소 가죽으로 덮을 수 있을 만큼의 땅을 가질 수 있다는 지방관들의 말을 듣고 가죽을 얇은 띠로 잘라 땅을 둘러 카르타고를 얻어냈다고 한다. 그녀는 지역의 왕이었던 이아르바와의 혼인보다 죽음을 택한다.

디아니붓다(Dhyani-Buddha) 세계의 중심과 사방(四方)을 지키는 다섯 부처. 바이로차나/비로자나불〔백(白)〕은 원(圓)으로 표상되며 세계의 중심에서 관할하며, 라트나삼바바/보생불〔황(黃)〕은 남쪽에서, 아미타바/아미타불〔적(赤)〕은 서쪽에서, 아모가싯디/불공성취불〔녹(綠)〕은 북쪽에서, 아크쇼브히아/아촉불〔청(靑)〕는 동쪽에서 다스린다.

디아우스(Dyaus) 고대 인도유럽의 천신(Dyaus는 산스크리트어로 '하늘'을 의미). 제우스, 티르, 주피터(하늘 아버지 "*sky-father*")와 유사하다.

디에리(Dieri) 남오스트레일리아 주의 북동 말단에 사는 오스트레일리아 종족.

디오니소스(Dionysus)〔자그레우스디오니소스(Zagreus-Dionysus), Dionysus〕 크레타의 신 자그레우스의 특징들을 가진 디오니소스는 하데스를 다스린다. 제우스와 페르세포네의 아들로 디오니소스는 사자(死者)의 영혼을 정화한다. 후대의 그리스 본에서는 거인들이 그의 사지를 절단한 후 아버지는 심장을 구해내 세멜레에게 준다. 심장은 디오니소스가 부활하기 위한 토대가 된다. 디오니소스는 포도주와 연관된 반신(伴神)적 인물이다. 트라키아 출신으로 흥분과 자연을 표상한다. 본질적으로 원소들의 활력을 암시하는 인물이다. 그는 땅에서 수많은 모험을 거친 후 올림포스에 오르도록 허락받는다.

디오스쿠로이(Dioskouroi, Dioscuri) 카스토르와 폴리데우케스(로마명으로는 카스토르와 폴룩스)로 두 사람을 함께 불러 디오스쿠로이(제우스의 아들들이라는 뜻)라고 한다. 그리스 신화에서 헬레네와 클리템네스트라의 쌍둥이 형제로 아버지는 다른 레다의 아들들이다(아마도 제우스와의 사이에서 낳은 것으로 추정된다. 레다는 틴다레오스와 결혼한 몸이었지만 제우스가 백조로 변신하여 그녀에게 접근했다는 이야기는 유명하다). 레다는 두 개의 알을 낳게 되는데 하나는 (제우스에 의해 잉태되어 불사의 몸인) 헬레네와 폴리데우케스를, 다른 하나는 (틴다레오스에 의해 잉태된 필멸의) 클리템네스트라와 카스토르를 품었다. 아버지가 다름에도 불구하고 카스토르와 폴리데우케스는 쌍둥이로 간주된다. 디오스쿠로이는 아르고호의 전사들로 이후 선원들의 수호자가 된다. 제우스는 린케우스와 그 형제와의 싸움에서 폴리데우케스가 죽은 후 형제들에게 한 사람에 해당하는 영생을 주어 이들은 하루씩 교대로 살게 되었다.

디와힙(Diwahib, Diwazib) 멜라네시아의 마린드아님족의 데마.

디제리두(Didjeridoo) 무린바타족과 북오스트레일리아의 다른 종족들이 사용한 악기로 속이 빈 관 모양이다. 비음(鼻音)의 트롬본 소리와 비슷한 작은 톤을 기조로 하는 단조로운 소리가 난 것으로 추정된다.

딜문(Dilmum) 수메르인들이 믿는 신화적 도시이며 낙원. 종종 고고학자들은 수메르인들이 일찍이 기원전 3천 년경부터 긴밀한 상업적 거래를 가졌던 바레인과 동일시한다. 딜문은 수메르 신화 "엔키와 닌후르사그"의 배경이다.

라 아툼(Ra-Atum) 둘이었으나 하나의 신으로 결합한 이집트 신. 헬리오폴리스(Heliopolis)의 신화에서 '라', '창조자', '태양' 등은 중국의 창조주인 판쿠처럼 연꽃에서 등장하는 태양의 이름인 데 반해, '아툼'은 석

양(夕陽)이다. 후대에 라는 아몬과 결합하였다. 태양의 원반(圓盤)이
나 독수리 머리를 한 남자로 표현된다.

라레스(Lares) 머큐리(헤르메스 참조)와 라라의 아들들이며 자비로운 가정의
신으로 로마인의 숭배를 받았다. 헤르메스와 비슷한 역할을 했다.

라마(Rama) 비슈누의 일곱 번째 환생(아바타)이며 시타의 남편.

라마야나(*Ramayana*) 3세기 베다 이후의 라마의 업적을 기리는 인도 서사시로
서 〈마하브하라타〉와 함께 그 시대의 중요한 두 작품.

라반(Laban) 성경에서 레베카의 남자 형제. 라반의 누이인 레아와 레이첼과
결혼한 처남인 야곱을 속여 노동력을 착취하려고 한다.

라이우스(Laius) 그리스 신화에서 테베의 왕으로 카드무스(포이닉스 참조)의
손자이며 나중에 아들인 오이디푸스의 손에 의해 살해되는 아버지이
다. 초기본에서는 펠롭(Pelop)의 아들인 크리시푸스(Crisippus)에 대
한 사랑(오르페우스 참조)으로 세상에 동성애를 소개하게 된다.

라합(Rahab) 히브리 어로 '소음' 또는 '자존심'이라는 뜻. 이집트의 시적 명칭
인 동시에 끔찍한 소리를 내는 바다 괴물의 이름이기도 하다. 간혹
이 단어는 악어를 가리키는 시적 이름으로 사용되며 따라서 이집트는
악어의 고향으로 해석된다(〈시편〉 87:4, 89:10; 〈이사야〉 51:9). 테
훔, 레비아탄 참조.

락샤사(Rakshasa) 신들의 잡역부인 비슈바카르만이 세운 락샤사 시에 사는
다양한 인도의 악마들. 이들은 마법사이며 원하는 모든 형체로 변신
할 수 있다. 천성이 악하지는 않지만 인간사에 끼어든다. 시타, 슈르
파나카 참조.

랑기(Rangi) 마오리 신화에 나오는 원시 하늘. 파파(대지)와 함께 태초의 우
주 혹은 우주의 남성 원리. 아오, 코레, 포, 타네, 탄가로아 참조.

레그바(Legba) 폰족의 트릭스터. 마우와 리사의 막내(일곱 번째) 아들. 신들
가운데 통역으로 알려졌다.

레베카(Rebecca) 성서에 나오는 이삭의 부인이며 에사우와 야곱의 어머니이
자 라반의 누이.

레비아탄(Leviathan) 성서에서 고래, 뱀, 악어 등 여러 가지 형태로 나타나는
수중(水中) 괴물. 레비아탄은 〈시편〉 104장 26절에 언급되나 정확한

묘사는 없다("그곳에는 배들이 다니며 주께서 지으신 레비아탄이 그 속에서 노나이다"). 성서에서 괴물에 대한 묘사는 자주 등장하며 특히, 〈다니엘〉 7장에 그러하다("큰 짐승 넷이 바다에서 나왔는데 그 모양이 각각 다르더라"). 하지만 킹 제임스 주석(the King James commentary)에서 지적하는 바와 같이, 성서학자들은 바다를 무질서한 인류 집단인 군중의 이미지로 해석한다. 이빨과 뿔을 강조하는 후대 묘사들은 물과 관련된 이미지와는 관련이 없어 보인다. 라합, 테홈 참조.

레스트리곤(Lestrigon) 조이스의 《율리시스》 8장. 호메로스의 신화에서 레스트리곤인은 오디세우스와 부하들을 위협한 이탈리아의 식인 거인이다. 오디세우스의 배를 제외하고 전 함대를 전멸시킨다.

레아(Rhea) 티탄족이며 크로노스의 여자 형제이자 부인이며, 올림포스 신들의 어머니.

레윈(Lerwin) 무지개뱀에 대한 마리티엘족의 명칭.

레자(Leza) 자이레 남쪽과 잠비아의 북쪽과 중앙 잠베지 강 분지에 거주하는 민족의 반투 신. 이미 대기 및 하늘의 현상들과 연관된 조상숭배 의식을 추가하면서 변형된 대기현상의 인격체. 태풍의 신.

로게(Loge) 우트가르드에서 행해진 많이 먹기 시합에서 로키를 이기는 '불꽃'.

로우히(Louhi) 핀란드 서사시 〈칼레발라〉에서 포호자인의 여성 수호자.

로카팔라(Lokapala) 고대 인도 신화에서 여덟 명의 기본 방위 수호자. 인드라(동쪽), 아그니(남동쪽), 야마(남쪽), 수리야(남서쪽), 바루나(서쪽), 바유(북서쪽), 쿠베라(북쪽), 소마/쉬바/프리티비(북동쪽) 등.

로키(Loki) 스칸디나비아 〈에다〉의 트릭스터로 튜턴과 스칸디나비아 악마 중 상급에 속하며, 일부에 따르면 로게와 이름의 유사성으로 인해 불의 신이기도 하다. 토르와 연관되었으며 가장 큰 특징은 암말로 변신하여 오딘의 다리 여덟 개 달린 말인 슬레이프니르를 낳는 등의 변신 능력이다. 펜리르, 헬, 요르문간드 등 괴물들의 아버지이다. 에시르를 젊게 유지하는 젊음의 사과, 토르가 마법망치를 사용할 수 있게 한 강철장갑, 프레이아의 목걸이 등을 훔친 도둑이다. 발드르의 죽음을 불러온 거짓말쟁이이다. 같은 이름의 다른 인물은 우트가르드에 사는 거인인데 시간의 종말에 일어나는 전쟁인 라그나뢰크에서 로

키가 거인 편에 서는 것을 보았을 때 동일 인물일 가능성도 있다. 앙
그르보다, 헤르모드 참조.

로토파기(Lotophagi) 《오디세우스》에서 메닝스 섬(온화한 기후로 널리 알려진
현대의 제르바) 또는 사이프러스 섬에 거주하며 연꽃을 먹는 키레나
이카 민족(근대 리비아와 튀니지). 연꽃을 먹으면 남자들, 특히 오디
세우스의 선원들이 기억을 잃어버리게 되는 효능이 있다.

롱고(Rongo) 폴리네시아 신화에서 탄가로아의 쌍둥이 형제. 평화와 작물재
배와 연관된다. 이스터 섬에서 그는 탄가로아와 함께 창조주이다.
간혹 마오리 사이에서 그는 롱고마타네로 불리며 모든 야채의 수호신
이다. 하와이 사람들은 로노로 부른다.

루(Ru) 타히티의 동풍(東風)의 신.

루갈반다(Lugabanda) 주를 죽인 수메르 영웅이며 길가메시의 아버지.

루벤(Reuben) 성서에 나오는 야곱와 레아의 장자로서 형제들이 요셉을 이집
트의 노예로 팔아넘기려 하는 것에 반대하였다.

루스(Rus) 몽골 점령기 이전의 고대 러시아.

리그베다(Rig-Veda) 인도 전통의 가장 오래된 작품들. 힌두 이전 고전적인
베다 시대의 노래, 시, 명상을 담은 네 개 텍스트 모음(베다는 '지식'
이라는 의미).

리사(Lisa) 폰족의 신화에서 마우의 쌍둥이 형제이며 나나불루쿠의 아들이
다. 마우와 함께 지상의 신들의 수장이다. 다른 판본에서는 마우와
리사는 동일한 존재의 반쪽(여성과 남성)이다.

리쿠르구스(Licurgus) 디오니소스 숭배에 반대한다는 이유로 레아에 의해 미
치게 되는 또는 이본에서는 제우스에 의해 눈이 먼 에도니아(트라키
아)의 왕. 초기본에서는 디오니소스를 협박하여 바다에 뛰어들어 탈
출하게 만든다. 리쿠르구스는 미친 와중에 아들을 죽이게 된다.

린케우스(Lynceus) 물과 대지를 꿰뚫어볼 수 있는 시력을 가진 아르고호의 선
원. 쌍둥이가 납치한 자매의 환심을 사기 위해 디오스쿠로이와 싸운다.

릴리우(lili'u) 멜라네시아 키리위나 섬 사람들의 '신화적' 담화.

림닐(lumnyl) 축치의 설화 또는 '사실적' 담화.

마나(*mana*) 멜라네시아와 폴리네시아에서 나타나는 모든 사람과 물체를 채

우는 영적 능력의 개념이다. 원주민의 믿음 속에 있는 초자연적 힘으로 그들은 몇몇 사람과 동물, 사물, 영혼 등이 이런 고유한 힘을 가졌다고 믿었다. 비인격적이며 확산된 자웅동체적 능력이다. 이로쿼와족의 오렌다 개념과 유사하다.

마나스(Manas) 동일 이름의 영웅에 대한 시베리아 키르기즈(투르크 민족)의 서사시.

마르두크(Marduk) 수메르, 아카디아와 특히 바빌로니아 신화에서 에아(엔키)의 아들. 농사의 신. 에누마 엘리쉬에 따르면 아버지인 에아가 압수를 죽인 후 권력을 잡은 최고신이며, 압수의 배우자인 티아마트가 킨구가 이끄는 괴물군대를 창조하여 복수하기로 결심한다. 마르두크는 티아마트를 죽이고 세상을 창조하고 나중에 킨구의 피로부터 인류를 창조한다.

마르스(Mars, Ares) 전사의 신이며 일부 로마 판본에 따르면 로물루스와 레무스의 아버지. 전쟁이 시작되는 봄과 연관된 신이다. 젊음의 신이기도 하여 남성의 통과의례와 연관되기도 한다.

마리티엘(Maritiel) 오스트레일리아 조셉 보나파르트 만 근처의 북해안에 거주하는 민족.

마린드아님(Marind-anim) 데마로 유명한 파푸아뉴기니의 남동해안을 따라 사는 파푸아 부족.

마야(Maya) 4~10세기에 유카탄 반도와 과테말라에 살았던 중앙아메리카의 다양한 민족들. 키쉐 참조.

마오리(Maori) 정교한 터부(taboo) 시스템, 마나 개념, 긴 계보 등으로 유명한 뉴질랜드의 폴리네시아 원주민. 하와이 민족과 많은 문화적 공통점을 보이며 약 천 년 전에 뉴질랜드에 도착했다.

마우이(Maui) 오디세우스와 비슷한 폴리네시아의 문화영웅. 어떤 판본에서는 첫 번째 인간으로 티키와 함께 세상을 창조했다고 여겨진다. 마오리인 사이에서 프로메테우스처럼 인간들에게 주기 위해 불을 훔치는 등 삶과 불의 원칙에 연관되었다. 어떤 마오리본에서 물 밑에서 뉴질랜드를 낚아 올려 창조하지만 신은 아니다. 또 다른 이본에서는 자웅동체의 신으로 다른 모든 신을 창조한다. 달, 지혜와 창조의 마우는 서쪽에 살며 밤의 지배자이고 태양, 힘의 원칙의 리사는 동쪽에 살며 낮을 지배한다.

마쿠나이마(Makunaima) 남아메리카 북동부에 거주하며 카리브어를 사용하는 민족〔와라우족〕의 신화에 나오는 피게의 쌍둥이 형제. 어머니의 자궁 속에 하나의 태아로 이어졌을 때부터 말을 배워 '대식가' 나하카보니가 나무로부터 창조해낸 어머니의 여행을 돕는다. 어머니가 죽자 거미가 이들을 키운다. 인류에게 불을 선물한다.

마크(Mark) 아더 왕의 성배 전설에 등장하는 콘월의 왕이며 이졸데의 남편이자 트리스탄의 삼촌.

마트(Maat) 이집트 신화에서 '진실' 또는 '정의'를 대표한다. 라의 딸이며 토트의 부인. 사자의 영혼에 내리는 최종 판결과 연관되었다. 여신으로서보다는 추상적인 개념이다. 머리에 깃털을 얹은 여자로 표현된다.

마하브하라타(*Mahabharata*) 쿠루의 북쪽 평지를 배경으로 5천여 년 된 인도 신화를 바탕으로 한 거대한 원문. 아리아인들의 아(亞)대륙 침공으로부터 영향을 받았을 것으로 보인다. 성문화된 것은 나중인 기원전 500년에서 기원후 200년경.

만다라(*mandala*) 불교 도상학에서 성스러운 원형 상징. 성스러운 불교 이미지와 모티프를 지칭하는 단어.

만시(Mansi) 〔이전의 보굴(Vogul)〕 오브 강과 페츠라 강을 따라 시베리아 북서쪽의 우랄 산맥 북쪽에 펼쳐진 지역에 거주하는 핀우그르 민족.

말레스크(*malesk*) 침샨 민족의 '역사적' 또는 '사실적' 담화.

망가드하이(Mangadhai) 여자 괴물로 부랴트 울리게리의 거인 주인공. 악의 지배자인 텡그리가 창조된 뒤 남은 재료에서 탄생. 다른 본은 태초의 바다에서 올챙이로부터 75명의 망가드하이가 창조되었다고 한다. 지상의 끝에서 살지만 저승은 가끔 방문할 뿐이다. 색깔은 검정 또는 노란색.

메(Me) 수메르와 아카디아 신화에서 신들이 보유한 문화의 비밀로 생명과 운명의 나무로 상징된다. 엔릴이 엔키에게 이 비밀(아누가 보유했다고도 한다)을 전달하고 이난나가 이를 훔친다(또는 도박에서 딴다).

메두사(Medusa) 그리스 신화의 세 명의 고르곤 중 유일한 인간이며 가장 악랄

하다. 미모를 시기한 아테네가 그녀를 머리가 뱀으로 뒤덮인 날개 달린 괴물로 변신시킨다. 다른 판본에서 메두사는 시원적 존재 혹은 죽음과 지하계에 연관된 존재(chtonic being)이다. 아테네의 도움으로 페르세우스가 그녀를 죽이자 페르세우스는 메두사의 머리를 잘라 그의 후원자인 아테네에게 선물하고 아테네는 그 머리를 방패에 붙인다.

메드브(Medb) 오딘처럼 눈 하나를 머릿속에 묻을 수 있는 울스터의 수호자. 영웅인 쿠 출라인으로 하여금 힘과 능력의 원천인 금기(禁忌)를 깨게 함으로써 전쟁에서 지게 만드는 아일랜드의 여신이며 여왕. 자주 결혼한 이력이 있다.

메라음부투(Mera-mbutu) 멜라네시아 아오바 섬의 탄가로아의 적수.

메로페(Merope) 플레이아데스인이며 코린트의 왕 시시포스의 아내. 나중에 별로 변신하지만 인간과 결혼했기 때문에 자매들의 별보다는 덜 빛난다(오리온 참조). 다른 본에 의하면 왕위를 강탈한 형제 폴리폰테스에게 살해당한 크레스폰테스의 부인과 이름이 같다. 아들이 탈출하여 나중에 아버지의 원수를 갚는다.

메코네(Mekone) 헤시오도스의 《신통기》(神統記)에 따르면 프로메테우스의 제물로 상징되는 신과 인간 사이의 협약이 이루어진 펠로폰네소스반도의 코린트 근처이다. 실제로 프로메테우스가 제우스에게 바친 소는 소뼈에 지방을 얇게 바른 것으로 속임수였다. 프로메테우스는 제우스에게 이 제물을 받고 소의 나머지를 인간에게 남기도록 요청한다. 제우스는 신들에게 일반적으로 바쳐지는 '지방'을 선택하고 이는 제우스가 인간들에게 불의 사용을 허용하지 않는 이유가 된다.

멘토르(Mentor) 《오디세우스》에서 트로이 전쟁 동안 오디세우스의 가정을 돌봐주는 충직한 친구.

모노피티(Monofiti) 폴리네시아의 반신(伴神, semi-deity).

모리모(Morimo, Molimo, Modimo, M'limo) 남아프리카의 소토추아나(베쿠아나) 민족의 조상이며 문화영웅. 인류가 살고 있는 산속 어두운 동굴을 떠난 최초의 인간. 이본에서는 무쿠루처럼 모리모 사람들이 늪에서 나와 평지에 살게 하고 각 부족에게 토템을 준다.

모스(Mos) 우그르 씨족.

모에라에(Moerae) 우라노스와 가이아의 딸인 티탄족의 테미스와 제우스의 딸들인 운명의 여신들로 인격화된 개인의 운명 개념. 삶의 실을 잣는 클로토, 삶의 실의 길이를 결정하는 라케시스 그리고 삶의 실을 끊는 아트로포스가 있다.

모트(Mot) 사막과 저승, 다른 판본에서는 죽음의 히타이트 왕. 경쟁자인 얌 나하르에게 이기자 최고신 엘의 후계자로 지명된다. 일부 판본에서는 바알과 싸워 도망가게 만들거나 아예 죽이지만 나중에 아나트에 의해 살해되고 그의 시체는 말려서 갈은 후 대지에 뿌려진다. 바알의 통치하에 7년간 풍년이 든다. 모트는 나중에 환생하여 바알과 화해한다. 모트는 가뭄과 연관된다.

몬투(Montu) 기원전 1000년에 '공식적인' 전쟁의 신이 된 헤르몬티스 시의 이집트 전사의 신으로 라 숭배와 연관.

무라무라(mura-mura) 남오스트레일리아의 디에리인 사이에서 꿈의 시대의 신화적 영웅들을 지칭.

무린바타(Murinbata) 오스트레일리아 아넘 랜드 서쪽의 부족.

무지개뱀(Rainbow Serpent) 오스트레일리아의 북부 부족들 간에 중요한 신화적 인물. 무지개는 '바위에 사는' 뱀이나 뱀의 그림자로 묘사되므로 색깔과는 관련이 없지만 어떤 신화에서는 반짝이거나 크리스탈처럼 빛을 반사하는 것으로 묘사한다. 아디르민민, 대모, 아망갈, 안가뭉기, 다구트, 쿡피, 쿤망구르, 레윈, 트쥐니민, 웅구드 참조.

무쿠루(Mukuru) 성스러운 나무에서 나온 최초의 인간으로 남아프리카 헤로로의 태초 조상이며 문화영웅. 다른 본에서는 성스러운 나무를 떠나지 않고 인간들에게 길을 안내했다고 한다.

무트(Mut) 이집트 신화의 '어머니'이자 아몬 라의 부인.

무트징가(Mutjingga) 반은 여자고 반은 뱀이며 어떤 본에서는 '게'라고 불리며 어린이들을 먹어서 어른으로 변신시키는 무린바타의 '대모'. 하지만 위가 아닌 자궁에 갇힌 어린이들은 무트징가가 죽으면 나올 수 있는데 이 과정은 푼즈 의식에서 재현된다.

문감(*mungam*) 빙빙가족에서 꿈의 시대를 지칭하는 단어.

물룽구(Mulungu) 아프리카 마쿠아와 바나이 민족의 최고신.

므와리(Mwari) 아프리카의 벤다와 쇼나의 신.

미네징어(*minnesinger*) 중세 후기(12~14세기) 연가〔'미네상'(*minne-sang*)〕를 부른 게르만의 서정시인과 음악가들. 주요 미네징어로는 노발리스의 동일 제목의 책의 주인공인 하인리히 폰 오프터딩엔과 《파르지팔》의 필자인 볼프람 폰에셴바흐가 있다.

미노스(Minos) 제우스와 유로파의 아들. 크레타의 왕. 크레타 전통에 따르면 첫 번째 입법자(立法者)이다. 신들이 그를 옹호한다는 뜻으로 포세이돈이 그에게 하얀 소를 선물함으로써 형제들로부터 왕위를 탈취하는데 성공한다. 그러나 그 소를 제물로 바치지 않자 포세이돈은 소를 미치게 만든다. 미노스는 나중에 헤라클레스의 일곱 번째 과제로 미친 소를 죽여 달라고 하지만 이미 미노타우로스가 태어난 후였다.

미노타우로스(Minotaur) 그리스 신화에서 미노스의 아내이자 아리아드네의 어머니인 파시파에와 포세이돈이 미노스에게 선물한 소 사이에 태어난 사람의 몸과 소의 머리를 가진 괴물. 미노스는 그를 미로에 가둬놓고 아테네로부터 매년 각각 일곱 명의 젊은 남녀를 제물로 바치도록 강요한다. 아리아드네의 도움으로 테세우스가 미노타우로스를 죽인다.

미드가르드(Midhgardhr) 스칸디나비아 신화에서 우주의 중심이자 인간의 고향인 '중간계'. 다른 본에서는 요르문간드의 별칭.

미드라쉬(Midrash) 성서와 카발라 사이 생긴 히브리 전통. 성서 및 관련 문서들의 전통적 해석 방법.

미미르(Mimir) 이그드라실이라는 우주 나무의 두 번째 뿌리로부터 샘솟는 히드로멜의 샘에 거주하는 신. 지혜를 찾던 오딘만이 이 샘에서 물을 마실 수 있었다. 다른 판본에서 오딘은 히드로멜을 마시기 위해 미미르에게 한쪽 눈을 준다. 아시르족인 미미르는 스칸디나비아 신전의 두 번째 신족인 바니르에게 인질로 보내지고 나중에 살해당한다. 그의 머리는 방부 처리되어 오딘이 조언을 구하게 되면서 미미르는 히드로멜과 함께 지혜를 상징한다.

미아오(Miao) 태국, 미얀마, 라오스와 같은 동남아시아의 산악 민족인 흐몽족을 뜻하며 이들은 고대 중국의 신화에 영향을 주었다. 원래의 발생지일 가능성이 있는 중국 남부에 일부가 아직 잔류한다. 그들의 신화

에는 창조에 대한 여러 이야기가 있다. 천상(신)이 인간을 창조하고
협력자인 사웁이 지상에서 인간의 삶을 조직한다. 첫 번째 인간은 세
계수를 타고 천상에서 내려오며 여자 네 명이 나무의 가지로 보내진
다. 천상은 이들을 죽이고 몸을 조각내어 이 조각들로부터 세상을 구
할 부부 한 쌍을 만든다. 다른 본에서는 이들을 인류를 멸망시킨 대
홍수의 유일한 생존자인 나스와 느트사웁 남매 부부라고 한다. 사웁
의 조언에 따라 둘은 같이 살게 되고 나스가 알이나 괴물을 낳아 인
류의 여러 인종이 나타난다.

미카엘(Michael) 천사들의 왕자이며 천상의 군대 지휘자이다. 〈요한 계시
록〉에서는 용을 처치한다. 사려분별 및 수성(Mercury)과 연관된다.
중세시대 유럽에서 그를 주인공으로 한 숭배가 유행했다.

미케네(Mycenae) 〈일리아드〉에 등장하는 그리스의 고대 문명(기원전 1950~
기원전 1100) 중 하나인 미케네 문명에 이름을 제공한 도시.

미트라(Mithra, Mitra) 인도·이란 신화에서 신들은 계약의 형태로 인간과
태양 그리고 빛을 연결하는데 미트라는 바루나와 함께 세상에 질서와
평형을 유지한다. 이란의 미트라는 질서를 상징하지만 보다 평화로
운 인도의 미트라와는 달리 힘과 전사의 기능과도 연관된다. 고대 로
마에서 미트라 사상(Mithranism)은 그리스와 아르메니아를 통해 페
르시아로부터 이식된 태양과 점성에 관련된 동양 종교였다.

미티(Miti) 코리약과 이텔멘 신화에서 항상 배신당하는 까마귀(라벤)의 부인.

밍크(Mink) 북아메리카의 동부와 고원 지역 인디언들의 신화 중 다양하게
등장하는 인물. 특히, 성욕이 왕성하며 욕심이 많은 트릭스터이지만
다른 본에서는 마나부쉬(나나보조)가 지상을 재창조하도록 흙을 가져
오다가 죽는다.

바그다사르(Bagdasar) 사나사르(Sanasar)의 쌍둥이, 아르메니아 신화에서 사
순 시의 기초자.

바니르〔Vanir, 단수는 반(Van)〕 스칸디나비아 신화에 나오는 프레이어, 프레
이아, 뇨르드를 포함한 두 번째 신족으로 아시르와 전쟁을 한다. 일
반적으로 생명과 다산과 연관이 있는 반면 아시르는 행운, 승리, 신
중한 통치와 관련이 있다.

바루나(Varuna) 미트라와 함께 전능한 고대 인도(베다)와 이란의 신으로 그리스의 오우라노스(우라노스)의 이름과 관련이 있을 수 있다. 대지와 물과 연관된 창조자였으나 후에 바다로 한정된다. 달이나 죽은 자와 연관되며 야마와 함께 '사자(死者)의 왕'이라는 호칭을 가진다. 힘보다는 마술을 가지고 적과 싸우는 점은 오딘과 공통적인 인도유럽적 고리를 표현하는 것일 수 있다.

바바야가(Baba-Jaga, Baba-Yaga) 슬라브 신화에서 숲에 사는 마녀. 바바야가는 인간을 유혹하여 잡아먹는다. 대중적인 죽음의 표현, 사자의 세계 그리고 보다 초기의 표현 형태인 동물의 왕(Master of Animals). 예를 들어, 마야와 같은 세계 전역의 신화에서 발견되는 신석기 기원으로 추정되는 샤머니즘적 인물의 이미지와 연결된다. 그러나 이를 일반적으로 신화적 인물로 때로는 특정 종의 효용성을 통제하는 서북 해안의 연어왕[Chief Salmon, 별칭으로는 '연어 왕자'(Salmon Prince)로도 불림]과 같은 '동물의 주인'(Owner of Animals)과 혼동해서는 안 됨.

바알(Baal, Al'eyn, Zebul) "주군"(lord)이라는 의미. 시돈(Sidon)[페니키아(Phoenicia)의 가장 오래된 항구도시]의 으뜸 신. 최고신 엘이 인간 세계를 버린 후 바알은 모트(Mot), 얌나하르(Yamm-Nahar) 그리고 자신의 누이이자 배우자인 아나트(Anat)와 권력을 나누어가졌다. 천상을 책임진 신으로서 바알은 혼돈(바다와 강의 신 얌나하르에 의해 상징됨)과 모트에 대적하여 싸움을 벌인다. 죽은 후 바알은 지하계에서 발견되어 환생한다.

바유(Vayu, Vata) 인도 철학에서 '공기'. 《리그베다》에서는 '바람'. 두 개념 모두 베다 이전 고대신화에서는 인드라만큼 중요했던 동명의 인도유럽, 이란의 태풍의 신으로부터 파생된 것으로 보인다. 공기와 바람의 신으로서 원소 간의 중재자 역할을 한 것으로 생각된다.

바이네모이넨(Väinämöinen) 핀란드 〈칼레발라〉에서 '영원한 가수'(Sempiternal Singer), 문화영웅, 신, 샤먼, 마법사이자 주인공이다. 인류에게 다양하고 유용한 기술을 제공한다. 태초의 바다에 산다. 새가 무릎 위에 알을 낳으면 마법을 이용해 세상을 창조한다. 낚시와 연관이 있으며 최초의 불씨를 삼킨 화어(火魚)의 배로부터 불을 얻고 마법으로 유용한 도구들을 만든다. 저승으로 여행하기도 한다.

바이닝(Baining) 뉴브리튼의 파푸아인.

바카비(Bakabi) 마야의 하늘의 신이자 수호자. 특정한 색채와 역법에 관련되었다. 초브닐 형제들〔동(東), 적색〕, 칸직날〔북(北), 백색과 회색〕, 삭키미〔서(西), 검은색〕, 초산엑〔남(南), 황색〕.

바카이리(Bakairi, Bacairi) 남아메리카의 종족, 보로로의 이웃들.

바코로로(Bakororo) 보로로 신화에서 이투보리와 아들 자구르의 쌍둥이 형제.

바쿠스(Bacchus) 주신(酒神)으로 가장한 디오니소스의 다른 이름(어떤 로마 판본들에서는 리베르).

반디쿠트(bandicoot) 아란다의 불 토템. 오스트레일리아에서 서식하는 유대(有袋) 동물(*peragale lagotis*).

반투(Bantu) 중앙아프리카에 널리 분포된 어족.

발드르(Baldr, Balder) 스칸디나비아의 아시, 오딘과 프리그의 아들. '아름다운'이라는 뜻을 가진 난나의 남편. 정의와 자애의 신. 어머니에 의해 불사가 되었으나 우연히 (사기꾼 로키에게 속은) 맹인 신 호드는 발드르의 어머니가 모든 살아있는 존재들에게 아들의 불사(不死)를 기원할 때 빠뜨린 겨우살이(혹은 *mistilteinn*, 어떤 본에서는 마법의 칼의 이름이기도 함)를 이용하여 그를 죽인다(그러나 이 식물은 이 이야기의 〈에다〉본의 고향인 아이슬란드의 토착식물이 아니다. 〈에다〉를 참고해 보라). 후에 발드르는 노파로 변장한 로키가 그를 위해 애도(哀悼)해주기를(발드르를 놓아주는 조건) 거절하는 바람에 헤르모드의 개입에도 불구하고 헬(Hel)로부터 풀려나지 못한다. 〈에다〉본과 삭소 그람마티쿠스가 쓴 덴마크본 간에는 상당한 차이가 있다.

발키리(Valkyrie) '시체를 쪼는 새'라는 뜻. 스칸디나비아와 게르만의 반(半)여신으로 저승세계인 발할라를 새로운 주민들로 채우지만 하인의 역할도 한다. 브륀힐데 참조.

발푸르기스의 밤(Night of Walpurgis) 중세 기독교 전통에 의하면 8세기 독일에 살았다고 전해지는 동명의 수녀원장의 만찬 전날 밤. 마녀의 안식일.

발할라(Walhalla) 게르만 신화에서 오딘이 전장에서 전사한 엘리트 병사들 에인헤르자르와 함께 만찬을 벌이는 장소인 '큰 방' 또는 '죽은 자의 방'.

밤바라(Bambara) 말리의 콩고 강 유역의 민족.

베어울프(Beowulf) 8세기경의 것으로 추정되는 앵글로색슨의 영웅시. 동명
의 인물이 시의 주인공이다.

벤다(Venda) 아프리카 남동쪽에 거주하는 반투 민족.

보로로(Bororo) 브라질 중부에 사는 남아메리카 민족으로 레비스트로스의 《신
화학》으로 인해 널리 알려졌다. 투피, 과라니, 차코 참조.

보르(Borr, Bor) 스칸디나비아 신화의 한 이본에서 부리의 아들. 오딘, 빌
리, 베의 아버지. 보르의 아들들은 소 아우둠라에 의해 얼음에서 풀
려났다고 한다.

보탄(Wotan) 게르만의 전쟁과 죽음의 신. 오딘과 비슷한 특징을 보이지만 오
딘의 기만적인 면은 없다. 티르와 연관이 있는 좀더 나이든 신 티와즈
와 짝을 짓기도 한다. 티와즈는 인도유럽 집정관 중 하나인 입법자로
보기도 한다. 티와즈와 보탄은 전쟁 포로의 유혈 희생과 관련 있다.

볼바(völva) 아이슬란드 문학에서 여성 예언자가 중요한 역할을 한다. 이들
을 '스파코나'(*spákona*, *spá* = 예언; 남성형은 *spámaàr*)라고도 한다. 볼
바가 더 일반적인 이름이다. 특히, 아이들을 위해 가정을 방문하여
예언을 하는 것으로 묘사된다. 세상의 시작과 종말에 대한 〈주(主)
에다〉(*Major Edda*)의 첫 번째 노래와 같이 특정 시들은 이런 예언자
들의 계시 내용으로 이루어진다. '세이도'(*seidä*)라 불리는 미래에 대
한 계시를 받기 위한 특별 의식은 샤머니즘과 프레이아 여신과 연관
된 것으로 보인다.

볼숭 사가(Volsunga Saga, The) 볼숭 가문을 소재로 한 13세기 후반의 아이
슬란드 서사시. 할아버지 오딘에게 기도한 결과 볼숭이 태어나 유명
한 전사가 된다. 아들 지그문트는 전장에서 오딘의 칼의 도움을 받았
으나 오딘이 '그의 이름을 불러' 죽게 된다. 지그문트의 아들인 지구
르트(바그너 오페라의 주인공 지그프리트)도 용맹한 전사가 되어 파프
니르라는 용을 죽이면서 파프니스바니라는 별명을 얻는다.

볼크(Volch) 동명의 주인공에 초점을 맞춘 러시아의 브일리나.

부가리(*bugari*) 카라디에리에게서 꿈의 시대를 의미하는 단어. 레비브륄에
따르면 카라디에리 말로 '꿈을 꾼다'는 의미의 단어로 인간의 토템이

자 부족을 의미한다.

부랴트(Buriat, Buriat, Buryat) 바이칼 호수 남쪽에 분포된 남동시베리아의 알타이몽골족. 일부는 불교도이며(남동부에서) 다수가 샤머니즘을 믿는다.

부르고뉴(Burgundians) 라인 강 줄기를 따라 분포되어 있는 독일 민족으로 6세기에 프랑크인에게 흡수되었다.

부리(Buri) 스칸디나비아에서 이야기되는 지하의 존재. 소 아우둠라(스칸디나비아 신들의 유모)가 시원의 얼음을 핥은 일로부터 태어났(풀려났)다. 오딘(Odin)의 조부이며 보르의 아버지.

부시먼(Bushmen) 남아프리카의 반투(Bantu, 아프리카 적도 이남의 동일 계통 원주민의 언어)를 말하지 않는 민족, Khoisan('딸깍'이라는 의미)어를 말하는 사람들로 때때로 '산'(San)이라 잘못 불리기도 한다. 가장 잘 알려진 사람들은 쿵(Kung)인들일 것이다(보통 'K' 앞에서 구개음화된 딸깍하는 소리를 가리키기 위해 !Kung이라 표기한다).

분질(Bunjil) 오스트레일리아의 쿨린에게서 '대부'를 말하는 이름.

붓다〔Buddha, 싯다르타(Siddhartha), 고타마(Gautama), 석가모니(Sakyamuni), 보디사트바(Bodhisattva)〕 인도의 순교자이자 신격의 성자로 지혜를 나타냄. 불교의 창시자.

브라마(Brahma) 브라만(후기 베다) 신화에서 신과 인간의 아버지, 크리슈나, 시바와 함께 이루는 힌두의 삼위일체의 첫 번째 인물.

브라마나(Brahmana) 인도를 침략한 아리아인들의 베다 신화서사시의 일부(이와 함께 만트라, 아라니야카, 우파니샤드가 있다).

브륀힐데(Brünhilde, Brynhild, Brynhildr) 독일 신화에서 발키리(전쟁의 처녀. 신들의 세계 아스가르드의 주신 오딘에게 시중을 드는 12명의 아름다운 처녀 가운데 한 사람. 인간 세계에 전쟁이 있으면 전쟁터에 내려가서 용감한 전사자를 아스가르드의 발할라 전당의 큰 방으로 운반해온다고 한다)이며 볼숭의 지구르트가 사랑하는 공주〔바그너의 오페라 〈볼숭 사가〉(니벨룽족과 용맹스런 볼숭족의 신화화된 역사 이야기)의 지그프리트(Siegfried)를 참고해 보라〕였으나 군나르 왕과 결혼한다. 지구르트가 죽임을 당하자 브륀힐데는 불타는 장작더미에 몸을 던져 자살한다.

브리세이스(Briseis) 〈일리아드〉에서 아가멤논과 아킬레우스의 논쟁의 원인. 아가멤논은 아폴론이 포로 크리세이스를 아버지에게 돌려주라고 명령 하자 그녀 대신에 아킬레스와 약혼했던 브리세이스를 아킬레스로부터 빼앗아간다. 이 논쟁의 결과로 아킬레스가 싸움으로부터 철수하게 되 는 사건은 〈일리아드〉에 극적인 플롯 장치를 만들어낸다.

브리트라(Vritra) 비슈누의 도움으로 인드라가 죽인 인도의 가뭄의 악마('빛과 구름의 용').

블라디미르(Vladimir) 키예프 공국 최초의 기독교 통치자. 988년에 기독교를 수용했다.

비남(binam) 꿈꾸는 시간을 의미하는 군웡구의 말.

비너스(Venus) 아프로디테의 로마식 이름.

비라코차(Viracocha, Huiracocha) 잉카의 태양의 아들 중 하나로 잉카의 통치 자 중 한 명의 이름이기도 하다. 고대의 신이며 문화영웅('데우스 오티 오수스')으로, 15세기에 잉카 파차쿠티(Inca Pachacuti)가 숭배를 부 활시켰을 때 신전의 수장 자리에 올랐다. 물, 비, 하늘과 연관된 다양 한 신의 상징 또는 통합체이다. 태양숭배에 흡수되었다.

비랄(Biral) 남동부 오스트레일리아의 종족들에게서 '대부'이며 성인식의 후 원자를 칭하는 이름.

비슈누(Vishnu, Visnu) 인도의 신으로 다양한 신들의 통합체이며 시바와 브 라마와 밀접한 연관이 있다. 그가 취하는 다양한 형체(아바타)들은 우주 휴식(산다) 기간 사이에 산포되었다.

비슈바루파(Vishvarupa, Visvarupa) '모든 형태'라는 뜻. 트바슈타르의 아들. '세 개의 머리'를 뜻하는 트리쉬라스(Trishras, 트리시라스)의 별칭. 인도 신화에 나오는 악한 용이며 태풍의 신으로 가뭄과 연관이 있다.

비슈바카르만(Vishvakarman, Visvakarma) 베다-인도 신화에 나오는 창조주 와 주요 신의 다양한 이름 중 하나.

비야르니(Bjarni) 여러 아이슬란드 사가(saga)에서 ("Vopnifirdinga Saga", "The Story of Gunnar Thidrandi's Killer", "Thorstein the Staff-Struck")에서 강력한 족장이며 불의에 대한 징벌자.

빈가라(vingara) 꿈의 시대를 지칭하는 와라문가(오스트레일리아 원주민)의 말.

빈빈가(Binbinga, Binkinka) 오스트레일리아 중북부에 분포된 종족.

브일리나(*bylina*, *pl. bylini*) "지나간 사건들"을 의미. 러시아 신화서사시의 영웅 이야기.

브일린치카(*bylinchka*, *pl. bylinchiki*) 실제라 주장되는, 악마를 만난 이야기들이 간결하게 진술되는 러시아 서사 장르.

사나사르(Sanasar) 바그다사르의 쌍둥이 형제이며 동명의 아르메니아 서사시에 나오는 도시 국가 사순의 신화적 영웅이자 건국자. 어머니가 바닷물 두 컵을 마시고 기적적으로 잉태한다. 가득 찬 첫 번째 컵을 마시고는 사나사르를 잉태하고 반만 찬 두 번째 컵으로 그의 동생을 잉태한다. 쌍둥이 형제는 어렸을 때부터 매우 힘이 셌다. 바그다드의 칼리프였던 어머니의 남편이 쌍둥이가 사생아라는 이유로 죽이려고 하자 둘은 아르메니아로 도망친다. 사나사르는 해저 세계와 태초의 창조의 바다와 연관이 있다.

사노(*sano*) 나르트 서사시에 나오는 오세티아과 아디게 신화에 등장하는 히드로멜과 비슷한 효능을 지닌 신의 음료로 소스루코가 훔친다. 소스루코는 사노가 담긴 컵을 지상으로 던지면서 인간들을 위한 포도주를 창조한다.

사라(Sarah) 성서에 나오는 아브라함의 배다른 누이이자 부인.

사모스(Samos) 헤라에게 봉헌된 그리스의 섬.

사모예드(Samoyed) 우랄어를 사용하는 바이칼 호수 남서쪽 지역 출신으로 현재는 북쪽 예니세이 강 및 켓 강의 입구와 타이미르 반도 주변에 사는 언어 및 문화적으로 독특한 네 개의 민족을 일반적으로 지칭하는 이름. 현지의 러시아, 투르크와 타타르 민족에게 대부분 흡수되었다.

사비트리(Savitri) 운동을 나타내는 인도의 주요 신. 공기와 물의 운동 그리고 태양의 광채의 원인이다. 태양의 딸이자 브라마의 아내이다.

사순(Sasun) 아르메니아 서사시에 나오는 동명의 신화 속 도시 국가.

사순의 다비드〔David(Davit) of Sasun〕 사순 시에 관련된 동명의 아르메니아 서사시 주인공의 이름. 신화는 전반적으로 지복천년설적인 것이다.

사이렌(Sirens) 아름다운 노랫소리로 선원을 죽음으로 유혹하는 반은 여자이고 반은 새인 둘 또는 네 명의 요정. 아르고호 선원들의 모험 중에 이들은 역시 음률로 노래하는 오르페우스에게 패배하였고, 이후에는, 선원들이 귀를 막게 하고 본인은 배의 돛대에 묶어 위험을 피한 오디세우스에게 또 패배를 당한다. 운딘 참조.

사자의 서(死者書, Book of the Dead) 석관에 쓰인 고대 이집트의 종교적 믿음. 후에 수집되어(기원전 1600년경) 법전화되었다.

사타나(Satana, Shatana) 나르트 서사시에 나오는 우르즈마엑의 여자 형제이자 아내로, 우아스티르드제의 딸이며 죽음인 드제라사(Dzerassa)로부터 태어난다. 성장 속도가 빠르며 부족민 중 가장 미인이다. 빛과 연관되며 밤을 낮으로 변신시킨다. 오세티아 신화의 태초 조상이다. 소슬란 참조.

사합틴(Sahaptin) 북아메리카의 고원 지방(워싱턴 주 서부와 오리건 주, 중남부 브리티시 콜롬비아 주)의 어족.

삭소 그람마티쿠스(Saxo Grammaticus) 12세기에 《덴마크인의 사적》(*Gesta Danorum*)을 집필한 덴마크인.

산다(Sandha) 〈마하브하라타〉에 나오는 '우주의 휴지기'로 저녁으로 상징되는 인생의 원지점이다. 우샤스 주기(시발점, 아침), 마드히아나(발전, 오후), 라트리(최고점, 저녁)으로 이어지는 일부이다.

살람보(Salammbo) 기원전 241~237년에 한니발의 아버지인 하밀카르가 주도한 카르타고와 용병 연합군 간의 용병전쟁을 바탕으로 한 플로베르의 동명 역사 로망스 〈살람보〉의 주인공. 살람보는 아스타르테의 바빌로니아식 호칭이다.

삼포(Sampo) 핀란드의 〈칼레발라〉에 나오는 로우히의 요청으로 바이네모이넨을 위해 일마리넨이 만든 신비하고 놀라운 기계.

새 둥지 파괴자(bird-nestor) 북아메리카와 남아메리카에서 발견되며 레비스트로스가 조사하였다. 몇 가지 신화에서는 막대기나 나무에 올라가 새 둥지 속에 머무르는 젊은이의 형상이 나온다(종종 주인공이 새의 이름을 가진다). 때로 그는 새 둥지 약탈자로 나타나기도 한다.

샤먼(shaman) 현대 대중문화에서 치료자, 약초 채집자, 현명한 노인, 점쟁이 등을 지칭. 샤머니즘은 지식을 획득하는 한 형식으로 영혼 여행을 동반한 무아지경의 상태를 수반한다. 이 무아지경 상태는 북소리나

약제 복용을 통해 빠지게 된다. 전통적인 형태가 시베리아, 캐나다 북쪽, 아마존 분지 등에서 발견된다. 오딘 참조.

샤오하오(Shao-hao) 고대 중국 신화에 나오는 서쪽의 지배자. 추안슈와 추준에 대한 신앙에서 제시되는 논리를 따르자면, 서쪽이 수확과 관련이 있고 수확은 작물을 베는 쇠로 된 연장들과 관련이 있으므로 서쪽은 쇠와 관련이 있다.

세(Ce, Tse) 마오리 신화에서 소리를 의미하는 개념.

세계수(世界樹, *cosmic tree*, *axis mundi*, *world tree*) 우주를 나무로서 형상화한 것. 스칸디나비아, 이집트, 아카디아, 수메르, 중국 신화에서 발견된다. 종종 재로 만들어졌다고도 한다. 추안슈, 하토르, 헤임달, 메, 미미르, 니드호그, 이그드라실 참조.

세드나(Sedna) '저 밑에 있는 여자'라는 의미로, 바다와 동물의 신이며 이누이트족의 악마. 일반적으로 인간에게 적대적이다. 아버지의 카약에서 떨어져 바다에 빠진 뒤 한쪽 눈을 잃는다. 뱃전을 잡고 다시 올라타려고 하지만 아버지가 그녀의 손가락을 잘라버리고 손가락들은 물개와 고래로 변한다.

세시(Sësi) "꿀에서 재로"(from Honey to Ashes)라는 레비스트로스의 분석 때문에 유명해진 과라니 신화의 주인공. 플레이아데스와 유사하다.

세트(Seth, Set) 이집트 신화에 나오는 폭력과 혼돈의 신이며 이시스, 네프티스, 오시리스의 사악한 형제로 오시리스를 죽인다. 키레나이카나 현대의 리비아 등 서쪽 지역에서 출생한 것으로 보인다. 이집트 세계에서 악을 상징한다. 세트는 악어와 동일시되며 나일 계곡과 관련된 오시리스와는 반대로 사막과 연관되어 남부 이집트를 지배한다.

셈(Shem) 성서에서 노아의 장자로 히브리 전통에 의하면 모든 유대(히브리)인의 조상.

셰샤(Shesha, Sesha, Sesa) 인도 신화에서 반인(伴人)의 뱀 종족인 나가족(풍요와 안전을 가져오는 물의 정령)의 일원으로 이들의 왕이기도 하다. 아바타들 사이에 있었던 우주적 정체의 시기에 비슈누는 셰샤의 눈이 지키는 가운데 잠을 잔다.

소(So) 폰족의 최고신이자 자웅동체인 태풍의 신.

소리 나는 바위(Clashing Rocks) 심플레가데스를 보라.

소마(*soma*) 고대 베다 문서에 언급되는 식물과 그 향정신성 액즙. 신들의 음료수로 달의 인격체로 표현된다. 《리그베다》에 나오는 하늘의 신의 아들이자 비의 신인 파르잔자와 대지의 여신인 파즈라 사이의 아들과 이름이 같다. 물과 불과 연관된다.

소브크(Sobk, Sobek, Sebek) 라 숭배와 연관. 태양신의 하인. 이집트의 물과 다산의 신. 태초의 혼돈에서 사방을 상징하는 네 명의 정령이 나타났을 때 이들을 붙잡는다. 악어의 모습으로 표현된다.

소스루코(Sosruko, Sozryko) 소슬란의 아디게(체르케스)식 이름으로, 나르트의 태양의 영웅이다.

소슬란(Soslan) 소스루코의 오세티아식 이름으로 오세티아 신화에 나오는 나르트 서사시의 대단한 전사 영웅. 미트라처럼 암석에서 태어났다. 사타나가 강변에서 빨래하는 모습을 보고 자위를 한 양치기의 정자로부터 소슬란이 생겨났다. 아킬레스처럼 그를 불사조로 만들어주는 마법의 암늑대 젖에 몸을 담갔으나 목욕탕에 들어가기 위해 무릎을 굽히는 바람에 그것이 약점이 된다. 어떤 판본에서는 발드르의 운명을 연상시키는 시르돈의 유인에 빠져 죽임을 당한다.

쇼나(Shona) 아프리카 남동부(짐바브웨)에 거주하는 민족.

수르하일(Surhayil) 우즈베키스탄의 서사시인 〈알파미슈〉의 여신이며 주인공. 악마들의 어머니, 늙은 마녀.

수케마투아(Sukematua) 뉴헤브리디스 제도(바누아투)의 타가로의 멍청한 형제의 이름.

수퉁그르(Suttungr) 군로드의 아버지. 스칸디나비아의 거인. 어떤 본에서는 크바시르를 죽인 두 명의 난쟁이에 의해 죽임을 당하자, 수퉁그르가 복수를 위해 그들에게 히드로멜을 내놓도록 강요한다.

슈(Shu) 이집트 신화에 나오는 테프누트의 쌍둥이 형제. 라가 자가 수정한 결과이며 아툼의 후계자. 공기의 신으로 하늘을 유지하고 지탱한다. 누트와 게브를 분리하고 아포프의 아들들과 싸운다.

슈(Sioux) 다코타, 테톤, 산티, 양크톤 지역, 아시니보인족, 크로우족을 포함하는 북아메리카 인디언 어족.

슈르파나카(Shurpanakha, Surpanakha) 라마가 숲으로 추방된 동안 무찌른
　　악마. 이는 슈르파나카의 형제인 라바나가 라마의 아내 시타를 납치
　　함으로써 라마의 분노를 자극함으로써 이루어졌다.

슈발랑케(Shbalanke, Xbalanque) 키췌의 영웅으로 아푸의 쌍둥이 형제이다.

스루바르(Sruvar) 케르사스프에 의해 죽는 이란과 페르시아의 악마.

스사노오(Susanowo) '충동적인 남자', 일본의 태풍의 신이자 트릭스터며 이
　　자나기(이자나미 참조)의 세 번째 아들. 항상 불만이 많아 아버지에
　　의해 그림자의 땅으로 유배당하며 지하계의 신이 된다. 태양의 여신
　　이자 누이인 아마테라스의 창조물을 훼손함으로서 복수하려고 한다.
　　일부 다른 본에서는 스사노오가 아마테라스의 논둑을 무너뜨렸다고
　　하는데 그에게 화가 난 아마테라스는 동굴에 숨어버리지만 우즈메가
　　동굴입구에서 춤을 추자 궁금한 나머지 하늘의 자기 자리로 돌아간
　　다. 스사노오는 이 때문에 유배당한다. 스사노오는 시의 아버지로
　　여겨진다.

스칸다(Skanda) 시바가 창조한 머리 여섯 개의 힌두 전사.

스킬라(Scylla) 오디세이에 나오는 포세이돈(또는 튀포에우스)의 딸. 카리브디
　　스와 함께 이탈리아와 시실리 사이 메세나 해협에서 동명의 암초 위에
　　살며, 괴물로 변한 바다요정이다. 머리가 여섯 개이며 두 개의 다리를
　　가졌거나 여섯 마리의 개에게 둘러싸인 여성의 몸을 가졌다. 오디세
　　우스가 해협을 지날 때 일행 여섯 명을 죽인다. 심플레가데스 참조.

시나네우트(Sinanneut) 이텔멘 신화에 나오는 까마귀(라벤)의 딸(코리약 신화
　　에서는 지니아나우트).

시도(Sido) 파푸아뉴기니의 남동해안에 거주하는 키와이 부족의 계절 의식의
　　영웅.

시르돈(Syrdon) 나르트인에 관한 오세티아 서사시에 나오는 인물. 나르트의
　　트릭스터로 선과 고결의 적이다. 동료 신들에 대해 음모를 꾸민다는
　　점에서 로키와 유사하다. 일부 다른 본에서 시르돈은 로키처럼 불사
　　신 소슬란의 유일한 약점인 무릎에 쇠바퀴를 던지는 '놀이'를 하자고
　　설득한다. 그 결과로 소슬란은 절름발이가 되거나 죽는다.

시리니와 고이트키움(Sirini and Goitkium) 바이닝 민족의 형제이자 문화영웅.

시바(Shiva) '파괴자'. 비슈누와 브라마와 함께 중요한 힌두의 신. 다양한 형체를 가진다. 흡혈귀와 악마처럼 신분이 없는 존재들과 은자들의 숭배를 받는다. 신으로서 시바는 우주에 부정적인 힘(파괴)을 상징하지만 샤크티와 결합한 원칙으로서의 시바는 간혹 달로 표현되는 우주의 남성성, 수동성, 초월성, 영원성을 상징한다. 반면 샤크티(성스러운 어머니)는 여성성, 적극성, 내재성, 그 일시적인 요소를 상징한다.

시시포스(Sisyphus) 그리스 신화에 나오는 코린트의 왕이며 아이올로스의 아들이자 메로페의 남편. 일부 다른 본에서는 오디세우스의 아버지. 죽음의 신을 속임으로써 시간이 종말에 이를 때까지 영원히 바위를 언덕 위로 밀어 올리는 벌을 받는다.

시안류(Sianliu, Xiangliu) 군군의 머리가 아홉 개 달린 하인. 군군처럼 뱀의 몸을 가진 괴물이고 욕심이 많고 심술궂은 정령.

시잔(Sijan) 중국 신화에서 대지가 크게 부풀어 오르도록 하는 물체. 홍 참조.

시타(Sita) '흠'. 인디언 서사시에 나오는 마하라바타, 라마의 아내이며 대지의 여신의 딸. 랑카(현재의 스리랑카)의 주요 악마로 슈르파나카의 형제인 라바나에게 납치당한다.

시트콘스키(Sitkonski) 아시니보인 신화에 나오는 트릭스터로 북아메리카 중앙평원 서쪽에 거주하는 민족. 위스케드작과 유사.

신성혼(*hierogamy*) 신들 간의 혹은 신과 사제, 신전의 '창녀'나 여사제 간의 성스러운 결혼. 《황금가지》에 그 내용이 나온다. 인도유럽의 고대 신전 신성혼(神性婚)은 인도유럽 이전의 신 및 여신들과 남성우월적인 인도유럽 침략자들의 결합을 상징할 수도 있다.

신통기(神統記, *theogony*) 신들의 기원과 관련된 모든 이야기. 헤시오도스의 동명의 책에서 비롯되었다. 기원전 8세기에 집필되었다. 그리스 신전을 분류하고 세계와 신들의 창조에 대해 다룬다.

실룩(Shilluk) 아프리카 대륙의 중앙과 동부에 거주하는 민족.

실프(Sylphs) 게르만과 프랑크 신화에 나오는 가냘픈 공기의 정령.

심플레가데스(Symplegades, the Clashing Rocks, the Wandering Rocks) 그리스 신화에서 흑해 입구에서 선박을 공격하는 움직이는 바위들. 아르고호 선원들과도 대적하지만 오디세우스는 스킬라와 카리브디스를 통한 통로를 선택함으로써 심플레가데스를 피한다.

아가멤논(Agamemnon) 호메로스의 서사시에서 아르고스의 왕. 〈일리아드〉에서 그리스군의 장수이며 클리템네스트라(헬레네의 자매)의 남편. 메넬라오스의 형제. 아트리데스 참조.

아게(Age) 폰족의 수렵과 사냥의 신. 마우이의 네 번째 환생.

아그니(Agni) 베다교와 브라만교 사상에서 성스러운 불의 의인화. 아그니는 천둥, 태양, 별과 연관되었다. 아그니에게 바쳐지는 제의에서는 세 개의 불이 피워지는데, 동쪽의 불(아하바니야)은 신들에게 경배를 바치기 위해, 남쪽의 불(다크쉬나)은 마네스를 위해, 서쪽의 불(가르하파티야)은 음식을 만들고 제물을 바치기 위한 것이다.

아그베(Agbe) 폰족에서 바다 신의 수장. 마우이의 세 번째 환생.

아나트(Anat, Anaath, Atta) 히타이트 신화에서 엘의 딸이며 바알의 누이(어떤 본들에서는 바알의 아버지는 옥수수의 신 다곤이다)이며 배우자이다. 히타이트의 도시 우가리트에서 아나트는 다산(처녀이면서 동시에 "모든 나라의 어머니"로서)과 전쟁의 여신이다. 아나트는 얌나하르와의 투쟁에서 바알을 돕는다.

아누(Anu) 수메르의 안(An), 아카디아의 신, 천상의 창조자이자 모든 신의 아버지. 도시 에리두와 관련.

아누비스(Anubis) 이집트의 죽음의 신. 한때 동부 사막 지역과 연결되었고 인간의 필멸의 운명을 알고 있음으로 인해 예언, 점과 연관되어 생각되었다. 이 신화의 후대 판본에서는 오시리스와 네프티스의 아들로 알려졌다. 아누비스에 대한 숭배 행위는 오시리스 숭배와 합병된다. 사자에 대한 최후 심판에 앉는다.

아니마(*anima*)/**아니무스**(*animus*) 융 심리학에서 서로 대립적 성(性)의 형태로 제시되는 무의식을 표상하는 원형. 그림자(*shadow*) 참조.

아다옥스(*adaoks*, *atawx*) 침샨족의 신비스러운 의사소통. 말레스크 참조.

아다파(Adapa) 아카디아 신화에서 에아의 아들이며 신들에게는 어부. 무의식중에 불멸이라는 선물을 거절함으로써 인간은 질병에 시달리게 되었다고 한다.

아더(Arthur) 자신의 왕국에 침입한 색슨의 침입자들에게 저항하려 하는 전설과 신화에 등장하는 영국(켈트) 왕.

아도니스(Adonis) 그리스의 영웅으로 원래 소아시아 출신. 아름다움으로 유명하여 아프로디테에게 사랑을 받았으나 아프로디테와 페르세포네 간의 질투 때문에 저승에서만 살도록 제한을 받게 된다. 다른 본에서는 두 여신들이 아도니스의 '어머니' 역할을 놓고 경쟁을 벌여서 제우스는 이들에게 아도니스를 나누어가지도록 판정을 내렸다. 두 판본들의 경우 모두 아도니스는 (각각 아프로디테와 페르세포네에 의해 대표되는) 산자들의 세계와 저승의 세계에서 시간을 나누어 보내게 된다. 아도니스는 농경에 관련된 신성으로(봄이 되어 저승으로부터 다시 나타나 다산의 여신 아프로디테와 살기 시작한다는 맥락에서), 특히 밀의 경작과 연관된다.

아디게(Adyghe, Adygey, Adoghei, Adighey, Adyge) 북카프카스 지역의 수니파 무슬림 종족 다수를 통칭하여 일컫는 명칭.

아디르민민(Adirminmin) 오스트레일리아의 난지오메리 민족의 신화에서 무지개뱀의 살해자.

아란다(Aranda, Arrernte, Arunta) 오스트레일리아 중동부에 사는 민족. 알트지라, 알트지레리니아, 추링가, 인티시우마, 카로라 참조.

아레스(Ares, Mars) 그리스의 전쟁과 파괴의 신. 헤라와 제우스의 아들인 아레스의 형상은 종종 아테네의 지혜나 헤라클레스의 건설적 힘과 대비되어 제시된다. 아프로디테의 남편 혹은 연인, 〈일리아드〉에서 아레스는 트로이인을 지지하지만 분노한 아테네와 대적하기에 무력한 모습을 보인다.

아르고 원정대(Argonauts) 그리스 신화에서 이아손을 따라 아르고선을 타고 황금 양털을 찾아 콜키스로 건너간 용사들.

아르고스(Argus, Argo) 이오 여신을 감시하도록 헤라가 보낸 거인으로 백 개의 눈을 달았다. 헤르메스에게 죽음. 그 후 거인의 눈들은 공작새의 깃털로 옮겨졌다고 한다. 소수의 몇몇 본에서는 아르고스가 단 하나의 눈을 가졌다고 이야기되기도 한다. 이아손의 배를 건조한 사람 역시 아르고스라 불렸고(아르고 원정대 참조). 오디세우스의 애견 역시 아르고스라는 이름으로 불렸다.

아르주나(Arjuna) '희다'는 뜻. 인드라의 아들. 인드라의 환생인 반신(半神) 판다바 5형제 중 하나이다. 인도 판두 가문의 크샤트리야(전사) 왕자, 시바(크리슈나)가 가장 아끼는 총신, 사촌들인 카우라바와 불구대천의 원수이다. 그는 서사시 〈바가바드기타〉에서 처음에 사촌들을 죽이기를 꺼렸지만 크리슈나에게 설득을 당한다.

아르타바즈드(Artavazd, Artawazd) 아르메니아 서사시. 비파상크인의 신화적 인물. 한 판본에서 그의 아버지(아르타세스)는 매우 유명한 인물로 죽음에 이르러 수많은 아내와 추종자가 주인의 사후 여행에 동반하고자 스스로 목숨을 끊게 되었다. 그 결과로 아르타바즈드가 주민이 없어진 나라를 통치해야 할 지경에 이르고 그는 아버지에 대한 추모를 저주한다. 아버지의 영혼은 그를 산꼭대기에 결박시킨다. 아브르스킬, 아미라니, 프로메테우스 참조.

아르테미스(Artemis, Cynthia, Diana) 그리스 신화에서 동물의 수호신, 사냥의 여신. 영원히 젊으며 야성적이고 처녀인 신이다. 추정상의 전(前) 인도유럽 기원의 어머니 여신. 그리스 신전에서 이 여신은 출산의 여신으로 현신함으로써 다산과의 연관성을 보유한다. 아폴론의 쌍둥이 누이, 제우스와 레토(크로노스의 딸)의 딸, 이 여신은 달, 여자의 편안한 죽음(질병에 의한 남자의 죽음을 관장하는 아폴론의 여성 짝), 마술을 나타낸다.

아마렘브(Amaremb, Araremb) 파푸아 마린드아님족의 데마. 뱀에게 어떤 '약물'을 투약하였고(자위에게 주었다면 그는 그 약을 인간에게 주었을 것이다), 이후 뱀들은 사람과 달리 허물을 벗으며 죽지 않게 되었다.

아만갈(Amanggal) 큰 박쥐의 변종. 오스트레일리아 마리티엘 원주민 신화에서 레윈, 무지개뱀을 죽인다.

아말부르가(Amalburga, Amalberge) 프랑스 출신의 벨기에 수녀. 중세 전설에서는 페핀 3세가 자신의 아들 샤를마뉴의 아내로 삼으려 했다고 이야기한다. 그녀는 거절하고 달아난다. 샤를마뉴는 그녀에게 구애하던 중 팔을 부러뜨리게 되어 그녀를 골절과 타박상을 입은 사람들의 수호성자가 되도록 한다.

아몬(Amon, Amun, Amen) 원시 이집트 신으로 이후 라로 알려진다. 원래 테베의 다산의 신이며 태양 신성의 속성을 가졌다. 종종 숫양이나 거위의 형상으로 나타난다. 몇 가지 경우의 보다 초기의 형태들에서 오그다드로 알려진다. 네 명의 신들〔눈(Nun) = 물, 후(Huh) = 무한, 쿡(Kuk) = 암흑, 아몬(Amon) = 공기〕로 이루어진 오그다드는 헤르메폴리스 신화에서 세계를 창조한 것으로 이야기된다. 무트, 콘수와 함께 새 왕국에서 국가 신으로 추대된다.

아미라니(Amirani) 프로메테우스, 오이디푸스, 아킬레우스와 비슷한 특징을 가진 그루지야의 영웅. 반인으로 그는 태어난 이후 버려져 농부에 의해 키워졌다. 세상에서 괴물을 제거하는 악마 사냥꾼으로 그의 힘은 점점 강력해져 신에게 대적하기에 이른다. 그 결과로 그는 신전의 탑문 혹은 바위 감옥의 기둥에 묶이고 날개달린 개가 계속 그 사슬 고리 한 쪽을 핥는다. 이 고리가 닳아 아미라니가 사슬을 끊자마자 '하늘의 대장장이'가 그를 또다시 한 해 동안 결박하게 된다.

아바시(abaasy, abassi, 단수: abassylar) '검다'는 의미로, 야쿠트의 악마인 아바시는 샤머니즘적 힘 혹은 신기(神氣)를 받아야 하는 사람의 성별을 결정한다. 이들은 인간을 미치게 할 수 있는 악한 정령으로 인간이나 동물의 영혼에 깃들어 산다. 신화에 따르면 이들은 인간을 닮았거나 한 다리나 한 눈을 가진 괴물이다. 아지 참조.

아바타(*avatar*) 비슈누의 다양한 형상(환생).

아벨(Abel) 성경의 인명. 카인의 형제.

아보리진(Aborigines) 오스트레일리아 원주민.

아브라함(Abraham) 성경의 인명. 바빌로니아 수메르의 도시 우르 출신의 히브리인 족장. 노망한 아브라함은 아들 이삭을 낳았는데 신은 아브라함에게 이삭을 제물로 바치라고 명령한다.

아브르스킬(Abrskil) 아브카즈의 영웅서사시에 나오는 카프카스인 주인공. 아미라니와 므헤르에 유사한 프로메테우스적 인물. 기적으로 잉태되어 처녀의 몸에서 태어난 민족의 수호자. 자신의 힘을 과시하기 위해 아브르스킬은 더 상위의 신과 싸우는데 이 싸움으로 천둥과 번개가 내리친다. 패배한 아브르스킬은 철 기둥에 매이게 된다. 후대의 판본에 따르면 아브르스킬은 패배의 결과로 태양에 의해 눈이 멀어 사라진다고 한다.

아브카즈(Abkhaz, Abkaz, Abchaz) 조지아에 분포된 수니파 무슬림교도인 카프카스인의 일단.

아사트(Asat) 인도 태초의 심연. 힌두 철학에서 비존재(非存在).

아사팔라(Asapala, Lakapala) 고대 인도 신화에서 땅의 주요 지점의 관리인. 붓다의 예언에 따라 로카팔라만이 세상의 천재지변의 종말에 살아남을 수 있다.

아슈빈(Ashvin, Asvin) 인도 신화에서 두 명의 신으로 천신 수리야의 아들들. 아르주나의 형제들인 판다바의 나쿨라와 사하데바의 아버지들. 이들은 의술과 젊음에 연관되어 있으며 이들의 이름은 '말'을 뜻하는 산스크리트어("*asva*")와 관련이 있는 것으로 추정된다.

아스가르드(Asgardhr, Asgard) '아시'의 주거지, 세계 창조가 끝난 후 오딘의 후견하에서 아시르에 의해 지어짐.

아스타르테(Astarte, Astaroth, Asar, Ishtar) 페니키아의 다산과 사랑의 여신. 봄과 달에 연관된다. 아프로디테, 키벨레, 이난나, 이시스, 이슈타르 참조.

아시(Asi) 오든(오딘), 도나르(토르), 티유(티르), 스칸디나비아 신화의 다른 신들을 의미. 첫 번째 신 종족으로 두 번째 신족인 바니르(Vanir)와 끊임없이 전쟁을 벌인다.

아시니보인(Assiniboine, Assiniboin) 북아메리카의 중북 평야의 수어족. 이후 어족의 일부는 크리어를 말하는 알곤퀴안에 병합되고 나머지는 서부 몬타나로 이주하였다. 시트콘스키 참조.

아시르(Aesir) 아시 참조.

아에사르(Aehsar) 나르트를 다루는 오세티아 서사시에서 아에사르타엑의 쌍둥이 형제.

아에사르타 (Aehsaertaeg) 나르트인을 다루는 오세티아의 서사시에서 아에사르의 쌍둥이 형제. 원사(原史) 인도유럽의 사회 조직을 설명하는 통치자, 전사, 경작자로 구성된 뒤메질의 삼자(三者) 도식에서 "제2기능"(*second function*)과 연관된다.

아오(Ao, a-Ao, Te Ao) 마오리 신화의 몇몇 본에서 랑기와 파파의 분리 이후에 나타나는 빛을 언급하기 위해 쓰이는 표상적 접두사. 이 용어는 마오리 우주 창조론 신화의 남성 계통(여성의 경우는 "Te Po")에 연관된다.

아우둠라(Audhumla, Auhumla, Audumla) "무각(無角)의 소", 천지창조에 대한 스칸디나비아의 이야기에서 태초의 얼음에서 출현한 땅속으로부터 나타난 소. 최초의 거인인 야미르의 유모. 영양분을 취하기 위해 얼음 덩어리를 핥아내 갇힌 신들을 자유롭게 해준다.

아이네아스(Aeneas) 베르길리우스(기원전 70~19년, 로마의 시인)의 〈아에네이드〉에 의하면 비너스 혹은 아프로디테와 트로이 멸망 후 로마를 건설하기 위해 탈출한 안키세스의 아들. 디도의 연인. 〈일리아드〉에서는 트로이군에서 헥토르 다음 서열의 장수.

아이올로스(Aeolus) 그리스 신화에서 제우스에 의해 바람을 다스리는 권리를 받은 포세이돈의 아들.

아이테리아(Aetheria, Etheria) 헤시오도스에 따르면, 카오스(chaos)로부터 에레부스(에레보스: 그리스 신화에서 어둠의 신)와 밤이 태어나고 이 둘이 결합하여 아이테리아(공간, 상층의 대기)와 헤메라(낮, 다른 판본에서 헤메라는 에레부스와 니크스(그리스 신화에서 밤의 여신)의 딸이다)를 낳는다. 오르페우스 신화에서 아이테리아(완전한 것, 견고한 것, 우주를 재조직하는 자)는 크로노스의 딸 카오스로부터 태어난다. 다른 판본에서 아이테리아는 헬리오스와 클라이메네의 딸이다. 우주의 상층부와 최고 신성의 인격화는 횔덜린의 "신화"에서 발견된다.

아즈텍족(Aztecs) 기원전 12세기에서 16세기에 중앙멕시코에서 번성했던 멕시코 민족. 이들의 후손들이 오늘날 나후아 민족이다.

아지(Ajyy, Ayii, Ajii, Ajy) '흰 사람들'이라는 의미. 야쿠트의 인간 영웅들. 아지는 어떤 본에서 수호 정령 아야미와 달리 인간의 신 조상들이다. 이들은 선한 영들이며 경제적으로 인간에게 유용한 식물과 동물들을 창조해낸 보호자들이다. 아바시 참조.

아카(Aka, Te Aka) 마오리 신화에서 공기뿌리, 덩굴 등의 식물의 의인화, 다른 본들에서 아카는 투나(뱀장어의 선조) 머리의 털들로 투나가 마우이에게 살해된 이후 육지로 탈출해온다. 다른 본에서 아카는 타네와 그의 많은 배우자 중 하나인 레레노아의 후손.

아카이아인(Achaeans) 선사시대 그리스의 4대 주요 부족 중의 하나. 기원전 2000년경 그리스를 침공한다. 〈일리아드〉에서 호메로스는 이 명칭을 그리스인을 가리켜 사용한다.

아쿠아트(Aquat) 히타이트 신화에서 아나트 여신에게 아버지 다니엘로부터 얻은 활과 화살을(다니엘이 그보다 앞서 이 물건들을 얻은 것은 반신 코타르 와카시스로부터였다) 팔기를 거절한 라파의 왕. 아쿠아트는 아나트가 보낸 군사에게 살해당한다. 그 결과로 땅은 7년 동안 기근에 시달린다.

아킬레스(Achilles, Achilleus) 반신이며 반불사의 그리스 영웅. 아버지는 제우스의 계통인 펠레우스(포이닉스 참조)이며 어머니 테티스(Theys, Thetis)는 바다의 님프로 오케아누스(대지를 둘러싼 대해류(大海流), 티탄족, 우라노스를 보라). 아킬레스가 싸움을 내켜하지 않는다는 사실은 〈일리아드〉의 중심적인 내용이다. 그는 전쟁에서 트로이의 영웅 헥토르를 죽이고 자신은 파리스에게 살해된다. 다른 판본에서는 켄타우로스 케이론이 아킬레우스의 발에서 뼈를 빼내고 빨리 달리는 거인에게서 빼낸 뼈로 바꾸어 넣었다고 한다. 가장 널리 알려진 본에서는 아킬레스가 아기였을 때 어머니가 그를 스틱스 강에 담가 불사신으로 만들었는데 그때 어머니가 잡았던 발뒤꿈치만 강물이 닿지 않았다고 한다. 아킬레스는 북구의 전사와 유사한 자질들을 가지기도 하다. 오딘 참조.

아타르(Atar) 이란의 불의 신. 아후라 마즈다의 아들. 불의 힘인 《리그베다》의 아타르유와 유사. 신이라기보다 원리의 인격화에 가깝다.

아테네(Athena, Athene, Pallas Athene, Minerva) 제우스의 머리에서 태어났음으로 지혜의 여신이며 그리스인들에게는 전쟁의 여신이기도 하다. 인간에게 문명의 기술을 보여준다. 아테네 여신의 도전적인 성격은 경쟁자인 헤라와 아프로디테의 질투를 야기하여 트로이의 멸망을 가져오게 된다. 명예와 분별의 덕목과 같은 다소간 남성적 특징들을 동반한 아테네는 아테네 시의 처녀 신성이다.

아테아(Atea) 여러 폴리네시아 신화에서 공간의 개념. 투아모투(프랑스령 폴리네시아) 민족의 신화에서 타네는 아버지로 변하여 그를 살해하는 아테아의 둘째 아들이다.

아툼(Atum) "완전한 것". 눈의 물에서 나타난 이집트의 신. 후대에 그는 숫양 또는 숫양의 머리를 한 매나 인간으로 그려진다. 슈와 테프누트의 아버지 라 아툼을 보라.

아트나투(Atnatu) 아란다 신화에서 천상의 신성이며 영혼.

아트리데스(Atrides) 그리스 신화와 〈일리아드〉에서 아트레우스의 아들들(메넬라오스와 아가멤논).

아틀라스(Atlas) 이아페토스의 아들. 프로메테우스와 에피메테우스의 형제. 거인의 반란 이후 제우스의 징벌로 세계의 끝에서 천공을 지탱하게 되었다(그리스 우주창조론, 북아프리카에 동일한 이름의 산맥이 있다).

아티스(Attis, Atti) 프리기아(옛날 소아시아 중서부에 있었던 왕국)의 식생(植生)의 여신. 탐무즈와 유사하다. 아티스는 여신 어머니. 키벨레의 공세 대상이었다.

아포쉬(Aposhi, Apaosha) 티슈트리아에 의해 죽임을 당하는 이란의 가뭄 신.

아포프(Apop, Apep, Apophis) 이집트의 뱀, 라의 적(소수의 본들에서 그는 태양신의 광선에 의해 땅이 파괴되는 것을 막기 위해 라와 싸운다). 다른 본들에서 라와 아포프의 전투는 매일 갱신되고 또 다른 본들에서는 여전히 라의 승리가 결정적이며 아포프는 결박되어 칼로 베어진다(때때로 바로 죽임을 당하기도 한다).

아폴론(Apollo, Pheobus Apollo) 괴물 용 파이톤을 죽인 그리스의 태양과 예언의 신. 제우스와 레토의 아들, 아르테미스의 오라비. 델로스 섬에서 태어났다. 헤르메스에게 예언과 점술을 가르쳐 예언과 음악의 신으로 간주된다. 식생과 자연과 관련된 목축의 신이며 이후 오르페우스 숭배(오르페우스를 보라), 특히 영원한 삶의 약속과 연관된다. 〈일리아드〉에서 그는 궁사들의 후원자이며 가축의 수호자로 질병에 의한 급사를 책임진다.

아프로디테(Aphrodite, Cytherea, the Cyprian, Venus) 크로노스에 의해 거세된 후 바다에 던져진 우라노스의 피와 정자로 된 거품에서 태어난 그리스 여신. 그녀는 아도니스의 연인이자 수호자이며 아이네아스의 어머니. 그녀는 태어난 후 키프로스로 가는 길에 큐테라에 상륙한다.

이로부터 그녀를 칭하는 다른 명칭들이 생겨난 것이다. 호메로스의 본에서는 헬레네를 파리스에게 넘겨주겠다는 약속을 하여 트로이 전쟁을 일으킨 것은 헤라와 아테네에 대한 그녀의 질투 때문이라고 이야기한다.

아후라 마즈다(Ahura Mazda) '현명한 왕', '선'(善)이라는 의미로 조로아스터의 개혁 이후 이란의 신전에 모셔진다. 안그라 마이뉴의 적. 아타르 참조.

안가뭉기(Angamunggi) 무지개뱀의 이름. 오스트레일리아의 난지오메리 민족의 '대부'와 유사하다. 자궁을 가진 남자로 나타나는 자웅동체의 존재.

안그라 마이뉴(Angra Mainyu, Ahriman) 조로아스터의 개혁 이후 이란 신화에서 안그라 마즈다와 대립하는 "사악한 영".

안티고네(Antigone) 그리스 전설에서 오이디푸스와 요카스타의 딸. 추방된 오이디푸스를 따라간다. 소포클레스의 비극에서 크레온 왕(요카스타의 오빠)은 안티고네에게 안티고네의 오라비이자 자신의 조카인 폴리니세스를 매장하지 말 것을 명령하지만 그녀는 이에 대항하여 동굴 감옥에 갇히게 되고 목을 매어 죽는다.

안티누스(Antinous) 오디세이에서 페넬로페(오디세우스의 아내)의 구혼자 무리의 '반지성'(反知性, anti-mind)적 우두머리. 여행에서 돌아온 오디세우스는 (아들 텔레마코스의 도움으로) 그를 죽인다.

안포르타스(Anfortas) 전설의 성배(聖杯) 이야기 모음에서 파르지팔의 질문을 받는 어부 왕. 파르지팔의 외삼촌이며 파르지팔의 계승 시까지의 그랄 왕이다.

알곤퀴안(Algonquians, Algonkians) 크리족, 오지브와족, 검은발족을 포함하는 아메리카의 북부, 중부, 북동북 지역에 광범위하게 퍼진 어족. 이름을 빌려온 알곤킨족과 혼동하지 말 것.

알라운(*alraun*, alrune의 방언) 맨드레이크 근(根)을 일컫는 독일어 명칭. 유럽 신화에 나오는 신비스럽고 마법적 식물로 뽑히면 비명을 지른다고 함. 대중 신화에서 "*alrune*"은 여성 혼령들의 한 종족.

알루리다(Aluridja) 오스트레일리아 남서부의 종족.

알트지라(*altjira, altjuringf, alyerre, alcheringa*) 아란다인이 꿈의 시대를 언급할 때 사용된 용어(이 중 'altjuringa'가 가장 잘 알려졌다)인데 단어의 기원에 대해서는 논란이 많다. 어떤 연구자들에 따르면 '꿈의 시대'라는 용어는 오역이며 '영원히 창조되어지지 않은'이란 뜻이라 주장되는 이 용어는 일반적으로 또 다른, 그늘진, 물질이 영혼으로부터 최종적인 지상적 형태를 얻는 차원을 언급하는 데 쓰인다. 'Altjira'는 종종 아란다인들이 지고(至高)의 존재를 지칭할 때 쓰인다.

알트지레리니아(*altjirerinja, altjirarama*) 아란다인에게서 '꿈', '영원을 보다'라는 의미.

알파미슈(Alpamysh) 율리시스와 같은 유형인 영웅으로 그가 주인공으로 등장하는 동명의 서사시는 터키 민족들 다수의 신화에서 발견된다(우즈벡, 까작, 타타르 등). 성자로부터 기적에 의해 잉태되며 성자는 알파미슈에게 불사의 힘을 전해준다. 아름다운 여인과 약혼을 하지만 이들의 아버지들은 서로 싸우게 되며 알파미슈의 약혼녀가 칼미크 나라로 떠나자 알파미슈는 그녀를 뒤따라가 칼미크 용사들과의 싸워 약혼녀를 되찾는다. 그는 이후의 모험에서 7년 동안 감옥에 갇히며 풀려난 후 가족들이 몰락하고 약혼녀는 힘 있는 구혼자에게 사로잡혔음을 알게 된다. 보다 초기본에서는 칼미크 인들의 나라는 지하계와 동일시되며 알파미슈는 샤먼으로 나온다.

압수(Apsu, Abzu) 에야/엔키에 의해 만들어졌으며 그의 집, 아시리아 바빌론(아카디아) 신화에 따르면 땅을 둘러싼 신선한 물의 심연이라고 한다. 티아마트(소금물)와 함께 땅의 생성 환경을 형성한다.

앗수로스(Assuerus, Ahasuerus, Agasferus, Ahasverus, The Wandering Jew) 페르시아 왕 크세르크세스를 칭하는 성경의 명칭. 그는 유대인을 말살하려 했으나 유대인 아내 에스더(Esther)의 간청으로 그만두었다. 이 인물은 중세 기독교신화에서 아하스페르스라는 이름으로 고증되어 있다. "방랑하는 유대인"(The Wandering Jew)은 골고다 언덕에서 그리스도에게 잠깐의 휴식을 허락할 것을 거절한 결과로 그리스도가 재림할 때까지 떠돌아야 할 운명을 선고받은 인물로 〈유대인 아하세베루스에 대한 간략한 기술과 설명〉(*Kurz Beschreibung und Erzählung von einem Juden Ahasverus*)에서 기록상 처음으로 나타난다. 앗수로스의 이야기는 파우스트 모티브와 유사하게 괴테, 호프만, 퀴네, 으젠느 슈에게서 재현된다(또한 그는 조이스의 《율리시스》에서 블룸에 관한 영감의 일부로 이야기된다).

앙그르보다(Angrbodha, Angraboða) 스칸디나비아 거인 여자. "분노의 예언자"이며 아시르의 적수. 로키와 함께 낳은 괴물 요르문가르드, 펜리르, 헬의 어머니.

애니미즘(*animism*) 자연이 초자연적 힘이나 원소를 내포한다는 믿음. 흔히 자연적 대상과 현상이 영혼을 소유한다는 믿음을 말한다.

야곱(Jacob) 성서에 나오는 아브라함과 레베카의 아들로 에사우와 쌍둥이 형제이며 요셉의 아버지. 형제와 싸운 뒤 삼촌인 라반과 함께 살며 삼촌의 딸인 레아와 라헬과 결혼.

야마(Yama, Sakha) 이란의 이마의 베다식 표기지만 연관된 것은 서로 다르다. 태양의 신 비바스바트의 아들인 야마는 죽은 자의 왕이며 첫 번째로 죽은 인간이다. 눈에 보이지 않는 세계의 왕이며 최고재판관, 태초의 남자, 야미의 형제.

야마이마나비라코차(Yamaimana-Viracocha) 잉카 신전에서 비라코차의 쌍둥이 아들 중 하나이며 토카나비라코차의 형제. 가끔은 파차야차치비라코차의 둘째 아들로 묘사된다. 나무, 꽃, 과일과 연관이 있다.

야오(Yao) 고대 중국 신화에 나오는 현명한 통치자. 유교 학자들은 그의 통치를 고대의 황금시대로 여겼다. 전통에 따르면 기원전 2356～2255년간 통치했다.

야지기(Yazigi) 유루기의 여성 정령이며 도곤 신화의 주인공. 둘은 태초 세상 또는 (우주의) 알의 각 반쪽으로부터 태어났다.

야쿠트(Yakut) 시베리아 중부와 동부, 특히 베르호얀스크 산맥 서쪽 레나 강 부근 지역에 거주하는 투르크 출신의 알타이 민족.

야훼(Yahweh, Jehovah) 네 개의 성스러운 히브리 문자 JHVH로부터 파생되어 유럽 중세 후기에 들어서는 여호와 또는 야훼로 변하여 킹 제임스본에는 '하나님'(*lord*)으로 쓰인다. 신이 〈출애굽기〉 6장 3절에서 모세에게 "내가 아브라함과 이삭과 야곱에게 전능의 하나님으로 나타났으나 나의 이름을 여호와로는 그들에게 알리지 아니하였고"라고 말한다. 관련 구절을 살펴보면, 신은 '그의 종들'에게 이야기할 때는 이름을 절대 밝히지 않는다.

양티(Yang-ti) 중국 신화에서 태양을 만든 신. 남쪽을 떠받치는 자.

에누마 엘리쉬(Enuma Elish) 아카디아의 우주창조 서사시로 티아마트와 마르두크의 전설이다.

에다(*Edda*) 다양한 스칸디나비아 민족의 신화서사시 〈주(主) 에다〉(*Major Edda*)를 말한다. 이 소재를 바탕으로 아이슬란드의 스노리 스털루슨(1179~1241)이 〈산문(散文) 에다〉[*the Prose Edda*, '소'(小) 혹은 신(新) 에다]를 집필했다.

에레슈키갈(Ereshkigal) 네르갈과 함께 수메르 저승(쿠르)의 여신. 이난나의 여동생이자 살해자.

에로스(Eros) 그리스의 사랑의 신이자 아프로디테의 동반자(다른 판본에서는 아프로디테와 헤르메스의 아들). 우주를 구성하는 다양한 원소들의 조정자(이전 판본에 의하면 타타루스, 가이아, 카오스와 함께 태초 원소들로부터 탄생했다고 함). 미남이면서 잔인하며 버릇이 없다. 나중에는 날개달린 큐피드로 상징된다.

에르소고토흐(Er-Sogotokh) '외톨이'를 의미하는 엘리에르소고토흐의 별칭. 야쿠트 서사시인 올론호의 영웅이자 태초의 조상.

에멤쿠트(Ememkut, Emenkuta) 여동생 지니아나우트와 결혼하는 코리약 신화의 영웅. 이 이야기는 족외혼(*exogamy*)을 설명하고 정당화한다.

에사우(Esau) 성경에서 야곱의 쌍둥이 형이자 아브라함과 레베카의 아들.

에아(Ea) 아시리아와 바빌로니아(아카디아) 신화 중 마르두크와 아다파의 아버지인 엔키의 별칭.

에크바 피리쉬(Ekva Pyrishch) 시베리아 북서쪽 오브 강 분지의 우그르(Urg) 민족의 신화에 나오는 영웅이자 주요 트릭스터.

에타나(Etana) 수메르와 아카디아 신화에 나오는 대홍수 이후 인류의 첫 번째 왕. 아들이 없어 샤마쉬에게 제물을 바치자 천상의 이슈타르의 왕좌로 안내받는데 임신을 조절하는 식물을 얻는다. 다른 판본에서는 독수리를 타고 이슈타르의 왕좌로 가려다가 떨어지면서 실패한다.

에피메테우스(Epimetheus) 그리스 신화에서 거인족 이아페토스의 아들이자 아틀라스의 형제이나 대조 관계로서 일반적으로 프로메테우스와 함께 등장한다. 한쪽이 숙고할 때("어리석은 자", 헤시오도스의 《신통기》) 다른 한쪽은 예견한다("프로메테우스/명석하며 교활함", 헤시오도스의 《신통기》). 제우스로부터 판도라를 아내로 받아들여 인류의 불행에 대해 간접적 책임이 있다. 대홍수로 인해 첫 번째 인류가 멸망한 뒤 세상을 다시 인류를 번성시킨 데우칼리온의 아내인 피라의 아버지로서 선악이라는 신화적 대비의 일부이기도 하다.

엔릴(Enlil) 수메르와 아카디아 신들 중 가장 중요한 신, 하늘의 신인 안과 물의 신인 에아와 함께 최고의 신에 속한다. 아누 또는 엔키와 닌키('지상의 지배자 부부'이나 마르두크의 아버지인 엔키와는 다름)의 자식으로 알려졌다. 농경과 같이 대지와 관련된 기술의 창조자이자 보호자이며 바람과 폭풍의 신이다. 기원전 2350년에서 기원전 2150년(아카드 왕조 시대)에 수메르 종교체계가 셈족에게 받아들여지자 엔릴은 단순히 '왕'을 뜻하는 '벨'이라는 이름으로 불리게 되었으나 그 뒤 바빌론의 마르두크신이 우위가 될 때까지 메소포타미아 여러 지역에서 널리 숭배되었다. 그 중심지는 남메소포타미아의 니푸르에 있던 에쿠르('산의 신전'이라는 뜻) 또는 닌후르사그('산의 여신'이라는 뜻)이었다.

엔키(Enki, 아카디아의 에아) 수메르의 신, 압수의 신이며 낚시와 같이 물과 관련된 기술의 창조자이자 후원자. 마법 및 지혜와 연관된다. 마르두크의 아버지. 이 엔키는 엔릴의 조상인 엔키('지상의 지배자')와는 다르다.

엔키두(Enkidu) 영웅서사시 〈길가메시〉에서 길가메시에게 대항하기 위해 아루루 신이 창조한 대초원의 야만인. 길가메시가 보낸 창녀에게 유혹당해 길가메시와 우정을 맺는다(초기 판본에서는 그를 추종). 에렉 엔키두 시에서 길가메시와 연합해 후와와라는 괴물과 싸우고 나중에는 아누가 이슈타르에 대한 길가메시의 학대를 복수하기 위해 보낸 하늘 소와 싸운다. 신들은 엔키두가 성스러운 소를 죽이자 그에게 사형을 선고한다. 길가메시에 대한 다른 신화에서는 저승에서 잃어버린 이난나가 길가메시에게 선물한 물건들을 구하려 노력한다. 엔키두는 저승으로 내려간 후 다시 이승으로 돌아오지 못한다.

엘레우시스 제전(祭奠, Eleusian Mysteries) 데메테르에게 성스러운 지역인 엘레우시스(아티카)에서 유래되었다. 페르세포네의 납치와 저승으로 부터의 귀환을 재현한 그리스 제의 축제(*ritual festival*) 혹은 데메테르 와 바쿠스를 기념한 제의 축제 등을 말한다. 이 믿음들은 아마 내세 의 수수께끼에 연관된 듯하다.

엘리에르소고토흐(Elley-Er-Sogotokh) 야쿠트 신화의 '홀로 있는 엘리'. 최초 조상.

엘리에제(Eliezer) '신은 도움이다'라는 뜻으로, 《요셉과 그의 형제들》이라는 책에서 야곱의 집사이자 요셉의 선생. 성경에서 같은 이름의 인물들 이 다양하게 등장한다. 이삭이 태어나기까지 아브라함의 후계자. 이 삭에게 아내를 찾아주기 위해 아브라함이 다마스쿠스로 보낸 충직한 하인(〈창세기〉 15:2)이며, 〈누가복음〉 3장 29절에 나오는 예수의 조 상. 제사장이자 모든 히브리 제사장의 조상인 모세의 조카 엘레아자 르와 혼동하지 말 것. 또 하나의 엘레아자르는 〈마태복음〉 1장 15절 에 나오는 예수의 아버지인 요셉의 조상이다.

엠페도클레스(Empedocles) 고대 그리스 정치가이자 철학가(기원전 490~기원 전 430).

오디세우스(Odysseus, Ulysses) 아마도 오티스(outis) 또는 오데이스(oudeis) 로부터 파생. '아무것도 아닌 자'(키클롭스에게 자기를 '아무도 아닌 자', '무명인'이라고 말해 속인 일을 연상하게 함). 《오디세우스》에서 외 할아버지인 오토리쿠스(Autolycus)가 "이 풍성한 대지에서 많은 남녀 와 갈등하였으므로 그의 이름인 오디세우스가 이를 의미하도록 하라" 는 뜻에서 지어준 이름. 그리스 영웅이자 오디세우스의 주인공. 일리 아드에서는 용기보다 재간과 지혜로 더 유명하다. 안티누스, 칼립소, 로토파기, 나우시카, 네스토르, 폴리페모스, 스킬라, 사이렌, 심플레 가데스, 텔레마코스, 티레시아스 참조.

오딘(Odin) 스칸디나비아와 게르만의 신들 중 가장 중요한 신으로 아시르족 의 지도자이며 공격적이지만 직접 싸우기보다는 다른 이들을 설득하 여 싸우게 만들기를 선호한다. 분노, 공포, 전쟁과 죽음의 신이다. 지혜와 영감을 뜻하는 히드로멜과 관련이 있다. 세계수 이그드라실 에 9일 동안 매달렸던 것과 같이 샤머니즘 전통과 관련이 있다. 오딘은 미미르의 샘에 '담보'로 눈을 한 개 놓고 오면서 예언자이자 마법사로 매일 일어나는 평범한 사건들에는 '눈이 멀었'으나 중요한 사건들은 꿰뚫어본다. 오딘은 인간에게 전사의 힘을 이끌어내어 고통과 상처를 거의 느끼지 못하게 하는 동시에 전사들을 죽음으로 내몰면서도 그의 보호를 받는다고 믿게 쉽게 속일 수도 있다. 오딘은 보탄과 티와즈의 후기 결합으로 보이나 보탄과 보다 유사하다. 바루나 참조.

오레스테스(Orestes) 엘렉트라의 남자 형제이며 아가멤논과 클리템네스트라의 아들. 엘렉트라(또 다른 판본에서는 아폴론)에 의해 어머니와 애인 아이기스토스를 살해하도록 강요받는다. 어머니를 죽인 벌로 에리니스(로마의 분노의 여신들. 거세된 우라노스의 피가 땅에 떨어지면서 태어났지만, 나중에 '자애로운 이들'이라 불리는 유메니드가 된다)가 그를 미치게 만들지만 델피에서 정화 제의를 거치게 되고 아폴로가 대신 그의 복수를 한다.

오렌다(*orenda*) 폴리네시아족의 마나, 알곤킨족의 '마니투'(큰 영혼), 수족의 '와칸'〔와콘다 = 위대한 영혼〕, 크로우족의 막스페, 콩고 강 분지의 밤부티족과 느쿤두족의 '엘리마'(*elima*)와 비슷한 비인격적이며 비의인화된 힘을 의미하는 이로쿠와와 휴론 부족들의 개념. 이 개념은 모호크의 '카레나'(*karéna*)와 같은 노래라는 뜻의 단어와 연관되어 오렌다를 유지하며 제의의 올바른 이행이 중요하다는 것을 암시한다.

오르페우스(Orpheus) 트라키아 태생의 그리스 음악가(디오니소스 참조)로 황금 양털을 찾아 떠나는 이아손의 일행(아르고스 참조) 중 하나. 부인인 에우리디케가 죽자 하데스로 구출하러 내려간다. 저승신이 오르페우스의 수금(竪琴) 소리에 매혹되어 에우리디케를 데려가도록 허락하지만 하데스가 정한 금기를 깨는 바람에 영원히 아내를 잃는다. 그녀가 죽은 뒤 상사병을 앓으면서 트라키아의 여인들을 외면하고 디오니소스 숭배를 보고도 시큰둥해하며 동성애를 소개한 것으로 알려진다. 트라키아의 여인들이 그를 죽이고 사지를 절단하지만 그가 죽은 뒤에도 그의 머리는 노래를 계속하며 레스보스 섬으로 떠내려간다. 오르페우스를 추종하는 반(反)디오니소스 숭배는 기독교적 신앙을 내세와 영혼의 영원성, 참회의 힘, 고뇌하는 신의 존재에 둔다.

오리온(Orion) 그리스 전설에 나오는 사냥꾼이자 거인으로 메로페와 사랑에 빠지는 포세이돈의 아들. 일부 판본에서는 메로페를 강간한 벌로 자다가 눈이 먼다. 아르테미스 또는 그녀의 친구 오피스를 강간한 벌로 아르테미스의 손에 의해 죽임을 당하고 그를 죽이러 보낸 전갈처럼 같은 이름의 별자리(Scorpio)로 변한다. 호메로스본에서는 오리온이 새벽의 여신 에오스와 사랑에 빠져 아르테미스가 그를 죽이는 것으로 나온다.

오르토루스(Orthrus) 그리스 신화에 나오는 머리가 두 개 달린 괴물 개. 다른 판본에서는 뱀의 머리와 꼬리를 가진 개로 나오며, 에키드나와 튀포에우스의 아들이며 세베루스의 형제이다. 게리온의 가축을 보호하며 헤라클레스에게 죽는다.

오시리스(Osiris) 라의 증손자. 일부 판본에서는 이집트에 문명, 특히 농경을 알게 해주었다. 다른 판본에서 게브가 문명의 신이다. 이시스의 남편으로 세트에 의해 죽임을 당하지만 아내의 노력으로 불사신이 되어 자연 주기와 연관된다. 지하의 최고신으로 왕권과 밀접한 관련이 있다.

오이디푸스(Oedipus) 태어난 직후에 발에 못이 박혀 산등성이에 버려졌기 때문에 '부은 발'이라는 이름을 가졌다. 카드모스의 후예로 테베의 왕이며 라이우스의 아들. 길에서 만난 낯선 이의 정체를 알지 못한 채 아버지를 죽이게 된다. 스핑크스의 위협으로부터 테베를 구하고 왕위에 올라 선왕(先王)의 과부이자 자기의 어머니인 요카스타와 결혼한다.

오이라트(Oirat) 몽골 동부의 민족이자 언어 집단인 알타이 민족의 고대 화폐 단위.

오지브와(Ojibwa) 북아메리카 오대호 서쪽의 알곤킨어를 사용하는 민족.

오호쿠니누시(Okininushi) 스사노오의 딸을 속여 결혼하는 일본의 트릭스터 신, '장엄한 대지의 지배자'.

올론호(*olonho*) 시베리아 야쿠트의 영웅서사시를 구성하는 노래들.

와고만(Wagoman, Wagaman, Wakaman) 오스트레일리아 달리 강의 남서쪽에 거주하는 원주민 부족.

와로후누카(Warohunuka) 살로몬 제도에서 크와트의 별칭. 문화영웅이자 창조자.

와오 누크(Wao Nuk, Te wao tapu nui a Tane) '타네의 넓고 성스러운 영토'

라는 뜻. 마오리 신화에 나오는 숲.

와우왈룩(Wauwaluk) 북오스트레일리아, 특히 아넘 랜드의 많은 원주민 전설에 나오는 두 자매. 남자들이 여자들로부터 훔친다는 성스러운 도구들과 연관이 있다.

와크준카가(Wakdjunkaga) 위네바고 신화의 트릭스터. 위스케드작과 유사.

요(Yo) 폰족의 트릭스터 레그바에 해당하는, 다호미족의 변종.

요루바(Yoruba) 나이지리아와 다호미의 민족.

요르문간드(Jörmungandr) 토르와 오딘의 적으로 지구를 몸으로 둘러싼 우주의 뱀. 로키와 앙그르보다의 아들. 스칸디나비아 신화에서는 대지자체로 인식됨(미드가르드).

요우카하이넨(Jöukahainen) '랩랜드의 말라깽이 아들'. 핀란드의 〈칼레발라〉에서 북쪽의 땅인 포호자로부터 온 바이네모이넨의 랩인 적수.

요툰(Jötunn) 〈에다〉에 의하면 스칸디나비아 우주창조신화에서 제일 먼저 창조된 이미르를 포함한 거인들. 이들은 괴기스러우며 머리가 많고 쉽게 화를 내며 형체를 바꿀 수 있다. 요툰은 인격화할 수 있으나 불, 서리와 같은 자연 요소와 숲, 언덕, 돌과 같은 자연적 조형물과 연관된다. 거인들은 특히 토르와 오딘과 같은 신들의 적수로 신들이 항상이기지는 못한다. 로키의 정치적 입장이 모호한 이유는 어머니가 거인이기 때문일 수도 있다. 투르스 참조.

요툰헤임(Jötunheimr) 스칸디나비아 신화에서 거인(요툰, 요트나)의 땅. 우트가르드와 우연히 일치.

욜로파트(Yolofat, Yolofat, Yalafat, Yalafath) 캐롤리나(Carolina) 군도의 마이크로네시아의 트릭스터. 얍(Yap) 섬에서 욜로파트는 번개의 신을 나무줄기에 가둔다. 그의 고함소리를 들은 여자가 음식을 갖다 주자, 선물로 불과 도자기 제작방법을 알려준다. 욜로파트는 신천옹(信天翁)과 연관이 있으며 자비로운 존재로 여겨진다.

욥(Job) 성서에 나오는 신앙심을 시험받는 자.

우가리트〔Ugarit, 라스 샴라(Ras Shamra)〕 시리아 해안의 도시로 과거 히타이트 제국의 속국.

우그르족(Ugric) 우랄·알타이족 우랄 분파의 다양한 민족. 우랄 분파는 두

가지로 분류되는데 우랄 산맥 동쪽 오브 강 주변 시베리아 북서쪽 지역에 사는 핀우그르족(이들 중 일부는 서쪽으로 이주하여 마자르족이 되었다) 그리고 사모예드족(우그르사모예드)이 있다. 우그르족은 오브우그르족, 만시, 칸트족 등을 포함한다.

우라노스(Uranus, Ouranos) 그리스 신화에 나오는 하늘과 천상의 인격체. 우주의 지배자이며 비옥하게 하는 원소. 가이아(대지)의 아들이며 어머니와의 근친상간을 통해 오세아누스, 크로노스, 타이탄, 키클롭스, 헤카톤케이레스(Hecatonchires, 타르타로스 참조)를 낳는다. 가이아가 우라노스의 마음에 들지 않는 괴물들만 낳자 이들을 어머니/애인 안에 숨겨놓는다. 그러자 그녀는 크로노스를 부추겨 우라노스의 왕위를 찬탈하고 거세하도록 한다. 이때 나온 피에서 복수의 여신들, 거인들, 여러 요정이 태어나고 거세된 성기가 바다에 떨어지면서 생긴 거품에서 아프로디테가 태어난다.

우루크(Uruk, Erech) 이난나에게 성스러운 수메르의 도시. 이곳의 다섯 번째 왕이 길가메시이다(현재의 와르카).

우르다르(*urdar, urdr*) 스칸디나비아 신화에 나오는 숙명. 우르드르(우르드)의 노른족이 사는 이그드라실 근처의 샘의 이름.

우르바쉬(Urvashi, Urvasi) 힌두신화에 나오는 압사라스. 바닷물의 요정 또는 보다 일반적으로 천국의 영혼들의 애인 또는 일종의 마녀. 우르바쉬는 인드라의 초대로 천국에 갔을 때 아르주나를 유혹하려고 했던 불의 발견자. 푸루라바스의 애인이다.

우리즈맥(Uryzmaeg) 사타나의 남편이며 남자 형제. 17명의 자식이 있었으나 우리즈맥이 16명을 죽였으며 막내는 다른 인물이 죽였다. 나르트족에 대한 오세티아 서사시의 태초 조상. 카미즈의 쌍둥이 형제. 군사 작전과 연관이 있다.

우코(Ukko) 핀란드 카렐리아의 천신.

우클라카니아니아(Uchlakaniania) '교활한 놈'이라는 뜻. 반투어를 사용하는 나탈 민족의 트릭스터 반수형신(半獸形神). 아프리카 동물신화에 나오는 다른 트릭스터들보다 오래된 것으로 보인다. 원래 어른으로 태어났으며 마법의 힘이 있다.

우투(Uttu) 수메르와 아카디아 신화에서 닌쿠르(닌쿠루)와 엔릴의 딸. 닌쿠
르는 엔릴과 닌사르의 딸이며 닌사르는 엔릴과 닌후르사그의 딸이
다. 직조(織造)와 연관이 있다.

우트가르드(Utgardhr) 스칸디나비아 신화에서 미드가르드 경계 밖의 영역.
'저 너머의 어둠'이라는 뜻으로, 거인 우트가르드로키의 영토.

우트나피슈팀(Utnapishtim) 인간 세상을 파괴하는 홍수에 대한 수메리아 설
화에서 성서의 노아와 유사한 인물. 홍수로부터 인간을 구한 뒤에 엔
릴이 불멸성을 부여하고 길가메시의 조상이 된다. 서사시 〈길가메
시〉에서 우트나피슈팀은 길가메시에게 깨어 있으라고 요구하나 길가
메시는 잠이 들어버려 인간으로 남는다.

우파니샤드(Upanishad) 인도 서사시에 나오는 베다의 철학적 명상.

우피칵(Upikak) 마린드아님의 데마.

운딘(Undine) 게르만 신화에 나오는 요정 또는 물의 정령. 러시아에서는 루
살카라 한다. 그리스 신화에 나오는 물의 정령과 비슷한 여성적인 물
의 요정. 세례받지 않은 자나 익사한 처녀들의 영혼이라고 한다. 복
수심에 불타며 아름답고(젖은 녹색 머리카락에 누드로 등장) 간혹 장
난도 치며 강과 호수에서 산다. 남슬라브민족에게 특히 인기가 많은
전설이다.

운쿨룬쿨루(Unkulunkulu) 남아프리카 줄루의 영웅이자 태초 조상. 천둥과
연관이 있다.

울리게리(uligeri) 부랴트 신화와 관련된 노래들.

울리쿠미(Ullikummi, Ullikummis) 왕위를 찬탈한 아들 테슈브와 싸우기 위해
쿠마르비스가 창조(또는 잉태)한 히타이트의 바위 거인. 세상을 떠받
치는 거인인 우벨루리스의 어깨 위에 놓여 급속도로 성장해 이내 지
구에서 하늘을 밀어낼 정도가 된다. 테슈브는 후에 왕위를 포기한다.
아누 참조.

움웰링강기(Umwelingangi, Umwelinkangi) 운쿨룬쿨루와 연관된 남아프리카
줄루 민족의 영웅이자 태초 조상. '고위급' 천신.

웅가리니인(Ungarinyin) 오스트레일리아 북서쪽 킴벌리 근처의 부족.

웅구드(ungud, ungur) 무지개뱀과 꿈의 시대뿐만 아니라 오스트레일리아 북

서쪽 킴벌리 서쪽의 웅가리니인족과 달라본 부족들의 토템 동물 조상
들을 지칭하는 단어. 동쪽 아넘 랜드 부족들의 '볼룽'(bolung) 개념과
유사하다.

위네바고(Winnebago) 중앙 평원의 동쪽 경계에 거주하는 위스콘신의 수 인
디언 부족.

위라투리(Wiradthuri) 오스트레일리아 뉴사우스웨일스의 남동부에 거주하는
부족.

위사카(Wisaka) 위스케드작의 별칭.

위스케드작(Wiskedjak, Whiskey-Jack) 나나보조처럼 오대호 근처에 거주하
는 알고킨어 사용자들의 신화에 나오는 트릭스터.

유루기(Yurugi, Yurugu) '백색(또는 '창백한') 여우'라는 뜻으로, 도곤 신화의
주인공.

유이(Yui, Yü) 중국의 영웅. 홍의 아들. 홍수 후에 새로운 세상의 질서를 책
임지는 신화 속의 황제 중 마지막 황제이다. 중국을 아홉 개의 구역
으로 나누는 등 재정비하고 물을 다스리기 위해 운하를 건설한다.

율리시스(Ulysses) 오디세우스의 라틴 이름.

융고르(junggor) 북오스트레일리아 보나파르트 만의 아넘 랜드 해안에 사는 부
족.

이(Yi, I, Hou I) 고대 중국 신화에서 여신 히호가 불로 만든 정자로 잉태한
아들들. 열 개의 태양 중 남아도는 아홉 개를 활로 쏘아 떨어뜨려 세
상을 뜨거운 열기로부터 구한 쿠(Ku, 다른 판본에서는 또는 야오) 황
제 소속의 '훌륭한 궁사'. 열 개의 태양은 고대의 열흘간의 일주일('하
루' = '태양')과 연관이 있다. 7세기에 들어서야 7일이 되었다.

이그드라실(Yggdrasil) 스칸디나비아 신화에 나오는 우주(세계)의 나무. 대
지와 우주의 중심으로, 미미르와 연관이 있다.

이나라(Inara) 히타이트 신화에서 용('거대한 뱀')인 일루이안카스에게 승리하
는 태풍의 신. 다른 판본에서는 둘은 서로 다른 인물이다. 뱀이 태풍
의 신을 화나게 하자 이나라가 그를 죽인다. 한 여신에게 다른 신들
이 그를 돕도록 설득하기 위한 만찬을 준비해달라고 부탁한다. 이나
라는 만찬에서 용을 취하게 만들고 이때 여신의 애인인 후파시야스가

용을 묶어놓자 죽인다.

이난나(Inanna) 수메르와 아카디아 신화에서 문화의 비밀을 간직한 여신. 여러 사랑의 여신들과 유사한 성적(性的) 사랑의 여신. 아스타르테, 이시스, 이슈타르, 키벨레, 아프로디테, 이난나는 전사 여신이며 금성과 연관된다.

이두나(Iduna) 스칸디나비아 신화에서 시와 음악의 신이며 오딘의 아들인 브라기의 아내. 신들이 젊음을 유지하기 위해 먹는 황금사과의 수호자.

이로쿠와(Iroquois) 뉴욕 주의 성(聖)로렌스 계곡과 5대호 주변의 모계 부족들을 지칭. 엥겔스와 마르크스의 사회진화론에 영향을 주었으며, 초기 인류학의 혈족관계를 정립한 모건의 연구에서 중요한 부족들. 모호크, 세네카, 오네이다, 오난다가, 카유가 그리고 마지막으로 투스카로라가 연합한 동맹. 이로쿠와 어족은 문화적으로 유사하나 정치적으로 별개인 후론 부족을 포함한다. 대부분의 이로쿠와 부족들은 여성들의 중요한 정치적 역할이 특징이다.

이르칼라(Yirkalla) 오스트레일리아 아넘 랜드의 북동부에 거주하는 부족.

이마잠쉬드(Yima-Jamshid) 전형적인 페르시아의 통치자로 '훌륭한 양치기' 또는 '최초의 남자'라는 뜻. 야마의 이란식 표기이며 아후라 마즈다의 지시에 따라 지하왕국을 건설했다.

이미르(Ymir) 스칸디나비아 신화에서 열기와 냉기가 만나 생긴 최초의 생명체로 〈에다〉에서도 언급된다. 거인의 시조이며 대지의 인격체(그의 시체가 미드가르드가 된다).

이삭(Isaac) 아브라함과 사라의 아들. 성서에서 신은 아브라함과 사라의 신앙과 복종을 시험하기 위해 이들의 유일한 적자인 이삭을 제물로 바치라고 명령한다. 레아의 남편이며 루벤의 아버지.

이샤하(*ysyaha*) 풍요로운 삶을 위해 아지이에게 제물을 바치는 야쿠트의 봄의 제의.

이슈진키(Ishjinki) 폰카 인디언의 신화에 나오는 트릭스터. 알곤킨족의 위스케드작과 수족의 인크토미와 유사.

이슈타르(Ishtar) 아시리아와 바빌론(아카디아)의 새벽과 황혼의 여신. 금성의 인격체이며 아누의 배우자. 전사의 여신 및 사랑의 여신으로 두

가지의 사회적 신분이 있다. 아스타르테, 에타나, 이난나 참조.

이스마엘(Ishmael) 성서에서 아브라함과 하녀인 아가 사이에 태어난 서자. 아가에게서 아이를 낳으라고 아브라함을 부추긴 것이 레베카였다. 그럼에도 불구하고 이스마엘은 레베카에게 질투의 대상이 된다.

이시스(Isis) 이집트 신화에서 오시리스, 세스와 네프티스의 자매. 오시리스와 근친혼. 호루스의 어머니. 게브와 누트의 딸.

이자나미(Isanami) '유혹적인 여성'으로 성스러운 일본의 남녀 부부 중 여성. 남성은 이자나미의 남편인 '유혹적인 남성' 이자나기이다. 둘이서 그림자의 땅에서 여러 괴물을 탄생시킨다. 다른 본에서 이 부부는 여덟 개의 섬(일본)을 탄생시킨다. 이자나미는 인간 최초로 막내인 불의 신 가구쓰치를 낳다가 죽는다. 이 때문에 죽음과 연관되어 있으며 남편은 출산과 관련이 있다.

이졸데(Isolde) 아더 왕 전설에서 아일랜드 왕의 딸, 콘월의 왕 마크의 부인이며 트리스탄의 애인. 기사도 전통에서는 브리타니 왕의 딸이자 트리스탄의 부인.

이카루스(Icarus) 테세우스에게 미로를 벗어날 수 있는 방법을 아리아드네에게 알려준 아버지 다에달루스와 함께 크레타의 왕 미노스의 포로로 갇혀 있다가 아버지로부터 왁스로 만든 날개 한 쌍을 받는다. 이카루스는 탈출 중 태양에 너무 가까이 날아가면서 왁스가 녹아버린다.

이텔멘(Itelmen) 축치나 코리약과 같은 고대 아시아[비(非) 알타이, 인도유럽 또는 시노티베트]어를 사용하는 캄차카 반도의 시베리아 민족.

이투보레(Itubore) 바코로로의 쌍둥이 형제로 보로로 신화의 재규어의 아들.

인드라(Indra, 사하스라크하(Sahasrakha): '천개의 눈'이라는 뜻) 전사 계급인 크샤트리야(Kshatriya)의 이미지에서 표현되는 베다에서 하늘의 신. 브리트라가 번개로 죽인다. 태풍과 비 그리고 붉은색과 연관된다.

인크토미(Inktomi) 수, 오마하, 아시니보인 부족들의 신화에 나오는 트릭스터. 위스케드작과 유사. 다른 판본에서 인크토미는 노인의 인격체이다.

인티시우마(inticiuma) 토템 동물과 식물들의 번식과 증식을 위한 아란다족의 의식.

일라(Illa) 족외혼을 설명하고 합법화하는 코리약 신화의 주인공. 지니아나우트와 약혼.

일마리넨(Ilmarinen) 핀과 카렐리아의 신. 금공술(金工術)과 연관.

자위(Jawi) 파푸아뉴기니의 마린드아님족의 데마. 최초로 죽은 자이며 그의 머리로부터 최초의 야자수가 자랐다고 전해진다.

장미(rose) 기독교 상징주의에서 쓰이는 용어. 장미의 완벽성으로 인해 여러 명칭 중 "신비로운 장미"(The Mystical Rose)라고 불리기도 하는 성모 마리아의 상징으로 쓰인다. 성서에 나오는 "솔로몬의 노래"(Song of Solomon)의 젊은 슐라미트 여인들이 그녀를 "샤론의 장미"(rose of Sharon)로 칭송한다. 이는 습할 때 가지를 펴는 중동의 작은 식물인 "여리고의 장미"를 뜻하는 것일 수 있다. 이 장미는 "처녀의 장미"(rose of the Virgin)로 불리기도 한다. 〈이사야〉 35장 1절에는 사막이 "장미처럼" 꽃핀다는 표현이 있다.

재규어(jaguar) 중요하지만 비교적 희귀한 남아메리카의 신화적 인물이며 문화영웅. 바코로로와 이투보레, 케리 등 참조. 중앙아메리카 신화에서는 위협적인 동물의 형상이며 다른 본에서는 케찰코아틀이 변신시킨 테즈카틀리포카이다.

제우스(Zeus) 크로노스와 여동생 레아의 아들. 친부를 죽인 후 제우스는 그리스 신 가운데 가장 중요한 신이 된다. 빛의 신이며, 반란을 돕도록 하기 위해 타르타로스에서 풀어준 키클롭스가 선물한 번개의 신이자 하늘의 신이다. 그의 아버지가 그를 먹지 못하도록 어렸을 때 보살핀 요정들 중 하나인 이다의 꿀벌들이 제공한 꿀을 먹고 영양보충을 했다. 이다 산은 제우스의 제2의 고향이다. 제우스는 비를 오게 하고 질서와 정의를 유지함으로써 살인의 정화자이자 맹세와 정치권력의 보증인이다. 그는 애정행각을 제외하고는 매우 현명하며 다른 올림포스 신들과 비교했을 때 그다지 변덕스럽지 않다.

조로아스터(Zoroaster, Zarathustra) 전설적인 이란의 예언자로 다신교적인 인도·이란 종교에 이원적 관점을 소개하고 신들을 비인격적이고 추상적인 개념으로 격하(또는 격상)하는 등 개혁을 불러왔다.

주(Zu) 아카디아 신화의 새 인간. 어둠과 태풍의 신. 엔릴에게 주어졌다가 주가 훔친 운명의 판을 되찾아간 루갈반다에 의해 죽임을 당한다. 수메리아 신화에서는 뱀과 '쓸쓸한 여성'인 릴리타(Lilita)의 도움으로 자신이 고른 나무를 이난나가 쓰러뜨리지 못하도록 막는 새. 후에 길가메시에게 쫓겨난다.

주니(Zuni) 미국 남서쪽에 거주하는 푸에블로 민족. 호피족의 이웃. 그들이 사용하는 언어는 비슷한 어족이 없다.

주다(Judah) 성서에서 요셉의 형으로 야곱과 레아의 네 번째 아들.

주르준우올란(Jurjun-Uolan) 에르소고토흐 주형(鑄型)의 신화적 야쿠트 영웅.

줄루(Zulu) 아프리카의 중앙과 남부에 거주하는 부족 및 어족.

지그문트(Sigmund) 게르만과 아이슬란드 신화에 나오는 지그프리트의 아버지. 볼숭 사가와 브륀힐데 참조.

지그프리트(Siegfried) 지그문트의 아들. 볼숭 사가와 브륀힐데 참조.

지니아나우트(Jinianaut) 코리약 신화의 여주인공으로 형제인 에멤쿠트와 결혼. 까마귀(라벤)의 딸. 족외혼(*exogamy*)을 설명하고 합법화하는 신화.

차코(Chaco) 레비스트로스의 《신화학》에서 연구된 것으로 남아메리카 민족에 연관된 언어 범주. 투피, 과라니, 보로 참조.

차크(Chaach, Chac, Chaac) 마야의 비와 번개의 신, 원래 숲과 연관된다. 아즈텍의 신격(神格) 틀랄록에 해당. 주신(主神)들은 대개 하위의 조력자들을 가지므로 이 용어는 마야인과 아즈텍인이 영혼의 범주 전체를 언급할 때 쓰인다.

참여(*participation*) 레비브륄이 하나의 신화적 요소 또는 모티프가 다른 요소를 '오염'시키는, 즉 요소 간의 유사성을 파악하여 식별 관계를 만들기 위해 서로를 대체하게 되는 과정을 묘사한 단어.

천둥새(*thunderbird*) 북서해안 민족과 대평원 부족들 등 북아메리카 인디언 알곤킨족 신화에서 특히 인기가 많은 전설 속의 독수리 같은 동물이다. 날개를 퍼덕거리면 천둥소리의 원인이 된다. 번개와 비와 연관되어 불을 보호하는 긍정적인 힘이다.

추링가(*churinga*, *tjurunga*) 아란다인에게서 꿈을 꾸는 시간과 연관된 성물(종종 돌이나 딸랑이)이나 의식.

추안슈(Chuan-Siu, Chuan-shü, Chuan-Hu) '진정한 인간', '조상'이라는 의미. 고전 중국 신화에서 북방 사자(使者). 물과 연관(이것은 추준의 경우와 유사한 논리에 의해 물이 차고 북쪽이 춥기 때문이다. 그러므로 물과 북쪽이 연관되는 것이다)되며 강의 지배자. 반면 다른 판본들의 경우 (기원전 25세기경의) 전설적 인물로 괴물이며 반란자인 군군과 싸운다. 이들의 전투 중 군군은 땅의 북서 한계선에서 푸차우산을 쳐서 천궁을 떠받치는 기둥을 부러뜨리고(이후 천궁은 추안슈가 아니라 니우와가 마침내 수리한다) 기둥은 땅으로 쓰러진다. 이로 인해 천신 후안티의 힘이 땅으로 쏟아져 내린다. 다른 본들에서 하늘을 떠받치는 기둥은 천지를 잇는 (푸상이라 불리는) 세계수(世界樹, *cosmic tree*)라 이야기되기도 한다.

추준(Chu-zhun) 중국 신화에서 천상에서 남쪽 사분원(四分圓)을 관장하는 군주(君主), 화신(火神, 불과 열은 남쪽과 연관되기 때문)이다.

축치(Chukchi, Chukchee) 북시베리아의 북동부 최극단에 사는 민족. 코리약과 고대 아시아 어족의 여타 구성원에 연관된다.

침샨(Tsimshian) 모계사회조직, 토템예술과 성대한 만찬(포트라츠)로 알려진 북아메리카 북서해안에 거주하는 인디언 민족. 하이다, 크와키우틀, 틀링깃 참조.

카근(Cagn, Kaggen) 남아프리카의 남부시먼(Bushman)족의 토템 인물이다. 주신이며 모사가이다. 사마귀 모습으로 나타나고 때로는 달과 연관된다. 또한 완결되지 않은 1차 창조 이후의 2차 창조, 즉 인류의 분화와 완성과 관련된다. 카근의 아들 이치네우몬과 딸 포르큐피네는 입양된 자식인데 실제로는 모든 것을 삼키는 자(All-Devourer)의 후손이다.

카드야리(Kadyari) 북오스트레일리아의 쿠나피피 의식에 등장하는 여주인공의 별칭.

카로라(Karora) 북오스트레일리아 아란다의 신화적인 꿈의 시대의 조상으로 '쥐 대장'(*bandicoot chief*). 여러 꿈의 시대의 존재들과 같이 자웅동체이며 겨드랑이에서 아들을 낳는다(추링가 악기 형태).

카룽가(Karunga) 남아프리카의 헤로로 민족의 영웅이자 조상인 무쿠루와 연관. 천둥의 신.

카르마(*karma*) 힌두와 불교 사상에 나오는 행동의 결과. 특히, 여러 환생을 통해 축적된 누적된 결과이다. 한 사람의 운명에 영향을 끼침.

카르트진(Kartjin) '연(鳶) 독수리'. 무린바타 씨족 집단.

카리브디스(Charybdis) 〈오디세이〉에서 무서운 바위 스킬라의 반대쪽에 있는 소용돌이. 그리스 신화에서 괴물로 인격화. 해신 포세이돈과 대지의 여신 가이아의 딸로, 너무나 대식가여서 제우스가 번개로 때려 그녀를 시칠리아 가까운 바닷속에 던져버렸다. 그녀가 바닷물을 하루에 세 번 마신 다음 그것을 토해낼 때 커다란 소용돌이가 일어난다고 한다. 오디세우스는 처음에 무사히 지나갔지만(그러나 스킬라는 이때 그녀의 머리 각각에 하나씩 모두 여섯 명의 선원을 삼켰다) 이후 부하들이 히페리온의 성스러운 소를 삼킨 일로 제우스가 보낸 폭풍에 의해 이곳으로 되돌아오게 되었다. 오디세우스의 배는 침몰하고 그는 소용돌이가 삼키려는 순간 수면에 늘어진 나뭇가지를 붙들어 살아난다. 그리스 신화에서 포세이돈(제우스의 형이며 해신)의 딸이지만 극도로 탐욕스러워서 괴물이 되었다고 한다. 후대에 와서 카리브디스는 이탈리아와 시칠리아 사이 메시나 해협의 소용돌이와 동일시되었다.

카마(kama) 인도 사상에서 창조자의 의지와 자의식. 무한의지의 원칙. 불교 사상에서는 인생의 네 가지 목표 중 하나인 쾌락 또는 사랑. 이성(異性)을 대할 때 성공 정도. 다르마 참조.

카마키(Kamaki) 세상에 질병과 죽음을 가져온 이텔멘의 신화적 존재.

카메(Kame) 케리의 쌍둥이 형제.

카발라(Kabbalah) 12세기에 발전한 이국적이고 신비한 히브리 교리. 주요 주제는 자연 및 신과 우주의 관계에 대한 것이다.

카사와라(Kasawara) 뉴헤브리디스(바누아투) 민족의 신화에 나오는 식인종이자 크와트의 적수.

카산드라(Cassandra) 아폴로의 관심을 거절한 대가로 내려진 저주로 인해 아무도 믿어주지 않게 된 여사제. 〈일리아드〉에서는 트로이 왕 프리암과 헤큐바(헤카베)의 딸. 트로이의 약탈 후 아가멤논에게 포로가 되어 후에 아가멤논의 아내 클리템네스트라와 그녀의 애인 아이기스토스에 의해 살해당한다. 오레스테스 참조.

카우라바(Kaurava) 〈마하브하라타〉의 주인공이며 판다바의 적수.

카이나나우트(Kaynanaut) 코리약 신화에서 까마귀(라벤)의 둘째 딸.

카인(Cain) 성경에서 아벨의 형제.

카카스(Khakass) 쿠즈네스크 분지의 북서쪽에 있는 미누싱크 분지의 예니세이 강을 따라 서시베리아에 거주. 터키의 후예인 알타이 민족. 다섯 개의 지역 그룹으로 나뉜다. 일부는 터키의 후예이고 일부는 사모예드와 키르기즈의 후예이다.

칼다스(Kaldas) 시베리아의 우그르 민족에 따르면 에크바 피리쉬의 어머니로 거위의 형체를 지닌다.

칼레발라(*Kalevala*) 1828년 뢴로트가 수집하여 1835년 출판한 핀란드의 신화 서사시. 주요 주제는 반도의 북쪽에 있는 사미〔랩〕의 나라 포흐자와 칼레발라〔영웅들의 조국(祖國)〕 간의 갈등이다. 요우카하이넨, 바이네모이넨 참조.

칼레비포에그(Kalevipoeg) 에스토니아의 신화적 영웅. 칼레브('영웅'이라는 뜻)의 아들. 대지의 표면에 돌을 던져서 만들었다는 산, 숲을 파괴하여 만들었다는 평지, 대지를 갈아서 만들었다는 언덕, 우물을 파면서 만들었다는 호수 등 지형의 창조자. '불순한' 세력 및 부자들처럼 인간을 억압하는 자들과 싸운다.

칼룽가(Kalunga) 서아프리카에 거주하는 많은 민족의 신. 카룽가 참조.

칼립소(Calypso) "숨기는 여자", "은닉하는 자"라는 뜻을 가진 이름. 님프이며 아틀라스의 딸이다. 칼립소는 오기기아 섬(지브롤터 해협을 마주 본다)에서 오디세우스를 7년 동안 접대하였다. 해양 심연의 인격화.

칼미크(Kalmyk) 카스피 해를 둘러싼 지역의 남쪽에 사는 몽골 출신 민족. 알파미슈 참조.

케르베로스(Cerberus) 타르타로스(지옥)에 사는 괴물 개. 에키드나와 타이포에부스의 아들이며 오르토루스의 형제. 이 괴물은 헤라클레스에 의해 땅 밖으로 끌려나온다(이 일이 헤라클레스에게 주어진 12번째 과제였다).

케르사스프(Kersasp, Gursasp, Keresaspa) 트래타오나의 별칭. 이란 신화에서 케르사스프는 세상의 종말에 깨어나서 악마 아지다학을 무찌른다.

케리(Keri) 남아메리카 바카이리 인디언의 신화에 나오는 카메의 쌍둥이 형제이자 문화영웅. 재규어의 아내가 실수로 남편이 죽인 사람들의 뼈를 삼키고 이로 인해 쌍둥이를 잉태한다. 이들은 동물들로부터 여러 유용한 도구들, 카사바 및 다른 음식들을 받아 사람들에게 이를 어떻게 사용하는지 가르친 후에 나눠준다. 케리는 쌍둥이 중 더 둔한 쪽이다.

케이론(Cheiron, Chiron) 그리스 신화에 나오는 반인반신의 켄타우로스 가운데 하나로 "선한 켄타우로스"(the good centaur). 크로노스가 아내 레아의 눈을 속이기 위해 말로 변장해서 오케아노스의 딸 필리라와 낳은 아들이라고도 한다. 머리부터 허리까지는 인간이고 나머지 부분은 말의 형상인 켄타우로스 일족은 야만에 가까운 난폭한 성질을 가졌으나 케이론은 선량하고 정의를 존중하는 온화한 성격이었다고 한다. 켄타우로스 중 가장 현명하고 지적인 자로서 의술과 예언, 음악, 사냥 등에 뛰어나 헤라클레스와 아스클레피오스, 이아손, 디오스쿠로이, 아킬레스, 악타이온 등 그리스 신화에 등장하는 많은 영웅이 그의 가르침을 받았다. 신의 아들로서 불사의 몸이었던 그가 죽음에 이른 것은 제자인 헤라클레스의 독화살을 맞았기 때문이다. 헤라클레스는 켄타우로스 일족인 친구 폴로스를 만나러 갔다가 목이 마르자 폴로스를 설득하여 켄타우로스 일족의 공동 자산인 포도주통을 열게 하였다. 통이 열려 포도주 향기가 퍼지자 성난 켄타우로스들이 두 사람에게 덤벼들었으나 헤라클레스의 상대가 되지 못하였다. 이 와중에 공격에 가담하지 않았던 케이론도 헤라클레스가 잘못 쏜 화살에 맞아 상처를 입었는데, 그 화살에는 히드라의 독을 발랐기 때문에 치료할 수가 없었다. 불사의 몸으로 영원히 고통받을 것을 우려한 제우스는 영생을 프로메테우스에게 양보하고 편안하게 죽음을 맞이할 것을 허락하였다. 영원한 생명을 포기한 케이론은 하늘에 올라가 궁수자리(Saggitarius)가 되었다. 이에 관해서는 그의 제자인 이아손이 헤라클레스 등과 아르고호를 타고 콜키스로 황금 양털을 찾아 떠날 때 제자들을 걱정하여 활을 잡은 자신의 모습을 별자리로 만들어 길을 인도하였다는 이야기가 전한다.

케찰코아틀(Quetzalcoatl) 톨텍 출생의 아즈텍 신. 모든 실용 예술의 창조자이자 수호자인 '깃털달린 뱀'. 테즈카틀리포카와 함께 활동하는 중앙 아메리카 지역의 많은 민족신화에 광범위하게 등장한다. 두 신은 중요한 대홍수 신화에서 홍수 후에 나무(세계수 참조)가 되어 하늘을 원래 위치로 밀어 올린다.

케트(Ket) 인도차이나 반도의 언어와 연관된 언어를 사용하는 시베리아 민족. 알타이 산맥의 북동쪽에 있는 예니세이 강의 분지에 위치한다. 남쪽에 거주하는 대부분의 케트 민족은 퉁구스(혹은 예벤크)와 카카스에 흡수되었다.

켈트인(Celts) (민족이며 어족) 현재는 아일랜드, 게일, 웨일즈, 브류타뉴 등이 이에 속하는 주요한 인종.

코레(Core, Cora, Kore, 페르세포네로 더 잘 알려졌다) 그리스 신화에서 데메테르와 제우스의 딸. 하데스에 의해 유괴되어 아내가 된다. 페르세포네 신화는 겨울 땅의 불모와 연관된다(데메테르는 딸이 돌아올 때까지 식생이 자라는 것을 금하는데 이 시기가 겨울 기간이다). 한 해의 삼분의 일의 시간 동안 페르세포네는 타르타로스에서 하데스와 지낸다. 이들의 결합에서는 자녀가 없다. 페르세포네 신화는 계절이 아니라 여성의 통과의례나 성인식을 상징하는 것이라 보기도 한다.

코레(Kore) 마오리 신화에 나오는 허공 또는 공간의 개념. 대지의 어머니(파파)와 하늘의 아버지(랑기)가 등장하기 전 우주의 상태를 설명하는 혼돈의 태초 상태를 뜻하는 무(無)의 상태.

코리약(Koryak) 캄차카 반도의 북쪽 지협 부근 시베리아 북동쪽 해안의 이텔멘 북쪽에 사는 고대 아시아 민족. 축치와 문화적으로, 이텔멘과 언어적으로 연관.

코요테(Coyote) 서부 북아메리카의 원주민. 특히, 나바호 사이에 널리 알려진 마술사(데미우르고스)이며 사기꾼(트릭스터)이다. 그에게는 순진성, 리비도(libido), 교활성이 종합되었다.

코인(Koin) 비랄의 변종(變種). 누룬데레 참조.

쿠나피피(Kunapipi) 북오스트레일리아의 아넘 랜드의 많은 부족에게 토템 또는 조상을 상징하는 동일한 이름의 여주인공(노파 또는 늙은 어머니, 쿤망구르 참조)을 주인공으로 하는 숭배(cult) 또는 의식.

쿠루(Kuru) 〈마하브하라타〉에 묘사된 행위의 배경이 되는 갠지스 강과 야무나 강이 둘러싼 북인도의 지명. 이 지역의 민족과 전설적인 왕을 지칭하기도 한다.

쿠르(Kur) '산'과 '외계'(外界) 그리고 저승을 뜻하는 수메르 단어. 의미를 확
　　장하면 저승을 지배하는 수메르의 신.

쿠미쉬(kumysh) 야쿠트 사이에 인기가 많은 말 젖의 발효유.

쿠스(Kuth) 까마귀(라벤)의 이텔멘 이름.

쿠와이암(Kwoiam) 멜라네시아의 또 다른 문화 '영웅'. 그의 신화는 그를 살
　　인자로 묘사하지만 그가 죽었을 때는 희생자들이 추도했다고 한다.
　　파푸아의 계절 개념과 연관. 어떤 학자들은 그의 신화를 오스트레일
　　리아에서 비롯되었다고 하기도 한다.

쿠이킨자쿠(Kuykynnjaku) 까마귀(라벤)의 코리약 이름.

쿠크와네부(kukwanebu) 멜라네시아 키리위니의 '역사적' 또는 '진실된' 담화.

쿡피(Kukpi) '암컷의 흑사'(黑蛇)로 오스트레일리아 무린바타의 무지개뱀에
　　대응된다. 지속적으로 움직이고 있어 쿤망구르와 대조적이다. 무트
　　징가와 같이 그녀와 관련된 신화는 여성들의 손에 파괴되는 남성들에
　　초점을 맞춘다.

쿤(Kune) 마오리 신화에 나오는 발전의 개념.

쿤망구르(Kunmanggur) 태초의 조상으로 무지개뱀의 무린바타 이름. 노파가
　　여행할 때 동행한다. 두 씨족의 조상들로 알려진 남매 부부의 아버지.

쿨레르보(Kullervo) 핀란드 칼레발라의 주인공. 악령 및 복수와 연관된다.

쿨린(Kulin) 오스트레일리아 동남쪽에 위치한 빅토리아(Victoria)에 거주하는
　　민족.

쿨오티르(Kul-Otyr) 시베리아 오브 강의 우그르 민족의 신화에 나오는 저승
　　의 지배자. 누미토룸의 데미우르고스이며 형제. 만시본에서는 '상위
　　계급'인 누미토룸의 형제가 아니라 조수로 나온다. 악령 및 질병과
　　연관되었으며 어떤 판본에서는 (논병아리의 모습을 하고) 태초의 바
　　다로부터 세상을 창조한다.

크눔 라(Khnum-Ra) '창조자'로, 크눔은 염소 또는 양의 형태로 상징되는 이
　　집트의 나일 강 급류의 신이다. 고대신화에 의하면 '우주의 달걀'로
　　상징되는 세상의 창조자이다. 크눔은 후대 신화에서는 라와 동일시
　　된다. 다산 및 나일 강의 자원 보호와 연관된 신.

크로노스(Cronos, Kronos, Cronus) 가이아와 우라노스의 막내아들. 제우스의

아버지. 거인 형제들과 함께 우라노스에게 대항한 반란을 주도하여 후에 우라노스를 죽인다. 누이이자 아내인 레아와 함께 통치하며 (우라노스의 예언대로) 자식들에게 왕위를 빼앗길 것을 염려하여 자신의 후손 (포세이돈, 헤라, 데메테르, 하데스, 헤스티아)을 먹어치운다. 제우스는 레아가 남편 크로노스에게 제우스 대신 돌을 삼키게 함으로서 살아남는다. 제우스는 크로노스에게 먹어치운 자식들을 토해내게 하고 이들과 헤카톤케이레스(백 개의 팔을 가진 거인들)이라는 의미, 크로노스의 형제들로 이전에 타르타로스로 추방되었다)와 결탁하여 아버지를 무찌른다.

크로우(Crow, Raven) 북 다코타의 수족. 검은 발족의 이웃.

크리슈나(Krishna) 초기 힌두사상에서 비슈누의 변신(變身)/아바타 중 하나. 에로티시즘과 연관되어 있으며 많은 괴물과 악마를 물리친다.

크바시르(Kvasir) 스칸디나비아 신화에서 아시르족과 바니르족 간의 전쟁이 끝난 후 평화의 상징으로 양쪽의 신들이 한 술잔에 침을 뱉는다. 이 침에서 가장 현명한 인간인 크바시르가 탄생하였고 그의 피를 꿀과 섞으면 히드로멜이 된다.

크와키우틀(Kwakiutl) 북아메리카의 북서 해안을 따라 거주하는 원주민들. 특히 북서 해안 전반에서 발견되는 예술과 재분배와 정치적 명예에 중심을 둔 향연, '포틀라치'로 유명하다.

크와트(Kwat) 타가로로 알려진 멜라네시아의 신화적 영웅.

클리아린클리아리(Kliarin-Kliari) 북오스트레일리아의 쿠나피피 의식의 별칭.

클링소르(Klingsohr) 게르만 신화에 나오는 마법사. 미네징어 참조.

키르케(Circe, Aeaea) '독수리'를 의미. 그리스 신화에서 무녀이며 헬리오스와 페르세우스의 딸. 전설의 섬 아이아이에 살면서 그 섬에 오는 사람을 요술을 써서 짐승으로 변하게 하곤 했던 키르케는 오디세우스의 부하들을 돼지로 만들어버린다(또는 다른 짐승으로 만들기도 했는데 이는 선원의 개인적인 특징들을 표현한 모습이었다). 영웅 오디세우스는 트로이 함락 후 부하와 함께 귀국 도중 이 섬에 배를 대었다. 제비를 뽑아 23명의 부하가 선발되어 에우릴로코스를 대장으로 이 섬의 탐험에 나섰다가 키르케의 저택에 당도하였다. 문 앞에는 늑대와 사자가 있어 그들에게 달려들어 놀라게 했으나 그녀는 일행을 맞

아들여 환대하면서 약을 탄 술을 마시게 한 다음 지팡이로 때려 그들을 돼지로 바꾸어버렸다. 혼자만 저택에 들어가지 않고 이 정경을 보던 에우릴로코스의 급보를 접한 오디세우스는 단신으로 부하의 구조에 나섰다. 도중에 제우스의 아들 헤르메스를 만나 모리라는 약을 얻었기 때문에 그녀의 저택에서 마법의 술을 얻어마시고도 짐승이 되지 않고 오히려 부하들을 원래의 인간 모습으로 환원시킬 수 있었다. 그는 키르케와 함께 이 섬에서 1년간 머물렀다. 그리고 둘 사이에서 텔레고노스가 태어났다.

키리위니(Kiriwini) 파푸아뉴기니의 동쪽 끝에 위치한 트로브리안드(Trobriand) 군도 중 키리위나(Kiriwina) 섬에 사는 멜라네시아 민족.

키메라(Chimera, Chimaera) 그리스의 괴물 에키드나. 그리스 신화에 나오는 반인반수의 괴물. '뱀'이라는 뜻이다. 상반신은 아름다운 여인, 하반신은 뱀의 모습이다. 출생에 관해서는 여러 가지 설이 있다. 바다의 신들인 포르키스와 케토 사이에서 태어났다고도 하고 메두사의 아들인 크리사오르와 칼리에, 타르타로스와 가이아, 페이라스와 스틱스 사이에서 태어났다고도 한다. 역시 반인반수의 괴물인 티폰과 관계하여 헤스페리데스의 황금사과를 지키던 용 라돈을 비롯하여 벨레로폰에게 살해된 키마이라, 바다괴물 스킬라, 물뱀 히드라, 지옥을 지키는 개 케르베로스, 프로메테우스의 간을 쪼아 먹던 독수리 등을 낳았다. 또 오로토로스와의 사이에서 스핑크스와 네메아의 사자 등을 낳았다고 한다. 통행인들을 약탈하다가 잠자는 동안에 온몸에 백 개의 눈이 달린 거인 아르고스에게 죽었다. 키메라는 사자의 머리, 염소의 몸 그리고 독사의 머리를 가졌고 일리아드는 "그녀의 숨결은 끔찍한 불길을 내뿜었다"고 이야기한다.

키벨레(Cybele, Cibele) 그리스 신화에 나오는 프리기아의 신격. 그리스에서 키벨레 숭배는 레아 숭배와 합쳐진다. 생식력이 풍부한 대모신(大母神)으로 곡물의 결실을 표상하며 사자와 짐승이 호종(扈從)한다고 한다. 사자가 끄는 전차를 타고 산야를 달린다고 생각되었다. 그녀에 대한 숭배는 기원전 6세기경에 소아시아에서 그리스로 들어왔고 이어 로마에 들어와 기원전 204년에는 로마 원로원에서 이 여신을 맞아

들이기로 의결하였다. 그녀는 그리스와 로마에서 많은 여신과 동일
시된다. 좌우에 사자를 거느리고 머리에는 작은 탑이 달린 관을 썼으
며 손에는 작은 드럼 혹은 심벌즈와 같은 악기를 든 모습으로 표현된
다. 아티스 참조.

키체(Quiche) 마야어를 사용하는 과테말라의 다양한 민족들. 건국 서사시는
포폴부이다.

키클롭스(Cyclopes) 외눈의 거인인 시칠리아 목동의 일단으로 모두 세 명. 헤
시오도스에 의하면 대지의 여신 가이아의 아들들로 브론테스(천둥),
스테로프스(번갯불), 아르게스〔Arges: 백광(白光)〕라고 불리는 것으
로 보아 번갯불과 관련이 있는 듯하다. 원래는 태양의 표상에서 생긴
존재인 듯하다. 이 이름은 '눈이 둥근 족속'이라는 뜻이다. 호메로스
의 《오디세우스》에 의하면 그들은 바다 가운데의 섬에 사는 외눈족으
로 사람을 먹고 양을 기른다. 오디세우스는 포세이돈의 아들이자 그
들의 우두머리 폴리페모스에게 붙잡혔지만 기지를 발휘하여 그의 눈
을 멀게 하고 달아난다. 부하와 함께 이 거인의 한 사람인 폴리페모
스의 동굴 안으로 잘못 들어갔다가 몇 명의 부하가 거인에게 잡혀 먹
혔다. 그는 거인에게 문명의 음료인 포도주를 마시게 한 다음 만취한
틈을 타 끝을 불에 달군 쇠몽둥이로 거인의 외눈을 찌르고 도망간다.
다른 키클롭스들은 우라노스와 가이아의 아들들이다. 이들은 수공예
에 능하여 제우스의 번갯불이며 하데스의 마술 투구와 포세이돈의 삼
지창 등 여타의 올림포스 신들의 무기를 만드는 대장장이이며 장인이
다. 또한 이 명칭은 그리스인이 그들의 고대 기념물들을 건축하였다
고 믿는 동명의 민족을 칭할 때 쓰인다.

킨구(Kingu) 수메르 신화와 아카디아 신화에 나오는 킨구는 엔키 또는 마르
두크가 죽인 남편 압수의 죽음을 복수하려는 티아마트의 군대를 이끄
는 괴물로 마르두크는 괴물을 잡아 티아마트를 죽인다. 킨구는 사형
당하고 그의 피가 인류를 형성한다.

킬리야(Kylja) 족외혼을 설명하고 합법화하는 코리약 이야기의 주인공. 에멤
쿠트의 약혼자이자 사촌.

킹구(Kingu) 중앙아프리카의 간다족이 신적인 문화영웅인 태초 조상을 지칭

하는 이름. 한 본에서 킹구는 하늘의 신 굴루(Gulu)의 아들이며 다른
본에서는 카통카 신의 아들이다.

타가로(Tagaro) 멜라네시아〔뉴헤브리디스 제도(諸島)/바누아투〕의 영웅이며
창조자로 탄가로의 별칭. 하늘로부터 내려와 최초의 인간을 창조한
다. 일반적으로 죽은 자에게만 보인다. 같은 지역의 다른 신화에 나
오는 크와트와 유사하다.

타네(Tane) 폴리네시아의 자연의 신으로 어떤 신화에서는 예술가와 아름다
움과 연관된다. 마오리 사이에서는 하늘인 랑기와 땅인 파파를 분리
한 아들이다. 탄가로아 또는 일부 본에서는 죽음의 인격체인 휘로와
영원히 싸움을 벌이는 빛의 상징이다. 새들과 연관이 있으며 이에 따
라 공기, 땅, 다산, 태양과도 연관이 있다. 모든 폴리네시아인의 태
초 조상이다.

타롱가스카론(Tarongaskaron) 이로쿠와족의 테하론히야와곤의 쌍둥이 형제.

타르타로스(Tartarus) 가이아와 함께 전사 괴물인 튀포에우스의 아버지. 올
림포스의 신들에 대항해 크로노스가 이끈 거인(티탄)족의 반란에서
키클롭스와 헤카톤케이레스(우라노스와 가이아의 세 아들로 괴물이며
거인)가 우라노스에게 잡혀 있던 심연. 에트나 산 밑 하데스보다 아
래에 있다고 말해진다. 이들은 거인족이 풀어주지만 이후 제우스는
하데스와 포세이돈의 도움을 받아 거인족을 감금한다.

타오(Tao) 노자의 가르침을 바탕으로 하는 불교, 유교와 함께 중국의 3대 사
상 중 하나. 대부분의 중국의 신들이 여기에 속한다.

타파스(Tapas) 인도 신화에서 우주의 알을 보온하고 부화시키는 열(熱)의 개
념. 땀. 후기 베다 이후의 인도 사상에서는 몸을 건강하게 하는 요가
와 같은 고행을 향하는 우주의 내재적 성향.

타파키(Tafaki, Tikopia) (폴리네시아)섬의 신이자 영웅으로 폴리네시아의 비
인격적 힘인 마나의 원천이다.

탄가로(Tangaro, Tangaroa, Kwat, Qat) 멜라네시아 신화의 영웅으로, 타가
로 및 크와트와 유사.

탄가로아(Tangaroa, Kanaloa: 하와이, Tagaloa: 사모아, Mangaya: 폴리네시
아, Tangaloa: 통가) 섬 신화에 나오는 하늘의 창조자. 통가(Tonga)

섬에서는 기술자의 신이다. 하와이에서는 저승과 관련된 인물이다. 마오리 신화에서는 여러 이름을 가진 바다의 신이며 물고기와 파충류의 아버지이자 파파의 아들 그리고 롱고의 형제이다. 종종 타네와 대립하는 인물. 타후타 혹은 마케사스 제도에서는 태초의 어둠의 신이다.

탄트리즘(Tantrism) 4~5세기 티베트 신화의 영향을 받은 종합적인 힌두불교. 신성을 뜻하는 쉬바 샤크티와 자아가 본질적으로 동일함을 자각하면서 깨달음을 얻는 계몽 철학이다.

탄호이저(Tannháuser) 중세 독일의 전설적인 가수(미네징어). 16세기에 전설의 소재가 된다. 탄호이저는 산기슭의 동굴을 통해 도착한 마법의 땅에서 비너스와 1년간 또는 일부 판본에서는 7년간 사랑을 나눈다고 전해진다. 그의 방탕한 삶에 대해 교황(우르반)으로부터 사면을 받으려 하나 거절당한다. 하지만 그 뒤에 일어나는 사건들(교황의 나무지팡이에서 꽃이 피는 마법 등) 때문에 교황이 그를 찾아가 용서를 구한다. 그동안 탄호이저는 다시 마법의 산과 비너스에게 돌아가 버린다. 바그너가 이 전설을 바탕으로 동명의 오페라를 작곡했다.

탐무즈(Tammuz) 아카드의 두무지. 이슈타르의 아들이며 애인. 원래 양치기 신으로 식물, 특히 곡물과 연관된다.

테르시테스(Thersites) 〈일리아드〉에 나오는 인물로, 아킬레스를 겁쟁이라고 아가멤논을 욕심쟁이라고 비난한다. 뒤에 오디세우스에게 비웃음을 사고 얻어맞는 못생기고 비열한 그리스인이다. 아마존의 여왕 펜테질레아를 위한 아킬레스의 송덕문(頌德文)을 비웃다가 그에게 죽임을 당한다.

테세우스(Theseus) 그리스(아티카)의 영웅으로 도리스의 헤라클레스와 유사하다. 미노타우로스 및 다른 많은 괴물과 약탈자들을 죽인다. 페드라의 남편이며 히폴리투스의 아버지이자 아테네의 왕이다.

테슈브(Teshub, Teshup) 중동 호라이트 민족의 신화에 나오는 천둥과 태풍의 신이며 이 신전의 주요 신 중 하나. 쿠마르비스의 아들. 울리쿠미 참조.

테즈카틀리포카(Tezcatlipoca) 아즈텍어로 '연기 나는 거울'이라는 뜻. 최고신의 네 아들로 구성된 하나의 신. 추수, 가뭄, 불임과 연관된 신이다.

태양으로 변신하여 우주의 다섯 시대 중 첫 번째 시대에 케찰코아틀
의 적수가 된다. 인간은 마지막 시대에 등장하며 네 명의 테즈카틀리
포카가 화해한 뒤에 그들의 자발적 희생에 의해 창조된다.

테투무(Te-Tumu) 마오리와 같이 다양한 폴리네시아 신화에서 원천을 의미
한다.

테프누트(Tefnut) 이집트 신화에 나오는 슈의 쌍둥이 누이. 라의 자가 수정
의 결과로 생겼다. 비의 여신. 일부 판본에서는 메히트 또는 마이헤
사로 불리는 스라소니로 변장하여 아포프를 죽인다.

테하론히야와곤(Teharonhyawagon, Tharonhiawagon, Teharonhyawagon-Yuskesa)
'선한 쌍둥이', '하늘을 잡는 남자'라는 의미로 뉴욕 주의 이로쿠와(세네
카) 인디언의 창조신. 이 이름은 세네카의 또 다른 인물 '둘'[("예수회보
고서"(Jesuit Relations)에서 등장하는 타론히아오와곤(Taronhiaouagon)]
을 지칭하기도 하지만 역사적 기록에서 그는 세상의 선과 악을 정하는
신화 속의 쌍둥이 형제들과 언제나 구분되는 것은 아니다.

테홈(Tehom) 성서에서 대심연의 물(〈이사야〉 50:2). 테홈은 용, 바다괴물
또는 악어로 다양하게 묘사되는 라합과 타닌의 어머니이다. 따라서
테홈은 티아마트와 유사하다. 티아마트처럼 테홈은 우주 전쟁에서
군사로 쓰기 위해 다양한 괴물들을 낳는다. 구약 성서 일부 본들에서
'티아마트'('바다'라는 의미)는 '테홈'으로 기록되어 있다. 라합, 레비
아탄 참조.

텔레마코스(Telemachus) 〈오디세이〉에서 아버지를 찾아다니는 오디세우스
의 아들(네스토르 참조)이며 나중에 아버지가 귀환하고 나서 어머니
페넬로페를 성가시게 한 구애자들을 죽이는 것을 돕는다.

텔레피누스(Telepinus, Telepinu) 아나톨리아에서 히타이트의 식물의 신. 태
양의 신의 아들. 화가 나면 달아나므로 가뭄과 기아를 초래한다.

토 카르부부(To Karvuvu) 토 카비나나의 멍청하고 서투른 형제.

토 카비나나(To Kabinana, To Kabanana, To kabana, To Kabavana) 구난투
나 신화에 나오는 신화적 인물이며 세상의 창조자. 토 카르부부의 형
제로 내성적인 성격이다. 비스마르크 섬의 신화에서는 인구 과잉 문
제를 해결하기 위해 인간들로부터 영생을 거둬간다.

토끼(모티브) 나나보조와 위스케드작 참조.

토르(Thor) 스칸디나비아의 태풍의 신이며 거인족과 싸우는 아시르족의 지도
자로 어떤 면에서는 인드라와 유사. 티와즈(보탄 참조)의 특징을 물려
받은 하늘의 신. 우주의 뱀 요르문간드의 적수로 최후의 전쟁인 라그
나뢰크(펜리르 참조)에서 스스로를 희생하여 결국 뱀을 죽인다. 토르
의 망치는 태풍과 불뿐만 아니라 안전과 보호의 상징이기도 하다.

토카나비라코차(Tocana-Viracocha) 잉카 신전에서 야마이마나비라코차의 형
제이며 비라코차의 쌍둥이 아들 중 하나.

토테미즘(*totemism*) 프레이저, 래드클리프 브라운, 레비스트로스 등에 의해
유명해진 개인 또는 부족(*clan*), 씨족(*phratery*)과 같은 범주를 확인
하는 표시나 표상이다. 특정 동물 또는 한 종 등 자연으로부터 모티
프를 가져온다. 토템 간의 기호적 관련은 다양한 그룹 사이의 경제
적, 사회적, 정치적 관계를 상징한다.

토트(Thot, Thoth) 드제후티라는 신이 나중에 가지게 된 이름. 자가 수정의
결과로 태초에 혼돈의 물로부터 자란 연꽃으로 몸을 덮고 태어난 이
집트의 신이다. 다른 판본에서 토트는 자신의 이름을 발음하면서 태
어나고 우주의 알을 부화시킨다. 지식의 후원자로 상형문자를 발명
했다. 뱀으로 변신한 세트에 의해 독이 퍼진 아기 호루스를 라의 도
움으로 살려낸다. 오시리스 숭배에서 토트는 오시리스의 자문역이자
진실과 정의의 신.

톨텍(Toltec) 과테말라 민족으로 10세기에 마야족에 의해 버려진 멕시코 계
곡(아즈텍인의 고향) 북쪽 지역의 침입자 및 정복자.

통가(Tonga) 폴리네시아의 신이자 달의 창조자.

투(Tu) 폴리네시아의 신. 일부 신화에서는 통고와 유사. 전쟁의 신.

투르스(Thurs) 〈에다〉에 나오는 거인(요툰)의 별칭.

투피(Tupi) 남아메리카 인디언 부족. 레비스트로스가 이들의 신화를 《신화
학》에서 광범위하게 다룬다.

퉁구스(Tungus) 바이칼 호수 북쪽으로 서쪽으로는 예니세이 강으로부터 동
쪽으로는 오호츠크 해까지 아우르는 지역에 거주하는 만주(몽골) 출
신의 알타이 민족.

튀포에우스(Typhoeus) 그리스 신화에서 뱀 백 마리의 머리를 가진 반인반수의 괴물 전사. 타르타로스와 가이아의 막내아들. 올림포스 신과 타이탄 간의 전쟁에서 제우스가 그에게 에트나 산을 던졌을 때 또는 그가 에트나 산 아래 심연으로 던져졌을 때 패배한다.

트래타오나(Thraetaona, Thraetona, Feridun) 페르시아 신화에서 나오는 악마 아지다학과 전투의 영웅이자 승리자. 이마잠쉬드 참조.

트리스탄(Tristan) 아더 왕 전설에서 마크 왕의 조카이며 이졸데의 애인. 다른 기사도 전설에서는 이졸데의 남편이다.

트릭스터/사기꾼(*trickster*) 많은 민족의 신화에 분포된 인물이지만, 특히 북아메리카 인디언신화에서 중요하다. 이들의 장난스럽고 단순한 성격이 본인이나 인류에게 뜻하지 않은 영향을 끼친다.

트바슈타르(Tvashtar) 인도 신화에 나오는 신이며 비슈바루파/트리쉬라스의 아버지. 공예와 관련이 있으며 그리스의 헤파이스토스와 유사하다. 인드라의 번개와 아그니의 불을 만든다. 고대 베다의 전통에 따르면 인드라의 아버지이다.

트쉬니민(Tjinimin, Djinimin) '박쥐'(아마도 큰 박쥐 종류)라는 뜻. 무린바타족 사이에서 무지개뱀인 쿤망구르의 아들 또는 손자. 와고만본에서 트쉬니민은 누이를 유혹하는 무지개뱀의 이름이다. 이 전설은 원래 관련된 의식이 없었으나 이후 전통을 되살리기 위한 무린바타족의 시도와 연관성이 있는 것으로 보인다. 따라서 뉴기니의 적화(積貨) 숭배와 관련된 것들에 유사하게 발전되었으며 트쉬니민은 예수와 동등시되었다.

틀링깃(Tlinglit) 북아메리카 알래스카 남부와 브리티시컬럼비아 북쪽의 북서해안에 거주하는 원주민들. 하이다족, 침산족과 함께 예술, 의식, 모계사회 조직으로 알려졌다.

티레시아스(Tiresias) 테베의 장님 예언가. 소포클레스의 〈오이디푸스 티라누스〉와 테니슨의 동명의 시의 주인공. 《오디세우스》에서 오디세우스에게 집으로 가는 방법을 알려주는 것은 하데스의 티레시아스이다. 헤라에 의해 여자로 변신했다가 제우스에 의해 다시 남자로 돌아온다. 아테네가 목욕하는 모습을 보고 눈이 멀었다고 하나 다른 판본에서는 여성의 성적 쾌감이 남성보다 무한히 뛰어나다는 여성성의 본질적인 비밀을 누설한 죄로 헤라에 의해 눈이 멀었다고 한다.

티르(Tyr) 인도유럽의 디아우스, 제우스 그리고 라틴어 개념. 'Deus' 등에 해당하는 고대 스칸디나비아의 신. 군사 작전과 연관이 있다.

티슈트리아(Tishtrya) 가뭄의 악마인 아포쉬를 죽인 이란의 신. 인도·이란 조로아스터 이전의 신전에서는 천체가 인격화되고 숭배받았다. 티슈트리아는 천랑성 시리우스와 동일시된다.

티아마트(Tiamat) 수메르의 창조 설화에서 해수(海水)인 티아마트는 담수(潭水)인 압수와 함께 신과 대지를 생성하는 물질이다. 바빌로니아의 창조 설화에서 엔키가 압수를 죽이자 티아마트는 복수하기 위해 다양한 괴물을 창조한다(킹구 참조). 티아마트와 압수는 아누, 엔키 등 다른 신들을 창조한다. 최초의 부부인 티아마트-압수의 여성 부분으로 생각되는 티아마트는 마르두크에 의해 살해당하고 시체는 대지가 된다. 에누마 엘리쉬 참조.

티웅구(Tiwunggu) '독수리매', 무린바타 씨족.

티키(Tiki, Tïi) 폴리네시아의 문화영웅. 마우이와 함께 최초의 인간이라고 한다. 많은 신화에서 탕가로아를 창조하고 최초의 여자인 히나와 결혼한 것으로 묘사된다. 티키는 인간을 둘러싼 수호신들의 단위이기도 하다.

티탄족(Titans) 가이아와 우라노스의 아들인 크로노스의 5형제와 레아를 포함한 여섯 자매. 이들은 오세아누스를 제외하고는 태초의 신들에게 반란을 일으켜 올림포스 신 종족을 창조한다. 그런데 이 올림포스 신들이 제우스의 통솔 아래 티탄의 궁중 반란에 반기를 들고 왕권을 빼앗고 티탄들을 타르타로스로 유배 보낸다. 이 반란은 올림포스 신들과 티탄족 간의 전쟁으로 이어진다. 기간토마키아 참조.

티투렐(Titurel) 그랄 가문의 첫 번째 왕.

티튀오스(Tityus) 거인이며 제우스와 엘라라(Elara)의 아들(〈오디세이〉에서는 제우스와 대지의 아들). 제우스의 애인인 레토를 공격한 죄로 하데스에서 독수리 두 마리가 영원히 간을 쪼는 고문을 당한다. 대지와 연관이 있다. 다른 판본에서는 헤라가 레토(로마의 라토나)를 질투하여 티튀오스로 하여금 레토를 강간하도록 지시했기 때문에 제우스 또는 아폴로에 의해 죽는다.

파로(Faro) 콩고 민족 밤바라(밤발라)의 천둥과 물의 신이자 데미우르고스. 니게르(Niger) 강의 신령이며 나중에 역할이 강화된다. 천국과 공기의 창조자. 물과 같은 형태로 지상에 생명을 부여한다.

파르지팔(Parzival, Parsifal, Percival) 동명 제목의 중세 설화의 영웅으로 갖은 역경을 뚫고 안포르타스의 후계자인 그랄 왕과 성배의 수호자가 된다. 12세기로부터 이어진 전통이다. 1877년 바그너가 이 신화를 바탕으로 작곡한 오페라 〈파르지팔〉이 있고 1185년 크레티앙 드 트로예가 집필한 다양한 이야기들인 《퍼시발》로부터 영감을 얻어 1210년경 볼프람 폰에센바흐가 집필한 《파르지팔》이라는 책도 있다.

파리스(Paris) 일리아드의 주인공이자 애인인 헬레네를 납치하여 트로이 전쟁의 직접적인 원인을 제공한 양치기 왕자. 트로이의 왕 프리암의 아들이다. 일리아드에서 잠시 언급되는 미인대회에서 당당한 헤라와 호전적인 아테네가 아닌 풍만한 아프로디테를 선호했다는 전설이 있다. 상으로 헬레네를 얻지만 헤라와 아테네를 적으로 만들어 그들을 트로이 전쟁 때 그리스 편에서 서게 한다.

파바츠투니(Pavachtuni) 마야 신화에 나오는 네 명의 바람의 신으로 지구의 4방위 그리고 하늘과 빛의 사면과 관련된다. 차크와 결합.

파이톤(Python) 파르나소스 산기슭에 위치한 테미스(모에라에들과 계절을 나타내는 호라에들의 어머니)의 신탁을 지키는 암컷 용(또는 수컷의 예언자 뱀).

파트로클로스(Patroclus) 그리스의 영웅이며 아킬레스의 친구이자 사촌으로 트로이 성벽 밖에서 아킬레스의 갑옷을 입고 있다가 헥토르의 손에 죽임을 당한다. 일리아드에서는 아킬레스가 싸우려는 의지가 없었기 때문에 그가 죽었다는 것을 명백히 한다.

파파(Papa) 마오리 신화에서 우주의 대지와 여성 원리. 원시 마오리의 우주 또는 하늘 아버지(*Sky-Father*)인 랑기와 짝을 짓는다.

파푸안(Papuans) 오스트로네시아어를 사용하는 파푸아 뉴기니 섬의 저지대와 근해 섬에 거주하는 여러 멜라네시아 민족을 지칭하는 일반적인 단어.

판다바(Pandava) 판두 왕과 쿤티 왕비의 다섯 아들. 그러나 인드라가 다양한 모습으로(신 다르마가 되어 유디슈티라를, 바유가 되어 비마를, 인드라로서는 아유르나를) 마드리 왕비와 함께 잉태시켰다(나쿨라와 사하데바 쌍둥이는 쌍둥이 신인 아슈빈이 잉태한다). 유디스티라가 삼촌 왕국의 후계자로 지명되자 이들이 반란을 일으킨다. 그 결과가 마하브하라타이다. 카우라바 참조.

판도라(Pandora) '모든 선물'이라는 뜻. 헤파이스토스와 아테네가 창조한 여성. 프로메테우스가 인간에게 영향을 줄 수 있는 각종 질병과 걱정들을 숨겨둔 상자와 함께 에피메테우스에게 부인으로 주어진다. 판도라가 상자를 열어 인류에게 재앙이 퍼진다.

판두(Pandu, Panda) '창백'하다는 뜻. 고대 인도 서사시 〈마하브하라타〉의 주인공으로, 비아샤의 기형적인 모습에 어머니가 놀라 창백해져서 그 뒤로 아들이 창백해졌다고 한다. 아내인 쿤티와 마드리를 안지 못하게 하는 저주 때문에 판두가 자식을 낳지 못하자 애첩에게 다르마, 바유, 인드라, 아슈빈 쌍둥이 등의 신들 사이에서 판다바라 불리는 아이들을 낳도록 한다.

판칼라(Pancala, Panchala) 드라우파디족의 아버지인 드루파다 왕이 이끄는 북인도 쿠루왕국 남쪽의 국가로 〈마하브하라타〉의 배경이다.

판쿠(Pan-ku) 중국 남부의 신화에서 최초의 중국인. 일부 판본에서는 판쿠가 1만8천 년 동안 우주를 조각하고 몸이 우주의 재료가 되어 부패하는 그의 몸에서 서식하는 기생충들에 의해 인류가 창조되었다고 한다. 다른 판본에서는 판쿠는 대지와 천국을 분리한다. 대기 현상과 연관되어 그의 숨이 바람, 태풍, 비가 된다. 어떤 판본에서는 이집트의 창조신 라처럼 연꽃에서 나온다.

팔리안(Palian) 오스트레일리아의 쿨린족에서 분질의 쌍둥이 형제.

페넬로페(Penelope) 스파르타의 왕의 딸이며 오디세우스의 충실한 부인.

페르세우스(Perseus) 아르고스 출신의 그리스 영웅으로 제우스가 다나에에게서 낳은 아들이며 헤라클레스의 조상. 폴리덱테스 왕이 페르세우스의 어머니에게 구애하다 실패하고 핍박하자 어머니의 명예를 위해 메두사를 죽이고 왕은 메두사의 머리를 보고 돌로 변한다.

페르세포네(Persephone) 코레와 프로세르피나의 별칭.

펜리르(Fenrir) 스칸디나비아 신화에서 로키의 자손이며 오딘의 전통적인 적수. 시간의 종말에 일어나는 우주 전쟁이며 미드가르드와 아스가르드가 파괴되는 스칸디나비아 묵시록인 라그나뢰크에서 오딘을 살해하는 늑대의 형태로 상징됨.

펜테우스(Pentheus) 그리스 신화에 나오는 테베의 왕이며 디오니소스의 사촌으로 디오니소스 숭배를 반대했다. 디오니소스는 펜테우스의 어머니(아가베)가 미쳐서 아들을 죽이도록 강요하거나 속인다.

펜테질레아(Penthesilea, Penthesileia) 트로이에서 아킬레스가 죽인 아마존의 여왕 아레스의 딸. 폰 클라이스트가 집필한 동명의 이야기가 있다. 테르시테스 참조.

펨바(Pemba) 파로와 함께 밤바라(밤발라) 민족의 신. 일부 판본에서는 파로의 창조자이다. 다른 판본에서 파로의 나이가 더 많다. 펨바가 완성하지 않은 빈 구멍을 물로 채우면서 지구의 창조를 끝맺음한다.

포(Po, a-Po, Te-Po) '밤' 또는 폴리네시아, 특히 마오리 부족 사이에서 '태초의 혼돈'을 뜻한다. 랑기와 파파를 분리하기 전에 연속적으로 나타난 혼란의 시대. 사모아인들은 바다의 신 타갈로아(탄가로아 참조)가 그들의 조국을 창조하고 잔디 사이 애벌레로부터 인간을 창조했다고 믿었다. 남성 원리(돌, 흙)와 여성 원리(창공, 하늘)가 포('밤')와 아오('낮') 두 아이를 낳았으며 이 직계로 랑기와 파파가 있다.

포세이돈(Poseidon, Neptune) 제우스의 형이며 크로노스와 레아의 아들이자 바다의 신이며 카리브디스, 오리온, 스킬라, 폴리페모스의 아버지. 물과 지진을 일으킬 수 있는 힘과 연관된다. 히폴리투스, 미노스, 피네우스 참조.

포이닉스(Phoenix) 아민토르 왕의 아들로 거짓 고발로 인해 아버지가 그의 눈을 멀게 한다. 하지만 유명한 그리스 신화에는 아킬레스의 친구 또는 의부(擬父, foster-father)/스승이었던 동명의 영웅이 있다. 포이닉스는 〈일리아드〉에서 아버지 아민토르가 어머니에게 돌아가도록 하기 위해 어머니의 요청에 의해 아버지의 애첩과 동침했다고 이야기한다. 그가 트로이의 벌판에 나타난 것은 눈이 멀었다기보다는 추방되어 펠레우스의 궁으로 도피한 것으로 보인다. 페니키아의 전설적 조상인 또 한 명의 포이닉스는 테베의 카드무스의 형제였으며 제우스가 여동생 유로파에우로페를 납치한 후 그녀를 찾지 못해 은유적으로 눈이 멀었다고 표현한다.

보디발(Potiphar) 파라오 친위대의 대장으로 요셉을 노예로 사서 집안에 들인다. 요셉은 보디발의 아내를 유혹하려고 했다는 누명(실제로는 아내가 그를 유혹했다)을 쓰고 감옥에 갇힌다.

포폴부(Popol-Vuh) 마야의 키쉐 부족들의 신화서사시. 스페인 침략자들로부터 알파벳을 배운 마야의 필경사들이 1500년대 중반 작성하였다. 일부 기독교적 요소를 포함한다.

폰(Fon) 아프리카 서해안(기니 만)의 다호미 민족.

폰카(Ponca) 중서부 평원 가운데에 거주하는 수 어를 사용하는 북아메리카 인디언 민족.

폴리니세스(Polunices) 그리스 신화에 나오는 오이디푸스와 요카스타의 아들이며 에테오클레스와 안티고네의 형제. 두 형제는 아버지의 죽음 이후 테베 왕국의 왕위를 놓고 싸우게 되고 에테오클레스가 죽는다.

폴리페모스(Polyphemus) 《오디세우스》에 나오는 포세이돈의 아들이며 오디세우스가 잡아먹히지 않기 위해 눈을 멀게 만들고 달아난 키클롭스의 수장.

푸(pu) 마오리 신화의 어근(語根). 테 푸 와카하라는 나무의 제작자 또는 창조자의 형태 중 하나이다. 푸는 또한 다호미족의 신화적인 반수형신적 인물이다.

푸루샤(Purusha) 베다신화에 나오는 '사람', '인간', '인류'를 뜻하는 이름의 거인. 그의 몸체가 세상을 이룬다. 신들에게 최초로 바쳐지는 제물.

푸쉬(Fu-hsi, Fu-hi, Fu-xi) 중국의 원시 조상이며 전설적인 시대의 황제들 중 첫 번째. 동(봄을 상징하므로 그 원소는 나무)을 가진 자이며 천둥의 신 라이쉔(다른 판본에서는 라이쿵이라 불리고 또 다른 판본에서는 그의 태생이 거룩한 숨으로 인한 것이라 함)의 아들. 또 다른 판본에서 그는 여동생과 결혼하여 인류를 창조한다. 또 다른 판본에서 푸쉬는 남매 부부로 근친상간을 통해 인류를 창조한다. 어떤 경우에든 그는 예술과 일부일처제(monogamy)를 문명화한 것과 연관된다.

푸에블로(Pueblo) 나바호족의 이웃 부족. 거대한 건축과 복잡한 농경기술로
　　　알려진 북아메리카 남서부의 다양한 민족. 호피, 주니, 테와 참조.

푼즈(*punj*) 무린바타의 통과의례를 거치지 않은 사람들이 이 제의를 부를 때
　　　사용하는 '공식' 이름. 이 의식의 '비밀' 이름은 '카와디'이다.

프라드자파티(Pradjapati, Prajapati) 브라만 신화에 나오는 창조물의 주인이며
　　　아버지이자 수호자. 신이라기보다 추상적 개념이나 원칙에 더 가깝다.

프레이아(Freia) 스칸디나비아 신화에서 오딘의 부인인 프리그와 간혹 혼동
　　　되며 반(아시르의 경쟁자인 바니르 참조)족이다. 프리그처럼 프레이아
　　　는 전사자들의 영혼 일부를 제물로 받는 발키리와 비슷한 역할을 하
　　　는 다산의 여신. 역시 다산의 신인 프레이어의 여동생이며 선박과 해
　　　양의 신인 뇨르드의 딸이며 주술적 예언의 힘과 연관(볼바 참조). 노
　　　발리스의 《하인리히 폰 오프터딩엔》의 주인공.

프로메테우스(Prometheus) 그리스의 신이며 아틀라스와 에피메테우스의 형
　　　제이자 티탄족 이아페토스의 아들. 그는 진흙으로 최초의 인간을 빚
　　　었다고 한다(플라톤에 의하면 헤시오도스의 《신통기》에는 이러한 내용
　　　이 나오지 않는다). 특히, 다른 올림포스의 신들의 음모로부터 인간
　　　들을 옹호하고 돕는다. 그는 신들의 것을 훔쳐 인간들에게 주지만 메
　　　코네에서 제우스에게 거짓제물을 바치면서 산꼭대기에 매달려 독수
　　　리 또는 솔개에게 간을 먹이는 형벌을 받는다(다른 판본에서는 같은
　　　이유로 제우스가 판도라와 운명의 상자를 내려 보낸다). 헤라클레스가
　　　그를 구해서 케이론의 신성과 그의 인간성을 교환하면서 신이 된다.
　　　데우칼리온의 아버지이며 지혜, 예언과 연관된다.

프로세르피나(Proserpina) 페르세포네의 라틴어 이름.

프로테우스(Proteus) 해신(海神)이며 그리스 신화에 나오는 오세아누스와 테
　　　티스의 아들. 인간을 돕지 않는 예언자이며 선치자로 메넬라오스(아
　　　트리데스 참조)가 고향으로 돌아가라고 강요한다. 원하는 형태로 변
　　　신이 가능하다.

프리티비(Prithivi) 힌두교에서 자연의 여신 중 하나, 대지.

프타(Ptah) 고대 이집트의 예술가들의 후원자. 후에 오시리스와 동일시되는
　　　창조주로 멤피스에서 모신다.

플레이아데스(Pleiades) 그리스 신화에 나오는 아틀라스의 일곱 딸이며 오리온
의 추적으로부터 벗어나기 위해 새로 변한 아르테미스의 친구들로 후
에 신격화되어 그들의 이름을 딴 별자리로 변한다. 메로페 참조. 과라
니 신화에서 이 별자리는 문화영웅인 세시와 밀접한 관계가 있다.

피게(Pighe, Pia) 마쿠나이마의 쌍둥이 형제.

피네우스(Phineus) 그리스 신화에서 아들들을 부당하게 가둔(다른 판본에서는
눈을 멀게 한) 죄로 제우스 또는 포세이돈에 의해 눈이 멀게 되는 아게
노레의 아들. 다른 판본에서 페르세우스의 약혼녀 안드로메다의 삼촌
인 피네우스는 페르세우스가 메두사의 머리를 자른 후 돌로 변한다.

피닉스(Phoenix) 아랍의 것이라고 잘못 알려졌다. 그리스본에서 화장터의 불
속에서 젊음을 되찾아 장수하는 아름다운 새. 초기 이집트본에서는
태양의 신을 상징하는 왜가리의 일종. 피닉스는 아침에 스스로를 창
조하여 향기로운 불꽃 속에서 날아오르며 밤에는 오시리스의 석관 위
에 있는 천체의 무화과 무리에서 쉰다.

피닐(*pynyl*) 축치의 '신화적' 담론.

피라(Pyrrha) 에피메테우스와 판도라의 딸이며 데우칼리온의 아내. 제우스
가 일으킨 대홍수 이후에 남편과 함께 어깨 위로 돌, 자갈 또는 뼈를
던져 인류를 재탄생시킨다. 피라가 던진 돌은 여자가 되고 데우칼리
온이 던진 돌은 남자가 된다.

핀(Finn) 아일랜드(켈트) 민족의 용감한 신화적 문화영웅. 핀의 사시(史詩, the
Finn Cycle)에서 음유시인 오시안(3세기에 살았다고 전해지는 전설적 영
웅)의 아버지. 전통 오시안 풍(風)의 시에 대한 제임스 맥퍼슨의 표절
과 위조를 통해 18세기에 그에 대한 숭배가 되살아남. 조이스의 《피네
간의 경야》('또다시 핀'(Finn Again))는 핀의 사시의 영향을 받았다.

필록테테스(Philoctetes) 일리아드에 나오는 동명의 영웅을 바탕으로 소포클레
스가 만든 연극. 헤라클레스의 친구이며 《오디세우스》에 의하면(〈일
리아드〉에서는 명확히 나오지 않으므로), 트로이 전쟁에 참전한 그리스
궁사 중 최고. 헤라클레스가 그에게 준 독화살에 다친다. 이에 그리스
병사들에 의해 렘노스 섬에 남겨지게 된다. 나중에 파리스에게 결투
를 신청하여 그를 죽인다. 전쟁에서 살아남아 이탈리아로 간다. 다른

신화에서 그는 헤라클레스의 죽음을 목격한 유일한 사람으로 헤라클레스가 신격화된 후에 화장터의 위치를 밝힌 죄로 벌을 받는다.

필리린(Pilirin) 무린바타 신화에 의하면 트쥐니민이 부상당했을 때 대신 사냥을 간 독수리의 이름. 트쥐니민이 불을 꺼뜨리자 인간에게 불을 준다.

하겐(Hagen) 발키리의 사시 모음(the Valkyrie Circle)에 관계된 게르만 서사시 〈니벨룽의 노래〉에서 전사이자 주인공.

하데스〔Hades, 로마의 플루토(Pluto)〕 '투명인간', 크로노스와 레아의 아들이며 제우스와 포세이돈의 형제. 코레(페르세포네 참조)를 납치한 그리스 저승의 신(타타루스).

하이누벨레(Hainuwele) '야자수 가지'라는 뜻. 세람 섬(몰루카)의 여성 데마로 사다리를 타고 천국으로 승천. 신들에게 제물로 바쳐지면서 살해당하고 작물로 지상에 돌아오면서 인간들에게 죽음을 소개하게 됨.

하이다(Haida) 북아메리카 북서 해안의 퀸샬롯 섬에 거주하는 인디언 민족. 틀링깃, 침샨 참조.

하토르(Hathor) 이집트의 하늘의 여신이며 '대모'(大母, All-Mother). 몇 가지 판본에서 그녀는 라와 누트의 딸이며 다른 판본에서는 누트 또는 호루스의 부인이며 또 다른 판본에서는 호루스의 보모. 음악, 무용과 서쪽(저승)의 여신으로 파괴적이기도 하다. 또 다른 몇 판본에서 그녀는 세계수의 여신이며 수호자이다. 소 또는 소의 머리를 가진 여자로 표현된다.

함(Ham) 성서에서 노아의 아들이며 셈의 형제 그리고 히브리 전통에서 이집트인의 조상.

헤(heh) 이집트 신화에서 영원과 그림자의 세계.

헤라(Hera, Juno) 남자 형제인 제우스의 부인이며 크로노스와 레아의 딸. 여성 가장으로서 그리스 이전의 민족(헤로도투스에 따르면, 그리스의 인도유럽 민족 이전의 펠라스기 민족)의 신으로 그리스 신전에서 유일하게 결혼하였으며 나중에 그리스에 인도유럽 민족들이 거주하면서 제우스가 상징하는 남성 위주질서에 편입된다. 매년 처녀성을 회복하여 봄의 번식과 연관 지어지며 출산의 수호령들과도 연관된다. 헤파이스토스와 아레스 및 헤베와 일리시아라는 딸들의 어머니. 헤라는 남편의 지속적인 불륜으로 인해 시기와 복수심이 많은 것으로 표현된다. 파리스와 트로이인이 미인대회에서 아프로디테를 선택하자 이로 인해 그리스 편을 도운 아테네와 함께 그들을 영원히 용서하지 않는다.

헤라클레스(Heracles, Alcides, Hercules) 그리스 신화에서 신체적 힘을 상징한다. 반인반신으로 제우스가 알크메네의 남편인 암피트리온의 형상으로 나타나 알크메네를 유혹하여 낳은 아들. 12과제와 전쟁 등 여러 모험을 통해 잘 알려진 영웅. 사후에 올림포스 신전에 입성한다. 필록테테스 참조.

헤레로(Herero) 아프리카 대륙의 남서쪽 해안(나미비아의 동쪽)에 사는 민족.

헤르메스(Hermes, Mercury) 올림포스 신들의 전령이자 제우스의 아들. 전쟁에서 제우스를 도우며 오디세우스를 두 번 살려준다(키르케와 칼립소 관련 일화). 아르고를 죽인다. 행운, 상업과 절도와 연관된다. 그는 도둑 오토리쿠스의 아버지이며 따라서 오디세우스의 조상이기도 하다.

헤르메폴리스(Hermepolis) 이집트의 가장 오래된 신화 배경지. 아몬 참조.

헤르모드(Hermod) 오딘의 아들. 로키의 속임수 때문에 죽은 형제 발드르를 구하기 위해 지하계(헬)로의 하강을 시도한다.

헤스티아(Hestia, Vesta) 크로노스와 레아의 딸로 제우스와 헤라의 자매. 처녀이며 난로의 여신으로 다른 올림포스 신들의 활동과 감정싸움에 참여하지 않고 일종의 추상적인 개념으로 남는다. 기원전 5세기에 그리스 판테온에서 디오니소스와 교체된다.

헤시오도스(Hesiod) 기원전 8세기에 쓰인 올림포스 전후의 신들의 이야기를 혼합한 초기 그리스 신화의 모음 및 분류집 《신통기》의 필자. 호메로스 초기의 올림포스 이야기와는 달리 헤시오도스는 정의를 인간 그리고 신들의 존재의 주요 문제로 삼는다.

헤임달(Heimdallr) 〈에다〉에 나오는 아이슬란드의 신으로 '백'(白)으로 불리며 로키의 적수이자 우주 나무의 수호자(이름이 세계수를 뜻한다고 볼 수도 있다. '헤임'은 세계를 의미하고 '달루'는 나무를 의미하는 달루와 관련이 있을 수 있다). '달'은 장님을 뜻하지만 하늘과 빛과 연관된다 (오딘 참조). 몇 개의 판본에서는 아스가르드의 수호자. 뒤메질의 해석에 의하면 그의 이름은 '양'(羊)을 뜻하며 천상을 상징한다.

헤카테(Hecate) 그리스 신화에서 페르세포네(코레)의 무시무시한 동반자. 원래는 물질적 풍요와 행복과 관련이 있었으나 나중에는 저승, 마법 그리고 요술과 연관된다. 인도유럽이 아닌 아시아로부터 파생되었을 수 있으며 원래 아르테미스와 관련이 깊었다.

헤파이스토스(Hephaestus, Hephaistos) 그리스 신화에 나오는 제우스가 올림포스에서 쫓아내어 절름발이가 된 제우스와 헤라의 아들. 불과 금 공업 및 수공업과 관련된 신. 몇몇 본에서 아프로디테의 배우자인데 또 다른 본에서는 카리스(미의 세 여신 중 하나)와 결혼했다. 로마의 불칸(Vulcan)과 유사.

헤호(heho) 폰족의 역사적 혹은 '진실된' 담화.

헬(Hel) 로키의 딸이며 게르만 민족 전통에서 사자의 땅의 지배자. 확장된 의미에서 사자의 땅 자체를 뜻하기도 한다.

헬기(Helgi) 아이슬란드 서사시에서 발키리인 카라와 사랑에 빠지는 남자.

헬레네(Helen) 그리스 신화에서 제우스와 레다(레다는 대중적인 전설에서만 백조로 표현되며 〈일리아드〉에서는 나오지 않는다)의 딸. 〈일리아드〉의 주인공이자 영감(靈感)(파리스 참조)이다. 메넬라우스의 부인이며 파리스의 애인 그리고 클리템네스트라(아가멤논의 부인. 디오스쿠로이 참조)의 자매.

헬리오스(Helios, Helius) 초기 그리스 신화에서 셀레나와 에오스(오로라, 새벽)의 형제이며 올림포스 이전의 신. 모든 것을 볼 수 있는 신으로 태양과 연관된다. 호메로스에 의하면 전지한 태양신인 히페리온의 아들일 뿐이며 키르케의 아버지이다. 이 후기 판본에서 헬리오스는 부차적인 역할로 격하된다. 호메로스에서 오디세우스와 부하들이 그의 황금소를 죽였을 때 직접 복수를 하기는커녕 제우스에게 탄원을 해야만 할 정도였다.

현명한 노인(old wise man) 융의 심리학 용어로 '진정한' 의미의 원형. 이것 없이는 이해할 수 없거나 혼란스러운 사건들을 파악할 수 없다.

호루스(Horus, Horos) 이시스의 아들. 게브의 후계자. 오시리스의 복수자. 이집트 태양신의 많은 이름 중 하나. 라와 합쳐지면서 라하라크트라는 이름하에 이집트 종교를 지배. 나중에는 왕권과 밀접한 관련을 가진다.

호세뎀(Hosedem) 시베리아 케트족에서 악과 죽음을 상징하는 대지의 신이
자 여성적 원칙. 하늘의 인격체인 에스와 결혼하였으나 달의 신인 히
스와 짜고 그를 배신한다. 그 결과로 죽음의 섬에 유배당한다.

호피(Hopi) 미국 서남쪽에 거주했던 푸에블로 종족. 나바호, 주니, 테와 등
과 이웃. 우토아즈텍어를 사용한다.

혼돈(*chaos*) 헤시오도스의 《신통기》에서 카오스는 가이아, 타르타로스, 에로
스와 함께 시원적 원소들 중의 하나 혹은 원초적 원소들로부터 생성
된 신성한 힘들의 하나로 이야기된다. 시원적 카오스는 성서의 창세
기에서와 마찬가지로 다수의 여타 신화들에서도 괄목할 만한 모티프
라 할 수 있다. 아이테리아, 바알, 훈툰, 코레, 눈, 포, 소브크, 토
트, 티아마트 등 참고.

화사(火蛇) **북**(Vuk the Fire-Serpent) 세르비아 서사시 〈불뱀 북〉(*Zmaj Ognjeni
Vuk*)의 신화적 영웅. 세르비아 크로아티아 민담에는 여러 용 뱀이 등장
한다. 용 운석(隕石)의 범주, '진짜' 용, 용 뱀 그리고 북과 같은 용 인간
이 있다. 용 운석은 악하지 않으며 하늘과 연관이 있다. 이들은 빛을
내며 밤하늘을 날아다녀서 '운석'이라고 한다. 일반적으로 뱀은 정력과
힘의 상징으로 인간 여자와 교접할 수 있지만 한곳에 너무 오래 머무르
면 가뭄을 불러올 수 있다.

후안티(Huan-ti) 중국 신화의 '황제'('티'는 지배자라는 뜻). 태초에 지배한 다
섯 왕들의 지배자. 천상을 형성하는 고대의 신(천상의 신인 티엔은 나
중에 후안티와 통합된 별도의 신이었던 것으로 보임)이다. 대지(대지의
색은 황색으로, 이는 중심부 왕국에서 지배적인 색이다)와 우주의 중심
을 받치며 이름이 많은 이유는 나이가 많기 때문이다. 추안슈를 보내
군군을 죽인다. 식물의 신들 중 하나.

후와와(Huwawaq, Humbaba) 이슈타르 여신의 영역을 보호하는 거인. 엔키
두와 길가메시가 따라다니면서 괴롭힌다.

훈툰(Hun-tun) 중국 신화에 나오는 태초의 혼돈을 뜻하는 '혼합물'이며 거대
한 자루의 형태로 새의 형상을 한 누런 괴물로 간혹 등장한다.

훌루푸(Huluppu) 이난나가 심은 나무. 수메르의 영웅인 길가메시가 쫓아내
기 전까지 세 명의 괴물이 살았다.

훔바바(Humbaba) 후와와의 다른 이름.

훙(Hung) 중국 신화에 나오는 후안티의 조카. 영웅이며 거대한 물고기. 몇 개의 판본에서 성스러운 물체인 시안을 사용해 대지를 거대하게 부풀림으로서 홍수를 막는다.

휘트질로포크틀리(Huizilopochtli) 아즈텍 신전에서 남쪽의 신은 벌새로 상징된다. 완전무장한 성인으로 나타나는 그는 태풍의 신이며, 아즈텍인들이 왕국의 수도인 테노크티틀란(현재 멕시코시티)에 정착하기 전 진행된 여행의 수호자이다. 마야의 신화처럼 아즈텍의 신화도 세상을 중앙과 4구역으로 분류하여 각 구역에 하나 또는 대부분의 경우 둘의 신이 거주한다.

흐베노호(hvenoho) 폰족의 신화적인 또는 '거짓' 담화.

히드라(Hydra) '뱀'으로 에키드나와 튀포에우스의 딸. 헤라클레스가 두 번째 과제로 죽인다. 개의 몸과 뱀의 머리 아홉 개로 이루어진 괴물.

히드로멜(Hydromel) 게르만 민족의 신화에 나오는 거인들의 성스러운 기원의 음료수로 오딘이 훔쳐 나중에 시(詩)의 신이 된다. 아시르와 바니르의 침에서 태어났으나 나중에 두 명의 난쟁이들에 의해 죽임을 당하는 반신적 존재인 크바시르의 피와 꿀을 섞어 만들어짐. 통속적으로는 물과 꿀을 섞어 발효하여 만드는 벌꿀 술을 의미한다.

히타이트인(Hittites) 기원전 2000년에 융성하여 북시리아로 확장했던 아나톨리아(Anatolia)의 인도유럽 민족.

히포스타시스(*hypostasis*) 물체 또는 현상의 근원으로 특성이나 속성과는 다르다. 신화 논리에서는 보다 구체적인 대상으로의 이미지나 의미, 규범의 변화를 의미.

히폴리투스(Hippolytus) 그리스 신화에서 포세이돈이 죽인 사람. 계모인 페드라(아리아드네의 자매. 이카루스 참조)가 테세우스를 몰래 사랑하나 유혹을 거절당하자 강간범으로 그의 아들을 지목하고 테세우스는 포세이돈에게 도움을 청한다. 그러자 페드라는 목을 매어 자살한다. 이 설화는 라신의 연극 〈페드라〉와 유리피데스의 〈히폴리투스〉의 소재이기도 하다.

멜레틴스키와 구조주의 신화학

《신화시학》(*Поэтика мифа*)의 저자 엘레아자르 모이세예비치 멜레틴스키(Е. М. Мелетинский)는 최근까지도 활발히 연구 활동을 벌였던 걸출한 러시아 인문학자로서 유리 로트만과 함께 모스크바 타르투 학파에 참여하면서 러시아 구조주의의 영향을 받은 이론적 민속학의 창시자로 알려져 있다. 그는 토포로프, 우스펜스키, 아베 린체프, 이바노프 등과 학문적 맥을 같이 하면서, 1960년대 소비에 트의 새로운 학문적 경향에 바탕을 둔 고대신화와 민속에 관한 폭 넓은 연구로부터 현대 모더니즘 문학에 대한 신화주의적 해석에 이 르기까지 인류 역사의 가장 방대한 지적 유산을 섭렵하며 구조주의 신화학이라는 영역을 정립하였다.

멜레틴스키는 1918년 러시아 하리코프에서 엔지니어이자 건축가 인 아버지 모이세이 라자레비치 멜레틴스키와 신경과 의사였던 어 머니 라이사 이오시포브나 마르골리스 사이에서 태어났다.

그는 모스크바에서 중등교육을 받았고 1940년에 역사·철학·문 학연구소(ИФЛИ)의 문학·예술·언어학과를 마쳤다. 이후 군대통

역병 교육을 이수하고 남부 전선과 카프카스 전선에서 복무하기도 했다. 타슈켄트에서 대학원을 수학한 후에는 1945년 "입센 창작의 낭만주의 시기"라는 논문으로 박사학위를 받았고 1946년에는 페트로자보트스크의 카렐리아핀란드대학으로 옮겨가 1949년까지 문학과의 과장으로 일했다.

이후 반유대주의에 가해진 정치적 타격을 직접 체험하였다. 1949년 반유대주의 운동으로 체포되어 1년 반 동안 심리를 위한 독방에 갇혀 지냈고 10여 년 가까이 유배생활을 해야만 했다. 1954년 가을이 되어서야 수용소에서 풀려나 복권되었다. 이후 1956년부터 1994년까지 러시아 국립학술원 고리키 세계문학연구소(ИМЛИ РАН)에서 연구와 저술, 교육에 종사하였다.

복권 이후 다난했던 인생 경험만큼이나 다양한 저술과 편집 활동 그리고 폭넓은 분야의 연구에 매진하였다. 그는 학술서 수십 권의 책임편집자였으며 고리키 세계문학연구소의 전집 간행 작업을 주도했다. 고리키 세계문학연구소에서 편집부의 일원이자 주저자로서 1984년부터 1993년까지 펴낸《세계문학사》간행에 적극적으로 참여하였다.《세계문학사》에서 멜레틴스키의 저술은 그야말로 세계의 여러 지역과 다양한 문화권을 섭렵한다. 여기서 다루어진 주제는 언어예술의 발생 및 초기 형태의 언어예술 그리고 중세유럽, 북구, 근동, 중앙아시아의 문학 또한 카프카스와 카프카스 주변 지역, 중앙아시아와 시베리아 민족 등의 서사 전통에까지 이르렀다.

신화와 민속에 관한 멜레틴스키의 연구는 가히 전 세계에 걸친 다양한 지역을 다루면서 그 폭만큼이나 깊이 또한 심화되었다. 그는 1969년부터 편집진의 일원으로서 1989년부터는 주편집자로서《동양 민속과 신화 연구》,《동양의 민족 동화와 신화》시리즈를 출간하였다. 또한 핀란드의 서사민속연구회와 이탈리아의 국제기호학회

358

의 일원으로서도 활동하였다. 1989년부터 1994년까지 모스크바대학에서 당시 역사학부에 의해 설립된 세계 문학 역사·이론 학과에서 교수직을 수행하였다. 그의 학문적 명성은 1980년대 말부터 가히 전 세계적인 것이 되었다. 캐나다, 이탈리아, 일본, 브라질, 이스라엘 등지의 대학에서 강연하였고 민속학, 비교문학, 중세 사학 그리고 기호학 분야의 국제학회에 나서게 된다.

1992년 초부터는 러시아 국립인문대학(РГГУ)의 고등인문학연구소를 이끌게 되었다. 여기서 그간의 학문적 여정을 통해 품게 된 인문학적 이상의 실현에 주력한다. 그것은 이성적 인문학 지식의 발전, 비교유형학적 문화 전통 연구 그리고 연구와 교육 간의 괴리의 극복에 관한 생각이었다. 러시아 국립인문대학에서 비교신화학과 역사시학을 강의했고 학술세미나와 집담회를 주도했으며 주편집자로서 고등인문학연구소에서 학술저널 〈세계수〉(Arbor Mundi)를 발간하는 등 연구과 교육 활동에 열정적으로 헌신했다.

러시아 국립인문대학과 고리키 세계문학연구소의 학술위원회 위원이었고 두 권으로 간행된 《세계 민족 신화》에 대하여 1990년 소비에트 정부로부터 포상을 받기도 했다.

다양한 자료와 넓은 영역에 걸친 학문의 여정에서 멜레틴스키에게 변함없는 지향으로 남아있는 과제는 고대신화로부터 현대문학에 이르기까지 인류 서사형식의 시학을 구축하는 일이었다. 그러므로 민족지학적 문헌들, 민속과 신화 전통 등의 구전과 기록 텍스트들에 접근하는 그의 입장은 무엇보다 민속 이론가로서의 그것이었다. 그의 관심사는 이러한 초기 문명적인 자료들이 서사문학 형태들로 발전해나가는 과정에서 발견되는 역사적, 시적 법칙성이었고 여기서 방법론적 도구가 되어준 것은 비교유형학과 구조주의 기호학이다.

지르문스키와 베셀로프스키의 뒤를 잇는 멜레틴스키의 학문적 관심의 중심에는 서사 전통의 공간적 운동과 발생적 역학이 자리한다. 그는 고대 문헌에 접근함에서 그것이 가진 사회적이고 민족지적인 조건에 각별한 주의를 기울였다. 여기서 구전과 기록문학 양자에서 신화서사의 주요 주제와 형상들, 고대 문학에서의 시어와 민속장르의 위상 등에 관하여 연구하였다. 민담동화의 발생과 진화를 기술하면서 발견해낸 주요 주인공들인 차남, 고아, 양녀 등의 특정한 사회적 조건을 가진 인물들이 가지는 유형론적 의미는 매우 흥미롭다.

궁극적으로 보편적 인류 사유를 재구하고자 서사 전통과 서사시 장르의 원시적 기원과 형성 단계에 관해 관심을 가졌던 그에게 다양한 지역과 문화권의 모든 자료는 당연히 학문적 관심의 대상이 되었다. 북카프카스 나르트의 동화, 카렐리아 핀족과 투르크 몽골의 서사시, 오스트레일리아와 오세아니아의 민속 등에 관한 논문들과 신화영웅서사시 〈구(舊)에다〉에 관한 단행본 연구서 등이 그 결과물이다. 이처럼 다양한 구전과 문헌 텍스트들은 그에게 지구상 모든 대륙의 구전 전통을 포섭하는 비교시학적 자료가 되었고 이를 토대로 동화와 영웅서사시라는 민속장르의 분석 작업을 수행하였다. 여기서 분석된 초기 형태들은 일련의 비문자문화들에서 보존된 것들과 고대와 중세의 문헌에 반영된 것들을 아우른다.

서사 전통 역사의 역동적 발전을 추적하던 멜레틴스키의 시야에 들어온 것은 여러 민족에서 발견되는 중세 소설 형식이었다. 여기에는 유럽기사소설, 근동의 전기(傳記)연애서사시, 극동 지역의 소설 등이 포함되었고 이로부터 비교유형학적 측면에서 중세 사학 연구에 접근하게 된다. 이러한 관심의 결과물은 《서사시와 소설의 역사시학 개론》(1986)으로 나타났다. 여기서 추적한 주제는 시초의 원시 장르로부터 근대 문학으로의 서사장르 발전의 합법칙성이다.

동일한 주제하에서 이루어진 또 하나의 연구로는 민속동화와 일화로부터 시작하여 체호프의 단편 분석에까지 이르는 노벨라에 대한 비교유형학적 연구는 뛰어난 업적이다. 이에 바쳐진 단행본 연구서가 《단편소설의 역사시학》(1990)이다.

본질적으로 인류의 문학적 유산에 대해 관심을 가졌던 그에게 신화는 문학 연구의 열쇠가 되어주었다. 그는 신화를 우화, 전설, 신화 그리고 서정시와 시 일반, 소설과 같은 보다 발전된 형식들과 구별한다. 멜레틴스키에 따르면, "문학은 결코 어떤 특정한 시대에 태어나 스스로 진화하기 시작했다고 볼 수 없다. … 어느 정도까지 문학의 역사는 특별한 공식들이 창조되고 서로를 강화시켜온 만큼의 연속적인 과정의 역사일 것이다. 이 역사를 이루는 것들은 그 자체로서의 문학어가 아니라 예술적 기획으로서의 언어 자체 내의 일반적인 공식들, 연관들의 본보기들, 이미지와 장르들의 모델들이다. 작가들은 이를 공동의 배경으로 삼아 끊임없이 자신의 위치를 좌표설정한다. 작가들은 배치되는 요소들을 창조적으로 변형시키지만 배경과의 연관은 언제나 사라지지 않고 존재한다".

멜레틴스키의 구조주의 시학의 첫 출발점은 인류의 원형적 사고라 일컬어지는 신화였다. 세계 다양한 지역의 구비신화와 문헌에 나타난 민족신화는 인류의 정신적 유산의 최고봉인 문학의 기원과 발전을 규명해주며 인류의 보편적 지적 구조의 원형을 보존한다는 점에서 그는 신화를 문학의 출발이자 근원으로 보았다.

그에게 신화와 고대 전통은 그 자체로서도 독립적인 가치를 가졌지만 이후 인류 문화에서 가장 중요한 패러다임적 의미를 가진 것이었다. 신화에는 인류 의식의 근저에 자리한 정신적 보편(*universal*)의 현상들이 나타나고 이러한 보편의 현상들은 동화적이거나 서사시적인 장르 구조들과 문학과 민속의 모티브들의 깊은 의미 속으로 들어와 있다. 신화와 고대 문학 플롯의 구조적 유형론과 그 모티브들의 의미론 연구를 통해 그는 문학과 신화에서 나타나는 원형이라는 개념을 가지게 되었다. 그는 원형 개념을 통해 서로 이웃하거나 혈통적 관계를 가지지 않은 연관성이 없는 다양한 문화권의 기호 텍스트들에서 내용과 형식의 유사성이 발견된다는 사실이 범세계적인 문학적 발전의 경로에 원리적 단일성이 존재한다는 증거라고 생각하였다. 신화와 고대 민속에 대한 관심은 이와 같은 원형과 그 구조적 변환에 대한 관심에서 비롯하였다.

신화와 민속으로부터 문학으로 나아가는 멜레틴스키의 학문적 여정에서는 대략적으로 세 가지 정도의 연구 경향이 두드러지게 나타난다. 첫째는 신화와 민속 그리고 나아가 고대와 중세, 근대의 문학에 등장하는 주요 형상들의 유형과 역사적 변형들에 대한 연구이다. 두 번째는 구전문학의 장르적이며 주제적인 대복합체로 간주되는 형식인 신화, 동화, 서사시 간의 구조적이고 단계적인 관계에 대한 것이다. 세 번째의 경향은 민속 서사의 플롯 조직 그리고 모티브의 의미 구조에 관한 것이었다. 연구 여정에서는 신화와 민속 그리고 문학은 인간 사유와 문명의 발전에 따른 단계적인 발전의 도상에서 그 모습을 드러낸다. 그러므로 신신화주의의 유행과 함께 그가 경계한 것은 의고적 신화화와 무분별한 신화의 현대화였다.

고대신화로부터 카프카와 조이스, 토마스 만 등 20세기 문학의 신화주의에 이르기까지 인류 역사의 발전과 더불어 나타난 다양한 신화 형태를 연구한 저서 《신화시학》은 세계 전역에서 반향을 불러일으켰다. 신화와 민속에 대한 그의 관심은 다양한 백과사전과 사전 등의 편집과 저작으로 심화되었다. 그는 주편집자이자 저자로서 《세계 민속 신화》(1980), 《신화사전》(1988) 등을 펴냈고 신화를 다룬 여러 논문을 저술했다. 멜레틴스키의 논문에는 레비스트로스와 그의 구조주의 신화 개념 그리고 제의신화 비평에 대한 그의 깊은 관심이 반영되었다. 《소비에트대백과사전》(제 14권), 《소문학백과사전》, 《문학백과사전》, 《철학백과사전》 등은 역시 이와 같은 연구의 결과물이다.

멜레틴스키는 구조주의적 신화학을 통해 이론적 민속학이라는 일단의 학파를 설립하였다고 평가되며 이는 동시에 베셀로프스키, 지르문스키 등의 학문 전통의 계승을 의미하였다. 그러나 1960년대 그의 구조주의 기호학적 분석은 당시 나타난 러시아 자국의 중요한 학풍과 무관치 않다. 스스로 지르문스키를 유일한 스승으로 간주한다고 말한 사실을 볼 때, 그의 학문적 수성(守成)에서 구조주의의 중요성은 의문의 여지가 없어진다. 베셀로프스키의 미완의 저작 《플롯의 시학》으로부터 구조주의적 민속학의 초석을 놓은 프로프의 《동화의 유형》으로의 발전은 이와 같은 맥락에 있다. 여기서 또 하나의 역할은 오래전부터 인문학에서 정밀과학적 원리들과 분석법들을 인문학 연구에 수용하고자 했던 노력이었다. 1960년대 후반 그는 프로프 및 당시 새로이 발전되는 구조주의 기호학의 영향하에서 마술동화에 대한 구조주의적 기술의 문제에 천착하였다. 타르투 대학의 여름 세미나에서 발표되었고 동 대학에서 출판된 《기호체계 연구》에 실린 그의 논문들은 그 결과물이었다. 《기호체계 연구》는 1971년 이탈리아에서 피트레 상을 수상하였지만 그는 물론이고 그의 동료들 어느 누구도 시상식에 참가하지 못했다.

멜레틴스키는 구조주의 기호학의 접근법을 취했지만 당시, 특히 초기의 구조주의 경향이 그러했듯이, 공시적 접근법보다 통시적 접근법을 선호하는 경향을 보이지 않았다. 오히려 원칙적으로 양자 모두를 적용했고 역사적 유형학과 구조주의적 유형학을 같이 도입하였다. 그의 이러한 학문적 경향은 1970년대 초 논문을 통해 정식화되었다.

통시주의보다 공시주의의 관점이 두드러지는 멜레틴스키의 연구에서 프로프와 더불어 발견되는 또 다른 영향은 레비스트로스의 구조주의 인류학이다. 문학과 마찬가지로 신화도 인간의 상징체계로서 일정한 공식들과 구조적 조작들(반복, 역전, 투사 그리고 조정)에 따른다는 그의 시각은 주로 레비스트로스의 연구에 빚진 것이다. 레비스트로스의 연구에 의해 일단의 연구자들이 신화를 하나의 구비문학 형식으로 간주하게 되었다. 그도 마찬가지로 레비스트로스에 대한 관심으로부터 민속적 모티브와 플롯의 의미론에 관한 연구를 심화할 수 있었다. 그러나 양자 간의 연관 관계에서는 아무도 그만큼 자세하고 정확하게 연구하지 못한 것으로 보인다.

이처럼 그는 신화로부터 문학으로 나아가는 특별한 학문적 여정을 통해 레비스트로스를 넘어선다. 그의 신화와 문학에 대한 접근법은 레비스트로스의 구조주의에 의해 고무되었음에도 불구하고 유사성은 상당히 피상적이다. 그의 진정한 공헌은 문학의 발전을 신화적 근원으로부터 추적한다는 사실에서 찾을 수 있다. 그는 여타의 신화와 제의 이론가들과 달리 현대의 문학 장르들 속에서 과거의 신화적 모티프들이 살아남아 있음을 추적할 뿐 아니라, 사유의 한 형식으로서 신화가 존재한다는 문제에 천착한다.

멜레틴스키에 따르면 신화는 현대의 뛰어난 문학 작품들 속에서 사실주의의 수사적 전략으로서 자주 수용된다. 현대 사회에서 살고 있는 사람들의 관심사를 기술하기에 객관성이 적절한 범주가 아니라는 사실을 증명한다는 것이 그의 생각이다. 비록 아직도 우리는 객관적인 존재조건을 통해 현실을 가늠하지만 그가 구성해놓은 신화와 문학의 관계를 통해 인류 사유의 역사를 통틀어 인간의 지적 사고를 체계화하는 어떤 규칙성, 보편의 모습이 희미한 윤곽을 드러냄을 또한 목도할 수 있다.

1970년대 초반 멜레틴스키의 신화론은 당시 서구에서 유행하던 문학과 이론들을 충분히 접하지 못한 채로 형성되었음에도 불구하고 오늘날까지 매우 시사적이다. 레비스트로스가 보여준 신화적 논리의 가변성과 해석적 탄력성은 그가 가장 주목했으며 현대문학에 대한 신화시학적 접근이라는 자신의 생각에 적용하려 했던 측면이다.

또한 멜레틴스키는 신화와 민속의 의미론 연구를 통해 보다 큰 주제인 민속적 원형에 관한 연구에 도달하면서 원형에 관한 고전이 된 융의 관점에 결정적인 수정을 가한다. 융의 심리학적 원형설을 거절할 수 있었던 근거는 고대와 신화 전통에 관한 연구를 통해 얻어졌다. 민속 플롯에서 발견되는 신화적 원형들을 연구하면서 러시아 고전 문학 작품들에서 원형들이 가지는 의미 분석으로 나아갔다. 1990년대에 이르러 푸슈킨과 도스토예프스키 등 19세기 러시아 문학에 점점 더 관심을 기울이며 비교문학적, 구조주의적, 역사주의적 시학의 관점의 문학 분석에 천착하게 된다.

오랜 학문적 여정을 통해 멜레틴스키가 바라던 대로 신화에서 시작한 인류 사유의 길이 문학의 거대한 숲으로 통해있음을 여실히 증명해 보였다. 신화에 대한 현대문학의 은유적 해석에 의거한 신화와 문학의 연관 관계의 규명은 그의 구조주의 신화학의 가장 큰 공로이며 서구 구조주의의 극복을 가능하게 한 도약이라고 할 것이다.

더불어 그의 구조주의 신화학의 공로는 그가 취한 인문학적 방법론과 관련하여 또한 이야기될 수 있다. 이는 역사적 유형학과 구조주의적 유형학을 통합하려는, 즉 구체적인 역사적 사실들의 정밀한 분석에 의거하면서도 이를 구조주의의 시각으로 추상화하여 과학으로서의 신화학을 정립하려는 그의 노력이다. 1960년대 소비에트 인문학에서 일어난 과학으로서의 인문학을 구축하려는 새로운 움직임은 멜레틴스키의 구조주의 신화학에서도 뚜렷한 족적을 남겼다.

《신화시학》 신화에서 문학으로

멜레틴스키가 1976년 《신화시학》을 썼을 당시 신화에 대한 구조주의적 접근 및 정밀과학적 분석은 상대적으로 새로운 것이었다. 그의 신화론은 구조주의에 의해 고무되었지만 이를 넘어서서 문학과 신화를 연관짓고 양자 간의 공시적, 통시적 관계를 규명하였다는 점에 진정한 공로가 있다. 즉, 그는 문학의 발생과 진화를 신화로부터 찾으며 동시에 신화는 이후의 문학 장르들 속에서, 특히 현대 모더니즘의 문학 장르들 속에서도 신화적 모티브와 플롯을 통해 추적할 수 있음을 증명해 보였다. 그는 구조주의적 신화분석을 넘어 신화와 문학의 상관관계에 대한 연구를 통해 신화가 인류 사유의 원형으로 남았음을 여실히 증명해 보인다. 신화로부터 문학으로 전화하는 인류 사유의 긴 역사는 통틀어 하나의 커다란 그림으로 제시된다.

모스크바 타르투 학파가 대표적으로 보여주듯이 1960년대 소비에트에서 나타난 새로운 지적 흐름에 바탕을 둔 멜레틴스키의 구조주의적 신화론은 비록 서구의 구조주의를 제한적으로 접했음에도 불구하고 비교유형학적 접근과 구조주의 시각을 종합하여 신화에 접근함으로써 레비스트로스 등의 서구 구조주의를 극복한다는 점은 오늘날까지 매우 시사적이다.

《신화시학》은 크게 세 부분으로 나누어진다. 제 1부에서는 19세기와 20세기의 신화 이론들, 프레이저와 케임브리지 문화인류학파의 제의주의, 말리노프스키로 대표되는 기능주의, 뒤르켐의 프랑스 사회학파, 카시러의 신화상징 이론, 융의 분석심리학, 레비스트로스가 이론적 토대를 닦은 구조주의적 신화분석, 프라이에 의해 주도된 제의신화학파의 문학비평, 러시아에서 발생한 신화시학 논쟁 등 거의 모든 신화 이론에 대해 분석이 이루어진다. 더불어, 19세기 말과

20세기 초에 철학과 문화 연구에 나타난 재신화화 현상들이 다루어
진다. 그는 다양한 이론을 적절히 분석하고 평가하면서 신화주의 문
학 연구를 위해 문학 텍스트 분석에서 널리 열쇠가 되는 영원회귀의
주제나 문학 작품을 신화의 가면 정도로 축소시킨 제의신화학파의
견해 등을 교정할 필요가 있다고 역설한다.

　제2부는 제1부의 논의들을 재조명하여 원시 및 고대신화들의 일
반적 특성들을 살펴보면서 신화와 문학의 근본적이며 본격적인 관
계에 접근한다. 특히 각 장에서는 신화적 사고의 보편적 특징, 신
화의 기능, 신화적 시간과 그 변이형태들, 신화의 주인공 형상, 신
화의 여러 유형 등의 항목 분류 등에 따라 문학과 신화의 상관관계
가 규명된다.

　그에게 신화적 사고는 개념적이고 과학적인 사고와 반대되는 것
으로서 구체성, 형상성, 성스러움, 반(反)역사성, 순환적 시간관념
등을 보편적 특징으로 한다. 신화의 근원 의미는 카오스에서 코스
모스로의 변환이며 기존의 사회적이고 우주적인 질서를 설명하고
인가(認可)하며 인간에게 있어 자신과 주변 세계에 질서를 부여하
는 기능을 지닌다. 제2부 각 장에서 다루어지는 신화적 시간의 변
이형들에는 꿈의 시대, 최초 조상의 시간, 창조의 시간, 제식을 통
해 재현되는 시간이 이에 해당한다. 신화의 주인공 형상으로는 최
초 조상으로 데미우르고스인 문화영웅과 트릭스터 등이 등장하며
대표적인 창조신화와 우주발생신화, 월력신화, 종말신화, 영웅신화
등 다양한 유형의 신화는 차후에 보다 후대의 신화와 문학에서 각
플롯과 모티프와 장르로 발전한다.

　그가 나누어 고찰한 각각의 항목은 우리가 문학의 신화적 특성을
고찰하는 데 임의의 개별 분석 기준으로 쓰일 수 있을 법하다. 그
가 주장하는 20세기 문학의 신화주의 역시 결국은 문학에 포함된

신화적 요소, 즉 신화적인 사고와 기능성, 시간관념에 대한 작가의 종합적인 사고를 의미한다고 볼 수 있다.

제3부는 문학과 신화의 관계에서 역사적인 탈신화화(대표적으로 계몽주의와 사실주의)와 재신화화(낭만주의와 모더니즘)의 과정을 소개하고 이후 20세기 문학, 특히 소설에서의 신화주의의 개화와 발전을 이야기한다. 제3부에서는 주로 20세기 서구의 신화소설을 대표하는 조이스, 토마스 만, 카프카의 문학에 대한 본격적인 분석이 이루어지며 이들을 통해 현대문학에 내재된 신화적 토대를 밝혀낸다. 이어서 제3세계 작가들에게서 나타나는 20세기 소설의 신화주의 경향에 대한 유행과 전망으로 마무리된다.

《신화시학》에서 전개되는 멜레틴스키의 논의는 몇 가지 중심적인 개념적 전제를 토대로 한다. 신화의 시학을 전개하는 그의 열쇠는 역사적 접근법이지만 이는 신화가 단순히 문학으로 진화했음을 의미하지 않는다. 그가 신화와 문학의 관계에서 보는 것은 이들보다 더 상위 차원에 있는 어떤 보편적인 '시'(詩)의 원리이다. 이를 통해 신화도 문학과 마찬가지로 인류가 삶의 제반 양상을 해석하는 상징적 언어이자 모델링 구조임을 증명하려 했다. 주위 세계와 삶에 관련한 해석 구조를 생산해내는 '시'적 원리를 통해 관념과 현실의 사건들은 서로 연결되며 여기서 신화적 사고의 항상성과 일관성이 모습을 드러낸다. 《신화시학》의 가장 탁월한 부분은 여기서 발견된다.

이어서 《신화시학》은 신화가 무엇보다 해당 사회의 사회적 사실로서 기호적 현상이라는 전제에 바탕을 둔다. 원시나 고대의 소규모의 동질적 사회에서 신화는 신화적 기표와 사회적 기의 사이의 괴리의 여지를 거의 가지고 있지 않지만 복잡다단하고 혼종적인 현대 사회에서 신화는 강한 은유적 코드화 속으로 해체된다. 이러한 신화의 은유적 코드화가 문학의 발전을 의미하는 것이다. 그가 신화적 자료들에 대한 은유적 해석이라는 현대의 경향을 설명하는 강력한 이론을 제시한다는 사실은 간과되어서는 안 된다. 저자는 신화의 의미론적 힘과 현대의 신화화 문학의 은유적 질(質)을 서로 화해시키는 것이다. 그러므로 현대문학의 신(新)신화주의, 즉 재신화화 현상은 보편적 '시'적 무의식과 관련된다. 이러한 생각이 원시나 고대 사회의 신화로부터 현대 사회의 문학으로의 '위계적' 진화를 읽는 멜레틴스키의 입장과 직접적으로 관련되었다.

보편적인 '시'적 원리에 의한 신화와 문학의 관계, 신화의 은유적 잠재력의 발전으로서의 문학의 출현과 진화 그리고 이러한 신화로부터 문학으로의 진화과정 속에서 변함없이 무의식으로 자리하는 신화적 사고의 존재 등에 관한 멜레틴스키의 설명은 매우 성공적인 것으로 보인다. 한편, 이러한 그림 속에서 원시 및 고대와 현대의 상징체계 사이에 불가피하게 '위계적' 관계가 설정되며 신화의 기원을 사회질서의 요구와 관련시켜보는 보편적 관점하에서 다양한 신화의 기능을 하나의 원형적인 것으로 축소시키게 될 위험은 신화의 시학에 남겨진 미완의 과제로 남는다.

궁극적으로 멜레틴스키는 문학의 기원과 발생 그리고 진화과정을 규명하려 했으며 이로부터 신화에 관심을 가지게 된 것으로 보인다. 문학과 신화라는 구체적인 주제를 위해 신화 일반론에 대한 그만큼 깊은 논의를 보여주는 책도 드물 것이다. 여기서 먼 과거의 고대신화는 현대문학과 직접 조우한다. 그는 문학의 기원과 발생을 찾기 위해 신화의 숲 깊숙이 들어간다. 《신화시학》은 그러한 그의 지난하고 복잡한 탐사여정의 결과물이다. 신화의 낡은 이론들과 문학과 신화의 상호관계가 맺는 역사에 대한 과거의 피상적 접촉 가능성에서 탈피하여 신화의 중요 이론들을 상세히 살펴보고 문학의 원형으로서 신화의 고전적 특성들과 신화로부터 문학으로의 전화에 대한 중요한 특성들 그리고 결론적으로 20세기 문학에서의 신화화의 시학을 본격적으로 검토한 이 책은 명실상부한 최초의 종합적 신화시학 이론서라 할 수 있을 것이다.

국내에서 신화시학을 다룬 역서는 다양하게 출간되었다. 특히, 영미권과 서구 유럽의 구조주의 신화학에 관한 역서들은 거의 빠짐없이 번역되었다고 볼 수 있다. 그러나 국내에서 신화학 일반과 구조주의 사상의 한 맥을 형성하는 러시아의 신화학은 프로프의 경우를 제외하고는 널리 알려지지 못했다. 이러한 상황에서 프로프와 함께 러시아 후기 구조주의의 영향을 받은 러시아 신화학과 신화비평을 대표하는 걸출한 학자인 멜레틴스키의 저작 《신화시학》을 소개하는 일은 전 세계를 풍미한 구조주의 신화학의 맥락과 더불어 그 한계를 극복하려는 러시아 구조주의 신화학이라는 학술적 처녀지로의 인도가 될 것이라 역자들은 감히 자부한다.

ㄱ

ㅇ

380

찾아보기
(인 명)

384

390

엘레아자르 모이세예비치 멜레틴스키
(Елеазар Моисеевич Мелетинский, 1918~2005)

1918년 러시아 하리코프에서 태어나 모스크바에서 중등교육을 마쳤다. 그 뒤 1940년 역사·철학·문학 연구소(ИФЛИ)의 문학·예술·언어학과를 마쳤다. 군대에서 통역병 교육을 이수하고 남부 전선과 카프카스 전선에서 복무하기도 하였다. 타슈켄트에서 대학원을 마친 후 1945년 "입센 창작의 낭만주의 시기"라는 논문으로 박사학위를 받았고 1946년에는 페트로자보트스크의 카렐리아핀란드대학으로 옮겨가 1949년까지 문학과의 과장으로 일했다. 1949년 반유대주의 운동에 의해 체포되어 10여 년 가까이 유배생활을 해야 했으며 1954년 가을이 되어서야 수용소에서 풀려나 복권되었다. 이후 1956년부터 1994년까지 러시아 국립학술원 고리키 세계문학연구소(ИМЛИ РАН)에서 연구과 저술, 교육에 매진했다. 또한 1989년부터 1994년까지 모스크바대학(МГУ)에서 당시 역사학부에 의해 설립된 세계문학 역사·이론학과에서 교수로 봉직하였다. 1980년부터 학문적으로 세계적 명성을 누리게 되었다. 1992년 초부터는 러시아 국립인문대학(РГГУ)의 고등인문학연구소를 이끌면서 그간의 학문적 여정을 통해 품게 된 인문학적 이상의 실현에 주력하였다.

언어예술의 발생 및 초기 형태의 언어예술 그리고 중세유럽과 북구, 근동, 중앙아시아의 문학 또한 카프카스와 그 주변 지역, 중앙아시아와 시베리아 민족 등의 서사 전통에 이르기까지 세계의 여러 지역과 다양한 문화권을 포괄한 방대한 영역에 걸친 문학 연구에서 멜레틴스키가 궁극적으로 지향한 바는 고대신화로부터 현대문학에 이르기까지 인류의 서사형식이 가진 시학의 구축이었다. 그는 민속과 신화 등의 구전과 민족지학적 문헌, 기록 텍스트에 대한 방대한 연구를 통해 초기 문명적 자료가 서사문학 형태로 발전해나가는 과정에서 발견되는 역사적, 시적 법칙성을 비교유형학과 구조주의 기호학의 이론적 토대 위에 정립하였다. 대표 저작으로는 《신화시학》(1976), 《동양 민속과 신화 연구》 시리즈(1979), 《서사시와 소설의 역사시학 개론》(1986), 《단편소설의 역사시학》(1990), 《신화에서 역사로》(2000) 등이 있다.

박종소

서울대학교 노어노문학과와 동 대학원을 졸업했으며 러시아 모스크바국립대학 어문학부에서 "블라디미르 솔로비요프의 시: 미학적·도덕적 이상의 문제"(1996)로 박사학위를 받았다. 현재 서울대학교 인문대학 노어노문학과 교수로 재직 중이다. 주요 논문으로는 "러시아 속의 세계문학"(2014), "러시아 문학의 종말론적 신화양상 Ⅰ, Ⅱ, Ⅲ"(2004~2007) 등이 있다. 역서로는 바실리 로자노프의 《고독》(1999), 미하일 바흐친의 《말의 미학》(공역, 2006), 블라디미르 솔로비요프의 《악에 관한 세 편의 대화》(2009), 베네딕트 예로페예프의 《모스크바발 페투슈키행 열차》(2010), 류드밀라 울리츠카야의 《소네치카》(공역, 2012), 《우리 짜르의 사람들》(2014) 등이 있다.

최행규

한국외국어대학교를 졸업하고 동 대학원에서 석사를 마치고 "1830년대 러시아 산문에 나타난 뻬쩨르부르그 신화 연구: 신화의 생성과 주요 구성 요소를 중심으로"(1997)로 박사학위를 받았다. 현재 경희대학교 외국어대학 러시아어학과 교수로 재직 중이다. 주요 논문으로는 "뻴레빈의 〈니까〉 다시 읽기: 작가의 서사전략과 세계관을 중심으로"(2013)와 "'다른 산문'과 타티야나 톨스타야: 〈파키르〉의 분석을 중심으로"(2012) 등이 있다. 역서로는 《삶, 소박한 비밀》(2003), 《나는 현대 러시아 작가다》(공역, 2012) 등이 있다.

차지원

서울대학교 노어노문학과와 동 대학원을 졸업했으며 러시아 국립학술원 문학연구소(ИРЛИ: Пушкинский дом)에서 "알렉산드르 블로크의 드라마투르기: 메타시학적 양상"(2005)으로 박사학위를 받았다. 현재 서울대학교와 이화여자대학교, 숙명여자대학교 등에서 강의하며 서울대학교 인문학연구원 HK연구교수로 재직 중이다. 주요 논문으로는 "발레리 브류소프의 상징주의 미학의 지평: 러시아 상징주의에서 발레리 브류소프 미학의 의미에 관한 소고"(2013), "알렉산드르 블로크의 드라마 〈발라간칙〉은 무엇에 관한 극인가?: 드라마 〈발라간칙〉의 텍스트에 쓰인 미학적 논쟁과 함의 읽기"(2012), "러시아 상징주의와 실재의 탐색 (Ⅱ)"(2012), "러시아 상징주의와 실재의 탐색 (Ⅰ)"(2011) 등이 있다. 역서로는 《러시아 문화사》(공역, 2011)가 있다.